ACTION

BAND 80

Wenn Lesen zur Mutprobe wird ...

www.Festa-Verlag.de

MARC CAMERON

DIE GEWALT DER WAFFEN

Aus dem Amerikanischen von Robert Schekulin

FESTA

Die amerikanische Originalausgabe *Open Carry*
erschien 2019 im Verlag Kensington Publishing.
Copyright © 2019 by Marc Cameron

1. Auflage Februar 2020
Copyright © dieser Ausgabe 2020 by Festa Verlag, Leipzig
Literarische Agentur: Thomas Schlück GmbH, Hannover
Titelbild: Arndt Drechsler
Alle Rechte vorbehalten

ISBN 978-3-86552-819-3
eBook 978-3-86552-820-9

Für Annie

Prolog

Prince of Wales Island, Alaska

Ringsum überragte sie Windbruch, kreuz und quer, als hätte Gott hier ein gigantisches Mikado-Spiel einfach liegen gelassen.

Und hinter ihr drangen Raubtiergeräusche aus dem Dunkel.

Ein Scharren von Stiefeln im Staub, das plötzlich abbrach, dann näher kam. Millie stellte sich die Atemwolke um eine Nase vor, die schnuppernd kalte Luft einsog. Mit ihren Gummistiefeln bewegte sie sich nahezu lautlos über den Teppich vermodernder Fichtennadeln. Doch was nützte das? Ihr Angstschweiß verriet sie.

Ein Zweig schnappte irgendwo im Zwielicht. Scheuchte die junge Frau aus ihrem Versteck wie ein verschrecktes Waldhuhn.

Mehr fallend als gehend strampelte sie sich über schleimiges, glitschiges Moos und durch dornigen Igelkraftwurz vorwärts. Kämpfte sich immer weiter voran in einer Mischung aus verzweifeltem Krabbeln und hektischem Kriechen. Blut rann ihr über das zerkratzte Gesicht, aus Wunden wie von Klauen geschlagen, und tropfte vom Kinn auf ihr T-Shirt. Ihre Handflächen und Knie waren zerschrammt und aufgerissen. Einige Baumstämme lagen wie Laufstege über dem Unterholz, ließen sie schnell Boden gewinnen auf dem Rückweg zum Skiff, ihrem kleinen Boot. Doch die meisten zerfielen morsch und schwammig unter ihren Füßen, sodass sie bei jedem Schritt befürchten musste, sich an einem Ast aufzuspießen.

Millie Burkett war eine Tlingit, eine vom Volk der Gezeiten und der Wälder, und diese Baumriesen waren zeit ihres 16 Jahre währenden Lebens ihre Freunde gewesen. Ihr Knarzen und Schrappen hatte immer den Wald erfüllt, ihre gesprenkelten Schatten hatten ihr stets ein perfektes Versteck geboten. In ihren frühesten Erinnerungen spielte sie im Moos zu Füßen der großen Bäume, die wie eine gütige Großmutter über sie wachten. Doch nun ragten die Sitka-Fichten, die Hemlock-Tannen und die gelben Zedern drohend auf, wie aggressive Bösewichte aus einem Kinofilm. Es herrschte eine gespenstische Stille. Regenwolken schoben sich durchs dichte Blätterdach, verscheuchten das Licht und tauchten den Wald in ein unheimliches Zwielicht.

Atemlos, keuchend duckte sich Millie hinter eine riesige Fichte mit gut zwei Metern Durchmesser. Sie wischte sich ein Wirrwarr schwarzer Haare aus dem Gesicht, stemmte sich mit dem Rücken gegen die raue Rinde. Über ihr wild klopfendes Herz hinweg horchte sie angestrengt auf die Geräusche des Waldes, wie ihre Mutter es sie gelehrt hatte. Still wie in einer Kathedrale. Da knackte ein Zweig.

Mit doppelter Anstrengung wühlte sich Millie durch ein fieses, widerspenstiges Geflecht aus Blättern und gewundenen Zweigen, das sie glatt um ihre eigene Körpergröße überragte und sie wie mit Peitschenhieben traktierte, doch das nahm sie kaum wahr. Die Kamera an ihrem Hals schwang vor und zurück, der Riemen blieb immer wieder im Gestrüpp hängen und drohte sie zu erdrosseln. Zu ihrer

Rechten flog plötzlich ein Waldhuhn auf, in einer Explosion wild schlagender Flügel. Abrupt wandte sie sich nach links und rannte direkt in einen armdicken, abgebrochenen Ast hinein, der sie mitten am Bauch erwischte und unsanft stoppte. Verdutzt setzte sie erneut zum Sprung an, aber der knorrige Ast schien mit seinen Zweigen nach ihr zu greifen, sich am losen Saum ihres Wollshirts festzukrallen, riss schließlich einen Streifen davon ab und ließ sie beinahe kopfüber stolpern.

Sie kannte diese Wälder. Ihr Volk betrachtete sie seit Jahrtausenden als Heimat. Das eherne Schweigen von *Bär,* das Schimpfen von *Eichhörnchen,* das wuschende Flappen des Flügelschlags von *Rabe,* all dies war ihr so vertraut wie das Rauschen des Regens oder der Meeresbrandung.

Heute jedoch war alles anders.

Wäre sie doch nicht alleine losgezogen. Tucker hatte sie gewarnt. Er zog zwar dauernd alleine los mit seiner Kamera, aber er war mindestens zehn Jahre älter als sie, eher mehr. Und er kannte die Gefahren genau. Millie unterdrückte ein Schluchzen. Hätte sie doch bloß auf ihn gehört.

Vor Angst und Erschöpfung wurde ihr schwindlig, doch sie hastete weiter durch die liegenden oder hoch aufragenden Bäume, über sie hinweg, unter ihnen hindurch und um sie herum, viele von ihnen zwei oder gar drei Meter dick. Noch herrschte genug Tageslicht, dass sie ihren Weg fand, aber die Düsternis verschluckte allmählich die Schatten.

Als die riesigen Fichten einem dichteren Unterholz wichen, schienen Millies Lungen zu bersten. Immerhin wurde es hier etwas heller; es nieselte leicht. Der Geruch von verrottendem Seetang, von Braunalgen bei Ebbe lag in der Luft und erfüllte sie rasch mit neuer Zuversicht. Im Weiterrennen erspähte sie das kleine Boot, keine 200 Meter weiter, unten am Ufer. Wenn sie jetzt nur noch das Skiff erreichte, könnte sie es schaffen.

Die junge Tlingit-Frau ließ ihren langen Beinen freien Lauf, eine steile Uferböschung hinab, und ihr wurde bewusst, dass sie wahrscheinlich gerade ihren eigenen Geländelaufrekord brach. Als sie sah, wie weit sich das Meer zurückgezogen hatte, schlug ihr das Herz bis zum Hals. Der Bug ihres Aluminium-Skiffs lag auf dem kiesigen Uferstreifen auf, doch wenigstens dümpelte das Heck noch im seichten Wasser, und dahinter begann gleich das tiefere Wasser des Ozeans. Sie sandte ein Stoßgebet zum Himmel, ihr kleiner Außenbordmotor möge es schaffen, sie von den Ufersteinen wegzuziehen.

Unter ihren Stiefeln zischten und zerplatzten die kleinen Luftkammern im Tangteppich, als sie an der Brandungslinie entlangstapfte. Zweimal stürzte sie, zwischen dem angeschwemmten Treibgut oben und den auslaufenden Wellen unten. Muschelscherben und Steinbrocken voller Krebse schlitzten ihr Hände und Knie weiter auf, doch sie ließ sich nicht beirren.

Rutschend kam sie auf dem glitschigen Ufergeröll zum Stehen, löste das Ankerseil vom Felsen, um den sie es gewickelt hatte, und kletterte über die Bordwand ihres kleinen Aluminiumbootes. Mit dem Rücken zum Ufer hockte sie sich auf einen umgestülpten 20-Liter-Eimer, der ihr als Sitz diente, und mühte sich ab, den unwilligen Außenborder zum Leben zu erwecken. Sie pumpte Benzin in die Leitung, öffnete den Choke, zog dann mit ihrem ganzen Gewicht an der Anlasserleine. Bei den ersten beiden Versuchen hustete der 30 PS starke Tohatsu-Motor nur, wie immer. Das Knirschen des Kiesstrandes hinter sich hörte sie erst, als es schon zu nahe herangekommen war.

Millie Burkett drehte sich um – und blickte in ein wohlbekanntes, lächelndes Gesicht.

In der Hand immer noch die Anlasserleine, huschte ihr Blick hoch zum dunklen Waldrand. »Was machst du denn hier?« Sie wollte keine Zeit damit verlieren, jetzt den Ernst ihrer Lage zu erklären, und wandte sich wieder der Maschine zu, riss erneut an der Leine. »Egal«, sagte sie. »Steig einfach ein, wir müssen …«

Etwas Schweres traf sie am Hinterkopf, warf sie von ihrem Sitzeimer. Sie taumelte, streckte beide Arme aus, um ihr Gleichgewicht wiederzuerlangen, griff in die Luft. Ein zweiter, noch kräftigerer Schlag zwang sie in die Knie. Hinter ihren Augen explodierte ein Lichterregen. Glühende Klingen wirbelten in ihrem Kopf umher, unaufhörlich, angetrieben von ihrem Herzschlag.

Sie fiel vornüber auf die kalten Planken, nahm vage das rissige Holz wahr und den Kupfergeschmack von Blut. Das Bild eines Gummistiefels nur wenige Zentimeter vor ihrer Nase verflüchtigte sich, und ein heftiger Kopfschmerz riss sie ins schwarze Nichts.

Schlagartig erfasste sie mit schrecklicher Gewissheit, dass man sie in irgendeine Art von Sack gestopft hatte. Panisch ruckelte sie hin und her, bis sie merkte, dass sie nur Luft bekam, wenn sie ihr Gesicht ein Stück weit von dem rauen Stoff weghielt. Ihre Hände waren gefesselt, unten vor ihrem Bauch. Auch der Stoff war um ihre Hüfte festgezurrt. Das Schwappen von Wasser gegen einen Aluminiumrumpf verriet ihr, dass sie in einem Boot lag. Von dem Geschaukel wurde ihr übel, also zog sie die Knie hoch an die Brust, um den Bewegungen um sie herum nicht schutzlos ausgeliefert zu sein. Am liebsten hätte sie geschrien, brachte jedoch kaum mehr als ein jämmerliches Wimmern über die Lippen. Selbst das war zu anstrengend und zu schmerzhaft. Ihr Hinterkopf fühlte sich an wie mit der Axt gespalten. Sie erinnerte sich, da war noch jemand bei ihr am Boot gewesen, als sie niedergeschlagen wurde – jemand, den sie kannte –, doch wer, daran erinnerte sie sich nicht.

Plötzlich legte sich das Boot schwer auf eine Seite, jemand griff nach ihren Füßen, hievte sie aufs metallene Dollbord. Gut. Sie würden aussteigen. Eine körperlose Stimme murmelte etwas, das sie nicht verstand. Wieder schaukelte das Boot heftig, als man ihren ganzen Körper unsanft emporhob. Krampfhaft versuchte sie, sich an dieses Gesicht zu erinnern.

»Wo bringen Sie mich hin?« Ihr Vater hatte ihr schlimme Geschichten erzählt, was mit entführten Mädchen passiert. »Bitte …« Schluchzer drangen aus ihrer Brust. »Ich … ich weiß doch nichts. Bitte, lassen Sie mich einfach gehen.«

Mittlerweile auf dem Bootsrand kauernd, hörte Millie hinter sich ein Platschen. Eine Leine zischte über die Aluminiumkante des Dollbords. Todesangst überkam sie.

Ein Anker.

Im nächsten Augenblick straffte sich die Ankerleine, zerrte heftig an ihren Fußgelenken und zog sie mit einem Ruck von der Kante herab. Ein letztes, verzweifeltes Luftholen, bevor sie untertauchte, doch der Schock vom Sturz ins eiskalte Wasser trieb ihr die meiste Luft gleich wieder aus den Lungen. Der Druck auf ihre Ohren nahm unerbittlich zu, als der Anker sie in die Tiefe hinabzog.

Als der Anker im morastigen Meeresboden aufschlug, schrie Millie Burkett ihr letztes bisschen Atemluft hinaus. Nun erinnerte sie sich, und der Name ihres Mörders stieg in einem Schwall silbergrüner Luftbläschen an die Oberfläche empor.

VIAM INVENIAM AUT FACIAM

Ich werde einen Weg finden oder ihn mir selbst bahnen.

1

Supervisory Deputy US Marshal Arliss Cutter konnte lächeln – doch musste er sich meist dazu überwinden, und manchmal rächte es sich auch. Seine Grübchen zu zeigen, hatte ihn schon mehr als einmal kopfüber in eine unratsame und kurzlebige Ehe gestürzt. Die Grübchen hatte er von seiner Mutter geerbt, die restliche »fiese Visage« allerdings von seinem Großvater väterlicherseits, den alle nur »Grumpy« nannten, »Brummbär«. Die fiese Visage passte nun jedoch perfekt zu Cutters Beruf: andere Männer zu jagen.

Er stand gerade neben seinem Behördenwagen, einem Ford Escape, und war sich der Ironie durchaus bewusst, dass er als Menschenjäger ausgerechnet so einen Wagentyp fuhr. Um die Kühlerhaube des kompakten weißen SUV standen noch sieben weitere Kollegen seines zusammengewürfelten Polizeiteams; alle trugen die komplette Kampfausrüstung für einen solchen Verhaftungseinsatz. Die drei Officers der Stadtpolizei von Anchorage wirkten verdreckt, hatten sie doch die letzten sechs Stunden ihrer Zehnstundenschicht mit einem Notrufeinsatz nach dem anderen zugebracht. Bei einem zog sich ein Matschstreifen am Oberschenkel der dunkelblauen Uniformhose entlang, als wäre er damit beim Baseball aufs Schlagmal gerutscht. Nach Mitternacht konnte Anchorage ein raues Pflaster sein. Die beiden DEA-Agenten, ebenso wie die beiden Deputy US Marshals, die zur Alaska Fugitive Task Force abgestellt worden waren, wiesen das feuchte Haar und das frisch geschrubbte Rosa von Leuten auf, die gerade erst geduscht und ihre Wohnung verlassen hatten, um zu diesem Fünf-Uhr-Treffen zu stoßen. Bei einem der DEA-Männer klebte noch ein Papierfitzelchen am Hals, wo er sich beim Rasieren geschnitten hatte. Beide trugen einen sauber getrimmten Spitzbart, passend zueinander, der eine schon etwas grauer meliert als der andere.

Seine Armeezeit mitgezählt, besaß Cutter fast 20 Jahre Erfahrung im Aufspüren von Bösewichten, doch seine Führungsposition in der Fugitive Task Force war etwas Neues für ihn. Er war ein sehr aktiver Anführer, und so würde er auch seinen ersten Team-Einsatz in Alaska sehr aktiv angehen.

Die kühle Brise zupfte an seinem sandfarbenen Haar und wehte ihm eine Superman-Tolle in die Stirn. Tief sog er die Luft ein und mit ihr die Frühlingsdüfte nach Birkensaft und jungen Fichtentrieben. Seine vertraute Heimat Florida hatte er weit hinter sich gelassen.

Einen Vorteil hatte es, hier oben an der »letzten Grenze« flüchtige Verbrecher aufzuspüren, zumindest im Frühjahr und im Sommer. Die Nächte waren kurz und dazwischen war es viele Stunden lang hell, sodass die Banditen die meiste Zeit damit zubrachten, auf der Suche nach einem Versteck herumzuflitzen wie die Küchenschaben. Nach Cutters Erfahrung erwischte man Küchenschaben ziemlich schnell, wenn sie sich mal ans

Licht wagten. In Florida hatte er genügend Schaben zerstampft, und in Alaska schien es auch so einige zu geben, die nur auf einen Stiefelabsatz warteten.

Die Küchenschabe des Tages, Frederick »Donut« Woodfield, hatte laut seiner Akte bei seinen bisherigen 17 Verhaftungen noch nie Widerstand geleistet. Und warum sollte es heute anders sein? Cutter checkte seine BUG, seine *back-up gun,* eine kleine Reserve-Glock in einem Rückenholster auf Höhe seiner rechten Niere. An der Hüfte hing sein Colt Python mit dem überm Abzug eingravierten Symbol des Florida Department of Law Enforcement.

Als Neuling in der hiesigen Gerichtsbarkeit, dem Judicial District of Alaska, waren Arliss Cutter auch die beiden ihm zugeteilten Deputys neu. Sie befanden sich quasi alle drei noch in der Phase des gegenseitigen Kennenlernens, oder wie Brummbär Cutter es damals zu nennen pflegte, des gegenseitigen Ärsche-Beschnupperns. Sie waren noch kein eingespieltes Team, würden erst allmählich ihre guten, ihre schlechten und diejenigen persönlichen Eigenschaften kennenlernen, die womöglich mal jemanden das Leben kosten könnten. Die Deputys mussten Cutter erst noch als Anführer erleben und er sie in einem Kampfeinsatz. Doch das würde nicht lange auf sich warten lassen. Das Aufspüren flüchtiger Gewaltverbrecher brachte so etwas unweigerlich mit sich.

Direkt rechts neben Cutter stand Deputy US Marshal Sean Blodgett. Ein Bulle von Mann, allerdings mit 30 Pfund zu viel auf den Hüften. Seine dicken Unterarme ruhten wie die Pranken eines Tyrannosaurus Rex auf den Reservemagazintaschen und dem Verbandskästchen, die vorne an seiner grünen metallverstärkten übergroßen Schutzweste angebracht waren, die er über sein enges marineblaues T-Shirt gezogen hatte. Ein dezentes grün-schwarzes Abzeichen mit Stern im Kreis prangte über der linken Brust des Deputys. An einem Nackengurt hing senkrecht eine kurzläufige Karabinerwaffe, ein Colt M4. Auf der Rückseite seiner Weste verkündeten Großbuchstaben: POLICE / US MARSHAL.

Deputy Lola Fontaine, 26 Jahre alt, hätte Cutters Opa wohl »ein properes Mädchen« genannt. Dank ihrer polynesischen Wurzeln gingen ihre Hüften und ihre Schultern etwas in die Breite, und sie trieb es mit ihrer Fitness bis zum Äußersten. So im Licht des frühen Morgens erinnerte sie Cutter an Werbefotos in Katalogen für Schutzausrüstungen. Ihre Weste trug dieselbe Aufschrift wie die von Deputy Blodgett, POLICE / US MARSHAL, doch ihr entschlossener Gesichtsausdruck und ihre wie gemeißelt wirkenden Arme schrien eher: KNALLHART. Ihr dunkles Haar hatte sie zu einem festen Knoten zurückgebunden, der sie mit ihren breiten Wangenknochen älter aussehen ließ, als sie tatsächlich war. Nussbraune Augen erwiderten jeden längeren Blick mit einem provozierenden Gegenblick. Sie war etwa 1,68 groß, und ihr Gewicht musste Cutter nicht schätzen, denn sie hielt alle darüber auf dem Laufenden, indem sie kleine Zettel an ihren Computer klebte. Auf dem von gestern hatte sie notiert: »67 Kilo extraharter Stahl«. Sie nannte das ihr »Kampfgewicht«, und niemand von ihren Mitarbeitern in der Task Force ließ einen blöden Kommentar dazu ab. Im Besprechungsraum hatte Cutter so einige Kriegsgeschichten von ihr gehört, von Kämpfen, in die sie verwickelt gewesen war, und so wie sie durchs Leben marschierte, nahm er glatt alle für bare Münze.

Im Grunde stellte das Aufspüren von Menschen eine Wissenschaft für sich dar. Die Deputy US Marshals scherten sich wenig um das Was, das Warum oder das Wie eines Verbrechens. Doch mit der Präzision eines Laserstrahls konzentrierten sie sich auf das Wer und das Wo. Theoretisch wäre das nun Folgende, da Donut Woodfield lokalisiert worden war, ganz einfach: umzingeln und einkassieren. Praktisch jedoch überdauerte kaum ein theoretischer Plan den ersten leibhaftigen Kontakt mit dem Flüchtigen.

Cutter warf einen Blick zu den erfahrenen Agenten der United States Drug Enforcement Administration, Simms und Bradley. Beide trugen eine dünne blaue Uniformjacke, darunter eine schlichte olivfarbene Einsatzweste aus Baumwolle und beide außer ihrer Reservemunition und ihren Verbandskästchen noch weitere Außentaschen mit zwei Blendgranaten. Ein bisschen übertrieben für jemanden, der nicht gerade einem SWAT-Team angehört, aber gegen zusätzliches Zeug war schließlich schwer etwas einzuwenden, solange es einen nicht behinderte.

Die DEA-Agenten wirkten kompetent, obwohl Simms, der Jüngere der beiden, einen blöden Witz darüber gerissen hatte, dass Lola Fontaine sich wie der Name einer Stripperin anhörte. Cutter reagierte darauf wie jeder vernünftige Teamleiter. Er nahm den Mann ruhig beiseite und drohte ihm mit einem kräftigen Arschtritt, falls er von ihm noch mal so was über jemanden in seinem Team hören sollte. Das unterbrach die Besprechung zwar für einen Moment, doch das war's wert. Nachdem sein teamführender Deputy, 1,90 groß und 120 Kilo schwer, ihm klargemacht hatte, dass er Wert auf anständiges Benehmen legte, verwandelte sich Agent Simms in einen Musterknaben. Auch Deputy

Blodgett hatte sich über Lola Fontaines flotten Namen lustig gemacht, allerdings nur unter vier Augen und sozusagen im Vertrauen unter Marshal-Kollegen, doch Cutter brauchte ihm gegenüber nur kurz eine Augenbraue zu heben und der Fall war erledigt.

Wie üblich beim Spezialeinsatz, hatten beide DEA-Männer schwarze Sturmmasken auf dem Kopf, die sie sich im Ernstfall über ihre spitzbärtigen Gesichter ziehen würden, bevor sie die Tür eintraten. Die anderen fünf im Team – die drei uniformierten Polizisten des APD und die zwei Deputy Marshals – kamen Cutter dermaßen jung vor, dass er fast Mitleid verspürte, dass ihm andererseits beim Gedanken daran auch schier die 42 Jahre alten Knochen wehtaten. Er war mindestens zehn Jahre älter als alle anderen. Jung bedeutete aber nicht immer unerfahren, besonders bei Streifenpolizisten. Eine Stadtbevölkerung von 300.000 Einwohnern in Anchorage bescherte diesen APD-Beamten jede Nacht genug zwischenmenschliche Auseinandersetzungen und bodenlose Dummheiten, also auch mit Lichtgeschwindigkeit persönliche Reife und Erfahrung.

Aus reiner Gewohnheit berührte Cutter kurz das kleine Lederetui an seinem Gürtel, dann lehnte er sich über den Ford, um einen letzten gründlichen Blick auf den Grundriss zu werfen, der dort mit abwaschbarem Stift aufgezeichnet war – auf seiner automobilen Schautafel. Erst kurz vor halb sechs morgens, doch die anderen warfen schon klare Schatten auf die Motorhaube in ihrer Mitte.

Zufrieden, dass er den Lageplan des Apartmenthauses verinnerlicht hatte, wo ihr Einsatz stattfinden würde, stellte Cutter sich als Teamführer mit dem Gesicht gegen die Sonne, um sicherzugehen, dass alle anderen die

Lageskizze problemlos studieren konnten, bevor es losging. Er hatte schon zu viele gute Männer wegen irgendeinem Pipifax-Fehler sterben sehen – so etwas würde unter seinem Kommando nicht passieren.

Der älteste APD-Beamte, Sergeant Evers, war vermutlich Anfang 30. Er blickte kurz zu dem traurigen Haufen Apartments zwischen den weißen Birken hinüber, hier in dieser ruhigen Nachbarschaft, etwas zurückgesetzt von der Spenard Road, und betrachtete dann wieder die Zeichnung auf der Kühlerhaube. »War da irgendjemand schon mal drin?«

»Ich«, sagte einer der APD-Polizisten und hob dabei die Hand in einem schwarzen Handschuh. »Im Wesentlichen vier Stockwerke voller Nutten, Sarge.« Er mochte ein bisschen so aussehen wie ein Schuljunge, sprach jedoch so überzeugend, als hätte er bereits zehn Jahre mehr auf dem Buckel als sein Vorgesetzter, und das beruhigte Cutter etwas.

»Der Vermieter wohnt in Kalifornien«, fügte Deputy Blodgett hinzu. »Der hat ein Vorstrafenregister so lang wie Ihr Arm, wegen Handel mit Heroin. Würde nicht drauf wetten, dass er sich überhaupt erinnert, dass ihm die verdammte Anlage gehört.«

Lola Fontaine schob den APD-Beamten über die Motorhaube einen taubenblauen Ordner mit dem Durchsuchungsbeschluss zu. Er war prall gefüllt mit Hintergrundinfos über Woodfield und Leute, mit denen er irgendwie in Verbindung stand. Sie hatte den Ordner auf der Seite mit dem Vorstrafenregister aufgeschlagen.

»Frederick James Woodfield«, sagte sie und tippte dabei mit dem knallrot lackierten Fingernagel ihres Zeigefingers auf das Foto. »Alias Donut.«

»Für einen Heroindealer sieht er ganz schön fit aus«, sagte Sergeant Evers. »Gar nicht wie jemand mit dem Spitznamen Donut.«

Fontaine hob die Schultern, wobei sie ein winziges bisschen zusammenzuckte. Sogar jetzt in der kühlen Luft schwitzte sie immer noch von ihrem vorherigen Vier-Uhr-morgens-Training, auf ihren Armen glitzerte der Schweiß in der Morgensonne. Die beiden jüngeren APD-Männer konnten ihre Augen nicht von ihr lassen. Das hätte Cutter ein Lächeln entlockt, wenn er denn ein Mann gewesen wäre, der gerne lächelt.

»Hui«, keuchte sie, »heute morgen war Schultertraining dran, und das merk ich jetzt.« Sie sah Blodgett in die Augen. »Im Fitnessraum bin ich fast nicht mehr in mein T-Shirt reingekommen. Verstehst du?«

Cutter räusperte sich, um sie im Zaum zu halten. »Donut?«

»Genau«, sagte sie und rollte die Schultern. »Keine Ahnung, wieso, aber so nennt ihn jeder. Er wird in Kalifornien, im Staat Washington und in Alaska gesucht, wegen Drogenhandel. Er ist schwarz, 1,95 Meter, 130 Kilo. Hat Verbindungen zur TMHG – die Too Many Hoes Gang –, eine der vielen Gangs, die mit den Crips in Los Angeles unter einer Decke stecken. Vielleicht haben die ihm den Spitznamen verpasst.«

Der APD-Beamte direkt neben Cutter löste seinen Blick lange genug von Fontaines Bizeps, um das Foto ihrer Zielperson in Augenschein zu nehmen, und pfiff dann leise. Officer Trent, ein junger Hüpfer, der aussah wie frisch aus der Polizeischule, tippte mit dem Finger auf Woodfields Geburtsdatum und schüttelte den Kopf. »28. Ist das nicht ganz schön alt für einen in einer Drogengang?«

»Stimmt«, sagte Cutter.

»Also, unser Mann ist im vierten Stock?«, wiederholte Sergeant Evers die bekannte Information. Cutter konnte es ihm nicht verdenken. Polizisten fürchteten eine Wohnungsverwechslung mehr als einen Kugelhagel.

Cutter blickte zu Deputy Fontaine, überließ ihr die Antwort. Die DEA-Leute hatten den Durchsuchungsbeschluss besorgt, hatten die Sache aber an den Marshals Service abgegeben. Cutter legte Wert darauf, dass jedem klar war, diese Aktion hier war Fontaines Show.

»Korrekt«, antwortete sie. »Apartment 405. Wenn wir oben am Treppenende angekommen sind, die dritte Tür auf der Südseite des Korridors.«

Sergeant Evers nickte. »Mir wär's immer noch lieber, wir hätten ein SWAT-Team dabei. Der Typ braucht sich bloß zu verbarrikadieren.«

»Ihre Entscheidung«, erwiderte Cutter, trat einen halben Schritt zurück und legte die Arme über Kreuz. »Wenn es Ihr Gewissen beruhigt. Das hier ist Ihre Stadt.« Wie Cutter wusste, wollten diejenigen, die einen Flüchtigen nach einer langen Menschenjagd schlussendlich zur Strecke brachten, ihm auch selbst die Handschellen anlegen und stolz darauf sein. Dieses Bedürfnis war ihm selbst nicht völlig fremd, doch hätte auch nur das Geringste dafür gesprochen, dass es mit Donut Woodfield vielleicht Probleme geben könnte, dann wäre er als Erster dafür gewesen, die Spezialeinheit hinzuzuziehen.

Die Augen aller Männer richteten sich auf Lola Fontaine. Die beiden DEA-Agenten scharrten ein bisschen mit den Füßen; jeder schien den Atem anzuhalten in diesem entscheidenden Moment. Ihre nächsten Worte konnten den ganzen Einsatzplan über den Haufen werfen.

Fontaine wechselte einen kurzen Blick mit Blodgett, schüttelte dann voller Selbstvertrauen den Kopf und deutete auf das Vorstrafenregister. »Er hat sich noch nie der Verhaftung widersetzt. Ich glaube, wir kommen klar.« Sie grinste die APD-Beamten an. Dabei musste Cutter feststellen, dass selbst ihre Gesichtsmuskulatur deutlich ausgeprägt war. »Auf alle Fälle bin ich dankbar, dass ihr Jungs mit im Team seid. Wenn jemand in Uniform präsent ist, drehen die Nachbarn nicht so leicht durch.«

»Und was soll's«, legte Deputy Blodgett noch eins drauf, »wir haben heute noch fünf weitere Dumpfnasen von dem Kaliber auf dem Stundenplan, die wir alle hopsnehmen sollen. Dafür haben die SWATler gar keine Zeit.« Blodgett stammte aus Nevada, redete jedoch wie ein eingefleischter New Yorker Straßenbulle.

Evers ließ ein tiefes Brummen vernehmen, als kaute er immer noch darauf herum. »Und er soll alleine sein?«

Fontaine hob unverbindlich die Schulter. »Soweit wir wissen«, sagte sie.

»Also gut.« Der Sergeant trat vom Auto zurück. »Wir sieben Superstars werden das schon hinkriegen. Haben Sie vor anzuklopfen, unser Kommen anzukündigen?« Er warf einen Blick nach unten zu dem Rammbock, der neben Blodgetts Fuß senkrecht auf dem Pflaster stand. 50 Pfund schwarzer Stahl. Das Ding sah aus wie ein Stück Eisenbahnschiene, mit einem flachen, angeschweißten Ende und zwei Greifringen an der Längsseite – und genau das war es auch.

Der ältere DEA-Agent hüstelte, um auf sich aufmerksam zu machen. »Es kann gut sein, dass der Typ auf einem kleinen Haufen Heroin sitzt, sogenanntes Black Tar Heroin«, sagte Special Agent Bradley. »Wenn es Ihnen nichts ausmacht, würden wir gerne so schnell da reingehn, dass er nicht alles in den Müllschlucker schmeißen kann.«

»Dafür wird Daisy schon sorgen«, sagte Blodgett mit einem Lächeln und einem zärtlichen Blick zu seiner Ramme hin.

Der Sergeant musterte seine zwei Officers genau, von Kopf bis Fuß, so wie jeder gute Einsatzleiter sich vergewissert, dass seine Leute bereit sind. Zufrieden wandte er sich wieder Cutter zu. »Am andern Ende des Gebäudes gibt's keine Feuerleiter. Wir können alle die Vordertür nehmen. Ihre Leute sind die mit der Brechstange, ja? Wenn meine Leute das Ding in die Hand nehmen sollen, rufe ich ein SWAT-Team dazu.«

Blodgett hievte die Stahlramme an seine Brust. »Außer mir rührt Daisy niemand an«, sagte er.

Special Agent Simms zog sich einen schwarzen Nylonrucksack über die Weste. Dieser enthielt einen Bolzenschneider und ein Brecheisen mit einem Haken am Ende, das einem Zimmermannshammer ähnelte – ein sogenanntes Halligan-Werkzeug. Das würde unschätzbare Dienste leisten, falls Donuts Tür nach außen aufging oder einfach zu dünn war für den effektiven Einsatz von Daisy.

»Also, los geht's«, sagte Evers und wedelte mit der Hand in die Richtung von Donut Woodfields vier Stockwerken voller Nutten. »Wir sind direkt hinter Ihnen.«

Lola Fontaine führte die Kolonne aus sechs polizeilichen Dienstwagen von der Spenard Road zu Abstellplätzen im Schutz der Birken nördlich des Gebäudes, außer Sichtweite von Donuts Apartment. Ohne zu trödeln, verschloss das Team die Fahrzeugtüren und machte sich direkt auf den Weg zur Vordertür des Apartmenthauses. Sie versammelten sich davor in derselben Reihenfolge, in der sie die Tür stürmen würden: Fontaine vorneweg, Deputy Blodgett unmittelbar hinter ihr mit seiner Ramme, gefolgt von Cutter, den beiden DEA-Agenten und als Schlusslicht und Rückendeckung den Männern vom Anchorage Police Department.

Der überwältigende Gestank nach Müll und ungewaschenen Socken traf Cutter wie ein Schlag ins Gesicht. Deputy Blodgett sog die Luft tief durch die Nase ein, als würde er an seinem Lieblingsgericht schnuppern.

»Hmmm«, flüsterte er. »Lecker …«

Es gab einen Aufzug im Gebäude, doch das Team nahm die Treppe, bewegte sich zügig aufwärts. Nah genug beieinander, um sich berühren zu können, aber mit genügend gegenseitigem Abstand, um sich nicht anzurempeln.

Die gezogene Glock in den Flur gerichtet, zeigte Fontaine zur Bestätigung mit ihrer freien Hand auf die Nummer 405, als sie am richtigen Apartment angekommen waren. Cutter hatte ihr mal geraten, nicht immer zu direkt aufs Ziel loszuschießen. Nun griff sie, anstatt gleich durch die Tür zu brechen, vorsichtig nach dem Türknopf. Es war zwar kein Weltuntergang, wenn man eine unverschlossene Tür aufbrach, aber doch verdammt peinlich.

Abgeschlossen.

Fontaine seufzte leise. »Rammbock!« Sie trat beiseite, um Blodgett mit der schweren Ramme ausholen zu lassen. Sobald sie durch die Tür wären, würde sie innen wieder die Führung übernehmen, alle anderen im

Gänsemarsch hinterdrein. Blodgett würde die Ramme fallen lassen, seine Pistole ziehen und als Letzter folgen.

Es war eine solide Metalltür mit, so wie es aussah, einem einfachen Riegelschloss, aber stabilerem, längerem Riegel. Auf Augenhöhe gab es einen Spion, also gab Cutter das Zeichen, Daumen hoch, zum Rammen. Blodgett holte gerade mit Daisy nach hinten aus, als Cutter eine Kamera weiter hinten in der oberen Ecke des Flurs entdeckte – einen Sekundenbruchteil zu spät.

Die massive Tür schwang auf, kurz bevor die Stahlramme sie berührte, sodass Blodgett das Gleichgewicht verlor und nach vorne stolperte. Ein muskulöser brauner Arm langte nach dem Deputy, riss ihn ins Innere und schlug die Tür wieder zu. Der Riegel schnappte hörbar ein, und Cutter und sein restliches Team standen wie die Ölgötzen im Flur – ohne ihre Ramme.

2

Arliss Cutter trat gegen die Tür und entlockte ihr lediglich ein entmutigend dumpfes Geräusch. Die Ramme und Blodgett waren drin, also waren Cutter und der Rest des Teams definitiv ausgesperrt.

»Scheiße, was war denn das?«, entfuhr es einem der DEA-Agenten. Ungläubig blickten sie in beide Richtungen den Flur entlang, mit gezückten Waffen, einsatzbereit – aber mit einem Mann weniger und keinem Gegner vor sich.

Von der anderen Seite drangen Geräusche heraus, als würden zwei Elefanten sich prügeln. Von der Decke rieselte Staub, als etwas Schweres gegen die Wand knallte.

Cutter sah empor und erkannte, dass die Decke im Korridor abgehängt war; mit einer schnellen Handbewegung winkte er Fontaine zu sich herüber. Den Raum direkt vor der Tür ließen sie frei, für den Fall, dass Donut auf die Idee käme, das Feuer zu eröffnen. Cutter steckte seinen Colt ins Holster und verschränkte die Finger so, dass er Fontaine einen Platz zum Draufstehen bot.

»Ich hebe Sie hoch«, sagte er. »Sie sagen mir, was Sie sehen.«

Unverzüglich packte sie ihn an den Schultern, trat auf seine Hände und schob die Schallschutzplatte beiseite, unter der Cutter sich hoch aufgerichtet hatte.

»Schlecht«, sagte sie, als sie wieder herunterblickte. »Durchgehende Wände bis zum nächsten Stock.«

Gedämpfte Schreie drangen durch die Wand. Dumpfes Poltern. Jemand wurde zu Tode geprügelt.

Sergeant Evers versuchte sich ebenfalls mit Stiefeltritten an der Tür. Kaum ein Kratzer an der Metalloberfläche. Dann traten die beiden APD-Männer gemeinsam dagegen. Jeder probierte es mal, ohne den geringsten Erfolg.

Der Sergeant ging ans Funkgerät und forderte Verstärkung an. Cutter war klar, dass zu wenige kommen würden, und zu spät. Die Sache würde vorüber sein, so oder so, bevor irgendjemand mit einer zweiten Ramme hier auftauchte.

In Woodfields Apartment herrschte offenbar Krieg. Glas zersplitterte, Möbel zerbrachen, während zwei Männer sich gegenseitig gnadenlos an die Gurgel gingen.

Donut Woodfield war noch 15 Zentimeter größer und 30 Kilo schwerer als Blodgett. Selbst wenn der Ganove keine Waffe hatte, dachte sich Cutter, gab es mindestens eine Schusswaffe da drin: die von Blodgett. Der Deputy war vorlaut und ungestüm und, Gott sei Dank, gebaut wie ein kleiner Panzer. Cutter konnte nur hoffen, dass er auch ein guter Kämpfer war.

Cutter zog seine Pistole, schnippte mit den Fingern und sagte zu den DEA-Agenten: »Nehmen Sie das Halligan.«

Prompt setzte sich Simms in Bewegung, zog das metallene Brecheisen aus seiner Schultertasche wie ein Schwert. Er setzte es am Türrahmen direkt neben dem Schloss an, doch die Tür hielt stand.

»Verstärkt«, presste der DEA-Mann zwischen zusammengebissenen Zähnen hervor. Er versuchte an mehreren Stellen entlang des Türrahmens, das Werkzeug dazwischenzurammen, suchte nach einem Schwachpunkt.

Cutters Herz klopfte, während er auf den Lärm auf der anderen Seite lauschte.

»Wir stecken echt in der Klemme«, flüsterte Fontaine, die plötzlich gar nicht mehr so muskulös wirkte. »Der bringt Sean um da drinnen.«

Verzweifelt schaute Cutter in beide Richtungen den Flur entlang, auf der Suche nach einer Feuerwehraxt oder irgendetwas anderem, das ihn durch diese Tür bringen könnte, um seinen Deputy zu retten. Sean Blodgett war nun schon eine ganze Minute lang auf sich allein gestellt – eine Ewigkeit, wenn man um sein Leben kämpfte. Cutter verdrängte die Gedanken daran, wie es da drin aussehen mochte, und konzentrierte sich auf die Suche nach einem Weg hinein.

Die Tür zu 407 öffnete sich einen Spaltbreit, ein dunkles Auge spähte heraus. Bevor die Tür wieder zugezogen wurde, schob Cutter seinen Fuß dazwischen und drückte sie ganz auf. Vor ihm stand eine knochige Brünette mit Einstichnarben an den Armen und einem dünnen T-Shirt und losen Sportshorts auf dem Leib – die leicht an- und auszuziehenden Standardklamotten einer Nutte, die im eigenen Schlafzimmer arbeitete.

»He!«, sagte sie und warf einen Blick hinter sich auf die Marihuana-Pflanzen, die an ihrer Balkontür wuchsen. »Sie können nicht einfach reinkommen ohne Durchsuchungsbeschluss.«

»Ihr Kraut interessiert mich nicht«, sagte Cutter. Er musste seinen Atem unter Kontrolle kriegen. Nachdenken. »Kennen Sie Ihren Nachbarn?«

Hier im Apartment der Nutte waren die Kampfgeräusche von drüben sogar noch lauter.

»Der bleibt für sich«, sagte die Frau. Sie kreuzte ihre Arme und präsentierte ihm kokett eine knochige Hüfte.

Simms streckte den Kopf zur Tür herein, die Kiefermuskeln vor Stress angespannt. »Das Halligan hat null Wirkung«, sagte er. »Damit komm ich nicht durch.«

Mehrmaliges unterdrücktes Ächzen durchdrang die Wand von Donuts Apartment her. Wer die Geräusche abgab, konnte Cutter nicht beurteilen, doch zumindest fielen keine Schüsse und die eindeutigen Rumsgeräusche ließen nicht nach. Bevor der DEA-Mann seinen Kopf wieder zurückzog, fiel Cutters Blick auf die beiden Blendgranaten an der Brust von dessen Weste. Seit sich die Apartmenttür hinter Sean Blodgett geschlossen hatte, lief in Cutters Kopf eine Uhr, und irgendetwas sagte ihm, dass er seinen Deputy noch retten konnte, wenn er innerhalb von drei Minuten durch diese Tür kam.

Er sah auf seine Armbanduhr. Zwei Minuten vergangen.

»Bringt mir das Halligan!«, rief er.

Simms glotzte ihn an. »Sie wollen es hier drin?«

»Bringen Sie's her«, fuhr Cutter ihn an. »Schnell!«

Deputy Fontaine streckte nach Agent Simms ihren Kopf herein. Schweiß stand ihr auf der Stirn, von fortgesetzten Versuchen, irgendwie die Tür aufzubrechen.

Keuchend sah sie Cutter ins Gesicht, skeptisch. »Haben Sie 'n andern Weg rein gefunden?«

»Vielleicht.« Cutter nahm dem DEA-Agenten das stählerne Brecheisen ab. »Oder auch nicht.«

Mit der Spannbreite seiner Arme maß er einen Abstand von ungefähr 1,50 Meter von der Apartmenttür her ab und versenkte dann das Klauenende der Brechstange in der Rigipswand. Das Gebäude stand schon jahrzehntelang, und wer genau hinschaute, sah die leicht erhobenen Stellen, wo die Gipsplatten an das dahinter liegende Holzgerüst genagelt waren. In der Mitte dazwischen schlug Cutter nun in Brusthöhe zwei Löcher, etwa 15 Zentimeter auseinander.

»He!« Die Prostituierte versuchte einzuschreiten, doch Fontaine stieß sie mit der Hüfte beiseite. »Das ist mein Haus!«

Cutter ignorierte sie. Er riss den Klettverschluss seiner schusssicheren Weste auf, zog sich das ganze Ding über den Kopf und ließ es auf den Boden fallen. Drehte sich zu dem DEA-Mann um und hielt ihm die offene Hand hin. »Geben Sie mir eine von den Blendgranaten. Sie nehmen die andere. Ziehen Sie den Stift raus und schmeißen Sie sie in die Wand, gleichzeitig mit mir.«

Simms nickte zum Zeichen, dass er verstand. »Könnte echt klappen«, sagte er und warf dann, gemeinsam mit Cutter, die Granate in den Hohlraum hinter der Rigipsplatte.

Zwei Sekunden später quoll eine Staubwolke mit einem dumpfen *Wumpf* aus den beiden Löchern.

Die kleinen Detonationen begrenzten sich zwar auf den Bereich am Fußende der hohlen Wand, doch sie besaßen genügend Wucht, die Rigipsplatten vom Holzgerüst zu lösen, sodass Cutter nun sein Brecheisen richtig ansetzen konnte. Hektisch riss er von unten nach oben die Platte auf seiner Seite weg und legte so die Rückseite von Woodfields Wandplatten frei. Die Dachlatten verliefen im Abstand von gut 60 Zentimetern, trotzdem musste sich Cutter seitwärts drehen, um durchzupassen.

Das schwere Eisen in der Hand, schob er sich zwischen die Latten und zog dabei den Bauch ein, um nicht an irgendeinem rostigen Nagel oder irgendwelchen Kabeln hängen zu bleiben. Mit der Schulter voran brach er durch die zweite Rigipsplatte und stolperte fast über die am Boden ineinander verschlungenen Kämpfer, Donut und Deputy Blodgett.

In dem Apartment war kein Stein auf dem anderen geblieben. Der Fußboden war mit Glassplittern und zerbrochenen Bilderrahmen übersät. Mitten im Wohnzimmer lag eine Pfanne mit etwas, das aussah wie eine halb aufgegessene Portion Lasagne, umgedreht auf dem Boden. Sean Blodgett lag auf dem Rücken, die Glock fehlte in seinem Holster, war aber nirgends zu sehen. Über ihm stand Woodfield, einen abgebrochenen Baseballschläger hoch erhoben; er deckte Blodgett mit Schlägen ein und versuchte ihm wohl gerade das Hirn aus dem Schädel zu prügeln. Die Beine angezogen, schützte Blodgett seinen Kopf mit den Unterarmen und rollte vor und zurück, um den Hieben auszuweichen. Woodfield tropfte bei jedem Ausatmen Blut aus der Nase, und sein Unterkiefer hing ihm schräg im Gesicht. Blodgetts linkes Auge war zugeschwollen; seine Ellbogen bluteten.

Cutter ließ einen Schrei los, als er sah, dass sein Deputy derjenige war, der Schläge einsteckte. Er rannte den verdutzten Donut Woodfield kurzerhand über den Haufen und verschaffte Blodgett so eine Verschnaufpause. Angezählt, aber längst nicht ausgezählt, rollte sich Donut ab und stellte sich der neuen Bedrohung entgegen. Cutter griff an, ohne Rücksicht auf den Baseballschläger, und schwang sein Brecheisen wie einen Poloschläger. Er versenkte das Klauenende in Donuts Schulter und schritt an ihm vorbei, Donut riss sich los, schüttelte sich, als wollte er die Wunde abschütteln, und holte wieder mit dem Baseballschläger aus. Mit einer mörderischen Wut ging Cutter ein drittes Mal auf ihn los, das Brecheisen verfehlte jedoch Donuts Kopf knapp und erwischte ihn bloß an der rechten Hand, als er diese zur Abwehr hochhielt. Der Kriminelle schrie vor Schmerz laut auf. Cutter nutzte die Eisenklaue wie einen Enterhaken und zog Donut damit zu sich heran, direkt in einen Kinnhaken seiner Linken hinein, den er Donuts bereits gebrochenem Kiefer verpasste.

Woodfield ließ den Schläger fallen und klappte brüllend auf dem Boden zusammen. Der Schwung seines eigenen Schlages ließ Cutter einen Schritt an ihm vorbeitreten.

Fontaine war unmittelbar nach Cutter durch die Gipswand gekommen und hockte bereits auf dem benommenen

Flüchtigen, ehe Cutter sich wieder umgedreht hatte. Blodgett krabbelte auf allen vieren zu ihr, blinzelte mit seinem heilen Auge und half ihr, indem er einen von Woodfields Armen am Boden festhielt, damit sie ihm Handschellen anlegen konnte.

Mit geblähten Nüstern, das Eisen hoch erhoben, ragte Cutter über ihnen auf.

Fontaine hielt abwehrend ihre Hand empor. »Wir haben ihn!«

»Was?«, sagte Cutter, seine Augenlider flatterten, immer noch holte er mit dem schweren Brecheisen zum Schlag aus.

»Arliss!«, fuhr Fontaine ihn an. »Ich bin's, Lola! Alles okay. Wir haben ihn gefesselt.«

Lola Fontaine starrte zu ihrem neuen Boss empor, der das Halligan-Eisen hoch über seinem Kopf hielt und Donut Woodfield anvisierte wie ein Stück Fleisch. Aus ihrem Haarknoten löste sich eine lange Locke, die sie sich gleich wieder aus dem Gesicht blies, um den Blickkontakt mit Cutter nicht zu verlieren. Irgendwann ließ er das Brecheisen los, es fiel scheppernd zu Boden, und er schüttelte heftig den Kopf, wie um ihn wieder freizubekommen. Dann ging er zur Tür und öffnete den Riegel, um das restliche Team in das verwüstete Apartment einzulassen.

Fontaine rollte den nun wehrlosen Donut auf die Seite und tastete ihn nach Waffen ab. Seine blutige Schulter ließ sie in Ruhe, doch er zuckte bei jeder ihrer Berührungen zusammen. Sean hatte ihm ganz schön zugesetzt, und offenbar hatte ihm Cutter mit dem Eisen einen oder zwei Knochen gebrochen.

»Hast du das gesehn?«, flüsterte sie, damit ihr Häftling es nicht hörte.

Blodgett kicherte, voller Euphorie, überlebt zu haben. »Ich seh 'n Scheiß«, sagte er und kniff die Augen zusammen, weil ihm Blut übers Gesicht lief.

»Ich hab gedacht, unser neuer Teamführer wär die Ruhe in Person«, sagte sie. »Aber wenn ich mich nicht irre, wollte er dem Typen gerade das krumme Ende des Brecheisens in die Fresse rammen.«

»Hab's dir doch gesagt«, meinte Blodgett und flüsterte ebenfalls. »Unser neuer Mann hat so seine Probleme. Meine Freunde im Hauptquartier erzählen, er habe in Afghanistan ein paar üble Sachen gemacht.«

»Üble Sachen miterlebt oder üble Sachen angestellt?«

Blodgett rappelte sich auf alle viere hoch und kam dann, gestützt auf einen umgeschmissenen Stuhl, wieder auf die Füße.

»Soviel ich weiß, eine ganze Menge von beidem.«

3

Mit 29 war sie noch viel zu jung, um über ihren eigenen Tod nachzugrübeln, aber der Ausblick auf das kalte Meer, im Rücken die frostbedeckten Gräber, ließ sie unweigerlich daran denken.

Es war eine schöne Insel, unberührte Natur, grüne Berge und alte Urwälder und mehr Wasserfälle, als sie jemals irgendwo gesehen hatte. Dennoch konnte sie den Gedanken nicht abschütteln, dass dieser Ort sie umbringen würde.

Sie hatte noch nie ein dermaßen filmreifes Panorama erblickt. Nun schipperten sogar noch ein paar Fischerboote vor ihrer Nase dahin, kämpften gegen den Wellengang einer kalten Morgenbrise an, um eine Ladung Seetang für die Heringsrogenverarbeitung an Land zu holen. Was das ungleiche Verhältnis Männer zu Frauen in Alaska betraf, war ihr gelegentlich der alte Spruch ›Die Auswahl ist reichlich, aber auch reichlich beschissen‹ in den Sinn gekommen, hatte ihr aber höchstens ein müdes Schmunzeln entlockt. Falls ein Mädchen auf Waschlappen stand, Hipster mit fein geöltem Bart und Knopf im Ohr, die einem den besten Karamellmacchiato der Welt hinzauberten, dann mochte es zutreffen. Doch Carmens Erfahrung nach waren die Fischer und Holzarbeiter auf dieser Insel mit die härtesten und unverwüstlichsten Männer auf dieser Welt – was ihr allerdings nur umso mehr Bauchschmerzen bereitete im Hinblick darauf, was sie ihnen antat.

Die Knie umschlungen und an die Brust gezogen, versenkte Carmen das Gesicht noch tiefer in ihrer Fleecejacke, knabberte am Kragen, wie so oft, wenn sie nervös oder nachdenklich war. Zu ihrer Linken, hinter der Wellenbrecherbrücke und dem Bootshafen, der geschützt in einer Bucht namens Shelter Cove lag, erstreckte sich am Hang das putzige Örtchen Craig. Sie hätte sich keinen besseren Namen dafür ausdenken können, wenn der Sender eine Namensänderung verlangt hätte.

Auf der Insel gab es Wölfe, sogar Bären, bullige schwarze Ungetüme, dreimal so groß wie sie. Im Supermarkt, einem JT Brown's General Store, hatte ein Fischer sie damit beruhigen wollen, dass Wölfe ja nur kleine Menschen fraßen – ein schwacher Trost für sie, die kaum größer als 1,50 war. Derselbe wohlmeinende Fischer hatte weiter erklärt, über Grizzlys müsse sie sich hier keine Sorgen machen, es gebe hier nur die viel scheueren Schwarzbären. Dann hatte er jedoch hinzugefügt, dass die Schwarzbären zwar schüchtern seien, aber schon mal auf sie losgehen könnten, wenn sie auf die Idee kämen, sie sei was zum Fressen. Dieses Jahr hätten Schwarzbären schon zwei Menschen getötet. Aber nur keine Sorge, Mädel, dir wird schon nix passieren.

Ein Tlingit-Mädchen in der Warteschlange in dem Horrormarkt hatte dann von Legenden der Ureinwohner angefangen, von fürchterlichen Fröschen und von Gestaltwandlern, die Frauen entführten und sie zur Hochzeit mit langzahnigen Ottermenschen zwangen.

Seit Monaten schon fühlte sich Carmen fehl am Platz, von dem Moment an, als sie die Fähre hier zum ersten Mal verlassen hatte, um die Gegend nach Bildmotiven auszukundschaften. Sie war ein Stadtkind, im Ostteil von Los Angeles geboren und aufgewachsen. Zwei ihrer Cousins waren bei Schießereien mit gegnerischen Gangs ums Leben gekommen, eine Cousine schlug sich als Nutte an der Atlantic Avenue durch. Eigentlich sollte sie nichts mehr erschüttern, weder Wölfe noch Bären noch irgendwelche gruseligen Ottermänner. Und doch ging ihr das alles unter die Haut. Und das Schlimmste: Sie hatte sich das alles selbst zuzuschreiben.

Nach ihrem Abschluss an der Filmakademie der University of California in Los Angeles hatte sie sich sieben Jahre lang mit billigen Jobs in verschiedenen Reality-TV-Produktionen über Wasser gehalten. Währenddessen hatten sich ihre Notizbücher mit eigenen Ideen gefüllt. Nichts davon hatte gezündet. Doch dann hatte sie eine

Sendung auf Nat Geo gesehen, über das Leben im hohen Norden. Eine Wahnsinnssendung, prall vollgepackt mit lauter interessanten Leuten, die in dieser gnadenlos harten Umwelt nicht nur überlebten, sondern sich hier ihr Leben aufbauten. Die Grundidee dahinter erschien ihr ebenso unfassbar wie dieses Land hier, und von da an besorgte sie sich jeden Film über Alaska, den sie in die Finger kriegen konnte.

Da Carmens Bruder Polizist im Los Angeles Police Department war, verbrachte sie zahlreiche Abende mit ihrer Schwägerin und sie unterhielten sich oft über die engen Freundschaften zwischen Ehepartnern von Polizeibeamten. Eines Abends, ihr Bruder hatte Dienst, ließen sie sich Pizza kommen und schauten gemeinsam eine jahrzehntealte Doku über die Fischerei im Südosten Alaskas. In Carmens Kopf begann der Keim einer Idee zu sprießen. Sie arbeitete die Nacht durch, schrieb ein ganzes Notizbuch voll mit dem Konzept für eine intelligente neuartige Sendung, die zugleich unterhalten und informieren würde. Und die Produktionsfirma, für die sie arbeitete, finanzierte ihr einen dreiwöchigen Trip nach Craig für Probeaufnahmen.

Voller Vorfreude und Erwartungen kehrte sie nach Los Angeles zurück. In zwei Wochen wollte sie loslegen.

Der Sender nahm den Ball auf, allerdings hatte man dort ganz andere Vorstellungen. Man las ihr Konzept, schaute sich ihren Probedreh an, überschüttete sie mit Komplimenten für ihre frischen Ideen – und änderte im Nachhinein alles. Ja, man ernannte sie zum Executive Producer, und ja, im typischen Network-Speak wurde ihr bestätigt, dass sie absolut das Sagen habe. Aber sie wusste Bescheid. Sie wusste, wie der Hase lief. Solange man nicht der Mann mit der Kohle war, hatte man bei absolut gar nichts das Sagen. Innerhalb eines einzigen dreistündigen Meetings mit verschiedenen Verantwortlichen des Senders schaffte man es, ihr Baby bis zur Unkenntlichkeit zu verstümmeln.

Und nun waren sie und ihr Produktionsteam über dieses pittoreske Dörfchen mitten im Nirgendwo hergefallen, um ihre geschmacklose Monstrosität abzudrehen – was, so befürchtete sie, den Ort für immer verändern würde. Ja, wahrscheinlich gab es auf dieser Insel etwas, das sie umbringen würde. Tödlicher als jeder Wolf, Bär oder Ottermensch. Etwas, das nicht von hier stammte. Nein, was es auch war, sie hatte es selbst mit hergebracht.

4

Deputy Blodgett musste ins Krankenhaus, also fuhr Cutter ihn hin. Gefolgt von Fontaine und Special Agent Simms, die Donut Woodfield in ihrem Wagen zur Notaufnahme transportierten, damit man dort seine zahlreichen Verletzungen behandelte, bevor er ins Gefängnis kam.

Blodgett füllte gleich sein CA-1-Formular aus, worin die Verwundungen im Dienst protokolliert wurden, für den Fall, dass er Folgeschäden davontrug. Eigentlich keine eilige Sache, doch so hatte er wenigstens was zu tun beim Warten. Cutter beruhigte ihn, er sei noch mal davongekommen, trotz der offenbar angeknacksten Augenhöhle und eines ausgekugelten Zeigefingers, der bestimmt auch noch gebrochen war. Sobald der Adrenalinschub verebbt sei, werde er sich schon wieder ganz anders fühlen.

Donut Woodfield hatte ein gebrochenes Schlüsselbein, drei angebrochene Rippen und sein Kiefer war ausgerenkt. Die Wunden an Schulter und Hand mussten mit insgesamt 15 Stichen genäht werden. Das alles würde ihn keineswegs vor dem Knast bewahren, sobald er verarztet war. Dass Woodfield schlimmer dran war als sein Deputy, freute Cutter insgeheim.

Special Agent Simms erklärte sich bereit, Blodgett nach Hause zu bringen; so konnten Cutter und Fontaine den Verhafteten ins Gefängnis transportieren. Cutter betrachtete sich als einen Teamleiter, der nach der Festnahme eben auch den weniger spaßigen Teil des Abtransports und des anschließenden Papierkrams übernahm: Wer 'nen Mistkerl einsackt, darf ihn dann auch ordentlich verräumen.

Das Aufnahmeritual dauerte ewig, immer wieder blickte die zuständige Krankenschwester über ihre Omabrille hinweg zu Woodfield, dann zu den beiden Deputys, dann auf ihre Krankenhausformulare und wieder zurück zu den Deputys. Lola Fontaine bebte schier vor Anspannung, als sie endlich ihre Handfeuerwaffe wieder aus dem Schließfach vor der Garagenausfahrt entnahm und damit in Cutters Ford stieg. Nun waren sie zum ersten Mal außer Hörweite des Gefangenen.

Sie ließ ihr Gurtschloss einschnappen, drehte sich zu Cutter und sah ihm in die Augen. Ihr großflächiges Polynesiergesicht zeigte keine Regung, mit diesem ergründlichen Ich-weiß-alles-Gesicht hatte Cutters Mutter ihn schon immer das Fürchten gelehrt. »Gibt's da was, das du mir vielleicht sagen willst, Boss?«

»Nö, nix«, sagte er.

»Ganz sicher nicht?«, fragte sie. »Ich muss dir nämlich sagen, mir kommt's so vor, als müsstest du gleich platzen, weil da was rausmuss.«

»Das kommt dir nur so vor«, sagte Cutter und startete den Wagen.

»Ich frag ja nur. Die Sache da vorhin hat sich nämlich ganz schön heftig zugespitzt.«

»Dann frag ich dich jetzt mal, Lola«, sagte Cutter. »Wenn du gesehn hättest, dass Woodfield über mir steht und mit 'nem Baseballschläger ausholt, hättest du dann auf ihn geschossen?«

Sie hob die Schultern. »Eine Kugel nach der andern, Boss.«

»Na also«, sagte Cutter. »Tödlich ist tödlich. Jemanden mit 'ner Glock erschießen oder ihm mit 'ner Eisenstange den Schädel einschlagen – welchen Tod er stirbt, ist egal.«

»Verstanden«, sagte Fontaine, wirkte jedoch nicht ganz überzeugt. Sie tippte mit dem Stift nervtötend auf ihre Aktenmappe und starrte geradeaus. Schließlich zuckte sie mit der Schulter und ließ sich seufzend in den Sitz zurückfallen. »Könnt ein bisschen Bewegung vertragen.«

An der langen, schmalen Ausfahrt der Gefängnisanlage von Anchorage musste Cutter langsam drei Wagenlängen vorwärtsfahren, bis die Beamten im Kontrollzentrum ihn identifiziert hatten.

»Ich hab gedacht, du hast dich heute Morgen schon bewegt«, sagte er. »Schultertraining …«

»Na und?«, sagte Fontaine, als hätte er eine saudumme Frage gestellt. »Mein Großvater war ein Maori von Cook Island, meine Großmutter ein kräftiges Mädchen aus Nebraska, sie hat mit dem Surfen angefangen, um von der Farm wegzukommen. Alle meine Tanten väterlicherseits sind große, stattliche Frauen – schön und stark, aber ein bisschen zu stattlich, um Langstrecken zu laufen, wenn du verstehst. Meine Mama ist so ein zierliches kleines Geschöpf mit japanischen Ahnen, aber ich komm nach meinem Paps und seiner Familie. Also bleib ich immer in Bewegung und trainiere viel.« Sie wandte sich von Cutter ab, sah aus dem Seitenfenster und wechselte das Thema. »Schon mal dran gedacht, zur SOG zu gehen?«

SOG war die Special Operations Group, die Antwort des US Marshals Service auf die SWAT-Einheiten oder die Geiselnahme-Spezialisten, das Hostage Rescue Team des FBI.

»Bisher nicht«, sagte Cutter. »Ich bin schon etwas zu lang bei der Truppe, um mich von ein paar jüngeren Deputys einen ganzen Monat lang anschreien zu lassen bei der Aufnahmeprozedur zur SOG.«

»Hmmm.« Fontaine drückte sich tiefer in ihren Sitz. Ihr ständiges Training und ihr offenbar ruhiges Gewissen ermöglichten es ihr auf geradezu unheimliche Weise, jederzeit in Schlaf zu versinken. Sie lehnte sich zurück und schloss die Augen. »Weil ich mir nämlich überlegt hab, mich zur SOG versetzen zu lassen …«

Erst knapp vor ein Uhr mittags zog Cutter seine Kennkarte durch den Automatenschlitz an der Garageneinfahrt des James M. Fitzgerald Federal Building, das zugleich das Bundesgerichtsgebäude von Anchorage war. Sorgfältig parkte er seinen kleinen Ford rückwärts in seinen Parkplatz neben der Häftlingsgarage ein – das hatte er sich angewöhnt, um schnell wieder wegzukommen. In einer Hand den Papierkram, schleppte er mit der anderen seinen »Kriegssack«, eine schwarze Nylontasche, die die kugelsichere Weste und andere Einsatzausrüstung enthielt, wenn er das Zeug nicht am Leib trug. Auch Lola war schwer bepackt mit ihren Sachen vom Einsatz. Zum Glück bemerkten die Sicherheitsbeamten im Kontrollraum sie früh auf den Monitoren der Garagenkameras und drückten ihnen zuvorkommend die Tür auf, sodass sie ihr Zeug nicht ablegen mussten. Der Häftlingsaufzug wartete bereits mit offenen Türen, als Cutter und Lola durch die Stahltür von der Garage her die Personenschleuse betraten. Sie fuhren eine Etage nach oben, wo die Gänge zu den Arrestzellen und der rückwärtige Flur zu den Büros der US Marshals lagen.

Als sie den Aufzug verließen, erwartete sie ein uniformierter Sicherheitsbeamter des Bundesgerichts, kurz CSO für Court Security Officer, der hinter einer Panzerglasscheibe in einem halbdunklen Kontrollraum voller Computer und CCTV-Kameramonitore saß. Cutter kannte noch nicht alle CSOs beim Namen, erinnerte sich jedoch, dass der hier Bill hieß. Wie die meisten CSOs war Bill ein Exbulle – in diesem Fall ein ehemaliger Alaska State Trooper. Über seinem weißen Hemd trug er eine rot-blau gestreifte Ansteckkrawatte. Seine Arbeit im Kontrollraum erlaubte es ihm, die marineblaue Uniformjacke über der Stuhllehne hängen zu lassen.

Jenseits der Glasscheibe bewegten sich Bills Lippen synchron zu den Krächztönen aus dem Lautsprecher an der Wand. Er blickte Lola direkt ins Gesicht.

»Ihr Mann wartet auf Sie am Vordereingang beim Empfangstresen«, sagte er mit unübersehbar angewidertem Augenrollen.

Als sie das hörte, sackte Fontaines Körper förmlich in sich zusammen. Nach dem Adrenalinschub der erfolgreichen Verhaftung schien nun mit einem Mal all ihre Stärke aus ihr zu entweichen. Sie holte tief Luft, als müsste sie sich gegen das Kommende wappnen.

»Danke, Bill.«

Cutter hatte den Mann noch nicht kennengelernt, jedoch in den wenigen Wochen hier von seinen neuen Kollegen schon mitbekommen, dass Larry Fontaine allgemein als extrem eifersüchtiger Ehemann bekannt war. Der Chief hatte ihm erzählt, dass der Typ einmal allen Ernstes überzeugt gewesen war, Lola würde ihn während eines Zeugenschutzeinsatzes in Los Angeles betrügen, und dann runtergeflogen war, um sie in flagranti zu ertappen. Stattdessen hatte er sie bei Liegestützen im Fitnessraum ihres Hotels erwischt. Aus unerfindlichen Gründen blieb Lola mit ihm zusammen. Natürlich fragte sich Cutter, wie lange das wohl noch hielt. Zweifellos hätte sie sich jemanden zulegen können, der weniger nervte. Aber was sollte Cutter schon groß sagen? Auch er hatte so einige missglückte Beziehungen hinter sich.

Er schüttelte diese Erinnerungen ab und schob eine weitere schwere Stahltür vor sich mit der Stiefelspitze auf, weil er immer noch beide Hände voll hatte. Ausbruchssichere Betonmauern wichen getönten Gipswänden – metallgitterverstärkt – auf ihrem weiteren Weg durch die sicherheitsüberwachten Gänge. Cutters Büro befand sich bei den anderen Räumen der Fugitive Task Force auf der Rückseite des Behördengebäudes, weit weg von der Einsatzzentrale und den Büros des USMS. Das hatte Cutter schon damals als Pluspunkt empfunden, als er überlegte, sich hierher versetzen zu lassen. Er war kein Garnisonstyp, scharte sich nicht gern um die Flagge, sondern hielt lieber so weit weg wie möglich die Stellung. Normalerweise hätte er sich jetzt direkt in sein Büro verzogen, wenn nicht der Chief, genauer gesagt seine Vorgesetzte ihn per SMS in ihr Büro gebeten hätte, um ihr nach Einlieferung des Verhafteten zu berichten, wie der Einsatz gelaufen war.

Fontaine ging weiter, verschwand hinter der nächsten Ecke am Ende des Flurs zu den Verwaltungsbüros, und Cutter trat ins Büro seiner Chefin. Doch in der Tür hielt er inne. Jill Phillips warf gerade ein Küsschen in Richtung Computermonitor; dank ihrer fortgeschrittenen Schwangerschaft lag ihr Bauch ständig im Clinch mit der Tastatur auf ihrem Schoß.

Sie stammte aus Kentucky und besaß mit den besten Ruf überhaupt, als Chefin wie als Kollegin, im gesamten United States Marshals Service. Sie hatte sich beim Personenschutz, in der Judicial Security Division, ihre Lorbeeren verdient, wo sie für gefährdete Leute beim Bundesgericht zuständig gewesen war, bis hoch zu Richtern des Supreme Courts. In Alaska war sie nun erstmals mit den allgemeineren Aufgaben der Leitung eines normalen Distriktsbüros betraut. Seit Cutter hier arbeitete, war sie überwiegend aus medizinischen Gründen beurlaubt gewesen, doch nach dem, was er bisher von ihr als Chefin mitbekommen hatte, war sie ein Naturtalent in Menschenführung, denn wie jeder gute Chef führte sie, indem sie sich weitgehend raushielt.

Phillips stieß sich in ihrem Bürostuhl vom Schreibtisch ab und legte beide Hände auf ihren gewölbten Bauch. Sie war im siebten Monat. Ihr brünettes Haar trug sie schlicht und kurz geschnitten, berufsbedingter Bubikopf sozusagen, passend zu ihrem rundlichen, sommersprossigen Gesicht.

»Was Neues von Blodgett?«

»Der wird schon wieder.« Cutter nickte. »Donut Woodfield hat ihm die Augenhöhle angeknackst und den Zeigefinger gebrochen. Seine Hände sehen aus wie mit dem Hammer bearbeitet, eine Weile wird er wohl Innendienst schieben. Immerhin hat's den Bösen schwerer erwischt.«

»Das hör ich gern«, sagte Phillips. Ihre Hände ruhten auf ihrem Bauch und sie musterte Cutter. »Haben Sie was auf dem Herzen, großer Mann aus Stahl?« Ihr Blick wanderte zu dem Colt Python an seiner Hüfte. Jedes ihrer Worte schien mit honigsüßem Kentucky-Akzent durchtränkt. »Seit Sie hier bei uns sind, haben wir eigentlich noch keine richtige Gelegenheit gehabt, uns mal zu unterhalten. Helfen Sie mir mal auf die Sprünge: Warum hab ich Ihnen noch mal erlaubt, diesen supercoolen Revolver zu tragen anstatt wie nach Dienstvorschrift eine Glock?«

Cutter drehte sich halb um und zeigte ihr die kleine Glock 27 im Halfter über seiner rechten Niere. »Weiß gar nicht, was Sie meinen, Chief. Meine Dienstvorschrifts... – meine Dienstwaffe hab ich hier. Der Colt Python ist nur die Reserve.«

»Trotzdem ...«

»Der Colt hat meinem Großvater gehört«, sagte Cutter. »Er war bei der Wasserschutzpolizei, Florida Marine Patrol, das hat mich früh geprägt und mein Interesse für den Polizeidienst geweckt.«

»Na gut«, sagte Phillips. »Gegen einen Opa im aktiven Polizeidienst komm ich schwer an. Aber tun Sie mir einen Gefallen und haben Sie die Glock immer dabei.«

Sie winkte ihn zu den beiden abgewetzten, lavendelfarben gemusterten Besucherstühlen vor sich, holte einen Aktenordner heraus – offensichtlich Cutters Personalakte – und schlug ihn auf.

»Verstanden.« Cutter setzte sich und sah sich in dem Büro um. Gemälde von Pferden bei festlichen Veranstaltungen. Trophäen von gewonnenen Schießwettbewerben. Fotos von ihr mit diversen Leuten vom Supreme Court sowie weitere Erinnerungsstücke aus dem Polizeidienst dekorierten die Wände und eine lange Schrankablage. Manche hielten die Lavendelsitze für das einzig Feminine in ihrem Büro. Weit gefehlt. Für Jill Phillips hieß »Frau sein«, das, was sie tat, besser zu machen als alle anderen.

Seufzend blickte Cutter zu der Akte auf ihrem Schreibtisch hin. »Wir können's wohl nicht einfach ignorieren, das Monster im Zimmer.«

Phillips holte tief Luft. »Na dann«, sagte sie, »aber so von meinem enormen Leibesumfang zu sprechen, scheint mir doch ziemlich unhöflich.«

Cutter hob eine Hand, sein Mund klappte auf, schon wollte er losstammeln. Mit einem Ziegelstein hätte sie ihn nicht schwerer treffen können. »Ich …«

»War doch nur Spaß«, schnaubte sie. »Aber mal im Ernst, was ist los? Wir kennen uns zwar kaum, aber ich seh doch, dass was an Ihnen nagt.«

»Alles okay«, erwiderte Cutter und senkte die Stimme. »Ich hab nur gerade Fontaines Ehemann am Ende des Flurs reden gehört.«

Chief Phillips beugte sich vor, um ihm zuzuhören.

»Was redet er denn?«

»Er quetscht sie über meine vier gescheiterten Ehen aus. Wie kann so was hier so schnell die Runde machen?«

Ihr Chefsessel quietschte, als sie sich wieder zurücklehnte. Mit einem Kugelschreiber trommelte sie aufs Walnussholz ihrer Schreibtischkante. »Telefon, Telegraf, Buschtelefon«, sagte sie. »Die Deputys reden. Und soviel ich weiß, ist eine Ihrer Ehen noch nicht gescheitert.«

»Wie man's sieht«, sagte Cutter. Am liebsten hätte er das Thema gewechselt. »Einmal geschieden, dann war halt die Ex schuld. Dreimal, und der gemeinsame Nenner ist der Typ, der dich im Spiegel anschaut.«

»Na ja«, sagte sie, »vielleicht sind Sie ja einfach nur blöd. Wir werden sehen.«

Cutter hob erneut die Hand und lehnte seinen Kopf in Richtung Flur, wo er Lola Fontaines unterdrückte Stimme vernahm und die weniger unterdrückte ihres Ehemanns. Ein Lächeln breitete sich auf seinem Gesicht aus.

»Was ist?«, sagte Phillips. »Sieht komisch aus, wenn Sie das machen.«

»Was machen?«

»Lächeln«, sagte sie. »Bin ich gar nicht gewöhnt.«

Cutter schüttelte den Kopf. »Hört sich so an, als würde Lolas Mann gleich um die Ecke kommen und mich vermöbeln.«

»Hmmm.« Phillips sah Cutter durchdringend an, als wollte sie das Schädelinnere seines Hinterkopfs nach Hinweisen absuchen. So offenherzig, dass es ihn überhaupt nicht störte. Sie fuhr fort: »Sind Sie sicher, dass Sie sie in der Task Force mit dabeihaben wollen? Verstehen Sie mich nicht falsch. Ich mag Lola, aber sie scheint ein unruhiger Geist zu sein. Mir liegen Anträge von ihr vor, sich einen Sprengstoffhund anzuschaffen, sich zur Waffenmeisterin weiterzubilden, sich Verhörtechniken anzueignen oder in Vegas an einem Fahrkurs für Verfolgungsjagden teilzunehmen. Obendrein hat sie Formulare eingereicht, sie möchte bitte bei einer etwaigen Beförderung in die Witness Security Division berücksichtigt werden. Die Kleine ist die reinste Flipperkugel, was das Interesse an neuen Jobs angeht.«

»Es gibt schlimmere Charaktereigenschaften«, sagte Cutter. »Mir hat sie erzählt, sie überlegt sich eine Bewerbung für die SOG.«

»Na klar.«

»Heute hat sie sich absolut profihaft verhalten«, sagte er.

»Trotzdem«, sagte Phillips. »Ihr blöder Ehemann könnte schnell zum Risikofaktor werden.«

»Mit dem kommt sie schon klar.« Cutter schloss die Augen und ließ sich etwas tiefer in den Polsterstuhl zurücksinken. »Um den mach ich mir keine Sorgen.«

»Ich mir auch nicht«, sagte Phillips. »Um Sie mach ich mir Sorgen.«

Cutter riss die Augen auf. »Wieso denn das?« Es war ihm schon zu Ohren gekommen, dass Chief Phillips mit nichts hinterm Berg hielt.

»Nehmen Sie's mir nicht krumm«, sagte sie. »Meiner Meinung nach braucht jeder gute Deputy ein bisschen Jagdinstinkt im Blut … aber bei Ihnen ist es etwas Handfesteres … etwas von einem Berserker sozusagen.«

»Einem Berserker?«

»Als stünden Sie stets kurz davor, jedem an die Gurgel zu gehen, der Ihnen in die Quere kommt.«

Cutter schnaubte; insgeheim fürchtete er, Fontaine könnte sein Verhalten mit dem Brecheisen schon zur Sprache gebracht haben. Phillips hatte noch nichts dergleichen erwähnt, doch wusste sie natürlich über seine beiden Fälle von Schusswaffengebrauch Bescheid. Die interne Untersuchung durchs Office of Professional Responsibility hatte ihm beide Male einwandfreies Verhalten bestätigt, was ihn allerdings unter seinen Arbeitskollegen noch lange nicht reinwusch. Die meisten – und die halbwegs vernünftigen sowieso – hakten die Vorfälle als Berufsrisiko ab, als tragische, letztlich aber unvermeidliche Ereignisse. Nicht wenige jedoch sahen in Cutter einen schießwütigen Psychopathen. Und einige, die Gerüchte über seine Dienstzeit in Afghanistan gehört hatten, machten einen großen Bogen um ihn.

Nach dem zweiten Schusswaffengebrauch im Dienst hatte ein Deputy-Kollege in Florida, der wohl einen Wodka zu viel intus hatte, die schlaue Bemerkung gemacht, jetzt müsse Cutter nur noch einen mehr erschießen, dann habe er mit seiner Scheidungsrate gleichgezogen. Cutter war zu dem Zeitpunkt noch nicht betrunken genug, um das witzig zu finden. Bevor die Sache aber aus dem Ruder laufen konnte, zerrten ihre Kollegen den anderen Deputy von Cutter weg.

Er rang sich für Chief Phillips das zweite Lächeln des Tages ab in der Hoffnung, es möge ehrlicher aussehen, als es gemeint war. »Ich glaube doch, dass ich mich bisher im Dienst des Marshals Service extrem darin zurückgehalten habe, jemandem an die Gurgel zu gehn.«

Sie tätschelte ihren Bauch, wie um das Baby zu beruhigen, ließ Cutter aber keinen Moment aus den Augen. »Mag sein«, sagte sie. »Hören Sie, ich soll Sie ja lieber nicht nach Afghanistan fragen … aber was ist da in Afghanistan passiert?«

Cutter nickte, als hätte er gewusst, dass es zur Sprache kommen müsse. »Was möchten Sie wissen?«

»Was möchten Sie mir erzählen?«

»Teilweise war es ganz nett«, sagte Cutter. »Teilweise war es ätzend.«

»In Ihrer Akte steht, dass Sie mit dem Silver Star ausgezeichnet wurden.«

»Reine Politik«, erwiderte Cutter. »Genauso gut hätten sie mir sämtliche Knöpfe von der Uniform abreißen können und mein Schwert überm Knie zerbrechen.«

»Wie meinen Sie das?«

»Mich mit Schimpf und Schande rausschmeißen.«

»Das glaube ich kaum«, sagte sie. »Darüber müssen wir uns eines Tages bei einem Bier mal ausführlicher unterhalten. Wenn Sie gemerkt haben, dass Sie mir vertrauen können, und wenn ich wieder Bier trinken darf.« Sie ließ die Seiten seiner Akte beiläufig durch ihre Finger gleiten und klappte den Ordner wieder zu – vielleicht gar nicht so unglücklich, dass Cutter nicht zum Plaudern über seine Vergangenheit aufgelegt war. Das Interessanteste stand sowieso nicht in seiner Dienstakte des Marshals Service.

Sie verstaute den Ordner wieder in der Schublade und lehnte sich zurück. »Ihr voriger Chief hat mich vorgewarnt, Sie würden sich immer gerne die Kaputten aussuchen – Leute, bei denen Sie annehmen, da muss was repariert werden.«

Cutter legte ein Bein übers andere und musterte seine Stiefelspitze. »Das hat mein älterer Bruder meinen Tarzan-Komplex genannt. Nicht ganz zu Unrecht, glaube ich. Ich hab furchtbar lange Arme und vorstehende Brauenknochen, und ich bin immer drauf aus, das Mädchen zu retten.«

Phillips lachte, bis sie zusammenzuckte und sich eine Hand hinters Steißbein schob. Schwangere Frauen hatte

Cutter schon immer schön gefunden, aber mit so einem Kompliment wollte er seiner Chefin nicht kommen, bevor er sie etwas besser kannte – oder vielleicht auch nie.

»Ich hätte Ihren Bruder gern kennengelernt«, sagte Phillips. »Ich muss schon sagen, Sie tun da was Gutes – indem Sie hierherziehen und sich um Ihre Schwägerin und deren Kinder kümmern.«

»Danke«, sagte Cutter. Er verzog das Gesicht, konnte nichts dagegen tun, und nahm einen zweiten Anlauf, das Thema zu wechseln. »Also, haben Sie meine Mail gelesen, über unseren Verhaftungseinsatz?«

Noch aus dem Krankenhaus hatte er ihr eine kurze E-Mail geschickt. Die Marshals und Chiefs konnten einem fast jeden Mist verzeihen, solange sie über den Mist Bescheid wussten, *bevor* die Medien sie deswegen anriefen.

»Habe ich«, sagte Phillips. »Gut und schnell geschaltet, von der Nachbarwohnung aus durch die Wand zu gehen. Was so 'ne Wand heutzutage wohl kosten mag … Wie auch immer, ich habe an Dusty McBride gedacht.«

»Inwiefern?« Cutter wusste, worauf sie hinauswollte. McBride war ein guter Junge. Noch ein bisschen feucht hinter den Ohren, aber ein verlässlicher Deputy mit beiden Beinen auf dem Boden; er erledigte seine Arbeit und kam mit allen im Team klar.

»Im Hinblick auf die Task Force. Sie haben einen halben ATF-Agenten, Teilzeit, und einen Trooper, doch Sie brauchen noch mindestens zwei PODs.« Das war die scherzhafte Abkürzung für »plain old deputys«, also gute alte stinknormale Deputys, die Arbeitsbienen und das Rückgrat des Marshals Service.

Cutter schüttelte den Kopf. »Wenn es Ihnen nichts ausmacht, Chief, würde ich lieber warten, bis Blodgett wieder auf dem Damm ist.«

Phillips lehnte sich vor, als wollte sie ihn in ein Geheimnis einweihen. »Ich bin zwar erst einen Monat länger hier als Sie, aber das reicht mir vollends, um zu erkennen, dass Blodgett im Grunde ein Arschloch ist.«

Cutter schloss seufzend die Augen. Als er sie wieder aufschlug, verharrte Phillips immer noch in derselben Haltung. »Chief«, sagte er, »ist Ihnen schon mal aufgefallen, dass die schlimmen Sachen immer nur den Guten passieren?«

Phillips zuckte mit der Schulter. »Ich denke doch, wir gehören alle zu den Guten?«

Erneut schüttelte Cutter den Kopf, und um seinen Standpunkt zu unterstreichen, schwenkte er den Zeigefinger hin und her. »Nein, Ma'am«, sagte er. »Ich meine die wirklich Guten, die Besten. Meiner Erfahrung nach erwischt's die anständigsten Kerle in neun von zehn Fällen, während die, die mal einen Dämpfer oder zwei verdient hätten, ohne einen Kratzer nach Hause spazieren.«

»Sie hätten wohl am liebsten eine Task Force aus lauter Sorgenkindern?«

»Ich weiß, das hört sich blöd an ...«

Sie hob beide Hände, als wollte sie sich ergeben. »Es hört sich so an, als würden Sie noch einiges aus Ihrer Militärzeit mit sich rumschleppen. Aber ich will Sie nicht unter Druck setzen. Für heute sind Sie genug traumatisiert.«

Chief Phillips verpasste ihrem Stuhl eine Vierteldrehung, sodass ihr Bauch seinen Kampf mit der Tastatur wieder aufnehmen konnte. Damit signalisierte sie unmissverständlich, dass sie sich nun wieder dem Berg von Budgetverwaltungspapieren und Personalbeurteilungsbogen auf ihrem Schreibtisch widmen würde, dem Fluch jedes gehobenen Managements. Ihre Schwangerschaft verurteilte sie dazu, weiter vom Monitor entfernt zu sitzen als gewöhnlich, weshalb sie sich jetzt eine Schildpattbrille auf die Nasenspitze setzte.

»Sie und Fontaine haben Feierabend«, sagte sie und zuckte wieder zusammen. »Verdammte Hämorriden …« Das überhörte Cutter geflissentlich, während er sich erhob, um sich auf den Weg zu machen, doch sie blickte zu ihm empor, eine Hand wieder auf ihren Bauch gelegt. »Zwei gute Ratschläge, Arliss. Werden Sie nie schwanger …« Dann ein Nicken zur Tür hin. »Und verkneifen Sie sich's möglichst, auf Ihrem Weg nach draußen Lolas Ehemann an die Gurgel zu gehn.«

5

Manuel Alvarez-Garza trommelte mit seinen langen, manikürten Fingern auf den lackierten Teakholztisch und blickte aus dem Flugzeugfenster hinunter auf das schäumende grüne Wasser. Die auf einem grauen Kiesstrand auslaufende Brandung kontrastierte mit dem Dunkel der Regenwälder, die sich von der rauen Küste bis in die hohen Berge über die ganze Insel zogen. Es gab nicht viel zu sehen, bloß Wasser und Bäume, doch Garzas Augen brauchten eine kleine Erholungspause von seinem Gegenüber – seinem Boss.

Die Gulfstream III flog ruhig, ein komfortabler und gut gepflegter Jet, aber ein Flug von El Paso nach Alaska dauerte eben seine Zeit, selbst im angenehmsten Flugzeug. Garza war ein großer Mann, dunkel an den richtigen Stellen – um die Augen – und mit welligem schwarzem Haar, das er sich mit Pomade nach hinten gekämmt hatte. Bei seinem letzten Besuch in Kolumbien hatte eine »im Voraus Bezahlte« – eine ganz bestimmte Art von Hostess – gemeint, er sehe aus wie der junge Andy Garcia. Da er den Schauspieler schon immer gemocht hatte, gönnte er der Nutte ein großzügiges Trinkgeld. Heute trug er Designerjeans und ein waffenstahlgraues Hemd von Brooks Brothers, weit genug aufgeknöpft, um drei Goldketten und eine wachsenthaarte Brust sehen zu lassen. Garzas Knie hüpfte ein wenig, im Takt seines Fingergetrommels.

»Sei doch nicht so nervös, Manolo«, sagte sein Boss, der ihm an dem Teakholztisch gegenübersaß. Benutzte seinen Spitznamen, Manolo, als wären sie alte Freunde. Immer noch besser natürlich, Ernesto Camachos alter oder wie auch immer Freund zu sein, als sein Feind. Selbst Freunde von ihm hatten sich gelegentlich zerstückelt in einem Fass voll Säure wiedergefunden – Camachos zweitliebste Methode, Leichen zu entsorgen. Als oberster Chef des relativ kleinen, aber mächtigen Los-Leónes-Kartells bekam er reichlich Gelegenheit, mit Tötungs- und Beseitigungsmethoden zu experimentieren. Bei Privatsachen verschwanden die Leute einfach spurlos. Die meisten Morde, die auf Camachos Konto gingen, galten jedoch rivalisierenden Kartellen. Wenn er deren Mitglieder umbrachte oder Politiker oder Polizeibeamte in Nordmexiko, die ihn hintergingen, dann stellte

Camacho ihre Leichen normalerweise öffentlich zur Schau. Andere – wie sein Cousin, der es gewagt hatte, heimlich ein paar Tausend Dollar für sich selber abzuzweigen – endeten im Säurebad. In diesem Fall aber erst, nachdem Camacho ihm die Gesichtshaut abgezogen und über einem Fußball wieder zusammengenäht hatte, damit er den Verräter auch nach dessen Tod noch eine Weile herumkicken konnte.

»Mal im Ernst, mein Freund«, fuhr der Boss fort und schlug mit der flachen Hand auf den Tisch, um Garzas volle Aufmerksamkeit zu gewinnen. »Du musst lernen, dich zu entspannen.« Camacho lächelte der Frau zu, die auf dem Sofa an der Längsseite jenseits des Mittelgangs lag. »Stimmt's, meine Liebe?« Der Boss holte einmal tief Luft durch die Nase und erzeugte damit eine Art müdes, rasselndes Zischen. Garza glaubte, ein verräterisches Schaudern über die Schultern der ruhenden Frau wandern zu sehen. Sie hieß Feliciana Cárdenas, doch ihr Zuhälter in Reynosa nannte sie Floh – eigentlich ein echt hässlicher Spitzname für eine Nutte, dachte Garza. Camacho allerdings stand auf den Namen Beti, und zwar so sehr, dass für ihn alle seine Nutten Beti hießen, seit Garza ihm vor fast zehn Jahren das erste Mal begegnet war. Aus ›Floh‹ wurde also ›Beti‹, als sie die Gespielin des Kartellbosses wurde.

Beti verschlief beinahe den gesamten Flug ab ihrer Zwischenlandung in Portland zum Auftanken; ihr naturblondes Haar lag über dem edlen Sofaleder ausgebreitet, wie für ein Foto-Shooting drapiert. Sie flog bereits zum zweiten Mal mit Camacho zu seiner Mine in Alaska, und anscheinend gehörte sie zu den Frauen, für die der Reiz des Neuen sehr schnell nachließ. Welche Ironie, dachte Garza, denn Camacho ging es mit seinen Betis genauso.

»Entspann dich, Manolo«, plapperte Beti ohne aufzusehen nach. Garza blickte zu ihr hinüber und schüttelte den Kopf. Sie wäre um einiges attraktiver, wenn sie ihre Zeit nicht mit einem Mann wie Camacho verbringen würde; Camacho brachte bei den Leuten um sich herum das Hässliche zum Vorschein.

»Du bezahlst mich für deine Sicherheit, *patrón*«, sagte Garza. »Ich wünschte nur, du würdest mir meine Aufgabe erleichtern.«

Camacho beugte sich über den Tisch und drückte seinen dicken Zeigefinger auf die Teakholzplatte, als wollte er ihn hineinbohren. »Was nützt es, stinkreich zu sein, wenn ein Mann nicht mal zum Angeln nach Alaska gehen kann, sobald er Lust dazu hat? Ich habe alle möglichen Wege, mein Geld zu waschen. Was meinst du, warum ich mir eine Mine zugelegt hab, Tausende von Meilen weit weg von daheim? Ich will doch nur mal so einen Heilbutt fangen … wie sagt man … so groß wie ein Scheunentor. Oder mal einen erholsamen Spaziergang machen, in den riesigen dunklen alten Wäldern, oder eine der vielen Höhlen erforschen. Hast du gewusst, dass es da Höhlen gibt, auf der Insel, Manolo?«

»Hab ich nicht gewusst«, sagte Garza.

»Ist es zu viel verlangt, dass du mich beschützt, während ich diese einfachen Dinge tue, die mich zu einem glücklichen Mann machen?«

»Natürlich nicht, *patrón*«, sagte Manolo. »Aber ich muss dich daran erinnern, dass es der DEA ganz egal ist, ob du ein glücklicher Mann bist oder nicht. Im Internet gibt es überall Fotos von dir, und auf deine Verhaftung ist eine Belohnung von einer halben Million US-Dollar ausgesetzt … Ich tue zwar, was ich kann …«

»Dann tu genau das!« Erneut schlug Camacho mit der flachen Hand auf den Tisch. Das plötzliche Geräusch ließ die drei Sicarios, die im Heck des Flugzeugs saßen, kurz aufblicken – alle drei waren, unter anderem, Profikiller, von Garza handverlesen für diesen Ausflug nach Alaska. Ein kurzer Moment, dann widmeten sie sich wieder ihrem Kartenspiel.

Beti Cárdenas gähnte. Solche kleinen Ausbrüche waren beim Boss nichts Besonderes.

Camacho holte wieder rasselnd und zischend Luft, dann kicherte er, genoss seine eigene Aufregung. »Wir sind im hohen Norden, im Nirgendwo, Manolo. Niemand wird mich hier erkennen oder versuchen, die Belohnung zu kassieren. Würde mich wundern, wenn hier überhaupt jemand Internet hat.«

Die Gulfstream setzte mit einem Hüpfer auf der privaten Landebahn der Mine auf. »Und wenn doch, *patrón*?«, fragte Garza.

Camacho lächelte über beide Backen. »Wie gesagt, wir sind im Nirgendwo. Hier kann einem alles Mögliche passieren, im Nirgendwo. Das musst du dir merken, mein Freund.«

Garzas eigenen Vorschriften gemäß stieg er als Erster aus dem Flugzeug, gefolgt von einem der Sicarios und dann Camacho. Garza stolzierte die ausklappbare Treppe hinab zu Bean, dem hageren Mann, der sich für Camacho um den Alltagsbetrieb seiner Mine kümmerte – oder zumindest um das Gelände, wo die Mine laut den Geschäftsberichten der Briefkastenfirma einmal ihren Betrieb aufnehmen sollte. Um seine beginnende Glatze zu kaschieren, ließ Bean das spärliche Haar auf seinem

Eierkopf kreuz und quer in alle Richtungen stehen, was aber eher wie der Flaum auf einem zerzausten Küken aussah. Von seinem Standpunkt am unteren Ende der aufgeklappten Flugzeugtür aus warf er forschende Blicke nach links und rechts. An seinem Halsriemen hing ein kurzläufiges AR-15.

»Rechnen Sie mit Ärger?«, fragte Garza mit einem Blick auf das Gewehr.

»Nein, Sir«, sagte Bean. »Nicht unbedingt. Ich weiß nur, dass Sie um Ihre Sicherheit besorgt sind, also wollte ich Sie da möglichst unterstützen, wenn ich kann.«

»Na ja«, sagte Garza abschätzig, »schießen Sie sich nur nicht selbst in den Fuß.«

»Ja, Sir«, sagte Bean und lächelte, als hätte er Bauchgrimmen.

Dass der Mann bewaffnet war, hätte Garza in Alarmbereitschaft versetzt, wenn es jemand anders gewesen wäre als Bean, aber der war viel zu ängstlich, um bedrohlich zu wirken. Selbst wenn er doch nicht so harmlos gewesen wäre, hätten ihn Garza und seine Männer niedergemäht, bevor er auch nur den Finger auf den Abzug seines Gewehrs gelegt hätte. Und nicht zuletzt wurde er ordentlich dafür bezahlt, auf einem Gelände nach dem Rechten zu sehen, auf dem sich nie irgendetwas abspielen würde.

Abgesehen von der Landebahn und einigen Schotterstraßen – angelegt mit Gestein, das hier zermahlen worden war, ansonsten hatte man hier lediglich ein Blechgebäude errichtet, das eine Werkstatt beherbergte und dem Ganzen einen offiziellen Anstrich verlieh – gab es hier nur noch einen Bootssteg, wo Camachos ganzer Stolz vertäut lag.

Bean trat beiseite und setzte sich in Richtung des Firmenwagens in Bewegung, der an einem Schotterweg am Rand der Landebahn parkte.

Die Luft roch frischer und sauberer, als Garza es seit Jahren erlebt hatte. Er rief sich ins Gedächtnis, dass dies hier eine Insel war, schloss die Augen und stellte sich den nahen Ozean vor.

Dünn wie eine Bohnenstange, hatte Bean einen seltsamen Gang; bei jedem Schritt stach seine rechte Schulter schräg in die Luft. Diese Seitwärtsbewegung erinnerte Garza irgendwie an eine Schlange, weshalb er den Mann von Anfang an nicht hatte leiden können.

»Das Boot ist startklar und steht zu Ihrer Verfügung, Sir«, sagte Bean mit einer leichten Beugung des Kopfes zu Camacho. Sein schrulliges Benehmen verscheuchte jedes Gefühl von Frieden, das in dieser paradiesischen Landschaft sonst vielleicht aufgekommen wäre.

Garza blieb unklar, wie sein Boss an diesen merkwürdigen Mann gekommen war, doch was die beiden auch immer verband, Camacho vertraute Bean mit seinem Leben. Was ihn andererseits nicht davon abhielt, mürrisch zu brummen, als Bean allzu langsam sein Gepäck aufnahm. Garza wandte sich an die Sicarios, damit sie ihm halfen; er selbst wollte seine Hände frei halten – und nicht zuletzt seinen Rang wahren, schließlich war er ein bewaffneter Drogenbaron und kein Geld waschender Gepäckträger.

Die beiden Piloten, ein Deutscher und ein Australier, wussten Bescheid, was für eine Sorte Mensch sie umherflogen. Ohne Wartungsmannschaft am Boden oblag ihnen die Pflege und Wartung der Gulfstream. Hinter der Werkstatt gab es eine kleine Wohnung, dort würden sie sich aufhalten und für sich bleiben, bis ihr Boss wieder zurückgeflogen werden wollte.

»Ich hab für Sie einen Ausflug zu einer Höhle in der Nähe organisiert, Sir«, sagte Bean, während er den letzten der Koffer hinten in dem weißen Ford-Minivan verstaute.

»Später«, bellte Camacho und warf einen Blick auf seine Goldnugget-Omega, seine sogenannte Alaska-Uhr, wie er immer wieder betonte. »Fahren Sie mich als Allererstes zur *Pilar*.« Er wedelte mit einer Hand zum schnell dunkler werdenden Himmel hinauf. »Ich möchte so bald wie möglich auf dem Wasser sein und angeln. Sieht so aus, als würden wir vielleicht bald ordentlich Wind und Regen bekommen.« Er warf den Kopf in den Nacken wie ein heulender Wolf und sog geräuschvoll die Luft ein. »Ach, wie ich diese Luft liebe!«

»Mit Ihrer Wetterprognose haben Sie recht. Es wird wohl ein Sturm aufziehen«, sagte Bean. »Morgen Vormittag wahrscheinlich. Es wäre gut, wenn der Sie nicht erwischt.«

Camacho zwickte Beti kräftig in den Po, sodass sie einen Satz nach vorn machte.

Garza entging das Aufblitzen von Hass in ihren Augen nicht, es wich allerdings schnell einem Lächeln. Wie zum Trost oder Ausgleich tätschelte Camacho ihr dann sanft die Hinterbacke.

»Es wäre gut, wenn meine Frau mich nicht erwischt«, sagte er. »Genug palavert. Bringen Sie mich zu meinem Boot.«

6

Keine zwei Minuten nachdem Camacho an Bord der *Pilar*, seiner 16,5 Meter langen Nordic Tug, gegangen war, erhob sich ein blauschwarzer Rabe von der Spitze einer gigantischen Sitka-Fichte in den schiefergrauen Himmel. Offenbar nur von Betis aufgeregten Schreien emporgescheucht, verschwand der Vogel jedoch gleich wieder im Geäst.

Garza eilte zu ihr, eher an der Ursache für Betis Geschrei interessiert als an ihrem Wohlergehen.

Die Blondine stand am Fuß ihres Queen-Size-Doppelbetts, ihre Finger beidhändig in ein rotes Seidennachthemd gekrallt. Sie schüttelte es und hielt es den Männern entgegen, die nach und nach die enge Kabine betraten.

»Was?«, fragte Camacho. »Warum keifst du so?«

»Schau her!«, schrie sie empört. »Sieh's dir an! Jemand hat meine Sachen getragen.«

»Bist du sicher?« Garza starrte das Nachthemd an. Seine Gedanken schweiften ab, er stellte sich das Nachthemd über ihrer beträchtlichen Oberweite vor. Sie war eine attraktive Frau, seine Reaktion also ganz natürlich. Dennoch galt seine Hauptsorge der Möglichkeit, jemand könnte unbefugt das Boot betreten haben.

»Vielleicht irrst du dich, meine Liebe«, sagte Camacho.

Sie schmiss ihm das Stoffknäuel an die Brust. »Riech doch dran«, sagte sie. »Und sag bloß nicht, das wär nicht der Geruch von jemand anders.«

Camacho schnüffelte an dem Nachthemd. Mit einem finsteren Stirnrunzeln wandte er sich Bean zu, der peinlich berührt zur Kabinentür zurückwich.

»Wer hat vor unserer Ankunft das Boot sauber gemacht?«

Der Minenverwalter leckte sich die Lippen. Sein Blick flitzte umher wie auf der Suche nach einem Fluchtweg. »Ein Indianermädchen von hier, äh, eine *Native*«, stammelte er. »Sie macht immer das Boot sauber, bevor Sie kommen.« Seine Nase zuckte wie die eines Karnickels. »Sie wohnt in Klawock, einem Dorf ganz in der Nähe.«

»Und wühlt dieses Native-Mädchen immer in Betis Wäsche?«

»Natürlich nicht, Mr. Camacho«, sagte Bean. »Das heißt, sie weiß ja gar nicht, wem die Kleider an Bord gehören. Und sie hat ausdrückliche Anweisungen, nichts anderes zu machen, als die Schiffsräume zu lüften, die Scheiben zu putzen und alles für Ihre Ankunft in Ordnung zu bringen.«

»Bringen Sie mir diese junge Frau her«, sagte Camacho mit immer finstererer Miene.

Beti schnüffelte an einem schwarzen Slip und hielt ihn dann Camacho unter die Nase. »Den hat sie auch getragen«, rief sie. »Stell dir das mal vor, Ernesto. Der musst du eine Lektion erteilen!«

Camacho wischte den Slip wütend beiseite, wobei er Betis Hand heftig genug traf, um ihr einen erneuten Aufschrei zu entlocken.

Er zog seine Neunmillimeter von Heckler & Koch, die er stets bei sich trug. »Sei still!«, sagte er. »Deine kostbare Unterwäsche ist mir egal. Es geht darum, dass diese Frau überhaupt irgendwas auf dem Boot in die Finger genommen hat, was ihr nicht gehört. Dafür werd ich ihr eigenhändig ...«

»*Patrón*.« Garza erhob die Hand, um seinem Boss Einhalt zu gebieten. Jeder andere Mann hätte dafür eine Kugel kassiert. »Vielleicht sollten wir damit lieber warten bis kurz vor deiner Abreise, sonst könnte alles, was ihr zustößt … eventuell auf uns aufmerksam machen.«

Camacho starrte einen Moment lang vor sich hin, dann hielt er die Heckler & Koch, seinen Finger am Abzug, dem zitternden Bean an die Schläfe. Einer der Sicarios fing an zu kichern. Camacho schnellte herum, und den Lauf nun auf ihn gerichtet, spannte er den Hahn. »Findest du das lustig?«, presste er hervor, Speichel spuckend.

»Nein, *patrón*«, antwortete der Sicario und senkte seinen Blick.

Alle hielten den Atem an außer Camacho, dessen Nasenflügel bebten. Er platzte fast vor Wut. Nach einer Weile schüttelte er den Kopf, bedachte Bean mit einem langen, finsteren Blick und steckte sich die Pistole zurück in den Hosenbund.

»*Patrón*«, sagte Garza mit sanfterer Stimme. »Lass mich bitte diese Sache mit der vorwitzigen Frau regeln.«

Camacho wandte den Blick ab. Wie immer, wenn er einsah, dass er überreagiert hatte. Was ihm mehrmals täglich passierte. Er ließ das zerknüllte Nachthemd auf den Kabinenboden fallen und stapfte zur Tür hinaus. Die Sicarios hinterdrein, wobei sie sich in dem engen Flur gegenseitig anrempelten. Garza seufzte und folgte ihnen nach draußen, ließ Beti allein mit ihrer Unterwäsche, die sie an Bord der *Pilar* zurückgelassen hatte und in die sie nun ihre Nase vergrub, um den Duft unwürdiger Frauen zu erschnüffeln.

Camacho stand am Bug an der Reling, das Gesicht seewärts gewandt. Die Augen zusammengekniffen, blickte er ins Nichts. Er dachte nach. Das konnte, wie Garza wusste, gefährlich enden. In Los Léones machten die anderen Männer immer einen Bogen um ihn, wenn er sich, wie sie es heimlich nannten, in seinem Gedankenloch verkroch. Garza stellte sich neben ihn an die Reling, sah ebenfalls aufs Meer hinaus und hing seinen eigenen Gedanken nach.

Plötzlich wandte sich Camacho ihm zu. »Mir ist klar, dass sie eine Hure ist«, sagte er in sanftem, gleichmäßigem Tonfall, als würde er einem kleinen Kind etwas erklären. »Aber sie ist *meine* Hure. Wer sie nicht respektiert, respektiert *mich* nicht. Verstehst du? Das darf ich niemandem durchgehen lassen.«

»Das hab ich auch nicht vorgeschlagen, *patrón*«, sagte Garza. »Nur dass du damit den richtigen Zeitpunkt abwartest. Wenn wir voreilig reagieren, besteht eine viel zu große Gefahr, dass man auf dich aufmerksam wird.«

Camacho räusperte sich und spuckte ins Wasser. »Ich weiß, dass du diesen Ausflug für schwachsinnig hältst, Manolo. Das hast du deutlich zum Ausdruck gebracht.«

Garza schüttelte den Kopf und sah weiter aufs offene Meer hinaus. »Ich bin doch nur um deine Sicherheit besorgt.«

»Manolo, sieh mich an.« Camacho schnippte mit den Fingern. »Hast du vergessen, wer ich bin?«

»Keineswegs«, sagte Garza und wandte ihm sein Gesicht zu; seine beiden Ellbogen ruhten immer noch auf der Reling. »Aber hier sind wir in einer anderen Welt. Ein neugieriger Journalist, der in Reynosa in ein Fass voll Säure gestopft wird, das ist bloß einer von hundert Todesfällen, leicht zu vertuschen. Hier jedoch hat die Polizei, haben überhaupt die Menschen kein bisschen Angst vor dir.«

»Allmählich glaube ich, dass auch du kein bisschen Angst vor mir hast, mein Freund.« Camachos Miene blieb ausdruckslos. Er zog eine Zigarre aus der Brusttasche seines Wollhemds und einen Abschneider aus seiner Hosentasche. »Ich weiß genau, dass wir einigen Wirbel verursachen würden, wenn wir hier einen unserer Feinde abmurksen. Und ich bin schlau genug zu wissen, dass wir hier gar nicht genug Säure haben oder Fässer in der richtigen Größe für einen menschlichen Körper.« Er schnappte mit dem Zigarrenabschneider in die Luft, nur so zum Spaß.

Garza schloss die Augen, enthielt sich aber jeglichen Kommentars. Camacho mochte sich noch so viele scheußliche Mordarten ausdenken, doch in 99 Prozent aller Fälle führte seine rechte Hand, sein *segundo*, sie aus – Garza, der das Streichholz anzündete, der die Rasierklinge tanzen ließ oder den Zigarrenabschneider an einem bebenden Finger ansetzte.

Camacho zündete sich die Zigarre an und zog bedächtig daran, während er wieder aufs Meer hinaussah. »Ich frag dich noch mal, wozu soll ich in Alaska mein Geld waschen, wenn ich im Gegenzug nicht die anderen Herrlichkeiten dieses Landes genießen kann? Ist es etwa zu viel verlangt, wenn ich mir ein paar friedliche Tage wünsche, mit Angeln, mit einer schönen Hure an meiner Seite und mit einem Vertrauten, der für meine Sicherheit sorgt?«

»Ganz wie du willst, *patrón*«, sagte Garza und grinste, um zu verbergen, dass er die Zähne zusammenbiss.

»Gut«, sagte Camacho. »Falls mich jemand erkennt, wird diese Person eben einfach verschwinden. Das Meer ist groß und tief, mein Freund, ein idealer Ort, um jemanden ... verschwinden zu lassen.« Camacho hielt inne, paffte mehrmals an seiner Zigarre, ließ seinen Blick auf dem wogenden Wasser ruhen. »Das solltest auch du dir lieber ins Gedächtnis rufen, bevor du meine Autorität wieder mal vor allen anderen infrage stellst.«

Garza bedachte seinen Boss mit einem breiten Lächeln. Nicht etwa weil er sich vor ihm fürchtete oder sich von ihm zurechtgewiesen fühlte, sondern weil er schlau genug war, die Tatsache zu verbergen, dass er sich niemals drohen ließ – noch nicht einmal unterschwellig von Ernesto Camacho oder seinesgleichen.

7

Cutter parkte an der O'Malley Road und sah vom Ford aus einem Twen mit Nackentattoo hinterher, der zur etwas zurückgesetzten Vordertür des Alaska Club hin und schließlich dort hineinging. Gewohnheitsmäßig – eine lebenserhaltende Gewohnheit – registrierte er als Deputy solche Nackentätowierungen ebenso wie im Wiegeschritt daherlatschende Gangmitglieder mit gerade noch auf der Hüfte hängenden Hosen. Dieser Junge hier schleppte eine schwarze Sporttasche mit sich, und hätte er gerade eine Bank betreten, wäre Cutter alarmiert gewesen. Doch in einem Fitnessstudio gehörten Tattoos und schwarze Taschen wohl zur Norm.

Dennoch reckte Cutter instinktiv den Hals, um vielleicht das Auto des Tätowierten und womöglich sogar seine Autonummer auszumachen; der Parkplatz stand aber dermaßen voll, dass er sein ungutes Gefühl einer berufsbedingten Paranoia zuschrieb. Ein letztes Mal checkte er seine E-Mails auf dem Smartphone, dann ging er ebenfalls hinein. Er war kein Maschinenstürmer, wollte sich jedoch partout nicht von irgendwelchen elektronischen Geräten gängeln lassen und hatte allen einschließlich seiner Vorgesetzten klargemacht, dass er seine SMS und E-Mails immer erst abrufen musste. Wollte jemand sofort mit ihm sprechen, dann musste er oder sie sich schon dazu bequemen, ihn anzurufen. Seit er vor 20 Minuten das letzte Mal nachgeschaut hatte, waren bereits sieben weitere E-Mails eingegangen, drei davon als »wichtig« markiert. Was ihn kaum kümmerte. Wenn Cutter während beinahe zweier Jahrzehnte im Militär- und Polizeidienst etwas gelernt hatte, dann dies: Des einen »wichtig« war des anderen »hab vergessen, Milch einzukaufen«.

Er sah auf die Armbanduhr und tippte mit dem Daumen dann eine kurze Antwort auf eine Mail, eine Kostenrückfrage von einem armen Wicht, der spät noch im USMS-Hauptquartier in Virginia schuftete, vier Zeitzonen und auch sonst Welten entfernt von Alaska. Die restlichen Mails hob er sich für später auf.

Der US Marshals Service unterhielt ein eigenes, gut in Schuss gehaltenes Fitnesszentrum im Federal Building, wo Gewichte, Geräte, Laufbänder und Kugelhanteln zur freien Verfügung standen, sogar zwei Boxsäcke und ein ordentlicher Trainingsraum mit Bodenmatratzen. Zudem keine zehn Schritte von Cutters Bürotür entfernt. Der Marshals Service teilte sich das Fitnessstudio mit dem Bundesgericht, also nutzten es regelmäßig auch Anwälte zum Trainieren, was aber kaum einen Deputy abschreckte. Cutters Problem dabei war Lola Fontaine.

Die drei bezahlten wöchentlichen Arbeitsstunden fürs Fitnesstraining der Deputys riss Fontaine manchmal wahrscheinlich an einem einzigen Tag runter. Wenn sie nicht frühmorgens schon da war, blieb sie nach Feierabend und hängte mindestens eine Stunde dran, zusätzlich zum Training in ihrem eigenen Fitnessraum zu Hause.

Um den Wunsch seiner Chefin zu erfüllen und Fontaines vernageltem Ehemann nicht an die Gurgel zu gehen, hatte Cutter beschlossen, die USMS-Fitnessräume zu meiden und lieber Mitglied im Alaska Club zu werden. Außerdem gab es hier einen Pool, und wie sein Opa Grumpy immer zu sagen pflegte, wenn man nicht mindestens dreimal die Woche ins Wasser kommt, dann trocknen einem die Kiemen aus.

Cutter war noch so neu in Anchorage, dass er bisher fast nur die Bekanntschaft entweder von Flüchtlingen oder Kollegen gemacht hatte. Seine Visage hielt die Leute, die ihn wiedererkannten, eher auf Distanz. Der einzige Nachteil daran, anderswo zu trainieren, war das Fehlen eines sicheren Aufbewahrungsortes für seine Schusswaffen – also ließ er sie gezwungenermaßen im Ford zurück, im Schließfach in der Konsole zwischen den Vordersitzen. Infolgedessen betrat er den Club unbewaffnet, aber darüber machte er sich keine Sorgen, er kam notfalls auch ohne sie zurecht.

Mit der feuchten Luft, die den Geruch von Gummimatten und Chlor nach draußen trug, drangen auch die metallischen Geräusche von Muskeltrainingsgeräten und das Grunzen und Stöhnen der Trainierenden durch die Eingangstür. Cutter zog seine Mitgliedskarte durch den Scanner am Einlass. Sein Name erschien zusammen mit

einem Passfoto und dem Datum seiner letzten Beitrags-
zahlung auf dem Computermonitor, den ein muskel-
bepackter glatzköpfiger Jugendlicher nun betrachtete,
der am Eingang hinter dem Tresen saß; der Junge vergewisserte sich, dass Cutter auch Cutter war, und widmete
sich dann wieder der Lektüre seines Fitnessmagazins.

Cutter hatte nie viel fürs Gewichtheben übriggehabt.
Lieber hielt er die Muskeln, die er wirklich brauchte, in
Form. Am fittesten überhaupt in seinem Leben hatte
er sich damals gefühlt, als er und sein Bruder einen
Sommer lang in den Ferien Heu verladen hatten für einen
Viehbauern vor Ort. Drahtgebundene 40-Kilo-Ballen
Bermudagras stellten kein Problem dar für einen
15-Jährigen von Arliss Cutters Statur, doch diese Dinger
ganze Zehnstundentage lang hochzuheben und über den
eigenen Kopf zu werfen, das hatte ihm einen Vorzeige-
körper für den Badestrand beschert, diesen einen Sommer
und danach nie wieder. Seine Teenagerhormone mochten
das ihre dazu beigetragen haben, aber – von Grumpy vielleicht so beabsichtigt – in diesem Sommer war er eigentlich immer so erledigt, dass seine Zeit am Traumstrand
mit seinem Traumkörper fast gegen null lief. Inzwischen
waren seine über 40 Jahre alten Knochen schon froh, dass
er sich meistens auf Gewichtsübungen in der Größen-
ordnung seines Körpergewichts beschränkte, dazu ein
bisschen Seilspringen und alle paar Tage ein, zwei Kilometer Schwimmen. Von der Rangelei mit Donut Woodfield hatte er sich einigermaßen erholt, nur seine Schultern
fühlten sich noch etwas verspannt und verknotet an. Und
seine Unterredung mit Chief Phillips hatte einen Knoten
im Magen hinzugefügt. Zum Glück konnte er heute
schwimmen, was ihm sowohl die Knoten im Körper als

auch die im Gehirn lösen würde – falls seine Hirnknoten sich überhaupt jemals lösten.

In der Umkleide zog er ein schlichtes baumwollenes T-Shirt und hellblaue Boardshorts an, schlüpfte in seine Duschschuhe und verpasste dem Zahlenschloss seines Spinds dann zur Sicherheit eine ordentliche Drehung. Das Handy nahm er mit, das würde er am Beckenrand in einem Schuh deponieren. Ein behördeneigenes Smartphone, doppelt gesichert – einem etwaigen Dieb wünschte er viel Vergnügen damit. Am Ausgang des Umkleidebereichs duschte er schnell, um sich den Schweiß abzuspülen, dann betrat er die Echohalle um das Schwimmbecken.

Spätnachmittag, die Schüler längst alle weg. Familien trudelten langsam ein, hielten sich in Nischen an der Wandseite der Beckenumrandung auf, unterhielten sich lebhaft, trotzten der hohen Luftfeuchtigkeit und warteten darauf, dass die halbe Stunde fürs Bahnenziehen der Erwachsenen zu Ende ging. Zwei Mädchen im High-School-Alter, ihr nussbraunes Haar fiel wallend über ihre schmalen Schultern, saßen in der ersten Reihe der offenen Zuschauertribüne, Handtücher über die Beine drapiert. Sie sahen sich so ähnlich wie Schwestern und versuchten gemeinsam, den Jungen Anfang 20 mit dem Nackentattoo zu ignorieren, der Cutter beim Hereinkommen aufgefallen war. Der Junge war größer, als Cutter gedacht hatte, und gebaut wie ein Schwimmer – schlank, breiter Rücken, lange sehnige Arme. Aus der Nähe konnte Cutter nun erkennen, dass das Tattoo eine Henkersschlinge zeigte, die rund um den Hals verlief. Im Prinzip hatte Cutter nichts gegen Tätowierungen. Er selbst trug eine auf dem Oberarm, vom 75. Regiment der Ranger. Seine Mutter war nicht besonders glücklich darüber gewesen, aber Grumpy hatte ja auch ein paar gehabt, aus seiner Zeit bei der Navy, also hatte Cutter natürlich auch so was gewollt. Als eine Art Bekenntnis, dass er seinem Opa nacheifern wollte. Was auch immer dieses Henkersschlingentattoo als Statement bedeuten sollte, um den Hals passte es jedenfalls wie die Faust aufs Auge.

Ein zweites Mal so kurz hintereinander wollte Cutter sein Bauchgefühl nicht ignorieren, also trat er näher heran, neugierig. Nahe genug, um Fetzen der Unterhaltung aufzuschnappen, im Gewirr der Echos rund ums Schwimmbecken. Unauffällig schob er seine Duschschuhe unter die vorderste Zuschauerbank, blieb einen Moment stehen und tat so, als würde er sein Handy checken. Henkersschlinge sah auf und verdrehte abschätzig die Augen – bloß so ein alter Sack in Boardshorts und einem uncoolen T-Shirt.

Der Junge drehte sich wieder zu den Mädchen um, erkundigte sich, ob sie ein bisschen Gras kaufen wollten, und fügte hinzu, dass das in Alaska ja mehr oder weniger legal sei. Schnell machte er ihnen auch klar, dass er auch noch stärkeres Zeug im Angebot habe, falls sie was anderes wollten als Marihuana.

Schließlich ging ihm Cutters Gegenwart auf die Nerven, er wandte sich wieder ihm zu und stampfte fest mit dem Fuß auf, eine kleine Show-Einlage für die Mädchen. Dann schob er seine Autoschlüssel und Schuhe, die er auf der untersten Tribünenbank neben sich abgelegt hatte, weiter von sich weg, als wollte er verhindern, dass Cutter sich direkt neben ihm niederließ.

Henkersschlinge führte eine kleine Gangsterpantomime auf, wackelte wild mit dem Kopf auf seinem langen, dünnen Hals. »Willst du Geld von mir, oder was?« Bedachte die Mädchen mit einem verschwörerischen Blick. »Alte Leute heutzutage – echt scheiiiße!«

Die Mädchen betrachteten eingehend ihre Zehen.

Am liebsten hätte Cutter ihm mit dem Baseballschläger eins übergezogen, stattdessen hob er die Hand. »Bin bloß zum Schwimmen hier, Kumpel.«

»Ich bin nicht dein Kumpel.« Henkersschlinge wandte sich wieder den Mädchen zu. Und Cutter ging auf Abstand, allerdings nicht ohne sich vorher die Schlüssel des Jungen zu schnappen. Das näher sitzende Mädchen bemerkte es und musste sich ein Kichern verkneifen. Cutter hielt den Zeigefinger vor die Lippen und blinzelte ihr zu. Als Henkersschlinge sich erneut umdrehte, war Cutter bereits auf und davon, mit dem Schlüsselbund in der geschlossenen Faust.

Er verließ die Schwimmhalle und durchquerte barfuß rasch den mit Teppich ausgelegten Fitnessraum mit den Gewichthebern. Die meisten Leute hier waren so in ihr Training vertieft, dass ihnen gar nicht auffiel, wie tropfnass er noch von seiner Dusche war. Am Eingangstresen stellte er sich so hin, dass er gute Sicht auf den Monitor hatte, und zog die Karte von Henkersschlinge durch den Schlitz.

Sofort erschien dessen Passfoto auf dem Monitor, und der dazugehörige Name: Clinton Newberry. Er wohnte doch tatsächlich keine fünf Straßen von Donut Woodfields Apartment entfernt.

Als der Scanner piepste, sah der Tresenjunge von seinem Muskelmännerheft hoch. Überraschenderweise merkte er gleich, dass Cutters Gesicht nicht zu dem Foto auf dem Bildschirm passte.

Er nickte zu einem Plastikkörbchen auf der Theke hin. »Fundsachen da rein.«

Cutter warf die Schlüssel in die Luft und fing sie wieder auf. »Nanu, den kenne ich doch«, sagte er. »Der schwimmt im Pool. Ich geb sie ihm einfach wieder.«

Der Junge zuckte mit der Schulter und vergrub sein Gesicht wieder im Heft. »Von mir aus.«

Neben einer unbesetzten Rudermaschine hielt Cutter inne und tippte eine Nummer, nicht den Notruf, in sein Handy, um mit dem Anchorage PD zu telefonieren. Nach dem zweiten Klingeln ging eine Frau mit einem angenehmen Südstaatenakzent ran. Cutter gab der Dispatcherin seine Personalien durch und schilderte ihr kurz die Situation und wo er sich befand. Er bat sie, einfach nur den Namen Newberry einzugeben und nach Vorstrafen zu suchen, ohne die üblichen genaueren Angaben wie Geburtsdatum oder Sozialversicherungsnummer. Vermutlich war einer, der sich eine Henkersschlinge um den Hals tätowieren ließ, schon mal mit dem Gesetz in Konflikt geraten.

Die Dispatcherin meldete sich prompt wieder, nannte ihn dabei »Honey« – unverkennbar eine aus dem Süden.

»Die Steckbrief-Götter sind Ihnen gnädig, Marshal«, sagte sie. »Clinton Newberry wird wegen wiederholtem Nichterscheinen vor Gericht gesucht, in Zusammenhang mit Vergehen gegen das Betäubungsmittelgesetz und gegen das Waffengesetz. Zwei Einheiten sind unterwegs zu Ihnen.«

»Danke«, sagte Cutter und meinte damit sowohl die Dispatcherin als auch ihre Steckbrief-Götter. »Geben Sie den Beamten durch, sie können sich mit mir am Schwimmbecken treffen.«

Wieder warf Cutter die Schlüssel von Henkersschlinge alias Newberry in die Luft und spielte so auf dem ganzen Rückweg zum Schwimmbecken Werfen und Fangen mit sich selbst. Der Dummkopf zog immer noch seine Verkaufsshow bei den Mädchen mit den nussbraunen Haaren ab. Als die Nähere von beiden Cutter bemerkte, schüttelte sie den Kopf und rückte vorsichtig von Newberry weg.

»Was?«, sagte Henkersschlinge. »Bin ich etwa nicht gut genug für eine Unterhaltung mit Papas Liebling?«

Mittlerweile war Cutter nur noch zwei Schritte entfernt. »Vielleicht will sie ja nur nichts von dem kaufen, was du verkaufst.«

Newberry wirbelte auf dem Absatz herum, mit Augen wie zwei glühende Dolche. »Was?«

Cutter hob die Schultern. »Oder vielleicht riechst du einfach nicht besonders gut.«

Newberrys Blick wanderte von Cutter zu den Mädchen und wieder zurück. Diesmal musterte er Cutter genauer. Cutter überragte ihn um gut zehn Zentimeter, an Körpergewicht war der Junge ihm allerdings ebenbürtig, alles schiere Muskelmasse, strotzend vor jugendlicher Kraft.

»Das geht dich nix an, Opa«, sagte er. »Ich unterhalte mich gerade mit meinen Ladys hier.«

»Deine Ladys gehen jetzt«, sagte Cutter und nickte den beiden zu, die sich eilig ans andere Ende der Sitzbank verzogen.

Selten genug, musste Cutter jetzt doch lächeln, als er den Umriss eines uniformierten APD-Beamten in der rückwärtigen Eingangstür zum Beckenbereich erblickte. Der Mann kam vom Parkplatz herein; Cutter warf einen Blick über die Schulter und sah einen weiteren Officer durch die vordere Eingangstür treten.

Henkersschlinge ließ ein wütendes Grollen hören, stürzte sich nach vorne und rammte seine Schulter in Cutters Bauch. Cutter hielt stand, wich nur etwas zur Seite aus, schlängelte seinen Arm um den Hals des Jungen und ließ sich dann von ihm rückwärts am Beckenrand entlangschieben. Als sie gemeinsam in den tiefen Bereich des Beckens platschten, schrillte die Pfeife des Bademeisters und erfüllte den Raum mit ihrem Widerhall. Doch hier im Beckenwasser war Cutter in seinem Element.

Newberry hatte den Fehler gemacht, die ganze Zeit vor dem Untertauchen lauthals zu fluchen. Cutter sparte seine Worte und holte tief Luft, bevor sie die Wasseroberfläche durchbrachen. In der Army war er bei den Schwimmern gewesen, und dort hatte er es mit Ausbildern zu tun bekommen, die ihn einer Behandlung unterzogen hatten, die sie beschönigend als »mittelschwere Bedrängnis« bezeichnet hatten – im Wesentlichen eine Art Unterwasserringkampf gegen zwei größere Typen, die einen zu ertränken versuchten.

Cutter tauchte mit einigen kräftigen Beinzügen bis zum Beckenboden hinab, hielt Newberry dabei wie ein Bär umklammert. Das bisschen Luft, das dem jungen Mann noch in seiner Lunge verblieben war, perlte als armselige Bläschenkette aus seinen zusammengepressten Lippen empor. Gut dreieinhalb Meter unter der Oberfläche festgenagelt, strampelte Newberry und versuchte zu schreien, heraus kamen aber nur ein Stöhnen und ein Schwall Luftblasen. Cutter wartete ab, bis er lockerließ, dann drehte er ihn schnell um und zog ihn mit sich zurück an die Oberfläche. Sogar jetzt noch unternahm der hoffnungslos Unterlegene einen halbherzigen Versuch, gegen Cutter anzukämpfen. Doch der flüsterte ihm, Wange an Wange mit ihm zum Beckenrand schwimmend, ins Ohr: »Willst du wirklich noch mal runter?«

Einer der Officers, eine rothaarige Frau namens Fuller, winkte. »Hallo, Clinton«, sagte sie. »Na, wie geht's?«

Newberry spuckte Wasser, versuchte sich loszureißen. »Der Schweinehund wollte mich ersäufen!«

Officer Fuller lächelte. »Sah eher so aus, als hättest du ihn ins Wasser geschubst, und er hat dich trotzdem vorm Ertrinken gerettet.« Sie wandte sich an Cutter. »Sie sind wahrscheinlich der Marshal.«

Hustend dümpelte Newberry nun im knietiefen Ende des Beckens. Ein Schleimfaden hing ihm an der Nase. »Marshal? Ich hab nicht gegen Bundesgesetze verstoßen.«

»Ich war nur zufällig in der Gegend«, sagte Cutter. »Braucht ihr sonst noch irgendwas von mir?«

Fuller ließ den keuchenden Newberry sich am gekachelten Beckenrand hinknien, legte ihm Handschellen an und sagte über die Schulter hinweg zu Cutter: »Nö.«

Cutter holte sein untergetauchtes Handy aus der Tasche seiner Badehose und übergab es Fuller. »Würden Sie das bitte dort auf die Bank legen? Ich muss immer noch ein paar Bahnen schwimmen.«

Fuller nahm das Handy entgegen, von dem das Poolwasser auf die blassblauen Kacheln tropfte. »Sie wissen, dass das hinüber ist, oder?«

Cutter sah kurz zu Henkersschlinge-Newberry hinüber und schüttelte den Kopf. »Weiß ich, ja. Was hab ich aber auch für ein Schwein heute. Ein böser Bube weniger auf freiem Fuß und obendrein ein Handy weniger, das mich nervt. Noch eine Viertelstunde in der Sauna, und mein Tag ist perfekt.«

8

Carmen Delgado lehnte sich fest gegen die Seitenwand des Leichtmetallskiffs und presste ihre Lippen zusammen. Hätte sie nicht die Kamera halten müssen, dann hätte sie jetzt die Arme vor der Brust verschränkt. Ihre Stimme wurde vom massiven Gehäuse der Canon C300 gedämpft. »Das hat mir schon gestern nicht gefallen«, sagte sie, »und heute geht es mir erst recht gegen den Strich.«

Der Kiel des kleinen Aluminiumbootes touchierte den kiesigen Grund, sodass sie sich am Bootsrand festhalten musste. Das ruinierte ihre Aufnahme, doch sie musste sich gegen den unmittelbar bevorstehenden Ruck wappnen, wenn sie am Ufer auf Grund liefen. Trotz ruhiger See genügten die wenigen Wellen, die an den Strand schwappten, um das Boot zum Schaukeln zu bringen.

Die letzten zwei Stunden, auf dem Weg hierher zu dieser Bucht im Naturschutzgebiet im tiefsten Südosten der Insel, hatten sie nach Film-Locations Ausschau gehalten. Eigentlich hätte Greg Conner hinter der Kamera stehen und filmen sollen; er hatte einfach das bessere kinematografische Auge. Aber wenn Carmen das Ruder in der Hand gehabt hätte, dann hätten sie am Eingang der Bucht kehrtgemacht. Dieser Ort war ihr zutiefst unheimlich.

Als Greg richtig Gas gab, um das Skiff mit dem 30-PS-Motor höher auf den Strand zu schieben, blubberte die Schiffsschraube im seichten Wasser, als würde ein Kind mit dem Strohhalm Luft in einen Milchshake blasen. Er war acht Jahre jünger als sie – gerade 21, beinahe noch zu jung, sich ein Bier zu bestellen, verdammt noch mal. Andauernd flirtete er, ließ seinen hinterlistigen Blick aufblitzen, ein Peter Pan mit überschüssiger Libido. Sein wuscheliger Haarschopf mit den schmutzig blonden Dreadlocks umwucherte sein Gesicht wie bei einem jungen Löwen. Er war ein süßer Kerl und sehr begabt – im Filmbusiness eine tödliche Mischung.

»Du machst dir zu viele Sorgen«, sagte er zum fünften Mal innerhalb von fünf Minuten. »Besonders für jemanden, der im Pyjama loszieht, um wichtige Aufnahmen zu drehen.« Er nickte zu ihren karierten Flanellhosen hin, deren Beine sie in ihre Gummistiefel gestopft hatte.

»Hey.« Sie lächelte, erwiderte sein Flirten, obwohl ihr nicht so ganz wohl dabei war. »Ich hab dir doch erklärt, sobald ich einen BH anhabe, ist das keine Schlafanzughose mehr.«

Greg gab ein raues Kichern von sich. Gleichzeitig blickte er schon durch den Sucher seiner Canon C300, baugleich mit Delgados Kamera; sie war seine Wunderwaffe. »Ob mit oder ohne BH … das ist immer noch eine Flanellpyjamahose … und du machst dir immer noch zu viele Sorgen.«

»Meint der abgebrühte Verbrecher«, sagte Carmen. »Immerhin hab ich mit meinem Pyjama-Hintern gewackelt, um genau dich für diesen Auftrag zu kriegen. Du weißt ja, was die Leute im Network von Vorbestraften halten.«

»Das ist gemein.« Conner schnaubte. »Dem Network geht das völlig am Arsch vorbei, was ich für Vorstrafen habe, solange wir ihnen die Bilder bringen, die sie haben wollen.« Er fokussierte seine Canon auf eine winzige Blockhütte oberhalb des Kiesstrands. Der dunkle Wald aus Hemlocktannen mit ihren Kronen aus zerzausten

Zweigen bildete einen perfekten Hintergrund. Die niedrig stehende Sonne ließ alles funkeln und glitzern, überzog das Ufergras und die kleine Hütte mit einem Glimmen. Jetzt war die »goldene Stunde« – jene wenigen Augenblicke des Tages, in denen ansonsten mittelmäßige Aufnahmen sich in – eben – pures Gold verwandelten. Als leitende Produzentin für die Außenaufnahmen wusste Carmen Delgado genau, dass die Geldsäcke vom Network, die ihre Reality-TV-Sendung *FISHWIVES!* finanzierten, solche Bilder liebten.

FISHWIVES! – Carmen konnte es immer noch nicht fassen, was aus ihrer Idee, ihrem geistigen Baby, geworden war. Im Laufe ihrer Karriere hatte sie sich für einige Ideen starkgemacht: eine Fisch-auf-dem-Trockenen-Doku über ambitionierte junge Lehrer, die sich im Urwald Alaskas zurechtfinden müssen; eine Abenteuerserie über junge Leute in allen möglichen harten Jobs in der Wildnis Alaskas; ein halbes Dutzend weiterer netter Ideen. Carmens ursprüngliches Konzept war *Heimathafen* gewesen, ein Film oder eine Serie über die verschiedenen dramatischen Aspekte im Leben von Fischerfamilien in Südostalaska; daraus hatte das Network dann begeistert *FISHWIVES!* gemacht. Fischweib – die abschätzige Bezeichnung für eine lauthals tratschende Frau. Und Carmen Delgado sollte nun die passenden Schauspielerinnen dazu finden.

Um sie für das so geplante Projekt zu gewinnen, hatten die Chefs im Network sie fix zum Creative Director und zum Executive Producer befördert. Obwohl sie im Einzelnen so manches zum Kotzen fand, war ihr auch klar, dass diese Serie den Anfang einer richtigen Karriere bedeuten konnte; also hatte sie sich ernsthaft vorgenommen, die Dinge ins Rollen zu bringen und am Laufen zu halten – wenn möglich, legal, wenn nicht, dann zumindest noch innerhalb einer juristisch vertretbaren Grauzone.

Sie filmte das Ufer, zog die Kamera hoch, über das Strandgras hinweg, und fokussierte auf das Grassodendach der Hütte. Sie mochte genau dieselbe Kamera bedienen wie Greg, ihr würden allerdings niemals auch nur annähernd so gute Aufnahmen gelingen wie ihm. Es war ihr ein Rätsel, wie dieser Jüngling, der sich von nichts als Alkohol, Red Bull und Snickers ernährte und der eher aus dem Bauch heraus als auf Grundlage technischen Wissens filmte, jedes Mal einen Volltreffer landete. Wenn Greg Conner nicht so blöd wäre, sein eigenes Leben tagtäglich in die Tonne zu treten, könnte er mit 25 glatt ihr Boss sein.

»Kenny wird uns umbringen, wenn er spitzkriegt, dass wir bis hierher gefahren sind«, sagte Delgado.

»Kenny ist anderweitig beschäftigt – du verstehst schon«, sagte Greg, ohne seine Kamera abzusetzen.

»Keine Ahnung, was du damit meinst.« Sie wusste ganz genau, was er damit meinte, was Kenny so trieb, wollte jedoch nicht darüber reden.

»Vergiss es.« Greg warf ihr bei laufender Kamera einen Seitenblick zu. »Jedenfalls wird er's nicht spitzkriegen, dass wir jetzt hier sind, außer du hast vor, es ihm zu erzählen.«

Aus versicherungstechnischen Gründen mussten sie stets einen Sicherheitsbeauftragten mitnehmen, wenn sie draußen filmten, damit der sie gegen die schrecklichen Gefahren bei Außenaufnahmen in der freien Natur beschützen konnte. Für *FISHWIVES!* hatte Carmen

81

Kenny Douglas engagiert, einen arbeitslosen Berufs-fischer aus Ketchikan, der schon für andere Filmcrews als Security-Mann gearbeitet hatte. Er war nicht besonders groß, aber ein Muskelpaket. Seine Aufgabe bestand darin, sie von gefährlichem Unsinn abzuhalten – zum Beispiel davon, ohne ihn einfach irgendwo ins Nirgendwo loszu-schippern. Er trug immer einen 44er Magnum Revol-ver in einem Brustholster mit sich, und an der Hüfte ein Messer, so lang wie ein Schwert. Er lächelte viel, aber der Großteil ihrer Filmcrew vermutete, immer nur genau dann, wenn er gerade ein köstliches kleines Kätz-chen verspeist hatte. Er jagte Delgado eine Scheißangst ein.

Sie spähte durch den Sucher, ihr Blick glitt über den wunderbar glatten Strand aus grauem Kies, über das grüne Ufergras, über den dunklen Waldrand dahinter. »Zugegeben«, sagte sie, »es sieht schön aus hier, in diesem Licht. Mir ist trotzdem nicht wohl dabei, dass wir uns auf dem Land von CCC aufhalten.«

»Wir halten uns nicht auf dem Land der Bergbaufirma auf«, murmelte Greg.

»Laut Karte aber doch«, sagte sie und rollte mit den Augen. Der Junge konnte einfach nicht hören.

»Privatgelände fängt erst an, wenn man den Bereich der Brandung verlässt«, sagte Greg. Er vollzog einen langsamen Kameraschwenk mit der Canon. »Da gibt's ein Gesetz. Das Meer gehört niemandem. Solange wir unterhalb der Strandgutlinie bleiben, wo die Flut das Treibholz anschwemmt, können wir fürs Network unsere Aufnahmen von der putzigen kleinen Hütte drehen, ohne dass irgendjemand von der Minengesellschaft uns dumm reinquatschen kann.«

Da sie nun schon mal hier waren, fand Carmen, dass sie genauso gut aufhören konnten zu diskutieren, um stattdessen ihre Filmaufnahmen zu machen. Einer der Network-Bosse hatte erste Aufnahmen von Fitz und Bright Jonas gesehen, die als Ehepaar wohl die Hauptrollen in *FISHWIVES!* spielen würden. Fitz würde als echte Wasserratte, Berufsfischer mit Netz und Angel, und mit seinem wilden Bartwuchs und ebenso wilden Blick einen wunderbar beliebten Reality-TV-Star abgeben. Seine Frau Bright wirkte wie ein Blumenkind, besaß aber das Mundwerk eines Seemanns – sie wäre das ideale »Fischweib«. Beim Casting bekam es Carmen einmal kurz mit der Angst, als sie gewahr wurde, was für eine Seele von Mensch Fitz eigentlich war, entgegen dem äußeren Anschein. Zum Glück wusste Bright jedoch, wie sie das Raubein aus ihm herauskitzelte, sodass sie sich für die Kamera ständig zofften – und damit genau das rüberbrachten, was die Leute vom Network und auch die Zuschauer sehen wollten. Obendrein sorgte Bright andauernd für Ärger in der Nachbarschaft ihres kleinen Städtchens – Drama ohne Ende, pures Gold für eine Fernsehserie.

Allerdings gab es da ein nicht ganz unerhebliches Problem. Fitz und Bright Jonas mochten wie ein echtes Fischer-Ehepaar in Alaska aussehen und sich so verhalten, wie es das Fernsehpublikum von einem echten Fischer-Ehepaar in Alaska erwartete; sie wohnten jedoch in einem netten kleinen weißen Fertighäuschen mitten in Craig, mit einem hölzernen Gartenzaun drum herum und einem Basketballkorb am Hausende ihrer Auffahrt. Das Network wollte aber unter allen Umständen, dass sie in einer Blockhütte lebten, in einer schäbigen, engen, abgelegenen kleinen Blockhütte, damit Bright des Öfteren einen Streit anfangen konnte wegen ihrer allzu rustikalen Lebensumstände – und damit ihre Geschichte, von den bescheidenen Anfängen bis zum Ende, einen Spannungsbogen bekam. Ein erfolgreiches Fischerpaar, das erfolgreich blieb, das gab fernsehdramaturgisch nichts her, da konnte Bright ihre Nachbarschaft noch so sehr auf die Palme bringen. Die beiden brauchten ein Häuschen, das nach der Wildnis Alaskas aussah und nicht nach einer Stadtrandsiedlung irgendwo in Omaha.

Greg war auf die Idee gekommen, Außenaufnahmen von der putzigen kleinen Hütte auf dem Gelände der CCC Mine zu schießen, und hatte vorgeschlagen, sie könnten doch Fitz Jonas ein paarmal filmen, wie er in einem Skiff da ankommt, oder Bright, wie sie am Ufer steht – unterhalb der Treibgutlinie selbstverständlich – und mit ihm schimpft, weil er sie wieder mal in dieser schäbigen Holzhütte alleine lässt, um zum Fischen rauszufahren. Auf der westlichen Seite der Insel befand sich eine zweite Hütte, in Stadtnähe, die innen perfekt ausgestattet war für Szenen, in denen Bright Jonas ihren Mann wütend zur Rede stellte. Technisch bearbeitet, würde den Aufnahmen niemand ansehen, dass die beiden Hütten für das Außen und für das Innen in Wirklichkeit mehr als 40 Kilometer auseinanderlagen. Und ab Episode zwei würde es darum gehen, dass Fitz Jonas sich den Arsch aufriss, um seiner wütenden Frau ein neues Heim bieten zu können – eben das nette weiße Häuschen mit dem Gartenzaun und dem Basketballkorb, in dem sie eigentlich sowieso schon die ganze Zeit wohnten.

Das meiste würde an Bord von Fischerbooten gedreht werden, außerdem im Städtchen mit den zankenden »Fischweibern«. Bei denen handelte es sich, wollte man all den Geschichtchen der einzelnen Folgen Glauben schenken, um einen wilden Haufen hasserfüllter Weiber, die ständig im Streit miteinander lagen und auch ihren Ehemännern nicht trauten. Nicht gerade realistisch, aber tolles Fernsehfutter. Die Pilotfolge hatte prima Einschaltquoten erreicht: Eine Million Zuschauer waren für die großen Sender ein Klacks, für den Nischenmarkt der kleinen Kabelanbieter jedoch genug, um 13 weitere halbstündige Folgen in Auftrag zu geben.

»Damit machen wir richtig Kohle.« Greg setzte seine Canon sanft in ihrem gefütterten Koffer im Boot ab und grätschte über den Bootsrand. Das Skiff lag hoch genug auf dem Strand, dass er nur bis zur halben Höhe seiner braunen Xtratuf-Gummistiefel im Wasser versank.

Carmen schüttelte den Kopf. »Sag mal, was hast du vor?«

Er beugte sich zurück ins Boot und nahm die Kamera wieder an sich. »Nur die Ruhe, Miss Schlafanzughose. Ich geh ganz bestimmt nicht höher als die Treibgutlinie.« Er hob die Kamera schwungvoll vors Gesicht und drehte sich hinaus aufs Meer. »Wir brauchen ein paar Aufnahmen aus Brights Perspektive, wie sie von ihrer beschissenen kleinen Hütte aufs leere weite Meer hinausschaut. – Ach, verdammt!«

Als Carmen aufblickte, fummelte Greg am Zoom seines Objektivs herum.

»Was ist?«

»Ich brauch eine Aufnahme von der leeren, verlassenen Bucht, aus der Sicht einer einsamen Bright Jonas – und jetzt kommt mir ein anderes Boot ins Bild!«

Als Delgado sich ruckartig auf ihrem Sitz herumdrehte, brachte sie das Skiff damit zum Schaukeln.

Schnell gewann sie das Gleichgewicht wieder, und einen Sekundenbruchteil lang durchzuckte sie die Angst, ihre 20.000-Dollar-Ausrüstung könnte im Wasser versinken. Doch das Aluminiumboot lag so weit auf dem Trockenen, dass sie mit ihren Bewegungen kaum Schaden anrichten konnte. Sie beruhigte sich und zoomte sich das fremde Boot mit ihrer eigenen Kamera näher heran; dabei ließ sie die Kamera laufen. Lieber ein paar Megabyte Speicherplatz verschwenden als irgendwas verpassen. Das Licht war gerade günstig, und notfalls konnten sie das andere Boot am Ende immer noch rausretuschieren.

»Ist das eins von unseren?« Ihr Kameraauge verfolgte das leuchtend weiße Boot, das gerade die Landspitze am östlichen Ende der Bucht umrundete. »Wenn ja, könnten wir das nämlich sogar ausnutzen.« Das Boot war höchstens 400 Meter weit weg. Mit »unseren« meinte sie sämtliche Boote, die in FISHWIVES! vorkamen.

»Kann ich nicht erkennen«, sagte Greg. »Sieht aber zu groß aus.«

»Jemand, den wir kennen?« Carmen zoomte so weit wie möglich heran. Drei Männer, mindestens. »Sehen dunkelhäutig aus. Vielleicht Tlingit oder Haida.«

»Kommt mir komisch vor«, sagte Greg. »Dafür, dass sie mit so einer Jacht rumfahren, sehen sie nicht besonders glücklich aus.«

Einer der Männer hielt irgendetwas in der Hand, das nun einen Sonnenstrahl reflektierte, bevor das Boot wendete und die Sonne hinter sich verschluckte. Carmen stützte sich auf die Reling des schwankenden Skiffs, justierte ihren Fokus und erkannte dann, dass einer der Männer ein Fernglas vor seinen Augen hatte.

Anscheinend schaute er damit direkt zu ihr her.

Das Aluminium schrammte über den Kies und Carmen wurde heftig zur Seite geworfen, als Greg das kleine Boot zurück ins tiefere Wasser schob und an Bord sprang. Eine Hand um die Kamera gekrallt, hielt sie sich mit der anderen an der Bordwand fest.

»Verdammt noch mal!«, sagte sie. »Bring uns nur zum Kentern! Die Kameras kosten jede 10.000 Dollar!«

Greg riss an der Starterleine und erweckte den kleinen 30-PS-Motor zum Leben. »Jetzt solltest du dir vielleicht wirklich Sorgen machen«, sagte er. »Das Hauptbüro der Minengesellschaft liegt bloß ein paar Meilen hinter der Landspitze. Gut möglich, dass diese Typen mit ihrem Boot direkt von dort kommen.«

»Na und?«, erwiderte Carmen. »Du hast doch gesagt, solange wir unterhalb dieser Wasserlinie bei Flut bleiben, kann uns nichts passieren.«

»Ja, wir sind auf der sicheren Seite«, sagte er und drehte das Ruder so, dass ihr Skiff auf die westliche Landspitze am Eingang der Bucht zusteuerte, weg von der Jacht und in Richtung Stadt. »Bin mir nur nicht so sicher, ob die die Gesetzeslage auch so genau kennen wie ich.« Glitzernde Gischt spritzte über die Reling und das Skiff begann zu hopsen, als sie quer zum Wellengang Fahrt aufnahmen. Nervös schaute Greg über die Schulter nach hinten. »Bis zum Hafen zurück sind es gut 25 Kilometer. Kann sein, dass sie uns vorher einholen.«

Carmen versuchte, die Kamera ruhig zu halten, doch ihre Hände zitterten und dazu kam der raue Seegang – es war nahezu unmöglich, das andere Boot scharf ins Bild zu kriegen. Doch was sie sah, jagte ihr einen kalten Schauer über den Rücken. »Einer von denen hat ein Gewehr!«, brüllte sie über den Motorenlärm hinweg.

»Vielleicht sind's ja Jäger.« Greg warf einen weiteren Blick über die Schulter.

»Glaub ich eher nicht«, sagte Carmen. »Sieht so aus, als würden sie am Heck der Jacht ein kleineres Boot zu Wasser lassen.« Sie ließ die Kamera sinken und sah Greg ins Gesicht. »Ich glaube, die nehmen die Verfolgung auf.«

9

Manuel Garzas Hände umschlossen die Reling der *Pilar* so fest, dass die Knöchel weiß hervortraten. Beinahe hätte er den Kopf geschüttelt. Es kam noch schlimmer, als er vorausgeahnt hatte. Keine zwei Stunden nach ihrer Landung in Alaska wurden seine Befürchtungen wahr. Camacho, einer der weltweit meistgesuchten Drogenbosse, war nicht einfach nur gesehen worden, er war sogar gefilmt worden. Und Garza konnte sich gut vorstellen, dass die Leute in dem kleinen Boot ihr Video just in diesem Moment via Satellit irgendwohin hochluden und ins Internet stellten.

»Schneidet ihnen den Weg ab!«, schrie Camacho. Er stand neben Garza an der Reling, fuchtelte wild mit seiner Pistole in alle Richtungen, drohte damit, versehentlich ein Loch in den Bootsrumpf zu schießen und sie alle zu versenken. Er fluchte und zeterte, während seine Sicarios am Heck das kleine Aluminiumskiff zu Wasser ließen.

»Schafft sie her!« Camachos Gebrüll war eine Mischung aus Rufen und Spucken. »Schafft mir die Schweinehunde her! Ich werd ihnen in die jämmerlichen Augen schauen, wenn ich ihnen beim Sterben zusehe!«

Verwundert wegen des ganzen Getöses, streckte Beti den Kopf durch die Tür des Steuerhauses und setzte ein Lächeln auf.

»*Mi amor*«, zwitscherte sie. »Machst du Jagd auf diese fiese Frau, die meine Sachen angezogen hat?«

»Du blöde Hure!« Camacho warf seine Zigarre nach ihr, beinahe hätte er ihr Gesicht getroffen. »Beweg deinen Arsch wieder rein!«

Wie ein verstörtes Erdhörnchen zog sie den Kopf wieder ein.

»Ernesto«, sagte Garza, »vielleicht …«

»Vielleicht was, Manolo?« Camacho wirbelte zu ihm herum, herausfordernd. Mit vor Wut steifem Nacken, mit pochenden Adern auf der purpurroten Stirn – mit der Wut eines Mannes, den die eigene Dummheit zu Fall gebracht hat. »Du bist ja so schlau. Glaubst du, jetzt ist der richtige Zeitpunkt für eine deiner Belehrungen?« Er hielt Garza die Pistole vor die Nase, stieß dann damit in die Luft, als wollte er seine Worte unterstreichen. »Schluck deine schlauen Ratschläge lieber wieder runter, Manolo.«

So verharrte er noch einen langen Augenblick, dann senkte er die Waffe, hielt sie nun seitlich, und richtete seinen Zorn wieder auf die Sicarios.

Garza zog seine eigene Pistole, und bevor ein weiteres Wort fiel, verpasste er Camacho über dem linken Ohr eine Kugel in den Kopf.

»Und du solltest eigentlich schlau genug sein, den Mann, der dich beschützen soll, nicht mit einer Waffe zu bedrohen«, sagte Garza.

Dann schaute er hoch zum Steuerhaus, zu dem Sicario am Steuer. Fausto war loyal ihm gegenüber, doch selbst er starrte nun mit offenem Mund durch die Fensterscheibe zu ihm her.

Die anderen zwei waren bereits ins Skiff geklettert. Der Nähere der beiden langte nach unten, zu seinem Holster, als er den Schuss hörte. Aber keiner begriff, was da gerade geschah.

Garza hob beide Arme, behielt jedoch die Pistole in seiner Rechten. Mit lauter Stimme wandte er sich nun an alle. »Männer, ihr kennt mich«, sagte er über die steife Brise hinweg. »Und ihr habt euren *patrón* gekannt, Ernesto Camacho. Lasst euch gesagt sein: Ich werde nie eine Waffe auf euch richten, außer wenn ich vorhabe abzudrücken.«

Verblüfft glotzten die Männer ihn an.

Garza hob die Schultern. »Sind wir uns einig?«

Durch die Glasscheibe des Steuerhauses blickte Fausto hinab auf den geborstenen Schädel des Mannes, der bis vor wenigen Augenblicken noch sein Boss gewesen war, dann nickte er Garza zu. »Ja, *patrón*«, sagte er. »Wir sind uns einig.«

Die andern beiden beeilten sich, ihm beizupflichten.

»Camacho hat eher getötet als nachgedacht«, sagte Garza. »Ihr Männer wisst, dass mir das Töten nichts ausmacht. Aber Los Leónes sind wichtiger als Ernesto Camacho. Er wurde gesucht, von Polizeibehörden in allen möglichen Ländern, und wenn herauskäme, dass er etwas mit der Mine zu tun hat, hätte das verheerende Folgen. Die amerikanische DEA hat eine halbe Million Dollar auf seinen Kopf ausgesetzt. Und nun hat ihn jemand gesehen. Das könnte nicht nur uns in Gefahr bringen, sondern auch die Mutterfirma, der die Mine gehört, und damit die gesamte Organisation, der wir unseren Lebensunterhalt verdanken. Also fahrt los und kümmert euch um die Leute, die ihn gesehen haben!«

»Sollen wir sie zu dir bringen, *patrón*?«, fragte Chago, der größere und verständigere der beiden Männer im Beiboot.

»Nein«, sagte Garza. *Patrón* – ja, das hörte sich gut an. »Bringt mir nur ihre Kameras. Und sorgt dafür, dass ihre Leichen nie gefunden werden.« Er sah zum schwarz dräuenden Wolkenhimmel im Westen. »Aber beeilt euch. Sobald es erledigt ist, will ich von dieser verfluchten Insel verschwinden.«

Die Männer nickten, und schon sauste ihr Skiff davon.

»Komm, Fausto«, sagte Garza zu seinem Steuermann, während er die Ärmel hochkrempelte. »Im Bug müsstest du einen zweiten Anker finden. Ich brauch deine Hilfe, wenn ich unsern ehemaligen Arbeitgeber versenke.«

10

Der Alaska State Trooper Sam Benjamin drückte die Wähltasten, um seinen Vorgesetzten Sergeant Yates in Ketchikan anzurufen, und schob dann den Teller selbst gemachter Tomatensuppe vor sich quer über den schmalen Holztisch weg vom Telefon. Yates war ein harter Knochen, bei einem Telefongespräch mit ihm konnte er keine Suppe nebenher essen.

Benjamin war mittlerweile vier Jahre bei den Alaska State Troopers, hatte dort also angefangen ungefähr ein Jahr, nachdem die Polizeichefs in Juneau der Reality-TV-Serie *Alaska State Troopers* den Stecker rausgezogen hatten, obwohl sie diese Behörde in den ganzen USA bekannt gemacht hatte. Wie so viele Frischlinge von der Akademie in Sitka hatte auch Sam Benjamin erst einmal im blauen Uniformhemd am Straßenrand gestanden. Er hatte sich als Verkehrspolizist auf den Überlandstraßen nördlich von Anchorage bewährt und dann ein verlockendes Jobangebot in Craig auf Prince of Wales Island angenommen. Anfangs war alles prima gewesen, doch dann hatte er einen neuen Sergeant vor die Nase gesetzt bekommen, ein Granatenarschloch. Don Yates war von Dillingham, einem abgelegenen Außenposten, hierher versetzt worden und schien sich fest vorgenommen zu haben, wie er es ausdrückte, »allen Straßen-Troopern gründlich den Asphalt aus den Zähnen zu puhlen« und ihnen beizubringen, wie man auf einem abgelegenen Posten arbeitete. Nun lag Prince of Wales Island allerdings nicht gerade fernab in der Wildnis, und Asphalt gab es hier jede Menge, also musste Yates sich wohl oder übel darauf beschränken, Sam Benjamin alltäglich mit Kleinigkeiten das Leben zur Hölle zu machen.

Nachdem so fünf Monate ins Land gegangen waren, hatte der Sergeant bei einem Bürobesuch in Craig den Bogen überspannt. In einem Wutanfall trampelte er auf Trooper Benjamins Diensthut herum, einem Stetson aus dunkelblauem Filz, weil sie verschiedener Meinung waren, welche Gesetzesverstöße einem bestimmten Drogendealer zur Last gelegt werden sollten. Benjamin konnte nur sprachlos mit ansehen, wie sein Boss ausflippte und den blauen Filzhut plattmachte. Ganz offenbar hatte dieser Typ seine Aggressionen nicht unter Kontrolle, doch letzten Endes sollte sein Aussetzer Benjamin zum Vorteil gereichen. Yates blieb der hutstampfende Trottel, der er war, sah aber offenbar ein, dass einen Diensthut platt zu treten kein gutes Licht auf ihn warf, und legte seinem Untergebenen gegenüber in der Folge ein merkwürdig befangenes Verhalten an den Tag, weil der den Wutausbruch nicht ihrem Lieutenant in Ketchigan gemeldet hatte. Yates ließ Benjamin nun erfreulicherweise weitgehend in Ruhe.

Sam Benjamin sah gut aus, ein junger Mann mit aufrechter Haltung, knapp über 1,80 groß, mit Grübchen im Kinn – die blaue Uniform stand ihm hervorragend. Seit dem Tag, als ein groß gewachsener Mann in einer ähnlichen Uniform mit einer Piper PA-18 Super Cub auf dem Jagdgelände seines Vaters gelandet war und dem zehnjährigen Ben kurz mal seinen Pilotenhelm aufsetzte, wollte Sam Benjamin vor allem eines im Leben: so ein goldenes Abzeichen mit dem Bärenkopf tragen. Da konnten sie ihm noch so viel Scheiße reinwürgen auf der Akademie, da konnte ihm ein Vorgesetzter noch so blöd kommen, keiner konnte ihm die Sache vermiesen oder ihm den Stolz nehmen, mit dem er diese Marke trug.

Diese Fernsehserie allerdings, das war eine andere Geschichte. *FISHWIVES!* kostete ihn den letzten Nerv. Schlimm genug, dass er seine Gelegenheit zu fünf Minuten im Rampenlicht endgültig verpasst hatte, weil *Alaska State Troopers* nun mal nicht fortgesetzt wurde; nein, nun musste er sich noch mit dem ganzen Mist rumschlagen, den diese blöde Reality-TV-Serie auf seiner Insel unweigerlich mit sich brachte. Schlägereien, Saufgelage und Partys ohne Ende, dazu alle möglichen Drogen im Umfeld der Dreharbeiten, die den menschlichen Abschaum magisch anzogen. Einer dieser zwielichtigen Typen war nun auch der Grund für den jungen

State Trooper, seinen Sergeant anzurufen. Dabei zog er Hayden Starnes' Führerscheinfoto näher zu sich her. Zauseliger Schnurrbart, Vokuhila-Haarschnitt wie in den Siebzigern, glasige Augen – er sah schon so aus wie ein typischer Perverser.

»Verständigen Sie die US Marshals«, befahl ihm Yates, bevor Benjamin auch nur zur Sprache bringen konnte, weshalb der Typ gesucht wurde. »Das ist deren Job, solche Knallköpfe einzukassieren.«

Benjamin verkniff sich die Bemerkung, dass dies ebenso auch ihr eigener Job war. »Wird gemacht«, sagte er; er wusste genau, dass Sergeant Yates nichts anderes hören wollte. »Und was, wenn die nicht herkommen können? Der Typ wird von den Jungs in Oregon gesucht, wegen gewaltsamer sexueller Nötigung und Entführung.«

»Entführung, dafür ist das FBI zuständig«, sagte Yates, der sich im Abwälzen von Zuständigkeiten bestens auskannte. »Wenn sie dafür in die Zeitung kommen, dann kommen sie schon hergeflogen.«

»Im NCIC steht aber ›US Marshals‹ drin«, sagte der Trooper. »Verstoß gegen die Bewährungsauflagen nach Verbüßung einer Haftstrafe wegen gewaltsamer sexueller Nötigung und Entführung …«

»Das macht schon mehr Sinn«, triumphierte Yates, als hätte er gerade einen Debattenwettbewerb gewonnen. »Aber blasen Sie das Ganze nicht dermaßen auf. Ihr Schwachkopf hat ja wegen dieser Anschuldigungen schon vor Gericht gestanden. Er ist bloß seinem Bewährungshelfer entwischt und aus der Stadt abgehauen.«

Was einen verurteilten Vergewaltiger und Kidnapper wohl dazu bringt, aus der Stadt abzuhauen, fragte sich Benjamin, allerdings nicht laut.

»Wissen Sie, wo er steckt?«, fragte Yates mit einem Unterton, als könnte er womöglich einlenken.

»Weiß ich«, antwortete Benjamin. »Er arbeitet als Mädchen für alles beim Produktionsteam von FISHWIVES!, dieser Fernsehserie.«

»Ich bin ein Fan von FISHWIVES!«, sagte Sergeant Yates.

Na klar. Trooper Benjamin verdrehte die Augen.

»Wie dem auch sei«, fuhr Benjamin fort, »dort hat den Typen seit anderthalb Tagen niemand mehr zu Gesicht gekriegt. So bin ich überhaupt erst auf ihn gekommen. Die Aufnahmeleiterin für die Außendreharbeiten hat ihn vermisst gemeldet. Er hat sich dort als Travis Todd ausgegeben. Ein Deckname von ihm, den die Marshals schon kennen, vermute ich mal.«

»Also haben Sie an ein und demselben Tag einen bundesweit Gesuchten aufgespürt und dann wieder verloren?«

»Sein Aufenthaltsort ist mir momentan nicht bekannt«, sagte Benjamin und schob die Suppe noch ein wenig weiter von sich weg. »Aber wenn er noch auf der Insel ist, finde ich ihn.«

»Verständigen Sie die Marshals«, wiederholte Yates. »Wenn Sie sonst nichts zu tun haben …«

»Verstanden, Sergeant«, sagte der Trooper. Außerhalb seines Büros ertönte eine Glocke, die signalisierte, dass jemand im Flur vor der Eingangstür stand. Insgeheim hoffte er, es war Wendy, die vielleicht eine Extraportion Pizza mitbringen würde, von Papa's gegenüber dem Einkaufszentrum an der Hauptstraße. Das hatte sie schon manchmal getan. Seine Suppe war nämlich inzwischen kalt geworden. »Da kommt gerade jemand«, sagte er. »Ich muss auflegen. Ich halte Sie auf dem Laufenden, was die Marshals dazu sagen.«

»Jaja«, sagte Yates und legte auf. Kurz zuvor meinte Benjamin, Eiswürfel in einem Whiskyglas klimpern zu hören. Das würde einiges erklären.

Der Trooper schob seinen Bürostuhl zurück und erhob sich, dann überprüfte er wie immer kurz sein Äußeres, bevor er einem Vertreter der Öffentlichkeit gegenübertrat. Die Glock Kaliber 40 im Sam-Browne-Holster, wo sie hingehörte, tief an der Hüfte – korrekt. Schnurgerade Linie vom obersten Knopf seines trooperblauen Uniformhemdes bis runter zum Hosenladen, unterm Gürtel durch und hinter den Reißverschluss – korrekt. Kugelschreiber in der Brusttasche – korrekt. Im Gegensatz zu den meisten Alaska State Troopern bevorzugte Benjamin eine unterm Hemd getragene schusssichere Weste; er glaubte, damit ein akkurateres und ordentlicheres Erscheinungsbild abzugeben als mit einer unförmigen darübergezogenen Weste. Ein Trooper mit einem Auge für solche Details würde im Ernstfall eher überleben, wenn die Kacke am Dampfen war, und Sam Benjamin achtete in seinem Leben auf Details und darauf, dass immer alles schön ordentlich war.

Jenny, die AST-Sekretärin, hatte um fünf Feierabend gemacht; Besucher mussten nun also an der Tür klingeln. Das Büro war mit zwei Alaska State Troopern besetzt und zwei eigens für den Naturschutz der Insel einschließlich des Ozeans zuständigen Troopern, die man Braunhemden nannte. Selten jedoch arbeitete mehr als einer von diesen vieren hier.

Benjamin ging durch seine Bürotür an den Arbeitsplätzen der Braunhemden vorbei, die gerade alle beide nicht auf der Insel waren, und sah Gerald Burkett draußen vor der dickwandigen Glastür stehen.

Burkett war rundlich wie ein großer Strandspielball auf Beinen. Sein schmutziges T-Shirt hatte schon bessere Zeiten erlebt und hätte einem 70 Pfund leichteren Mann eher gepasst. An ihm sah es fast wie ein Tanktop aus, unter dem ein Drittel von Burketts Bierbauch hervorlugte. Dazu trug er graue Jogginghosen; eins der Hosenbeine war in den schwarzen Gummistiefel darunter hineingestopft. Schmierige Streifen an beiden Hüften zeigten, dass er sich bei der Arbeit in der kleinen Reparaturwerkstatt immer die Hände an seinen Jogginghosen abwischte. Ein schmutzig blonder Vollbart spross an seinem Kinn in alle Richtungen, als wäre er mit dem Gesicht auf dem Schreibtisch eingeschlafen. Seine blutunterlaufenen Augen waren so spät am Tag nichts Ungewöhnliches.

Der Trooper warf Burkett einen schrägen Blick zu, als ihm beim Öffnen der Tür die säuerliche Alkoholfahne von billigem Fusel entgegenschlug, und trat dichter an ihn heran. »Hallo, Gerald«, sagte er neutral, aber freundlich. »Sie sind nicht mit dem Auto hergefahren, oder?«

Burkett schniefte. Er hatte geweint. Besoffene wurden oft weinerlich, nicht jedoch Burkett. Er war eine Eiche unter lauter wippenden Fichten – stoisch, unbeugsam, viel eher zu Gemeinheiten neigend als zu Weinerlichkeit.

»Doch, bin ich«, sagte er. In seinen grauen Augen lag eine Sanftmut, der Benjamin bei ihm noch nie begegnet war – als würde der Mann ein verletztes Hündchen betrachten. Das kam Benjamin dermaßen befremdlich vor, dass er sich kerzengerade aufrichtete und eine Hand auf seinen Taser legte.

Selbstvergessen fuhr Burkett fort. »Ich bin auf der ganzen Insel rumgefahren, um meine Tochter zu finden. Hab gerade erst mein erstes Glas getrunken. Können Sie mit dem PBT nachprüfen, wenn Sie wollen.« Das PBT war ein handliches Gerät zum schnellen Promille-Testen, und dass Burkett die gängige Abkürzung dafür benutzte, zeigte schon, wie vertraut er damit war.

Der Trooper winkte ihn durch die Tür und weiter in sein Büro und wies ihn zu einem Plastikstuhl, der neben dem Schreibtisch stand.

»Ihre Tochter, sagen Sie?«

Burkett nickte. Geräuschvoll zog er die Nase hoch und schluckte seinen Rotz herunter, dann sah er Benjamin mit flehendem Blick in die Augen. »Millie«, sagte er. »Die kennen Sie bestimmt auch. Schon ganz schön groß, dunkle Haare und Haut wie ihre Mutter, die ist eine Tlingit, müssen Sie wissen.«

Der Trooper holte Notizbuch und Stift aus der Tasche. »Ja, der bin ich schon begegnet. Wann haben Sie sie zum letzten Mal gesehen?«

Burkett nickte zum Zeichen, dass er die Frage verstanden hatte, ließ sich aber Zeit mit der Antwort.

Erneut schniefte er und putzte sich dann mit dem Ärmel die Nase ab. »Sie ist 'n braves Mädchen. Das sag ich jetzt nicht bloß, weil ich ihr Vater bin. Sie macht kein' Ärger. Zumindest war das bisher so, bis diese Fernsehfritzen hier aufgetaucht sind. Seitdem hat sie immer überall diese verdammte Videokamera dabei, wo sie geht und steht, und hat Flausen im Kopf, sie wär so 'ne engagierte Reporterin oder so was. Sie ist eben … sie hat kein Sitzfleisch, verstehen Sie? So Teenager wie sie, denen wird's schnell langweilig hier auf so 'ner Insel.«

»Versteh ich«, sagte Benjamin und wartete, Kugelschreiber und Notizbuch bereit zum Aufschreiben, dass Burkett mit weiteren handfesten Informationen rüberkam außer »groß, dunkel, Tlingit, weiblich«.

»Letzte Nacht ist sie nicht heimgekommen«, sagte Burkett schließlich. »Ich hab mir aber nix dabei gedacht. Manchmal bleibt sie irgendwo bei Freunden, also sind ihre Mutter und ich einfach ins Bett. Als ich später dann aber angefangen hab zu suchen, da hat sie dann keiner von ihren Freunden gesehen. Schon seit gestern um zwei mittags hat sie niemand mehr gesehen, seit sie Wendy bei *Papa's Pizza* drüben erzählt hat, dass sie einer heißen Story auf der Spur ist oder irgend so ein Scheiß.«

»Hat sie Wendy auch erzählt, was das für eine Story sein sollte?«

Burkett schüttelte nur den Kopf und vergrub ihn dann in seinen Händen. »Kein Sterbenswort«, murmelte er in seine Handflächen hinein.

»Wo überall haben Sie bisher nach ihr gesucht?«, fragte der Trooper. Teenager, die sich vor ihren Eltern verstecken – das war nichts Außergewöhnliches auf einer Insel von der Größe der Prince of Wales. Hunderte Kilometer Landstraßen und zahllose abgelegene Ecken standen Jugendlichen zur Verfügung, die draußen übernachten oder kampieren oder sonst was in ihrem Zelt treiben wollten.

»Ich hab schon überall nachgeschaut, wo ihre Freunde wohnen oder wo ich sie schon mal im Wald beim Alkoholtrinken erwischt hab. Sie hängt gern mit diesen Leuten von der Fernsehserie rum, *FISHWIVES!*, und die gefallen mir gar nicht. Also bin ich auch bei denen vorbei, aber die waren alle weg, irgendwo. Keine Ahnung, vielleicht ist sie ja mit denen mit. Ihre Mutter macht sich schier in die Hose vor Angst, dass Kushtaka sie geholt hat …« Seine Stimme verebbte, er starrte zu Boden.

»Kushtaka?«, sagte Benjamin, notierte sich das jedoch nicht. »Der Ottermann?«

»Wahrscheinlich denken Sie, meine Frau spinnt«, sagte Burkett. »Aber warten Sie nur mal, bis Sie sich mal in den dunklen Wäldern hier verirren. Da können Sie von Glück sagen, wenn Sie lebend wieder rauskommen, und dann sprechen wir uns noch mal, ob Sie dann nicht vielleicht auch glauben, dass es da Dinge gibt, die sich ein normaler weißer Mann wie unsereiner nicht erklären kann.«

Der Trooper konsultierte seine Notizen. Schließlich griff er nach dem Führerscheinfoto von Hayden Starnes und hielt es hoch. »Haben Sie Ihre Tochter jemals in der Nähe dieses Typen gesehen?« Er musste seine Worte sorgfältig abwägen. Wenn er gefragt hätte, ob dieser Typ in Millies Nähe gesehen worden war, dann hätte Burkett sich womöglich nur unnötig schlimmere Sorgen gemacht.

Burkett schüttelte den Kopf. »Sieht aus wie 'n fieser Typ. Wer ist das?«

»Arbeitet auch da bei dem Fernsehteam«, sagte der Trooper.

»Kann ich mir vorstellen«, sagte Burkett. »Nein, den hab ich noch nie gesehen.«

Der Trooper beschloss, die Sache nicht zu vertiefen. »Ich muss telefonieren«, sagte er. »Dann ziehe ich los und sehe mal, was ich rausfinde über Millie. In der Zwischenzeit rufen Sie bitte Ihre Frau an, sie soll Sie abholen. Sie können nicht mit dem Auto nach Hause fahren.«

Burkett hustete, gab sich aber geschlagen, rollte nur

mit den Augen. »Sie sind ein ganz schön harter Knochen«, sagte er. »Wissen Sie das?«

Der Trooper zeigte sein dienstliches Grinsen. »Hab ich schon gehört.«

»Ich warte draußen im Flur.«

Benjamin begleitete Burkett hinaus und setzte sich dann wieder an seinen Schreibtisch. Er blätterte in seinem Notizbuch bis zu der Seite, wo er Hayden Starnes' Name und Geburtsdatum aufgeschrieben hatte. Ziemlich großer Zufall, dass da ein verurteilter Vergewaltiger und Kidnapper am selben Tag verschwindet wie Millie Burkett. Die beiden waren sich bestimmt bei den Dreharbeiten über den Weg gelaufen. Was überhaupt nichts heißen musste. Sein Trooper-Instinkt sagte ihm jedenfalls, dass ein an Land lebender Ottermann und Gestaltwandler der Tlingit gewiss die geringste seiner Sorgen war.

11

Anchorage

Cutter saß im Auto, blickte zur Garagentür am Ende der Einfahrt und fragte sich, ob seine Schwägerin wohl schon heimgekommen war. Kurz vor sieben, aber das spielte keine Rolle. Sie arbeitete als Krankenschwester in der Notaufnahme, und genau wie bei Cutter hing die Länge ihrer Schicht oft vom Verhalten anderer ab. Zwar hatte er gerade zwei gewalttätige Auseinandersetzungen am selben Tag hinter sich, aber auf den beiden Etagen dieser Zedernholzwohnung hier lauerten eine ganze Menge mehr Tretminen, als ihm im Job je unterkommen würden. Kämpfen konnte er. Aber Gefühle, na ja, das war noch mal eine ganz andere Kiste.

In der Mall an der Fifth Avenue hatte er über eine Stunde gebraucht, bis er endlich ein neues Telefon hatte, und anschließend war er auf dem Weg hierher seiner Schwägerin zuliebe noch einkaufen gegangen. Nun nahm er alle sieben Plastiktaschen auf einmal in die Hand, um nicht zweimal gehen zu müssen.

Mims siebenjährige Zwillinge kamen ihm in der Dreck-schleuse, hier im hohen Norden vor allem auch Kälte-schleuse, entgegen. Jeder der beiden Jungs umklammerte eines seiner Beine, als wollten sie ihn zu Boden ringen – was ihnen, Gott sei's gedankt, noch nicht gelang. Einsatz-tasche und schusssichere Weste in einer Hand, sieben Einkaufstaschen voll Zeugs in der anderen, stapfte Cutter mit ihnen über den Dielenboden im Vorraum, an einer Garderobe vorbei, oben Haken für Jacken und Mäntel, unten Gummistiefel aufgereiht, passierte dann eine weiße Tiefkühltruhe und betrat schließlich durch eine weitere Tür das eigentliche Haus. Im Sommer mochte so eine Ein-gangsschleuse überflüssig erscheinen, doch im Alaska-Winter verhinderten solche Vorräume schlicht, dass bei jedem Türöffnen eisige Außenluft ins ganze Haus strömte. Er konnte nur hoffen, dass seine floridaverwöhnte Haut sich bis dahin noch ein dickes Fell zulegte.

Nach einem Schritt auf der grauen Bodenmatte am Eingang hielt er inne und schaute lächelnd zu den beiden Buben hinab.

»Ich muss jetzt meine Stiefel ausziehen, sonst bringt mich eure Mama um«, sagte er.

Das Zwillingspaar, von allen die zwei M&Ms genannt, stieg von seinen Füßen ab wie von Reitpferden. Cutter schleuderte sich die Tony-Lama-Stiefel mit einer Kickbewegung von den Füßen und stupste sie dann mit den Zehen an die Wand. »Was gibt's zum Abendessen?«, fragte er die Jungs.

Michael, mit zwölf Minuten Vorsprung der ältere der beiden Zwillinge, blinzelte ihn aus braunen Rehaugen an. Auch das goldbraune Haar hatte er von seinem verstorbenen Vater geerbt; ein sanftmütiger Junge, der gerne lächelte. »Weiß nicht.« Er hob die Schultern und machte große Augen.

Der jüngere, Matthew, betrachtete Cutter aus halb zusammengekniffenen stahlblauen Augen. Er kam eher nach seinem Urgroßvater Grumpy und ähnelte seinem Onkel Arliss – einschließlich der fiesen Fresse und des flachsblonden Haars.

»Mama ist noch nicht daheim«, sagte Matt und sah Cutter weiter in die Augen, als legte er es darauf an, dass dieser zuerst blinzelte. »Und Constance will nicht aus ihrem Zimmer kommen und uns was zu essen machen.«

Cutter ließ seine Einsatztasche in einer Ecke auf den Boden plumpsen und legte die schwere Weste an die Wand gelehnt darüber.

»Tja«, sagte er mit einem Blick zu der Granitkochinsel mitten in der Küche, »ihr wisst ja, was Männer machen, wenn ihnen niemand was zu essen macht, oder?«

»Rumschreien?«, sagte Matthew mit einem verschmitzten Lächeln und nur halb scherzhaft.

»Ganz egal, um was es geht im Leben«, sagte Cutter, »Rumschreien löst so gut wie nie irgendein Problem.« Er scheuchte die Zwillinge in die Küche. »Was Männer machen: Sie machen sich ihr Essen selber«, sagte er. »Euer Urgroßvater hätte euch jetzt was erzählt …«

Jetzt spitzten sie die Ohren. »Wir wollen Männer sein!«, sagten sie im Chor. Also war es nun an Cutter, nach diesen magischen Worten eine von Grumpys Lebensregeln zu offenbaren.

Die meisten dieser Regeln handelten davon, was nach Grumpy Cutters Meinung einen Mann ausmachte. Sauber und ordentlich aussehen, höflich und respektvoll bleiben, nicht schnell wütend werden, aber fix handeln. Eine unendliche Litanei solcher Regeln, in Arliss' Erinnerung, und manchmal ätzend. Woran er sich liebend gern erinnerte, waren die ganzen Fertigkeiten, die Grumpy grundsätzlich von einem Jungen verlangt hatte, der ein richtiger Mann werden wollte – er musste ein Feuer machen können, ein Messer schleifen, ein Pferd satteln, sich am Sternenhimmel orientieren und unter anderem auch kochen können.

»Grumpys Männerregel Nummer 7«, sagte er. »Ein Mann muss wissen, wie man luftige Rühreier brutzelt.«

Michael sah ihn schräg an, er schien nicht recht überzeugt. »Moment mal, Grumpys Männerregel Nummer 7 war doch: Das Auto immer sauber und poliert halten …«

Cutter öffnete die Kühlschranktür und schüttelte den Kopf. Hinter einem Netzbeutel mit leider schon leicht runzeligem Rosenkohl holte er einen Eierkarton hervor. »Nein, das Auto sauber halten ist Grumpys Männerregel Nummer 9.« Er stellte den Eierkarton neben dem Gasherd auf der Granitinsel ab und schnappte sich eine Pfanne von einem Haken darüber. Die Zwillinge schoben zwei Stühle vom Tisch herüber, kletterten links und rechts neben Arliss auf die Sitzflächen und beugten sich dann beide nach vorne, Ellbogen auf der Arbeitsfläche, ihr Kinn auf die Hände gestützt.

Cutter wusch sich die Hände und warf sich dann das Handtuch über die Schulter. »Und was war Männerregel Nummer 10?«

Die Jungs warfen den Kopf in den Nacken wie zwei Hähne.

»Wenn ein Mann sich was zu essen macht«, krähten sie gemeinsam, »dann macht er genug für alle im Haus.«

Matt blickte zu Cutter auf und tätschelte ihn am Ellbogen. »Darf ich es tragen, wenn wir am Kochen sind?«

Cutter wusste sofort, was er mit »es« meinte. Sein Bruder und er hatten Grumpy früher immer dasselbe gefragt. Es kam ihm fast so vor, als würde er seinem erst sieben Jahre alten Spiegelbild in die Augen sehen.

»Na klar.« Cutter zog eine Silbermünze aus seinem Hemdkragen und legte die dünne Perlenschnur Matt um den Hals. Der Junge rieb das Medaillon zwischen Zeigefinger und Daumen, als wollte er es mit seinen kleinen Fingern polieren. Nur wenig größer als eine Vierteldollarmünze, zeigte es eine geprägte Windrose, deren Kompassnadel zum magnetischen Nordpol ausgerichtet war, deren Kurszeiger jedoch zum Großen Wagen und zum Nordstern wies. Beide Jungs betrachteten das Ding ehrfürchtig.

»Immer auf deinen Kurs achten«, zitierte Michael. »Grumpys Männerregel Nummer 1.«

Cutter nickte und dachte daran zurück, wie oft ihm Grumpy mit genau diesen Worten in den Ohren gelegen hatte. Fast ebenso oft, wie er Cutter ermahnt hatte, auf »Wind und Wellengang« zu achten, wenn er vermutet hatte, dass Arliss drauf und dran war, eine voreilige Entscheidung zu treffen.

»Kann ich es dann bitte nach Matt tragen?«, sagte Michael.

»Einverstanden«, sagte Cutter. Er zählte die Eier so ab, dass jeder der beiden gleich viele zum Aufschlagen hatte. »Also, für jeden von euch zwei, für mich drei, und drei für Constance und zwei für …«

Wie aufs Stichwort fegte ihre Mutter, Cutters verwitwete Schwägerin, durch die Eingangstür von der Garage herein. Für Cutter gehörten solche spektakulären Auftritte einfach zu Mim dazu. Als sie Arliss mit ihren Zwillingen in der Küche erblickte, lächelte sie herzlich, wobei sich ihre zierliche Nase ein wenig runzelte und ihre Pfirsichhaut ein bisschen errötete. Ihr dunkelblondes Haar hatte sie zu einem hochragenden Pferdeschwanz zurückgebunden – zweifellos damit es ihr bei der Arbeit im Alaska Regional nicht ins Gesicht fiel, aber es stand ihr auch. Als sie sich vor fast 26 Jahren das erste Mal begegnet waren, hatte sie es schon genauso getragen, in dem Sommer, als sie beide 16 wurden.

Damals hatte sie in einem kleinen Angelladen auf Manasota Key gearbeitet, wo die Cutter-Brüder auf die Jagd nach Haifischzähnen gingen. Und nach Mädchen mit Pfirsichhaut. Arliss sah sie zuerst, doch kaum hatte sie ihm ihren Namen verraten, Miriam, aber alle nannten sie Mim, da kam auch schon sein großer Bruder Ethan und schnappte sie ihm weg. Er lächelte öfter, war ein Jahr älter und infolgedessen selbstbewusster. Er verabredete sich als Erster mit ihr. Und Arliss beherzigte Grumpys Männerregel Nummer 2: Ein Mann vergreift sich nicht an der Frau seines Bruders. Der Rest war inzwischen Geschichte – eine 25 Jahre und zehn Monate lange Geschichte.

Miriam Cutter war die geborene Krankenschwester. Einfühlsam, engagiert, doch auch ohne Weiteres fähig, einen zum Weinen zu bringen, wenn es nötig war. Cutter wandte seine Augen wieder ab, bevor sich ihre Blicke begegneten. 20 Jahre Ehe, drei Kinder und eine gehörige Menge Seelenschmerzen hatten sie nicht vorschnell altern lassen. In ihren lavendelblauen Krankenhausklamotten sah sie verdammt sexy aus. Das musste ihr mal wieder irgendjemand sagen. Und weiß Gott, Cutter hätte es ihr am liebsten mal gesagt, aber als Schwägerin war sie für ihn fast so etwas wie eine Schwester, und deshalb hielt er lieber den Mund.

»Sieht interessant aus«, sagte Mim. Sie küsste ihre beiden Jungs auf ihre blonden Wuschelköpfe und berührte Cutter flüchtig am Arm. »Was wird denn das?«

»Onkel Arliss bringt uns bei, wie man luftige Rühreier macht, so wie sein Opa«, sagte Michael. Matt war derweil beschäftigt mit dem Eieraufschlagen am Rand einer Glasschüssel.

»Grumpys Männerregeln?« Sie lächelt Cutter an.

Beide Jungen hoben ihre Hände über den Kopf und schrien begeistert: »Grumpys Männerregeln!«

»Dann macht nur weiter«, sagte Mim und blinzelte Cutter zu. »Ich hätte gern zwei. War ein langer Tag in der Klinik, und zum Mittagessen bin ich nicht gekommen. Wo steckt Constance?«

»Im Zimmer«, sprach der Zwillingschor.

»Hätt ich mir denken können«, sagte Mim. Als sie den Stapel Post auf der Küchentheke sah, seufzte sie. Einen der Umschläge nahm sie in die Hand – hellbraunes Papier, er wirkte amtlich – und den Rest ließ sie liegen.

»Also gut, Männer«, sagte Cutter. »Das Geheimnis luftiger Rühreier besteht darin, dass man sie immer wieder vom Herd nehmen muss – heiße Gasflamme, aber langsam garen.«

Beinahe unmerklich wechselten er und Mim einen Blick. Für einen kurzen Moment sahen sie sich in die Augen, dann nickte er, und sie verschwand im Flur. So verdammt vieles blieb zwischen ihnen ungesagt. Er verdrängte den Gedanken und widmete sich wieder der Sauerei, die die Zwillinge mit den Eiern veranstalteten.

»So wird es gehen«, sagte er, nachdem er die meisten Schalenreste aus der Schüssel gepickt hatte. Mit einem großzügigen Klacks Butter goss er die gelbe Soße in die Antihaftpfanne. In der Linken hielt er den Pfannenstiel, in der Rechten einen Kunststoffspatel.

Michael holte eine hölzerne Salzmühle von einem Regal, hielt sie wartend in der Luft und sah zu seinem Onkel hoch. »Salz?«

»Nö.« Cutter schüttelte den Kopf.

»Nö«, wiederholte Matt, als müsste doch jeder wissen, dass die Eier zu schnell gerannen, wenn man zu früh Salz hinzufügte.

»Wir salzen sie erst, wenn sie fast fertig sind«, erklärte Cutter, während er weitermachte. »Der Rest ist ganz einfach: auf der Flamme lassen, bis sie anfangen zu brutzeln, dann runter vom Herd und mit dem Spatel verrühren, dann wieder zurück auf die Flamme, bis sie wieder brutzeln, dann wieder runter …«

In seiner Hosentasche begann das Handy zu summen. Er sah die Jungs an. »Seid ihr jetzt Männer?«

»Wir sind jetzt Männer!«, sagten sie wieder im Chor.

Den Pfannengriff reichte er Matt, den Spatel Michael, dann drehte er das Gas am Herd ab. Die Eier waren nämlich fast fertig. »Verbrennt euch nicht die Pfoten«, sagte er und wischte sich die Hände an dem Handtuch über seiner Schulter trocken, bevor er zum Telefon griff.

»Cutter«, meldete er sich. Er trat einen Schritt zurück, um den Jungs Spielraum zu lassen, das Essen aber weiter im Auge zu behalten.

Lola Fontaine war dran. Diesen Monat hatte sie Telefondienst, das hieß, sie entschied, um welche in der Zentrale eingegangenen Anrufe sie sich erst am darauffolgenden Tag kümmern würden und welche sofort einen Einsatz erforderten.

»Hey, Boss«, sagte sie. »Hast du kurz mal Zeit zum Reden?«

»Was gibt's?«

»Grad kam ein interessanter Anruf vom Trooper in Craig rein, unten auf Prince of Wales Island.«

»Wo?«

Alaska war ein ausgedehnter Staat, die Landfläche fast zehnmal so groß wie die von Florida, und Cutter war noch nicht so richtig mit den Gegebenheiten vertraut.

»Craig ist ein kleines Nest auf 'ner riesigen Insel da unten bei Ketchikan, ungefähr 800 Meilen südöstlich von uns.«

Nun klärte sie ihn über den flüchtigen Hayden Starnes auf, einen nicht als solchen registrierten Sexualstraftäter, der sich wahrscheinlich auf der Insel verborgen hielt. Ein Auge immer auf die beiden Zwillinge, ging Cutter ins Wohnzimmer hinüber und schnappte sich einen roten Taschenatlas aus Mims Bücherregal. Er setzte sich damit auf die Couch und machte Prince of Wales Island auf der Karte ausfindig, während er sich mit Fontaine unterhielt.

»Und die Trooper schaffen's nicht, ihn zu verhaften?« Er dachte ans Budget. Rechnete sich aus, wie viele

Steuerzahlergroschen ein Linienflug nach Ketchikan kosten würde, dazu dann der teure Charterflug nach Westen übers Gebirge bis zur Insel.

»Der Trooper, mit dem ich geredet habe, will uns unterstützen«, sagte Fontaine. »Aber unser Mann ist untergetaucht. Oder eher im Wald untergeschlüpft, wenn man so will. Und jetzt kommt's, Boss: Dieser Starnes hat schon zehn Jahre in Marion gesessen wegen Entführung und Vergewaltigung, und auf der Insel ist ungefähr zur selben Zeit wie er auch ein Mädchen verschwunden, ein Teenager.«

Marion war ein United States Prison, also eine Stufe höher – oder eine Stufe niedriger, je nachdem, wie man es sah – als die normalen Federal Correction Institutions. Für gewaltlose Straftaten kam man nur in ein Camp, die richtig bösen Jungs verbüßten ihre Strafe in einer FCI, und die Scheißkerle, die sich dort bewährten, wurden in ein USP verlegt.

Cutter schaute gerade rechtzeitig zurück in die Küche, um Matthew dabei zu erwischen, wie er Michael über der Pfanne die Salzmühle aus der Hand reißen wollte. Mit einem Blick wies er sie in die Schranken, hob den Daumen als Zeichen dafür, dass die Eier nun fertig waren, und konzentrierte sich wieder auf sein Telefongespräch.

»Buch uns für morgen einen frühen Flug«, sagte er. »Ruf mich an, wenn du weißt, wann wir fliegen. Ich verständige den Chief und sorge dafür, dass sie uns den Flug genehmigt.«

»Nur du und ich?«, hakte sie nach.

Cutter brummte und fragte sich, ob womöglich ihr Ehemann direkt neben ihr saß. Cutter traute ihm zu, dass er sie nicht aus den Augen ließ, wenn sie beide zu

Hause waren. Andererseits, ihr traute er zu, dass sie ihm die Fresse polierte, falls er ihr auf die Nerven ging.

»Blodgett ist ja erst mal im Innendienst …«

»Stimmt ja«, sagte sie. »Ich schau mal, ob ich für uns eine Unterkunft mit 'nem gescheiten Fitnessraum kriege.«

»Fontaine«, sagte Cutter, bevor sie auflegen konnte. »Wird das vielleicht Probleme geben? Wenn wir beide da gemeinsam hinfliegen?«

Am anderen Ende blieb es eine Zeit lang still.

»Ich bin erwachsen, Cutter, ich kann schon für mich selber entscheiden«, erwiderte sie schnippisch. »Ich muss Larry nicht um Erlaubnis fragen, wenn ich auf 'ne Dienstreise gehe. Falls du das meinst.«

»Ich mein's ernst«, sagte er. »Wir wissen doch, dass Larry ein Problem damit hat, dass wir beide zusammenarbeiten. Ich will mir nicht noch eine zweite Front aufmachen.«

»Keine Ahnung, was du damit meinst«, sagte sie. Sie knirschte fast mit den Zähnen.

»Ich meine damit«, sagte Cutter, »dass ich keine Zeit dafür habe, mich auch noch mit einem eifersüchtigen Gatten rumzuschlagen, während ich auf Verbrecherjagd gehe – und du genauso wenig.«

»Verstanden«, sagte sie durch zusammengebissene Zähne. »Kein Problem, sag ich dir nur.«

Sie hatte aufgelegt. Cutter seufzte, fühlte kurz mit ihr mit. Er hatte weiß Gott auch danebengegriffen bei seinen Ehen. Er schob den ganzen Mist innerlich beiseite, wandte sich den Zwillingen zu und klatschte in die Hände. »Alles fertig?«

Die Jungs lächelten. Sie stibitzten bereits von dem Rührei aus der heißen Pfanne.

»Geht die Hände waschen und eure Schwester holen«, sagte Cutter. »Ich muss morgen früh raus, und ich muss noch packen.«

»Packen?« Matt verschluckte hastig einen Löffel Rührei, warf den Kopf in den Nacken, saugte kühle Luft ein und spitzte beim Ausatmen die Lippen. »Wo fährst du hin?«

»Grumpys Männerregel Nummer 20«, antwortete Cutter.

Die Jungs kapierten sofort. »Bösewichte jagen?«

Cutter nickte, dann zitierte er zugleich George Maledon, den berüchtigten Deputy Marshal und Henker von Richter Parker in Fort Smith, Arkansas, und seinen Großvater Grumpy mit dessen Männerregel Nummer 20: »Kein Täter darf seiner Strafe entgehen.«

12

January Cross zerrte das dicke gelbe Verlängerungskabel aus dem Stauraum in der Achterpiek ihres heimeligen kleinen Schiffes. Die *Tide Dancer* war wie ein Fischtrawler gebaut, aber mit einem Rumpf, der weniger Wasser verdrängte, damit sie eine Spur schneller wurde. Ihr fehlten die Aufbauten, die Trawler-Kräne ihrer zur täglichen Arbeit benutzten Schwesterschiffe. Einst war sie ein prachtvoller Anblick gewesen. Inzwischen über 40 Jahre alt, sammelte sich Leckwasser in ihrer Bilge, und sie lag etwas schwerer im Wasser. Ein Vorbesitzer hatte das Steuerhaus notdürftig mit Fiberglas geflickt und dabei den beiden Vorderscheiben einen kleinen Überhang verpasst, der merkwürdig wulstig wirkte, als würden sie mürrisch dreinblicken. Januarys Vater hatte gemeint, das Boot komme ihm vor wie eine »alte Fregatte, die entrüstet die Stirn runzelt«. Sie wollte eigentlich im Wörterbuch mal nachschlagen, was er wohl genauer damit gemeint haben könnte; jedenfalls gefiel ihr der Ausdruck.

Wer an Bord der *Tide Dancer* käme, fände gewiss genügend Gründe, die Stirn zu runzeln.

Cross steckte den Stecker des Verlängerungskabels in die Steckdose aus rostfreiem Stahl auf dem Schwimmsteg, um ihre Akkus aufzuladen und ihre Elektronik zu checken während der möglichst kurzen Zeit, die sie hier im Hafen verbringen wollte. Die *Tide Dancer* belegte den äußersten Liegeplatz am letzten Ponton am Ende des Schwimmstegs, direkt gegenüber vom schmucklosen Gebäude des US Forest Service, das die Hafeneinfahrt zum South Harbor dominierte. Sie lag also so weit wie möglich entfernt von Parkplatz und Eingangstor der kleinen Marina. So hatte Cross einerseits ihre Ruhe vor den lärmenden Kids, die sich mit oder ohne Skateboards auf dem Craig-Klawock-Highway tummelten, andererseits entging ihr so kaum ein Boot, das in den Hafen einfuhr. Wenn sie die Wahl hatte, entschied sie sich stets eher für die Nähe zum Meer als für die Nähe zu Menschen. Außerdem lag sie so nicht weit von der *Southern Cross,* der weiß glänzenden Westsail 32, die am nächsten Schwimmsteg vertäut war. Die schnittige Segeljacht brachte sie bei jedem Hafenbesuch zum Träumen.

»Eines Tages …«, dachte sie dann jedes Mal bei sich. Und jedes Mal kam sie letztlich zu der Einsicht, dass sie noch nicht bereit war, alle Leinen endgültig zu kappen und einfach davonzusegeln.

Sie war eine große Frau, ein bisschen breiter, als sie es sich gewünscht hätte, doch nicht so breit, dass irgendjemand sie schwer genannt hätte. Ihr rabenschwarzes Haar war kurz geschnitten – kurz und strubbelig, so sagte sie selbst dazu. Von ihrem Vater hatte sie die breiten Schultern geerbt und die haselnussbraunen Augen, die etwas dunklere Haut aber von ihrer Mutter, einer Tlingit aus dem Dorf Hoonah, gut 300 Kilometer nördlich von hier, näher an Juneau. Ihr Vater war bei der Navy gewesen und die Tlingit waren ein Küstenvolk, und so war es kein Wunder, dass January schließlich auf dem Wasser ihre Heimat fand. Sie hatte nur 36 Jahre dazu gebraucht.

Havoc, ihr Mischling aus Jack Russell und australischem Hütehund, schnüffelte unten am Stromkasten des Schwimmstegs und hob dann das Bein, um seinen Teil zum Mineraliengehalt des Hafenwassers beizutragen. Mehr Russell als Hütehund, war er ziemlich klein und hatte ein goldbraunes lockiges Fell, und sein monströser Kopf ließ ihn wie ein kleines urzeitliches Untier aussehen.

January stupste Havoc mit dem Fuß beiseite und legte das Kabel ordentlich in einer flämischen Schleife flach vor dem Stromkasten auf die Holzbohlen, sodass niemand darüber stolperte. So hatte ihr Vater es ihr beigebracht, damit kein anderer Bootsmann im Hafen einen Grund zum Meckern hatte. Sie war kein besonders ordentlicher Mensch, und ihr Vater hatte sie oft mit Melville'schem Seemannsvokabular wie »Kuddelmuddel« oder »Lotterleben« getriezt, um das Chaos in ihrem Zimmer zu beschreiben. Die gegenüber und benachbart liegenden Boote waren in bedauernswertem Zustand, doch ihre Anlegeplätze waren tipptopp aufgeräumt. Auch das Stromkabel der heruntergekommenen Hewescraft neben ihr lag in einer sauberen flämischen Schleife da, perfekt spiegelbildlich zu ihrem. Nein, January würde gewiss nicht als Einzige hier irgendjemandem einen Grund geben, über ihren »Schlamperladen« die Nase zu rümpfen.

Zufrieden mit ihrer sauber hingelegten flämischen Schleife, trat sie wieder aufs Deck der *Tide Dancer* und schritt unter dem Heckbalken hindurch. Mit einer Hand schützte sie ihre Augen vor der niedrig stehenden Sonne, die dem schimmernden Hafenwasser einen sanften orangefarbenen Glanz verlieh und sich in den Scheiben von zwei Dutzend Fischerbooten spiegelte – die meisten von Ringwadenfischern, aber auch ein paar Trawler von Schleppnetzfischern. Dazu eine Handvoll Segeljachten und zwei andere umgebaute Fischerkähne – keiner der beiden jedoch, Januarys Meinung nach, so schmuck wie die *Tide Dancer*. Ein weiteres Dutzend Hobbyboote verschiedener Art und in unterschiedlichem Zustand rundeten die bunte Mischung ab.

So nett es hier im Hafen war, zu einem Hafen gehörte unweigerlich eine Stadt, und da lief man nicht nur Gefahr, dass irgendjemand die Nase rümpfte. Vor gerade mal 30 Minuten war sie mit der *Tide Dancer* in den Hafen getuckert, und schon zog es sie wieder aufs Meer hinaus. Aber sie hatte ihre Gründe, hier anzulegen und an Land zu gehen, so unangenehm ihr das auch sein mochte. Proviant auffüllen, den Dieselgestank aus ihren Klamotten kriegen, und zum Arzt musste sie auch unbedingt. Die Kunst, To-do-Listen zu schreiben, hatte sie perfektioniert, sodass jede verdammte Landminute verplant war, bis sie morgen Mittag wieder in See stechen würde. Bis dahin musste sie sich eben der Notwendigkeit fügen.

An Deck öffnete sie die Sitzbank an der Wasserseite, um in dem Verschlag darunter den Batterieschalter zu betätigen. Ein blöder Elektriker hatte ihn ganz hinten im Eck platziert, also musste sie sich weit vornüberbeugen und fast in den dunklen Stauraum hineinkriechen. Havoc hopste am Ende der offenen Sitzbank auf den Rand und spähte ihr über die Schulter, als wollte er kontrollieren, ob sie den Schalter auch korrekt aufs Stromnetz umlegte.

Als sie den hochgedrehten Motor eines viel zu schnell näher kommenden Bootes hörte, steckte sie noch halb in dem Verschlag und konnte sich dort nicht richtig gegen die Bugwellen des Bootes wappnen, die beim Vorbeifahren gegen den Rumpf der *Tide Dancer* schwappten. Diese neigte sich plötzlich heftig gegen Steuerbord, und January wäre beinahe über Bord gegangen. Sie hielt sich an der Reling fest und kam gerade noch rechtzeitig hoch, um ein Aluminiumskiff vorbeisausen zu sehen, Wellen schlagend und Gischt sprühend. Sie erkannte Carmen Delgado und den anderen vom Team von *FISHWIVES!* sofort, die ihr Schiff ansteuerten, das näher am Parkplatz vertäut war, am Anfang des Schwimmstegs.

Havoc sprang zum Bug, kläffte mit seinem bulligen Kopf laut Januarys Ärger dem Skiff hinterher.

Über das Heulen des Motors hinweg schrie January ihnen nach: »Kein Kielwasser erlaubt, ihr Trottel! Kostet 300 Dollar Strafe!«

Carmen blickte kurz über die Schulter zurück, schien Cross jedoch überhaupt nicht wahrzunehmen. Der Rasta-Twen am Ruder hob, ohne sich umzudrehen, nur die Hand über den Kopf und machte winke, winke.

»Nur Scheiße im Kopf!«, schrie January. »Ich bin fast

ins Wasser gefallen! Soll ich rüberkommen und mal schauen, wie gut ihr schwimmen könnt?!«

Vor zehn Monaten hätte so ein Vorfall sie noch zum Weinen gebracht. Sie war kein Schwächling, aber sehr behütet gewesen. Nie hatte auch nur jemand ein lautes Wort gegen sie erhoben. Ihr strenger Vater hatte stets mit sanfter Stimme gesprochen, und sollte er in der Navy gelernt haben zu fluchen, dann gab er diese Fähigkeit sicher nicht an seine einzige Tochter weiter. Zudem hatten Ereignisse in jüngster Vergangenheit ihr ein differenzierteres Bild davon vermittelt, was Anstand bedeutete. Ihre Mutter war eine stolze Frau, umgeben von einer Aura der Würde, wie es January bislang kaum bei anderen Menschen erlebt hatte. Behütet aufgewachsen, war January mit anderen behüteten Mädchen aufs College gegangen, hatte ihren ersten Schwarm geheiratet und sah ihre gemeinsame Zukunft als Mittelschullehrer-Ehepaar.

Ihr Behütetsein hatte sie jedoch auch davor bewahrt, rechtzeitig bestimmte Anzeichen zu erkennen, die lebenserfahreneren Frauen nie entgangen wären. Die Ehe nahm kein gutes Ende.

Und im Moment war sie ganz froh, so unbehütet mal aus sich herausgehen zu können, als sie Kapitän Rasta-Frisur da am *FISHWIVES!*-Liegeplatz festmachen und auf den Schwimmsteg springen sah.

»Du bist ein Arsch!«, schrie sie ihm zu, »weißt du das?« Ihr Gezeter bescherte ihr einen abschätzigen Seitenblick vom alten Forbush an Bord des Sechsmeterflitzers am nächsten Ponton. Dreadlock blickte zurück, aber nicht zu ihr her.

»Blöder kleiner Arsch«, grummelte January, und Havoc stimmte ihr mit einem grollenden Bellen zu.

Innerlich schäumte January vor Wut, sie hielt sich am umlaufenden Seil der Reling fest und beobachtete die beiden vom *FISHWIVES!*-Team, wie sie hastig ihr Skiff entluden und dann den Steg entlang zu ihrem Mietjeep eilten.

An Rastas Namen konnte sie sich gar nicht erinnern, doch die Latino-Frau kannte sie nur zu genau. Sie hatte Carmen Delgado für eine Freundin gehalten. Bei ihrem ersten Aufenthalt in Craig war sie nämlich nett gewesen – bevor dann sechs Wochen später das ganze Filmteam hier einfiel.

Selbst ebenfalls neu hier, hatte January gegenüber Delgado gastfreundlich sein wollen und sie zum Frühstück im Dockside Café eingeladen. Carmen hatte es ihr heimgezahlt: In der Fernsehserie war January dann ein Vamp, eine Sirene, die die Männer zum Ehebruch verleitete und die ansonsten tagsüber mit ihrem umgebauten Fischerboot die Gewässer rund um Prince of Wales Island unsicher machte, um die Killerwale zu studieren. Natürlich konnte das Network sie nicht beim Namen nennen. Sie brachten es allerdings fertig, verwackelte Filmaufnahmen der *Tide Dancer* hineinzuschneiden, bei denen der Schiffsname unleserlich war. Januarys Gesicht war auch stets unkenntlich gemacht, aber die »Fischweiber« warfen mit verstohlenen Anspielungen regelrecht um sich, sodass am Ende tatsächlich etwas hängen blieb und einige Dorfbewohner meinten, an den schmutzigen Gerüchten könne wohl was dran sein. Bright Jonas war der Überzeugung, January habe ihren Ehemann Fitz bezirzt – ein Witz, denn jeder Mann, der nicht mindestens zehn oder 15 Meter Abstand zwischen Bright Jonas und sich selbst ließ, war nicht ganz richtig im Kopf. January hatte keine Zeit für diesen Mist.

Sie konzentrierte sich so sehr auf den Abgang der *FISHWIVES!*-Dummköpfe, dass sie gar nicht hörte, wie das junge Haida-Mädchen über die Bohlen des Schwimmstegs stapfte, bis sie fast bei ihr am Boot war.

»Oh, hallo, Cassandra«, rief sie, als sie sie endlich wahrnahm. Sie trat vom Heckeingang zurück, um die Zwölfjährige an Bord zu lassen. Keine Antwort, aber das war January klar. Sie wusste nicht, ob Cassandra einfach nicht sprechen konnte oder nicht sprechen wollte, vermutete aber, dass das Mädchen durch irgendein schreckliches Erlebnis traumatisiert war.

Cassandra Brown schien besser als die meisten ihrer Altersgenossen zu begreifen, was um sie herum vorging. In einer Kultur, wo Eltern ihren Kindern früh beibringen, ganz still zu sein, kam sie wunderbar ohne Reden zurecht. Ein Blick oder Zeichensprache machte jeweils ziemlich klar, was sie meinte. Beim gegenseitigen Kennenlernen kam January der Gedanke, dass das Leben auf dieser Welt angenehmer wäre, wenn alle ein bisschen sparsamer mit ihren Worten umgingen.

Cassandras volles schwarzes Haar hing ihr bis über den Kragen der leichten blauen Fleecejacke. Wie die meisten Native-Familien auf der Insel war sie arm. January hatte gesehen, dass sie in einem kleinen, reparaturbedürftigen Häuschen wohnte, doch Cassandras Mutter hielt ihre abgetragenen Klamotten sauber und sorgfältig gestopft. Die Hosenbeine der ausgebleichten und geflickten Jeans verschwanden unten in billigen Gummistiefeln.

An Bord nahm Cassandra ihre Hände hoch vor ihr Gesicht und mimte eine Fotografin. Immer wenn January von einem ihrer Ausflüge zurückkam, auf denen sie den hier ansässigen Schwarm von elf Orcas filmte und dokumentierte, stattete ihr das Haida-Mädchen einen Besuch ab, vertiefte sich stundenlang in die Fotos und fertigte in ihrem abgenutzten Spiralnotizbuch, das sie stets bei sich trug, Bleistiftskizzen an. Seit Kurzem schleppte sie eine eigene kleine Videokamera mit sich herum, eine Leihgabe des *FISHWIVES!*-Produktionsteams, das immer scharf auf Bilder war, selbst von Anfängern.

January schlüpfte ins Innere der Kajüte und griff nach ihrer Digitalkamera, und nachdem Cassandra sich in gebührendem Abstand von der Bootswand hingesetzt hatte, holte sie die neuesten Fotos von ihrem letzten Trip um die Insel aufs Display. Havoc rollte sich auf einem Sitzkissen neben dem Mädchen zusammen, legte den Kopf auf Cassandras Bein und betrachtete gemeinsam mit ihr die Fotos. Hunderte davon, und Cassandra würde sie alle genauestens ansehen. Es würde eine Weile dauern.

January hatte nichts dagegen. Sie hatte das Mädchen gerne bei sich. Sie wollte etwas zum Abendessen machen und dann per Anhalter ins Ortszentrum fahren, wo sie im AC-Laden, der Alaska-Commercial-Store-Filiale, schnell ihre Einkäufe erledigen und ihre Wäsche waschen würde. Vom Pazifik her zog ein Sturm auf, und die Orcas schwammen die Westküste hoch zu den Buchten, wo sie sich bei schlechtem Wetter gerne aufhielten. January würde nur eine Nacht im Hafen verbringen, wohl oder übel das Nötigste erledigen und die restliche Zeit hier auf die übliche Art totschlagen und sich dann so schnell wie möglich wieder auf die Socken machen. Sie hatte vor, in einer geschützten Bucht nicht weit von dem vermuteten Aufenthaltsort der Wale zu ankern, bevor das Tiefdruckgebiet sich breitmachte und das Meer aufwühlte. Alles, bloß nicht hier im Ort festsitzen und von den ganzen

FISHWIVES!-Nasen genervt werden. Zwar gab es in Craig auch viele nette Leute, aber January zog die Gesellschaft von Wind und Meer allemal der von Menschen vor.

Wie um ihr zu widersprechen, pfiff Linda Roundy gellend vom Parkplatz oberhalb der Hafenmole her. In jeder Hand eine Tasche, kam sie über den stählernen Brückensteg und dann den ganzen Schwimmsteg entlanggelaufen bis zum letzten Ponton mit dem Anlegeplatz der *Tide Dancer*. Linda war Lehrerin, wie January es in ihrem früheren Leben gewesen war, sie hatten also eine Menge gemeinsam.

»Hey«, sagte January und winkte sie an Bord.

»Ich hab Calzone von *Papa's* mitgebracht. Können wir uns teilen, wenn du magst.«

January legte eine Hand auf die Brust und klimperte in gespielter Verzückung mit den Wimpern, obwohl eine Calzone von *Papa's Pizza* eigentlich keine große Sache war. »Du bist meine allerbeste Freundin, Linda«, sagte sie.

January verschwand kurz in der Kajüte, um eine Handvoll Papiertücher, eine Flasche Wein und eine Kräuterlimo für Cassandra herauszuholen. So saßen sie dann zu dritt an Deck, aßen und blickten dabei in den Sonnenuntergang. Heute Nacht würde hell der Mond scheinen, er war aber noch nicht aufgegangen, also saßen sie nur im Licht des Steuerhausfensters. So gefiel es January, und Cassandra ebenfalls. Das Haida-Mädchen hatte seinen Teil der Calzone verschlungen und machte sich nun über einen Teil von Januarys Stück her. Cassandra konnte viel verputzen, zum Glück waren *Papa's* Calzone große Portionen.

»Kann ich dich was fragen?«, fragte Linda, nachdem sie den neuesten Schultratsch weitergegeben hatte.

January reichte Havoc ein Peperonistück. Sie mochte Linda, aber so was ging ihr auf die Nerven. Sollte sie doch fragen. Anstatt zu fragen, ob sie fragen durfte.

Linda schaute nach links und rechts, als würde sie gleich die Geheimcodes für den Abschuss von Atomraketen preisgeben, warf dann einen Blick auf Cassandra und besann sich eines Besseren. »Begleite mich mal kurz nach vorne«, flüsterte sie.

»Okay.« January nahm ihr Papiertuch mit der Calzone mit und folgte ihrer Freundin auf dem schmalen Seitendeck neben dem Steuerhaus nach vorne zum Bug.

Linda blieb bei der Ankerrolle stehen, hielt sich mit beiden Händen an der Reling fest und starrte über den Hafen hinweg zum Mount Sunna Hae empor – oder Sunny Hae, je nachdem, auf welcher Karte man nachschaute.

Der Berg war keine großartige Erhebung, doch auf seinem kahlen Gipfel hielt sich immer noch eine ganze Menge Schnee vom letzten Winter.

January kannte Linda gut genug, um zu wissen, dass diese ihre Worte abwägte. »Was ist denn los?«, platzte sie heraus.

Linda wandte sich ihr zu, die Hände immer noch an der Reling. »Fühlst du es?«

»Was meinst du denn?«

»Ich weiß nicht«, sagte Linda. »Es fühlt sich nur an, als würde auf der Insel etwas Furchtbares vor sich gehen.«

January grinste. »So wie die beschissene Fernsehserie?«

»Ich mein's ernst.« Linda schüttelte den Kopf. »Millie Burkett wird vermisst.«

»Hängt sicher mit irgendwelchen Freunden rum«, sagte January. »Die wird schon wieder auftauchen.«

»Du kannst sie ja nicht besonders leiden«, sagte Linda. January schnaubte. »Wie alt ist sie? 15? 16? Ich heb mir meine Abneigung für die Erwachsenen auf, die für *FISHWIVES!* arbeiten.«

»Die haben's auch alle verdient«, sagte Linda. »Aber soviel ich weiß, gehört Millie zu denjenigen, die fleißig die Gerüchte über dich und Fitz Jonas verbreiten.«

»Wie gesagt, sie ist ja noch ein Kind.«

»Ja, vielleicht.« Linda nickte. »Aber ich mach mir Sorgen um sie. Und ich sag dir, Jan, da geht irgendwas Übles vor hier, irgendwas … Böses …« Ihre Stimme verebbte.

January pfiff die Titelmelodie von *The Twilight Zone*. »Vielleicht ist der Kushtaka unterwegs …?«

Linda lachte.

»Eher mein Ex-Mann. Jaja, ich hör mich an, als wär ich bescheuert. Aber Millie ist seit gestern Vormittag von niemandem mehr gesehen worden. Das ist wie eine Ewigkeit hier auf der Insel. Ich spüre einfach, dass etwas … ich weiß nicht … zerstört worden ist.«

January starrte auf die schwarze Wasseroberfläche, auf die Reste ihres Spiegelbildes im schwindenden Tageslicht. »Zerstört. Ich weiß, was du meinst.«

»Jedenfalls kann ich dir sagen, was auch immer es ist, es jagt mir eine Heidenangst ein. Ich bringe Cassandra besser mit dem Auto nach Hause.«

Ein halbherziges Wuff lenkte Januarys Aufmerksamkeit zum Heck, sodass sie gerade noch sah, wie das Haida-Mädchen sich über den Schwimmsteg auf den dunkel daliegenden Parkplatz zubewegte.

»Sieht so aus, als wäre sie ohne dich losgegangen«, sagte January.

»Mist«, sagte Linda. »Jetzt muss ich ganz alleine nach Hause fahren.«

13

Barfuß ging Mim über den Betonboden der Doppelgarage. An den Wänden standen rundum deckenhohe Metallregale, und von der Tür bis zum Heizofen waren sie mit Doppelreihen blauer Plastikboxen bestückt.

»Ethans Jägerkram, da an der Wand«, sagte Mim. »Tut mir leid, dass alles so vollgestellt ist.«

Cutter folgte ihr einfach; seine Schuhe ließ er im Haus. Eigentlich besaß er genügend eigene Klamotten für draußen, allerdings eher für die Sümpfe und Strände seines Heimatstaates. Gefütterte Gummistiefel brauchte man in Florida genauso wenig wie Cutters Boogiebrett hier in Alaska.

»Es ist voll«, sagte er, »aber auch extrem geordnet. Da kommt keine andere Garage mit, die ich kenne.«

Mim lachte. »Ja, nicht wahr? Die Garage war Ethans Reich. Da hat sich ein verrückter Techniktüftler ausgetobt. Du hättest es sehen sollen, bevor ich mit den Kindern angefangen habe, mal einiges wegzuschmeißen.«

In der gegenüberliegenden Ecke war eine saubere Werkbank befestigt, mit einem ordentlichen Satz Werkzeuge an einem Hakenbrett darüber. Eine der beiden Glühbirnen in dem Raum brannte nicht mehr, was ihm nun eine zwielichtige und verstaubte Atmosphäre verlieh.

Wie so oft in Alaska, war die Garage eines Haushalts gefüllt mit Dingen für draußen, sodass kaum Platz blieb für ein Fahrzeug – abgesehen vom Quad, einem Arctic Cat ATV, das etwas verloren und mit einer Staubschicht überzogen in der Ecke neben dem Wasserboiler stand. Nur waren all diese Dinge hier systematisch geordnet und gekennzeichnet wie in einer Bibliothek.

Mim hatte ihre Krankenhauskluft gegen bequeme Jeans und ein dunkelrotes Sweatshirt der Florida State University getauscht. »Praktisch alles hier drin hat ihm gehört«, sagte sie und zog eine der großen blauen Rubbermaid-Boxen von einem der stählernen Regalböden. Sie klappte den Deckel hoch, um kurz reinzuschauen.

»Hier sind Rucksäcke und Matchbeutel drin, so wie's aussieht«, sagte sie. »Ethan hatte ein Faible für Rucksäcke.« Sie hielt den Deckel so, dass Arliss die leicht schrägen Buchstaben von Ethans akkurater Schönschrift entziffern konnte: BEUTEL. Plötzlich bekam sie große Augen.

»Ach du meine Güte, Arliss!« Mim war ganz aus dem Häuschen. Sie hielt ein Netz mit kleinen braunen und verschiedenen anderen Muschelschalen hoch. »Schau dir das an. Weißt du noch, wie wir die früher immer gesammelt haben?«

»Weiß ich noch«, sagte Cutter, ging aber nicht weiter darauf ein. Mim musste eigentlich wissen, dass es für ihn keine angenehme Erinnerung war. Sie hatten darüber geredet, kurz bevor sie Ethan geheiratet hatte, und seither nicht mehr, und seitdem er tot war erst recht nicht mehr.

Sie ließ das Muschelsäckchen zurück in die Box fallen. »Brauchst du einen Rucksack?«

»Da bin ich versorgt«, sagte Cutter. »Aber was ich brauchen könnte, wäre ein Paar Gummistiefel.«

Mit verschränkten Armen und dem Zeigefinger an den Lippen schritt Mim die Reihen der Plastikboxen ab, bis sie eine mit dem Etikett SCHUHE fand.

»Vergiss nicht«, sagte sie, »dass Ethan das alles mit seinem Technikerhirn kategorisiert hat.« Grinsend hob sie ein Paar schwarze Schwimmflossen hoch. »Schuhe. Ich hätte die ja zum Tauchzeug getan, aber nur, weil ich es eben nicht besser weiß. Egal, nimm dir einfach, was du brauchst. Bestimmt hätte er es so gewollt. Ich hätte das ganze Zeug schon längst loswerden sollen, denke dann aber immer, dass eines Tages vielleicht die Jungs was davon haben wollen. Verrückt, oder? Er hat immer davon geträumt, sie eines Tages auf einen langen Kajak-Ausflug auf einem Fluss im Norden irgendwo mitzunehmen …« Ihre Stimme verebbte; sie räusperte sich. »'tschuldigung. Nach acht Monaten sollte ich eigentlich das Schlimmste hinter mir haben und nicht immer die Fassung verlieren, aber ich heule mich immer noch fast jede Nacht in den Schlaf.«

»Das ist doch okay«, sagte Cutter. »Nimmt dir bestimmt niemand übel, dass du um deinen Ehemann trauerst. Ich am allerwenigsten.«

»Ich weiß nicht …« Sie sah zu Boden, als fürchtete sie, er könne ihr zu tief in die Augen schauen. »Manchmal kommt mir das alles so sinnlos vor …«

»Mim …« Cutter fehlten selten die Worte, doch jemanden zu trösten, war auch nicht gerade seine Stärke.

»Mach dir keine Sorgen«, sagte Mim. »Ich denk nicht dran, mich umzubringen oder so. Das muss ich gar nicht selber tun. Da sorgt schon die Welt um mich rum dafür, dass mir schier die Luft wegbleibt.«

»Immerhin hast du eine tolle Familie«, sagte Cutter. »Vergiss das nicht.«

»Meinst du meine beiden schönen Jungs und die böse Wölfin, die nie aus ihrem Zimmer kommt?«

»Wir verarbeiten Schmerz nun mal alle auf unterschiedliche Weise«, sagte Cutter.

»Ist das eine Weisheit von Grumpy?«

»Nö«, sagte Cutter. »Aber so ist es eben. Jedenfalls ist es auch gut, dass du dran denkst, die Sachen ihres Vaters für die beiden Jungs aufzuheben. Ich trage ja auch Grumpys Dienstrevolver jeden Tag mit mir rum.«

»Ja, allerdings, das weiß ich nur zu genau.« Mim kicherte ein wenig und senkte den Blick zu ihren Zehen. Sein Blick folgte ihrem, und er wunderte sich über das leuchtende Rot dort, sah aber schnell weg, bevor sie es mitbekam. »Ethan hat sich schwarz geärgert, dass du Grumpys Revolver hast … unter anderem.«

»Wenn unser Opa ein Handwerker gewesen wäre, dann hätte Ethan sein … was auch immer Handwerker jeden Tag benutzen, hätte er dann eben bekommen. Ich bin nur zufällig in seine Fußstapfen getreten und auch zur Polizei gegangen.«

»So wird's wohl sein«, sagte sie und schenkte ihm ein sanftes Lächeln. »Ihr seid euch so ähnlich, du und Grumpy. Das war Ethan auch klar. Es hat immer an ihm genagt, ja, aber er sah es auch ein.« Wieder senkte sie ihren Blick, sah ihrem nackten großen Zeh dabei zu, wie er eine unsichtbare Linie über den Betonboden zog. »Du kommst echt nach ihm. Deinem Opa, meine ich.«

»Weil ich auch nie lächle?«

»Das stimmt doch gar nicht«, sagte Mim. »Ich hab dich nämlich lächeln sehen … damals, 1998.« In ihren Augen blitzte eine Erinnerung auf. »Weißt du noch, das erste Mal, als ich Großvater begegnet bin?«

Cutter wusste es noch genau, aber er wollte die Geschichte von ihr hören, wollte überhaupt irgendeine Geschichte von ihr hören und warum nicht diese. »Erzähl mal«, sagte er. Der Plastikbox entnahm er ein Paar stabile braune Gummistiefel Marke Xtratuf, setzte sich damit im Schneidersitz auf den Betonboden und legte sie sich auf den Schoß, um Mim zuzuhören.

Sie setzte sich neben ihn und lehnte sich an das Regal mit den Boxen. »Ethan ist mit mir zum Stump Pass Beach rausgefahren, zum Muschelsuchen«, sagte sie. »Weißt du noch? Grumpy hatte da sein Patrouillenboot am Liegeplatz der Behörde vertäut, auf der Ostseite der kleinen Insel. Jedenfalls hatte ich bis dahin von euch bloß lauter Geschichten gehört über ihn. Und Ethan warnte mich, dass wir ihm womöglich über den Weg laufen könnten.«

»Und das ist auch passiert.«

»Ja, allerdings«, sagte Mim. »Wir sind gerade diesen Pfad vom Strand her hochgelaufen zum Parkplatz bei den Toiletten, und da stand er. Grumpy. Er hatte deinen Revolver in der Hand, direkt auf den Hinterkopf dieses Hippietypen gerichtet, der mit dem Gesicht im Sand vor ihm lag. Einen anderen Kerl drückte er auf die Motorhaube eines parkenden Autos. Wahrscheinlich hatte er sie dabei erwischt, wie sie auf dem Parkplatz Autofenster einschlugen und Zeug aus den Autos klauten. Der Typ auf der Motorhaube hat sich gewehrt, aber du kannst dir vorstellen, wie das für ihn ausging.«

»Da sind wahrscheinlich ein paar Tränen geflossen«, sagte Cutter. Er erinnerte sich an Grumpys Lektionen, wie man mit Ganoven umzugehen habe.

»Und ein paar Schimpfwörter hin und her geflogen«, sagte Mim. Lächelnd schüttelte sie den Kopf über diese Erinnerungen. »›Arsch aus der Schusslinie, Miss!‹ Das waren die ersten Worte, die ich aus dem Mund deines Großvaters gehört hab. Nachdem Ethan ihm erklärt hatte, dass ich seine Freundin war, hat er mich einmal von Kopf bis Fuß gemustert und mir dann die Hand geschüttelt. Das werde ich nie vergessen, wie da ein Blutstropfen von dem anderen Kerl auf Grumpys Backe runterlief wie eine Träne. Ich dachte, so ein cooler Typ ist mir ja im ganzen Leben noch nie begegnet.«

»Und so einer wird dir auch nie wieder begegnen«, sagte Cutter.

Mim schüttelte den Kopf und sah ihm in die Augen. »Na, ich weiß nicht«, seufzte sie. »Darf ich dich was fragen?«

»Klar«, sagte Cutter und machte sich auf alles gefasst.

»Warum bist du zur Army abgehauen? Grumpy hat mir mehr als einmal versichert, dass er euch beiden das College gezahlt hätte.«

Nun seufzte Cutter. Er hätte ihr antworten können, dass es für ihn zu dem Zeitpunkt nichts mehr gegeben hatte, was ihn in Port Charlotte gehalten hätte, aber das war gefährliches Terrain. »Vielleicht einfach Abenteuerlust.«

»Ich hab dir das echt übel genommen.« Mim starrte in eine Garagenecke. Schniefte, hielt ihre Tränen zurück.

»Echt?«

»Ich war dir nicht böse, eigentlich«, verbesserte sie sich. »Ich hab mich nur über deine Entscheidung geärgert. Weißt du noch, was Grumpy immer über dieses Gemälde von dem Segelschiff erzählt hat?«

»Nö.«

»Tja«, sagte Mim. »Da war diese arme Frau, die ihren Mann an das Meer verloren hatte, also hat sie ein gemaltes Bild von seinem untergegangenen Schiff zu Hause aufgehängt, um ihren drei Söhnen immer die Gefahren des Meeres vor Augen zu halten. Und natürlich haben die alle das blöde Bild jeden Tag angeschaut, und als sie erwachsen waren, sind sie alle zur See gefahren.«

»Natürlich.« Cutter fragte sich, worauf sie hinauswollte.

»Das wollte ich meinen Kindern immer ersparen«, sagte Mim. »Du bist auf der Suche nach Abenteuern zum Militär gegangen, Motorrad gefahren, hast Schießereien erlebt. Ich bin auf Nummer sicher gegangen und habe den andern Cutter-Bruder geheiratet, der aufs College ging und Ingenieur geworden ist, wahrscheinlich der ungefährlichste Langweilerjob auf der Welt – und er wird dann in Stücke gerissen ...«

Cutter legte ihr eine Hand auf den Arm.

»Ich weiß gar nicht, wie ich jetzt darauf gekommen bin«, sagte Mim. Mit einem Finger fuhr sie ihm über die Hand, bis zu einem Kratzer an einem Fingerknöchel, der ihm bisher überhaupt nicht aufgefallen war.

»Heftiger Tag heute?«, fragte sie.

»Ein Tag voller Abenteuer.« Er ließ seine Hand, wo sie war, in der Hoffnung, sie möge sie noch nach weiteren Kratzern absuchen. »Dabei hab ich mein Motorrad doch in Florida gelassen.«

»Bring es doch her«, sagte sie. »Eins hab ich gelernt. Dinge passieren eben, im Leben. Diese Lektion können die Jungs ruhig schon lernen, solange sie noch klein sind. Mindestens einer wird wohl so wie du werden – der perfekte Beweis, dass Grumpys Gene auch in Ethan

geschlummert haben. Du hast in Übersee so einiges mit-
gemacht, oder? In Afghanistan, meine ich. Das spüre ich
jedes Mal, wenn ich dir in die Augen sehe.«

Ihre Frage erwischte ihn kalt. »Reden wir lieber von
dir.«

Mim ließ ihre Augen nicht von ihm ab. »Grumpy hat
mal zu Ethan gesagt, dass dir dort was passiert sein muss,
das du uns nicht erzählst. Sie haben darüber geredet,
kurz nachdem du wieder heimgekommen bist. Grumpy
meinte, dass du ›ein müder Krieger‹ wärst.«

»Das war ich sicher auch.«

»Warum kämpfst du dann immer noch weiter?«

Cutter seufzte. »Das ist ein anderer Kampf.«

»Wirklich?«

»Nein.« Cutter entzog ihr die Hand, als befürchtete er,
sie könne Mim eins seiner Geheimnisse verraten. »Ehrlich, ich bin hierhergezogen, damit ich mich um dich und
die Kinder kümmern kann, nicht andersrum.«

»Wir sind eine Familie«, sagte sie. »Familien kümmern
sich umeinander.«

Cutter schloss die Augen, suchte nach Worten. Über
Afghanistan wollte er ganz gewiss nicht sprechen. Also
wechselte er das Thema.

»Vermisst du Florida?«, fragte er.

Mim sah ihm lange ins Gesicht, dann brach sie ihre
Befragung ab und seufzte. »Jeden Tag. Besonders in den
Monaten nach Weihnachten. Das ging mir auch schon
so, als Ethan noch lebte. Die Dunkelheit kann einen
runterziehen, aber direkt nach den Feiertagen ist es am
schlimmsten. Ich könnte hier in Alaska vielleicht hei-
misch werden, nur habe ich das Gefühl, als müsste ich
irgendwie erst aus einem tiefen Loch kriechen. Aber wir

können ja sowieso nicht hier weg, solange über die Klage noch nicht entschieden ist. Gott weiß, wie lange sich das noch hinzieht.«

Cutter seufzte. Sein Bruder hatte für ein Ingenieurbüro gearbeitet, das Verträge mit Ölfirmen oben in der North Slope, in der Region an Alaskas Nordküste, abgeschlossen hatte. Ethans Firma hatte ihm den Umzug der Familie nach Alaska finanziert, hatte ihm ein nettes Heim in gehobener Wohnlage am Hang mit schöner Aussicht auf Anchorage besorgt – und ihn umgebracht. Um die Montage einiger Gerätschaften mit Ventilen und Verschraubungen zu überwachen, welche sein Büro, also sein Ingenieurteam, mit entworfen hatte, war er hoch in die North Slope geflogen. Draußen am Bohrloch, nahe der Mündung des Kuparuk River in die Beaufort Sea, war es dann an jenem kalten trüben Morgen vor anderthalb Jahren zu der Explosion gekommen. Die Ölfirma schob die Schuld dem Ingenieurbüro zu, dieses schob die Schuld auf das technische Team vor Ort, und die Überlebenden des Teams wollten keinen Ärger und schoben alle Schuld von sich – auf Ethan. Augenzeugen berichteten, es sei alles sehr schnell gegangen, Ethan und seine beiden Hilfsarbeiter seien sofort tot gewesen. Die schriftlichen Zeugenaussagen gingen mehr ins Detail: Die drei Männer waren in Stücke gerissen worden. Cutter fragte sich, ob seine Schwägerin mit diesen Details vertraut war. Vermutlich schon, denn bei solchen Zivilklagen pflegten die Firmenanwälte solche Details genüsslich auszubreiten, um die Gefühle auf der gegnerischen Seite zu manipulieren und deren Entschlossenheit zu untergraben. Beschreiben wir doch der Witwe ganz genau, wie ihr Mann bei der Explosion in seine Körperteile zerfetzt wurde, vielleicht wird sie dann die ganze Sache einfach nur noch vergessen wollen.

Die Versicherung des Ingenieurbüros hatte sich bereit erklärt, eine gewisse Summe als Entschädigung zu zahlen, allerdings nur eine Teilsumme, weil man davon ausging, dass Ethan an der Explosion selbst schuld war. Womit sie nicht gerechnet hatten: Einer von Ethans hiesigen Freunden arbeitete als Anwalt. Coop Daniels war in Ordnung, außerdem Single, und er hatte was für Mim übrig. Sie einigten sich, dass er den Fall übernehmen würde, gegen ein Erfolgshonorar, vorausgesetzt, sie würde für die Dauer des Prozesses in Alaska bleiben und ihn dabei unterstützen. Die beiden Jungs fanden, Florida sei eh zu heiß, und ihnen war's recht, hier wohnen zu bleiben, weil sie sowieso nichts anderes kannten. Also bemühte sich Cutter um eine Beförderung auf einen Posten als Supervisory Deputy in Alaska, es klappte, und so zog er hierher, um Mim unter die Arme zu greifen. Damit war allen geholfen, außer Ethan – und außer Constance vielleicht, der Wölfin, die fast nie aus ihrem Zimmer kam.

Mim räusperte sich und stand auf. Sie durchstöberte weitere Boxen. »Was brauchst du sonst noch so?«, sagte sie. »Vielleicht noch eine Gürteltasche von 1991?«

»Die Stiefel reichen mir erst mal.«

Er drehte sich um, wollte zurück ins Haus gehen, doch sie hielt ihn auf, indem sie ihm die Hand auf die Schulter legte.

»Ich bin dir wirklich dankbar für alles, was du tust, Arliss«, sagte sie.

»Wir sind eine Familie«, sagte er. »In einer Familie gehört sich das so.«

14

Carmen Delgado kam sich im Nachhinein bescheuert vor, eine Behausung so weit außerhalb der Stadt gemietet zu haben. Die meisten Leute ihrer Filmcrew wohnten im selben Apartmentkomplex im Zentrum von Craig, aber in ihrer Blauäugigkeit hatte sie entschieden, die Hauptbüroräume ihres Produktionsteams in ein Zedernholzhaus mit fünf Schlafzimmern an einem Berghang fünf Kilometer außerhalb der Stadt zu verlegen. Das nächste Nachbarhaus befand sich 500 Meter weiter hinter einem dichten Waldstück aus rotstämmigen Zedern. Straßenbeleuchtung gab es keine, und Port St. Nicholas lag wie ein schwarzer Tintenfleck auf der anderen Seite der gleichnamigen Landstraße, die dann noch knapp 20 Kilometer weiter die Küste entlang verlief bis zu ihrem Ende.

Ihr Haus besaß ein riesiges Panoramafenster mit perfektem Ausblick aufs Meer, und der Hausverwalter hatte ihr mehr oder weniger garantiert, dass jeden Tag Wale vor dem Haus vorbeischwimmen würden. Ein idyllisches Plätzchen für ihr Produktionsbüro, hatte sie gedacht. Die fünf Kilometer von Craig hierher waren ein ganz schön langer Weg, und die zusätzliche Distanz würde ihr helfen, den alltäglichen zähen Kampf mit einem mehr schlecht als recht funktionierenden Schauspieler- und Drehteam hinter sich zu lassen. Und vielleicht würde sie sogar, wenn alles klappte, ein bisschen Zeit übrig haben für private Stunden mit ihrem Prachtkerl von Kameramann, Greg Conner.

In Wirklichkeit war es, wenn sie sich nach ihrem 16-Stunden-Tag den steilen, steinigen Fußweg von der Einfahrt hochschleppte, zu dunkel, um noch Wale zu sehen oder auch nur überhaupt irgendwas. Im Frühling war es hier viel kälter, als sie sich vorgestellt hatte, und das viel gepriesene Riesenpanoramafenster erwies sich als schlecht isoliert, weshalb sie sich gezwungen sah, zusätzliches Feuerholz zu hacken und hereinzuholen, um das Haus zu heizen, was aus ihrem 16-Stunden-Tag oft einen 18-Stunden-Tag machte. Schlimmer noch, das Fenster war so groß, dass man es praktisch gar nicht verhängen konnte, nicht mal mit einem übergroßen Bettlaken, und Carmen wurde nie ganz das Gefühl los, dass da draußen jemand war, der sie beobachtete.

Was am Strand des Minengeländes geschehen war, ließ sie immer noch vor Angst zittern. Die Männer auf dem anderen Boot hatten sie meilenweit verfolgt und erst von ihnen abgelassen, als sie Fish Egg Island umrundet und fast schon Craig Harbor erreicht hatten. Ein einsames Haus im dunklen Wald an einer noch dunkleren Straße mit Sicht auf einen schwarzen Ozean – nicht gerade der ideale Platz, wenn Furcht einflößende Typen hinter einem her sind, weil man unerlaubt ihr Land betreten hat.

Sie stand jetzt am Panoramafenster, sah durch ihr eigenes Spiegelbild hinaus und schlang fröstelnd die Arme um sich selbst. Greg saß vor zwei identischen Bildschirmen und ging die Aufnahmen des Tages durch. Aus dem Wohnzimmer hatten sie einen Raum für die Videoproduktion gemacht, Kommoden und Kunstgemälde an den Wänden durch Leichtmetallregale ersetzt. Ihr Dreierteam aus Produktionsassistenten hatte sich schier überschlagen mit der Beschilderung, sodass nun alle Regalböden sauber beschriftet waren.

Carmen zuckte zusammen, als ein dumpfes Plumpsgeräusch die Dunkelheit durchdrang. Eine Autotür oder einer der Bäume am Berghang hinterm Haus, von denen gelegentlich mitten in der Nacht einer umstürzte, um sie zu Tode zu erschrecken. Sie lehnte sich vor, presste die Nase gegen die Scheibe, die beschlug, wo ihr Atem auf das kalte Glas traf. Noch versteckte sich der Mond hinter den Bergen, und nur die jämmerliche Gartenleuchte an der gewundenen Einfahrt schien auf die glänzende Motorhaube ihres dort abgestellten Mietwagens, eines Jeep Cherokee.

Sie warf einen kurzen Blick über die Schulter. Greg war das einzig Angenehme hier in diesem verdammten Haus. »Hast du das gehört?«

Greg sah nicht einmal auf von seinem Platz am Videomonitor. »Das ist bloß der Wind«, sagte er. »Vergiss doch die Typen. Die wollten uns bloß Angst einjagen. Uns kann nichts passieren.«

Carmen sah ein letztes Mal hinaus in das schwarze Nichts, und erneut überlief sie ein kalter Schauer. Dann tapste sie über den Teppichboden quer durchs Wohnzimmer und wärmte ihre Hände am Kamin. Die Holzofenhitze kam nicht gegen ihr seelisches Frösteln an, also gab sie sich geschlagen und ließ sich im Klappstuhl neben Greg nieder.

Er gönnte ihr einen Seitenblick, hob und senkte die Augenbrauen und nickte zu ihren Flanellhosen hin. »Haben sie sich wieder zurückverwandelt in Schlafanzughosen?«

Delgado griff sich an den Kragen, zog das Oberteil von sich weg und sah sich selbst in den Ausschnitt. »Jep«, sagte sie und zwinkerte ihm zu. »Sie haben sich in dem Moment zurückverwandelt, als ich durch die Tür ins Haus gekommen bin.«

Nicht ganz ungefährlich, so mit einem Angestellten zu flirten, zumal mit einem so jungen und talentierten wie Greg Conner, doch Boss zu sein war ein einsames Geschäft.

Diese blöde TV-Serie machte sie einsam.

Nur eine knappe Woche nachdem Delgado grünes Licht bekommen hatte, waren sie und ihr 21-köpfiges Produktionsteam auf der Insel eingefallen wie eine Invasionsarmee. *FISHWIVES!* schilderte das Leben von vier verschiedenen Ehepaaren, wofür sechs verschiedene Aufnahmeteams nötig waren. Das Kommen und Gehen bei so einer Serienproduktion, die tägliche Beaufsichtigung und Verpflegung ihrer Produktionsassistenten, Kameraleute, Soundtechniker bis hin zu Security-Leuten und Laufburschen, all das erforderte nimmermüde Aufmerksamkeit und gelegentlich ein deutliches Machtwort – sogar Greg gegenüber. Es gab zwar keine eindeutige Regel gegen Sex mit einem Untergebenen, aber dumm war so etwas allemal, und das wusste sie genau.

Aber sie war verängstigt, also kauerte sie sich neben Greg an den langen Kunststofftisch nicht weit vom Holzofen und ging mit ihm auf drei großen Computerbildschirmen die Aufnahmen des Tages durch. Außer Carmen wohnte nur noch ein Produktionsassistent von den Außenfilmteams namens Andy in dem Haus an der St. Nicholas Road, und der war gerade mit dem ganzen Rest der Belegschaft auf der wöchentlichen Strandparty, von der Carmen vermutete, dass sie eher nicht zur Verständigung zwischen Filmleuten und Inselbewohnern beitrug.

Der Vorfall mit dem anderen Boot setzte ihr immer noch zu, und obwohl Greg nicht gerade ein Hänfling war, wünschte Carmen sich doch, Kenny mit seiner Knarre und seinem Mordsmesser wäre im Haus.

Alle Tagesaufnahmen wurden von den Kameras auf eine von insgesamt zwei Dutzend externen Festplatten heruntergeladen, dann mit der Inselfähre runter nach Ketchikan gebracht und von dort per FedEx an die Zentrale in Los Angeles geschickt. Die Aufnahmen blieben sowohl in den Kameras als auch auf Media Cards gespeichert, mehrfache Back-ups also, bis alles sicher auf den Festplatten in Los Angeles angekommen war. In Anbetracht der Reaktion auf ihre Anwesenheit dort am Strand bei der Holzhütte wollte Delgado lieber so schnell wie möglich Kopien ihrer Filmaufnahmen abspeichern.

Greg genoss die Beweise seines Talents, als die Aufnahmen von der halb verfallenen Holzhütte über die Bildschirme flimmerten; das Monitorlicht wurde von seinem Gesicht reflektiert und warf Schatten seiner Dreadlocks auf die Aluminiumregalwand hinter ihm.

»Hab dir doch gesagt: pures Gold«, meinte er. »LA wird uns aus der Hand fressen.«

Carmen verfolgte parallel auf einem kleinen Flachbildfernseher neben den Computermonitoren den Wetterbericht eines Senders in Juneau.

»Kriegst du das mit?«, sagte sie. »Sieht so aus, als würde ein übles Tiefdruckgebiet von Westen her auf uns zukommen.«

»Hab ich vorher schon gesehen«, sagte Greg. »Super, oder? Morgen Abend haben wir stürmischen Wind hier, Pech für die Heringsrogenfischer.«

»So ein Sturm muss furchtbar sein für die Netzfischer.«

Greg ließ seine Augenbrauen auf und ab tanzen.

»Gefahr bedeutet Geld in unserem Geschäft. Das Unwetter kommt wie bestellt.«

Carmen wusste, wie recht er hatte, und doch war es ihr zuwider.

Ein lautes Klopfen an der vorderen Haustür ließ die Wände wackeln und Carmen machte sich fast ins Hemd.

Greg stöhnte. »Carmen, die bösen Jungs klopfen nicht an.« Er stand auf und ging zur Tür.

»Deine kleine Freundin«, sagte er dann und nickte zu Carmens Flanellhose hin. »Willst du dir nicht schnell was Anständiges anziehen?«

»Halt's Maul«, erwiderte sie.

Greg trat von der Tür zurück und ließ Cassandra Brown herein. Das Native-Mädchen schritt an ihm vorbei, ohne ihn zu beachten. Sie kickte ihre Schuhe von ihren Füßen, öffnete gleichzeitig ihren kleinen Rucksack und überreichte Carmen eine Videokamera. Die Filmfirma benutzte die handlichen, halb professionellen Sony-Kameras für Probeaufnahmen von potenziellen Locations und um Aushilfen mal probieren zu lassen, wie Filmen geht.

Carmen bedankte sich bei ihr und ließ die brief-markengroßen Media Cards herausspringen, dann nahm sie zwei neue aus einem Umschlag auf einem der Regale. Dies war ihnen schon zur täglichen Routine geworden. Cassandra lächelte nicht. Eigentlich überhaupt nie – was auch um sie herum geschah, sie behielt ihren steiner-nen Gesichtsausdruck bei. Stoisch nahm sie die frischen Speicherkarten entgegen und versenkte sie in ihrer Kamera.

Carmen begleitete sie zurück zur Tür und sah sich dort dann nach dem Auto um, mit dem Cassandra hierher gekommen sein musste. Nichts zu sehen außer der schwarz-silbernen Küstenlinie jenseits der Port St. Nicholas Road.

»Kommst du zurecht?«, fragte Carmen. »Wie kommt ein zwölfjähriges Mädchen um diese Zeit den ganzen Weg hierher?«

Cassandra zuckte bloß mit der Schulter. Sie war schon ein merkwürdiges Kind.

Carmen warf einen Blick über die Schulter, zurück zu Greg, der ganz vertieft in seine Filmaufnahmen war. Spontan trat sie einen Schritt ins kalte Dunkel hinaus auf die verwitterte Veranda und stellte sich näher zu dem einheimischen Mädchen.

»Ich kann dir doch vertrauen, oder?«, flüsterte sie.

Cassandra hob skeptisch eine Augenbraue. Kaum merklich, doch immerhin – eine Gefühlsäußerung. Einen Kopf kleiner, schaute sie ohne zu blinzeln mit ihren braunen Augen zu Carmen empor. Langsam und bedächtig nickte sie.

»Gut.« Carmen war es gewohnt, von ihr keine Antwort zu bekommen. Sie griff in ihre Hosentasche und holte eine flache CFAST-Speicherkarte hervor. Ungefähr fünf mal fünf Zentimeter, und vielleicht sechs Millimeter dick. »Du musst das hier sicher für mich verwahren. Erzähl niemandem was davon. Es ist wichtig. Okay?«

Die Mundwinkel des kleinen Mädchens zuckten eine Winzigkeit nach oben; für ihre Verhältnisse kam das einem breiten Grinsen gleich. Sie schien sich über die ihr übertragene Verantwortung zu freuen.

»Pass auf dich auf«, sagte Carmen, als Cassandra Brown die steile Böschung zur Straße hinabging und allmählich mit der Dunkelheit verschmolz. Daheim in Los

Angeles hätte sie die Polizei alarmiert, wenn sie ein Kind nachts auf einer einsamen Landstraße gesehen hätte. Hier jedoch schloss sie einfach die Haustür und verriegelte sie. Das sonderbare kleine Haida-Mädchen konnte nach allem, was Carmen wusste, genauso gut über die Straße wie direkt ins Meer gegangen sein.

Gregs Augen hingen am Computerbildschirm, er ergötzte sich an den Früchten seiner künstlerischen Kreativität. »Diese Sonys kosten fast 1000 Piepen«, murmelte er. »Willst du so ein Ding wirklich einem Mädchen überlassen, das es wahrscheinlich nie wieder hergibt?«

Carmen ließ sich auf den Stuhl neben ihm plumpsen. »Weißt du was? Du bist echt ein Arsch. Cassandra reißt sich nichts unter den Nagel.«

»Da wär ich mir nicht so sicher«, meinte er süffisant. »Tucker hat diesem anderen Indianermädchen eine Kamera überlassen, und sie ist damit abgehauen.«

Carmen versetzte ihm einen heftigen Hieb auf den Arm. »*Indigenes* Mädchen. Eine *Native*«, verbesserte sie ihn. »Außerdem ist sie nicht damit abgehauen. Sie wird vermisst.«

Greg lehnte sich zurück, streckte sich ausgiebig und stöhnte laut. »Hab ich doch gesagt. Sie wird vermisst. Und mit ihr eine 1000-Dollar-Kamera, und das ist rausgeschmissenes Geld. Die Produktionsfirma schwimmt zwar im Geld, jetzt wo du grünes Licht für die Serie gekriegt hast, aber mir wär's lieber, du würdest die Kohle deinem talentiertesten Kameramann spendieren, sagen wir mal als Bonus.«

»Du hast recht, wie immer«, sagte Carmen. »Tucker hätte einen Bonus verdient.«

Greg rollte mit den Augen. »Du lässt mich am ausgestreckten Arm verhungern, meine Liebe. Wenn du mir schon keinen Bonus gönnst, machst du uns dann wenigstens einen Kaffee? Wir müssen einen ganzen Haufen Material durchgehen, und dem ganzen Rest der Crew hast du ja freigegeben, damit sie Party machen können.«

Carmen ließ den Kopf seitlich auf eine Schulter fallen. Sie war schwer aus der Übung, hoffte aber, sie würde verführerisch wirken. »Ich hab ihnen allen freigegeben«, sagte sie, »damit wir heute Abend mit den Filmaufnahmen ganz unter uns sind ...«

Er hustete und fuhr sich mit einer Hand über seine Rastalocken. »Das gefällt mir, Schlafanzughose.«

»Dann ist ja gut«, sagte Carmen.

Greg stöhnte noch etwas lauter. »Nur noch zehn Minuten ...« Seine Stimme verebbte; er sah über die Schulter hinüber zur Küche.

Carmen folgte seinem Blick, obwohl sein Gesichtsausdruck ihr klarmachte, dass er etwas Unerfreuliches sah.

Ohne irgendein vorhergehendes Geräusch, ohne zerbrechendes Glas oder Türenquietschen standen da die zwei furchteinflößendsten Männer in der Küche, die Carmen je gesehen hatte. Greg hatte recht behalten: Die bösen Jungs klopften nicht an.

15

Laute Musik und das Zischen der Brandung hießen Trooper Sam Benjamin willkommen, als er auf Cemetery Island außerhalb von Craig aus seinem Streifenwagen stieg und sich die flache Krempe seines dunkelblauen Stetson in die Stirn zog. Diesen Filzhut liebte er. Nicht nur weil er ihn ständig an seine Überlegenheit gegenüber Sergeant Yates erinnerte. Er würde es nie zugeben, doch der Stetson war ein Hauptgrund für ihn gewesen, sich bei den Alaska State Troopers zu bewerben und nicht anderswo im Polizeidienst. Es gab Studien, wie Respekt gebietend bestimmte Kopfbedeckungen waren. Bei der Wahl zwischen zwei Polizisten, an die man sich wenden konnte, entschieden sich die meisten Leute für den mit Hut. Am meisten Respekt flößten die Schutzhelme der Motorradpolizisten ein. Gleich dahinter kamen aber die traditionellen Diensthüte – wie eben der Stetson des Alaska State Troopers. Baseballkappen konnte man gleich vergessen.

Der Trooper folgte einfach der Musik. Auf einem breiten Kiesweg abwärts passierte er den Fahnenmast der Veteranen und die weißen Grabsteine des Friedhofs, dem die Insel ihren Namen verdankte. Durchs dichte Grün leuchtete immer wieder das Orange flackernder Flammen, und Gelächter drang von vorn und von links, vom Ozean, zu ihm her. Große alte Fichten standen wie stumme Wächter beiderseits des Fußweges im Dunkeln. Beim Gehen grinste der Trooper in sich hinein – gute Wächter waren sie nicht gerade, die hohen Bäume, wenn sie Leute wie die *FISHWIVES!*-Crew in den Park ließen.

Der Partylärm führte ihn durch Straußenfarn und über einen Flecken niedergetrampelten Grases den Abhang hinab zum Kiesstrand, wo Ebbe herrschte und deshalb Platz war für ein riesiges Freudenfeuer. Funken stoben in die blauschwarze Nacht empor, ritten auf den Hitzewellen des knisternden Holzfeuers aus Strandgut. Die dunklen

Silhouetten von mindestens 30 Menschen zeichneten sich vor dem Feuer ab; sie wiegten sich im Rhythmus eines Songs von Crosby, Stills und Nash, der aus einem iPhone plärrte. Es hatte stark abgekühlt, ein Sturm war im Anzug, und so tat die Wärme des Feuers allen gut.

Gemurmel – »He, Supertrooper!«, »Ich hab nix gemacht!« – ging durch die versammelte Menge – für einen Haufen Fernseh-Kreative waren sie nicht besonders originell. Benjamin verkniff sich jede Retourkutsche und suchte die Gruppe nach Kenny Douglas ab. Irgendwas an dem Kerl ging ihm gegen den Strich, doch als Sicherheitsbeauftragter war Douglas zuständig für die Zusammenarbeit mit den Polizeibehörden, und das Verschwinden eines weiblichen Teenagers erforderte zwingend so eine Zusammenarbeit. Der Trooper fand ihn auf einem massiven Treibholzbalken hockend, in der Hand eine Dose Heineken, im Schulterschluss mit einem rehäugigen Mädchen, halb so alt wie er. Sie war eine Einheimische, das Haar zu einem kurzen Pferdeschwanz zurückgebunden, frisch von der High School und nun im Filmteam Produktionsassistentin. Bestimmt hatte sie bisher im Leben nichts Aufregenderes gemacht, als sich ohne Wissen ihrer Mutter heimlich ein Nasenpiercing stechen zu lassen.

Douglas, Ende 30, besaß die dicken Arme und den breiten Nacken eines typischen Security-Chefs. Um noch taffer zu wirken, hatte er sich den Schädel rasiert zum Kurzhaarschnitt der Marines. Er warf mit Militärjargon um sich, wollte mit Wörtern wie »Waffenbruder« oder »Schussweite« einschlägige Erfahrungen andeuten, ging jedoch nie ins Detail, welche Art von Erfahrung er wirklich hatte. Wenn er denn je gedient hatte, dachte sich

Trooper Benjamin, dann wahrscheinlich nur als Schütze Arsch in der Etappe.

Die hübsche Brünette mit dem Pferdeschwänzchen neben ihm war fast noch minderjährig, Douglas aber alt genug, besser die Finger von ihr zu lassen. Unter anderen Begleitumständen hätte Benjamin ihn ein bisschen damit aufgezogen. Hier und jetzt konzentrierte er sich allerdings lieber auf den Fall der vermissten Millie Burkett und ließ den alten Wüstling machen.

»Habt ihr sie schon gefunden?«, fragte Douglas, als hätte er den Trooper schon erwartet.

»Kennen Sie Millie Burkett?«

Douglas lachte kurz und hob sein Bier in die Luft. »Alle hier kennen Millie Burkett. Sie drückt sich immer in der Nähe des Filmteams rum, verstehen Sie?«

»Nein, versteh ich nicht«, antwortete der Trooper.

»Sie hat sich ein bisschen in Fitz Jonas verguckt. Ich hab ja schon bei allem möglichen Reality-TV-Scheiß hier in Alaska die Security gemacht, und eins ist immer dasselbe: Die Mädchen stehn immer auf den Star.« Er zeigte ein besserwisserisches Lächeln.

»Und? Hatte Fitz auch was für sie übrig?«, fragte der Trooper.

»Nicht das geringste bisschen«, meldete sich Bright Jonas von der anderen Seite des Feuers.

Benjamin kannte sie noch aus der Zeit lange vor FISHWIVES!, als sie nur die blöde olle Bright gewesen war, die als Kassiererin im AC-Supermarkt geschuftet hatte. Drall, aber nicht direkt dick, hatte sie stets ein enges orangefarbenes Tanktop getragen, das mehr Haut sehen ließ, als der Trooper von seiner Supermarktkassiererin sehen wollte. Sie rückte einem immer schnell auf die

Pelle, verwickelte einen ins Gespräch. Und noch schlimmer, wenn sie angetrunken war. Dann beugte sie sich vor und hauchte einem jedes einzelne alkoholgeschwängerte Wort feucht ins Gesicht. »Mein Fitzy hat genug mit seinen ganzen erwachsenen, voll ausgewachsenen Weibern zu tun, der braucht keine dünnen kleinen Mädchen.«

Douglas nippte an seinem Bier. »War nicht bloß Fitzy. Millie hat sich an 'ne Menge Leute am Set rangemacht. Sie war so was wie 'n Groupie. Und ich sag Ihnen, sie hat in beide Richtungen geflirtet.«

Da tauchte aus dem Dunkeln jenseits des Feuers ein schlanker Mann auf, Mitte 30 vielleicht, und offenbar hatte ihm noch niemand gesteckt, dass hauteng Jeans nur was für jüngere Männer waren.

»Das ist blödes Geschwätz, Kenny«, sagte er und warf seine schwarze Mähne mit einem Ruck des Kopfes nach hinten. Mit seinem Stehkragenpullover sah er noch bescheuerter aus, so als würde ein Erwachsener einen auf Emo-Teenie machen. Er zog eine Schnute, die auch von reichlichem Alkoholgenuss am Lagerfeuer zeugte. »Millie war nicht bloß 'n Groupie.«

Der Trooper streckte ihm die Hand hin. »Sam Benjamin«, stellte er sich vor.

»Tucker Jackson, Kameramann«, erwiderte der Mann. Er war hundertprozentig zu alt, um sich mit einer 15-Jährigen einzulassen. »Okay, Millie hat hier bei uns rumgehangen, aber sie hatte auch tatsächlich Talent für das, was wir machen.« Er glotzte in die Dunkelheit und schüttelte den Kopf. »Ich hab noch nie jemand in ihrem Alter gesehen mit so 'nem Talent für die Kamera.«

Benjamin zückte Kuli und Notizbuch. Seine Augen hatten sich mittlerweile ans Dunkel gewöhnt und das

Licht des Feuers genügte vollauf zum Schreiben. »Sie meinen, Millie Burkett wollte Schauspielerin werden?«

Jackson warf sich seine Emo-Mähne wieder aus dem Gesicht. »Ach was, doch nicht so was«, sagte er. »Sie war ein Naturtalent für *hinter* der Kamera, nicht davor. Ich hab Carmen ein paar ihrer Aufnahmen gezeigt, unserer Produktionsleiterin, und die hat mir dann erlaubt, Millie eine unserer kleinen Kameras für die Scouts zu leihen, damit sie uns was filmt für die B-Rolls.«

»B-Rolls?«

Benjamin sah von seinem Notizbuch auf.

»Beauty Rolls«, erklärte Jackson. »Das Bildmaterial, das zwischendurch geschnitten wird. Verstehen Sie? Aufnahmen vom Ozean, von Berggipfeln mit Wolken, so Zeugs. Millie hatte ein Gespür dafür, was für Aufnahmen wir genau brauchten.«

»Wann haben Sie die junge Burkett zum letzten Mal gesehen?«

»Gestern früh, so um halb acht«, sagte Jackson.

»Darf ich fragen, wo Sie sie gesehen haben?«

»Natürlich«, sagte Jackson. »Sie hat die Speicherkarten ihrer Kamera bei mir abgegeben, in meinem Apartment. Sie ist kurz reingekommen und wir haben die Speicherkarten ausgetauscht.«

Über den Rand seines Notizbuches hinweg sah Trooper Benjamin dem Mann ins Gesicht, während er redete. Da musste er ein wenig nachhaken. Winzige Änderungen der Mimik verrieten oft mehr als das gesprochene Wort. »Halb acht? Ein bisschen früh für einen Teenager, oder?«

»Vermutlich wollte sie das optimale Licht erwischen«, sagte Jackson.

»Wer war bei ihr?«

»Sie kam alleine.« Wieder warf sich Jackson die Haare nach hinten.

»Wie lange ist sie bei Ihnen geblieben?«

»So fünf Minuten etwa.«

»Haben Sie über irgendwas Bestimmtes geredet?«

»Nein«, sagte Jackson. »Ich meine … keine Ahnung. Ich glaube, nicht. Ich weiß es nicht mehr. Es war früh am Morgen, und ich hab am Abend davor bis spät gearbeitet.«

»War außer Ihnen und Millie noch jemand anwesend?«

Erneutes Kopfwippen. »Nein. Nur wir beide.«

»Hat sie vielleicht erwähnt, wo sie hingehen würde, um das optimale Licht zu erwischen?«

»Wollen Sie damit sagen, dass sie gar nicht nach Hause gekommen ist?« Jackson holte tief Luft, zitternd und schwankend.

Der Trooper schwieg, ließ ihn die Bedeutung des Gesagten verdauen.

»Scheiße«, sagte Jackson. »Bin ich der Letzte, der sie lebend gesehen hat?«

»Das versuchen wir rauszufinden«, sagte Benjamin. »Vielleicht hat sie ja nur bei jemand übernachtet, von dem wir nichts wissen.«

»Verdammt, Trooper«, meldete sich Kenny Douglas von seinem Sitzplatz auf dem Treibholzbalken. »Das glauben Sie ja wohl selbst nicht.«

»Hey, Trooper«, mischte sich die junge Produktionsassistentin neben ihm ein und reckte das Kinn. »Glauben Sie, dass Millie was zugestoßen ist?«

Benjamin hob ausdruckslos die Schultern. »Das werden wir noch rausfinden. Und was ist mit Hayden Starnes? War Millie auch mit ihm mal unterwegs?«

Jackson sah von seinen Füßen auf, warf sich wieder die Haare aus dem Gesicht. »Wer?«

Benjamin holte erst mal tief Luft. Am liebsten hätte er Jackson mit dem Taschenmesser diese blöde Haarmähne abgeschnitten. Stattdessen blätterte er nur demonstrativ ein paar Seiten in seinem Notizbuch zurück. Niemand hier am Feuer schien mit dem Namen etwas anfangen zu können, also versuchte er es mit dem falschen Namen des Gesuchten.

»Entschuldigung«, sagte er. »Mein Fehler. Ich meinte Travis Todd.«

»Travis?«, sagte Douglas. »Ja, klar. Der kleine Spinner hatte was übrig für Millie.«

»Warum nennen Sie ihn einen Spinner?«

Douglas zerdrückte seine Bierdose und holte damit aus, um sie ins Wasser zu werfen, besann sich dann aber eines Besseren. »Weiß nicht«, sagte er. »Er ist 'n bisschen komisch, sonst nichts.« Der Security-Mann sah in die Runde. »Carmen hat heute Morgen nach ihm gefragt, aber ich hab ihn schon zwei Tage lang nicht mehr gesehen.«

»Wo ist Carmen?«, fragte der Trooper.

»Sie und Greg sind draußen im Produktionsbüro geblieben, wollten die Aufnahmen von heute durchgehen. Allen anderen hat sie für heute Abend freigegeben, damit wir mal Dampf ablassen können.«

»War irgendjemand im Filmteam enger mit Travis befreundet?«

Douglas schüttelte den Kopf. »Er ist mit allen einigermaßen klargekommen, würde ich sagen. Aber besonders interessiert hat er sich nur für die Mädchen.«

Die brünette Assistentin kicherte und stieß Douglas ihren Ellbogen in die Seite. »Da kenn ich noch jemanden.«

Aus der tanzenden Runde ums Feuer hatte sich eine kleine Schar zu ihnen gesellt, die ihnen nun aufmerksam zuhörte.

Benjamin sah allen nacheinander ins Gesicht. »Weiß irgendjemand, wo Travis abgeblieben sein könnte?«

Einige blickten zu Boden. Gemurmel. Niemand hatte die geringste Ahnung.

»Also gut«, sagte Benjamin und ließ die Bombe platzen, denn die Sicherheit des Mädchens wog schwerer als der etwaige Vorteil bei ihrer Fahndung nach dem Flüchtigen. Manchmal hieß es eben, mal ein bisschen auf den Busch zu klopfen. »Travis Todd heißt in Wahrheit Hayden Starnes. Er wird wegen Vergewaltigung und Kidnapping gesucht. Es wäre also wichtig, dass Sie mir Bescheid sagen, wenn Sie von ihm hören.«

Das Mädchen neben Douglas sog erschrocken die Luft ein, ihre Hand schnellte zum Mund. »Ich hab ihn vor zwei Tagen das letzte Mal gesehen. Kurz danach ist Millie verschwunden. Meinen Sie …?«

Benjamin unterbrach sie. »Es hat keinen Sinn, voreilige Schlüsse zu ziehen. Aber ich will auch nichts ausschließen.« Er tippte sich mit dem Kugelschreiber an den Hutrand und verabschiedete sich. Die natürliche Reaktion der Schauspieler und des restlichen Produktionsteams wäre nun, zusammenzurücken und sich umeinander zu kümmern; sie waren allerdings auch Fernsehleute, und in ihrer überbordenden Fantasie würden sie sich schnell alles Mögliche vorstellen, das mit Millie Burkett passiert sein konnte. Er würde sie einfach eine Nacht lang schmoren lassen und am nächsten Vormittag würde er sich diese Leute erneut vorknöpfen.

16

Chago Torres warf einen kurzen Seitenblick auf die Bewusstlose auf dem Beifahrersitz und schüttelte bedauernd den Kopf. Sie ähnelte seiner Schwester Lucia, und das würde es ihm schwer machen, das zu tun, was getan werden musste.

Der grobschlächtige Sicario hielt das Lenkrad fest in seinen großen Händen und spähte ins Dunkel der Straße vor ihm. Dutzende von Leuten hatte er schon für seinen Boss verschwinden lassen, wahrscheinlich schon an die 100. Darunter auch Frauen, aber keine Kinder, bis jetzt jedenfalls. Luis hatte mal ein Kind getötet, einen *halcón*, einen »Falken«, der für eine rivalisierende Drogengang Schmiere gestanden hatte. Immer wenn er high oder betrunken war, also mindestens einmal pro Woche, gab er damit an. Chago hoffte, dass er nie ein Kind würde töten müssen. Das würde ihm nahegehen. Wieder schaute er zu der Frau in der Flanellhose hinüber. Das hier war schlimm genug.

Die Frau stöhnte leise. An die Geräusche, die Menschen beim Sterben von sich gaben, hatte er sich nie gewöhnt. Wenn er zu Hause mit seiner Mutter und seinem Großvater fernsah, fielen die Leute in den Filmen einfach um oder sprachen noch voller Inbrunst große letzte Worte. Wie gerne hätte er ihnen erzählt, dass es so nicht war. Sie wollten gar nicht wissen, was er wusste. Er wollte selbst nicht wissen, was er wusste.

Ein weiterer Blick auf die Frau. Das Kinn hing ihr auf die Brust und ein blutiger Speichelfaden zog sich von ihrem offenen Mund herab. Luis hatte ihr einen heftigen

Schlag mit dem ledernen Totschläger versetzt, sie würde also nicht so schnell wieder aufwachen. Chago hoffte, dass Luis nicht zu fest zugeschlagen hatte. Sie mussten sie noch ausfragen, und den Geräuschen nach zu urteilen, die der Bursche auf dem Rücksitz von sich gab, würden sie ihre Informationen eher von der Flanellhosenfrau kriegen.

Hinter Chago stieg der Geruch von Urin und Angst empor. Und ein fortwährendes Wimmern wie ein Hintergrundgemurmel. Der Typ mit der furchtbaren Frisur war bei Bewusstsein – und hatte ohne Zweifel eine Höllenangst vor Luis. Chago konnte es ihm nicht verdenken. Ihm war selbst nicht ganz wohl, wenn er mal neben dem hageren Killer saß, sogar am helllichten Tage.

Auf der Schotterstraße vor ihm tanzten die Vorderlichter des Jeeps, die Scheinwerfer fraßen sich eine Schneise durch die dunkle Berglandschaft. Chago wusste gar nicht genau, wo sie hinfuhren. Weg von der Zivilisation. Auf dieser Insel kein Problem, rundum erstreckte sich die Wildnis in jede Richtung. Der Druck in seinen Ohren verriet ihm, dass sie aufwärtsfuhren, und Chago nahm an, dass die alte Holzabfuhrstraße sie über irgendeine Passhöhe und wieder hinunter zum großen Wasser führen würde. Auf der Karte des Forest Service endeten die meisten Straßen irgendwo am Meer. Und wenn da Menschen wären, würde er einfach weiterfahren oder eben umkehren.

Auf so einer einsamen Insel jemanden verschwinden zu lassen, das war keine große Herausforderung. Aber das Logistische war daran ja nie das Problem.

Chago hatte sich seine Karriere als Mafiakiller der Los Leónes nicht ausgesucht. Luis war in dieser Welt aufgewachsen, war schon mit neun ein *halcón* für die Bosse in seinem Viertel gewesen. Auch er hatte sich sein Dasein als Sicario nicht ausgesucht, könnte man einwenden, doch hatte er sich bereits seit seiner Jugend in diese Richtung entwickelt. Er war dünn, schnell und angriffslustig, Chago dagegen größer und viel muskulöser. Mit den breiten Schultern und langen Armen wirkte er schwerfällig, doch wehe, jemand hielt ihn auf den ersten Blick für langsam – ein folgenschwerer Irrtum. Garza meinte immer, Luis sei die direkte Gerade, Chago der Kinnhaken.

Erst als Erwachsener wurde Chago überhaupt mal in einen Kampf verwickelt, als er schon für Los Leónes arbeitete. Nach der Neunten war er von der Schule abgegangen und hatte in Vollzeit bei einem Maurer angefangen. Sein Großvater hatte gemeint, Chago sei ein wahrer Künstler, wenn's darum geht, den Mörtel zu mischen. Und er hatte ihm schließlich auch geraten, mit seinen Fähigkeiten nach Texas abzuhauen, dort einen Haufen Geld zu verdienen und einen Teil davon zurück nach Hause zu schicken, zur Unterstützung der Familie. Vielleicht würde er in El Paso ja sogar ein Mädchen finden zum Heiraten. Das komme andauernd vor, hatte sein Opa gemeint.

Nichts war so gekommen, wie sein Großvater es sich vorgestellt hatte. Chago war von einer Grenzpatrouille aufgegriffen worden, keine Stunde nachdem der *pollero*, der Hühnerhirte, mit ihnen den Grenzfluss zu den Vereinigten Staaten überquert hatte. Chago wurde zum ersten Mal erwischt, also lief es glimpflich ab und sie schafften ihn einfach wieder rüber. Der Ärger fing erst nach seiner Deportation in Mexiko an.

Gerüchteweise hatte er davor schon gehört, dass die Drogenkartelle Leute aus der *casa migrante* rekrutierten, in den Wiedereinbürgerungszentren, die oft von den örtlichen Kirchengemeinden unterhalten wurden, und dass sie dort kräftigen oder verzweifelten Männern Arbeit versprachen. Seine körperliche Stärke sollte sein Schicksal besiegeln. Ein Mädchen war an ihn herangetreten, sie wohne im nahe gelegenen Haus für deportierte Frauen und ihre Cousins aus Mexico City würden sie demnächst abholen kommen. Sie war hübsch und wollte sich offenbar nur mit ihm unterhalten. In seiner Naivität war Chago mit ihr was trinken gegangen, in der nächsten Cantina, und hatte ihr bei einer Flasche Dos Equis seinen Namen und seinen Heimatort verraten. Am nächsten Vormittag waren ihre »Cousins« im Wiedereinbürgerungszentrum aufgetaucht und hatten Fotos von seiner Mutter und seinen Schwestern mitgebracht. So naiv war Chago dann doch nicht, dass er nicht erkannte, um was für Männer es sich da handelte.

Ohne Umschweife machten ihm die Sicarios klar, dass er keine Wahl hatte – für Los Leónes arbeiten oder dabei zusehen, wie seine Familienmitglieder erniedrigt und ermordet wurden, und dann selber auf Nimmerwiedersehen verschwinden. Noch immer hatte er sich nicht damit abgefunden. Doch was konnte er dagegen tun? Manuel Garza war als Boss wohl nicht so unberechenbar wie Camacho, doch nicht weniger brutal, vielleicht sogar brutaler.

Im Haus hatte Chago vorhin die Kameras und zwei Speicherkarten gefunden, als sie das Paar entführt hatten, aber er vermutete, dass sie weitere Kopien angefertigt hatten. Wenn er und Luis nicht wirklich jede Filmkopie herbrachten, auf der Camacho und sein Boot zu sehen waren, dann würde Garza ihm nicht nur die Pistole ins Gesicht halten, er würde auch abdrücken. Oder aber der neue Patrón würde warten, bis sie zurück in Mexiko

waren, und dort würde ihm dann ein anderer Sicario
den Bauch aufschlitzen wie einem Schwein, um allen
zu zeigen, was es bedeutete, einen Auftrag des Patrón
nicht zu erfüllen. Ja, Garza war nicht Camacho: Er war
schlauer – und viel schlimmer.

Mit seinen dicken Fingern trommelte Chago aufs Lenkrad. Immerhin verdiente er gutes Geld; und er musste
nicht allzu oft eine Frau umbringen.

Luis streckte seinen Kopf zwischen den Vordersitzen
hindurch und zeigte nach vorn durch die Windschutzscheibe. »Willst du noch die ganze Nacht lang rumfahren,
oder steigen wir irgendwann aus und bringen's hinter
uns?«

»Der Boss hat gemeint, wir sollen's möglichst weit weg
von der Stadt machen«, sagte Chago.

»Okay«, sagte Luis. »Wir sind weit genug weg. Fahr an
der nächsten breiten Stelle rechts ran, und ich stell dem
Typen meine Fragen.«

»Noch ein Stückchen weiter«, sagte Chago.

Luis schlug seitlich auf den Schalensitz und fluchte.
»Hier im Wald ist gut genug für das, was wir vorhaben.«

Chago ignorierte ihn. Luis konnte nerven wie ein Mos-
kito, wenn er nicht bekam, was er wollte – dann kriegte
er sich nicht mehr ein.

Luis verpasste dem Sitz weitere Schläge in kurzer Folge,
als hätte er gerade etwas Aufregendes gesehen.

»Gibt's da Wasser, vor uns?«

»Ich glaube, schon.«

»Hoffentlich gibt's da Wasser, wo du uns hinfährst,
nach den ganzen Bergen.«

Der Typ mit der komischen Frisur wimmerte und
blubberte weiter vor sich hin.

Chago schaltete das Fernlicht ein. Jenseits des grauen Waldes aus umgeworfenen Baumstümpfen und schlanken Jungbäumen befand sich ein geschützter Meeresarm. Damit hier niemand direkt ins Meer fuhr, lag vor ihnen am Ende der Straße ein dicker Baumstamm quer, gegen die Witterung mit Kreosot bestrichen. Die Aussicht war atemberaubend, sogar jetzt mitten in der Nacht. Am liebsten hätte Chago hier sein Zelt aufgeschlagen, mit seinem Großvater Gitarre gespielt und dem Wind gelauscht. Sein Großvater kannte viele Sterne beim Namen, und er hatte niemals eine Frau getötet. Chago stellte den Schalthebel des Jeeps auf Parken und schaute zu der bewusstlosen Frau hinüber, die aus der Nase blutete – aus der Nase, die der von Lucia so sehr ähnelte.

»Einen besseren Platz finden wir nicht«, sagte er.

17

Als der große Mexikaner sie behutsam unter den Schultern und Knien packte und hochhob, erstarrte Carmen Delgado. Er trug sie vor dem Jeep bis ans Ende des Scheinwerferlichts und setzte sie an einem massiven Baumstamm ab. Ihre Hände und Füße waren mit Klebeband gefesselt. Kopf und Nacken brannten ihr vor Schmerzen, doch sie zwang sich dazu, den Kopf entspannt hängen zu lassen, und betete, der Mann möge sie weiterhin für bewusstlos halten.

Sie ließ ihr Kinn wieder auf die Brust fallen. Ihre linke Gesichtshälfte war geschwollen, besonders ums Auge, wo sie einen Schlag abbekommen hatte. Auch ohne hinzulangen, wusste sie genau, dass der Knochen ihrer Augenhöhle angeknackst war. Sie schmeckte Blut in ihrem Mund, wo sie sich in die Wange gebissen hatte, und auch unter ihrer Nase bildete sich eine Blutkruste. Sie legte den Kopf ein wenig schräg, um mit dem heilen Auge unauffällig ihre Umgebung zu mustern.

Während der Große Carmen abgesetzt hatte, hatte der Kleinere den schreienden Greg vom Rücksitz gezerrt, und zwar nicht so rücksichtsvoll. Nun stand der Große, den der Kleine Chago nannte, gegen die Motorhaube gelehnt da, und sein Partner drückte dem am Boden liegenden Greg einen Stiefel ins Genick.

»Hey, *hombre*«, sagte der Kleine mit schwerem Akzent, »wir müssen nicht unbedingt mit dir reden, kapierst du? Wir tun das nur aus …« Er sah zu Chago. »Wie sagt man da?«

»Aus reiner Höflichkeit«, erwiderte Chago müde.

»W… wartet, wartet!«, sagte Greg mit unterdrückter Stimme. Der Stiefel übte Druck auf seinen Hals aus, die Hände waren ihm auf dem Rücken gefesselt, und so konnte er die Worte nur herausquetschen. »Ich kann euch helfen. Ganz bestimmt. Ihr müsst mich nur gehen la…«

Der Kleine drückte fester zu und schnitt Greg so das Wort ab. »Ich muss gar nichts, Arschloch.« Er sah zu Chago, der seufzte und dann langsam nickte.

Der Dünne trat zurück und zündete sich eine Zigarette an, während sich Greg spuckend im Dreck wälzte. Carmen sah zu, wie der brennende Zigarettentabak hell in der Finsternis aufglühte. Chago trat vor, packte Greg am Arm und hob ihn mühelos auf die Füße. Sie standen direkt am Jeep und Chago drehte Greg so herum, dass er sich, Bauch gegen die Motorhaube, vorbeugen musste. Von seinem Gesicht war nur noch eine blutige Masse übrig, ohne seine Dreadlocks hätte Carmen ihn überhaupt nicht mehr erkannt. So vornübergebeugt bot ihm der Dünne eine Zigarette an, und Greg nahm sie an, obwohl er gar nicht rauchte. Er hustete, bis die Spucke ihm über die aufgerissenen, blutenden Lippen rann, hielt jedoch merkwürdigerweise an seiner Zigarette fest.

Auf ein Zeichen hin fixierte Chago Gregs Arme, und der Dünne kam von hinten und stülpte ihm einen durchsichtigen Plastikbeutel über den Kopf. Die Zigarettenglut brannte ein Loch ins Plastik, doch Carmen begriff schlagartig, das war Absicht. Das Löchlein in der Plastiktüte war viel zu klein zum Luftholen und gab Greg nur falsche Hoffnung. Die Zigarette fiel ihm aus dem Mund und verschmorte ihm die Wange, während er die Lippen an das kleine Loch presste und wie ein Karpfen auf dem Trockenen nach Luft schnappte. Er bockte und wand sich auf der Motorhaube des Jeeps, aber Chago hielt ihn fest und Luis sah dabei zu. Sie wirkten gelangweilt, als würde sie dieser Teil ihres Jobs eigentlich nicht weiter interessieren.

Als Carmen schon dachte, länger könnte Greg nicht durchhalten, zog ihm der dünne Mann die Tüte vom Kopf und trat wieder zurück.

»Bitte«, stieß Greg hervor, hustend und um Atem ringend, und versuchte weiterhin, die beiden Männer von ihrem Tun abzuhalten. »Bitte. Ich schwör's … ich kann … euch helfen. Ihr müsst mir nur eine Chance …«

Der Dünne stülpte ihm wieder die Tüte über den Kopf und ließ diesmal auch gleich die Luft raus. Dann hielt er seinen Mund direkt neben Gregs Ohr und schrie so laut, als wäre er ein paar Häuser weiter: »Du Hurensohn!

Hab dir doch gesagt! Hab doch gesagt, wir müssen gar nichts!«

Er riss ihm die Tüte wieder vom Kopf und riss sie dabei entzwei. Er stieß mehrere heftige Flüche aus, schmiss die kaputte Tüte auf den Boden, schnappte Gregs Haare und zog ihm den Kopf zurück, bis es aussah, als würde er ihm gleich das Genick brechen. Carmen schauderte, hätte am liebsten weggesehen, hatte aber zu viel Angst, sich zu bewegen.

»Biiitte!«, bettelte Greg. »Lasst mich gehen! Ich sag euch alles … alles, was ihr wissen wollt.«

Der Dünne schüttelte den Kopf. »Hör dir den an«, sagte er. »Meint, ein Mann mit 'ner Tüte überm Kopf kann noch groß verhandeln.«

»Luis.« Nun hatte Chago ihn beim Namen genannt. »Wir brauchen …«

Doch Luis war nicht in der Stimmung, sich ermahnen zu lassen. Mit einer Hand schob er Gregs Kopf brutal nach vorn, mit der anderen stieß er ihm ein Messer bis zum Heft in die Schädelbasis.

Carmen kam es so vor, als müsste ihre Seele augenblicklich austrocknen und davonschweben. Das durfte doch nicht wahr sein. Noch vor wenigen Stunden hatte sie mit Greg über Pyjamahosen Witzchen gemacht. Und nun hauchte er hier auf einer gottverlassenen Schotterstraße sein Leben aus. Mit einem langen, rauen Stöhnen drehte er ihr das Gesicht zu und sah ihr direkt in die Augen und starb.

Luis ließ Gregs Leiche von der Motorhaube herabgleiten, trat zurück und betrachtete kichernd sein Werk. Carmens Spanisch reichte aus, um zu verstehen, dass er über den Todesstoß der Toreros sprach.

»Hast du diese *estocada* gesehen, Chago? Direkt das Genick durchtrennt, wie ein Matador, oder?« Er nickte zu dem Leichnam hin, hüpfend und mit den Armen rudernd wie ein umherstolzierender Boxer nach seinem K.-o.-Sieg. »Breite ihn auf dem Boden aus. Ich schau mal nach, ob wir eine Axt im Auto haben.«

Carmen versuchte, die emporsteigende Magensäure in ihrer Kehle hinunterzuschlucken.

Chago schüttelte konsterniert den Kopf. »Moment mal. Luis, warum willst du 'ne Axt suchen?«

»Damit wir ihm den Kopf abschneiden, du blöder Arsch.«

»Ai ai ai«, sagte Chago. »Und warum willst du ihm den Kopf abschneiden? Wir sind hier mitten im Nirgendwo.«

Luis hob beide Hände und schüttelte den Kopf, als wäre es offensichtlich. »Weil wir ihnen immer den Kopf abschneiden.«

Carmen schloss so fest die Augen, dass sich ihr Gesicht krampfhaft verzog. Ihr war es unbegreiflich, wie Menschen so grausam sein konnten. Die beiden sprachen über die Enthauptung ihres Freundes, als würden sie eine abendliche Spritztour planen.

»Wir schneiden ihnen die Köpfe ab, um damit etwas deutlich zu zeigen, *pendejo*«, sagte Chago. »Siehst du hier irgendwo irgendjemanden, dem wir irgendwas zeigen müssen? Und warum hast du ihn so schnell abgemurkst? Garza wollte ausdrücklich, dass wir beide ausquetschen.«

»Ist doch egal.« Luis hob die Schultern. »Wir haben doch, was wir uns holen sollten.«

»Ganz sicher?« Chago streckte den Kopf vor und starrte ihm ins Gesicht. »Ich hab mir die Kameras angesehen, und in jeder stecken zwei Speicherkarten. Diese Leute sind Profis. Was ist, wenn sie mit beiden gefilmt haben? Bist du sicher, dass wir alle Filmspeicher haben?«

»Haben wir«, sagte Luis.

»Willst du etwa im gleichen Zimmer sitzen wie Manuel Garza, wenn er die Aufnahmen zufällig im Internet sieht? Nachdem wir ihm versichert haben, dass alle Aufnahmen zerstört sind?«

Wutschnaubend schob Luis eine offene Hand durch sein Haar. Blickte zwischen Chago und Gregs Leiche hin und her. Schließlich nickte er und grunzte, als hätte er alles im Griff. »Die Kleine wird es wissen.« Er stapfte zu Carmen hinüber und gab ihr einen kurzen Tritt. Die Spitze seines Lederstiefels traf sie am Hüftknochen. Wellen der Übelkeit durchfuhren sie. »Aufwachen, Schlampe! Genug geschlafen!« Der Schockstarre nahe, musste sie kaum simulieren, als sie einfach längs hinfiel und sich zu einer Kugel zusammenrollte, so gut wie bewegungsunfähig.

Luis versetzte ihr einen Tritt nach dem anderen. Die meisten in den Hintern, einige aber auch höher am Rücken, oberhalb der Nieren. Sie stöhnte, würde sich wohl gleich übergeben müssen. Wie durch ein Wunder blieb sie die ganze Zeit trotz der Schmerzen schlaff.

Luis stieß weitere Verwünschungen aus, voller Zorn, dass sie nicht aus ihrer Ohnmacht erwachte, doch bevor er sie erneut treten konnte, ging Chago dazwischen und zerrte ihn von ihr weg.

»Du darfst sie nicht bewusstlos prügeln, Kumpel«, sagte er. Er wies mit der Hand in die Dunkelheit. »Wir sind hier ganz unter uns. Also haben wir Zeit. Ich mach uns ein Feuer, und du suchst ein paar große Steine, mit denen wir den Mann versenken können, den du umgebracht hast. Die wird schon bald wieder aufwachen.«

»Hoffentlich«, sagte Luis. »Sonst müssen wir uns was ausdenken, das mehr Spaß macht, um sie aufzuwecken.«

Chago sah ihm in die Augen. »Ich hab gesagt, die wird schon wieder aufwachen!«

Carmen wurde übel bei dem Gedanken, dass einer ihrer Entführer, ein schrecklicher Mensch und ein Komplize bei der Folterung und Ermordung ihres Freundes, sich nun zu ihrem Beschützer aufschwang.

Das Gesicht im kalten Dreck, starr vor Angst, so beobachtete Carmen das Geschehen durch den Sehschlitz ihres verletzten Auges. Sobald er das Feuer entfacht hatte, schaltete der Chago Genannte die Scheinwerfer aus. Im flackernden Licht der Flammen sah sie Luis mit demselben Messer, mit dem er Greg erstochen hatte, ihm nun den Bauch aufschlitzen, woraufhin er so viele Steine wie möglich hineinstopfte. Dabei sprach er geistesabwesend vor sich hin.

»Du weißt ja, dass die Polizei mal die Leiche von 'ner Frau gefunden hat, die ein Freund von mir versenkt hatte«, sagte Luis. »Sie sind dann zu ihrem Ehemann gefahren und haben ihm mitgeteilt, *señor,* wir haben eine gute und eine schlechte Nachricht für Sie. Die schlechte ist die, dass wir die Leiche Ihrer armen Frau gefunden haben, am Ende der Mole, über und über mit Blaukrabben bedeckt. ›Aber was ist die gute Nachricht?‹, sagt der Ehemann.« Luis sah von seiner Arbeit auf und grinste wie ein Wahnsinniger. »›Oh, das ist wirklich eine gute Nachricht für Sie, *señor*‹, sagt der Polizist. ›Wir haben beschlossen, sie einfach wieder reinzuwerfen, um mit ihr noch mehr Blaukrabben zu fangen.‹«

Chago reagierte mit einem halbherzigen Lachen und wandte sich wieder dem Feuer zu. Carmen versuchte, sich noch tiefer in den Dreck zu ducken, nur weg von diesen Verrückten, die so skrupellos ein Leben nahmen.

Luis zerrte Gregs nackten, aufgeblähten Körper ins schwarze Meereswasser am Ende der Straße. Zappelnd und schimpfend wegen der Wasserkälte, schwamm er dann mithilfe eines großen Balkens mitsamt der Leiche ins Dunkel hinaus. Eine der beiden noch gesuchten Videokopien befand sich in einem Plastikbeutel in Gregs Hosentasche. Bestimmt war es das, was er ihnen hatte mitteilen wollen, dachte Carmen, bevor ihn Luis überhastet erstochen hatte. Die Leiche mit Steinen zu füllen hatte ihn dermaßen beschäftigt, dass er die Speicherkarte völlig übersehen hatte.

»Weiter raus!«, rief Chago ins Dunkel. Luis' Geplansche wurde leiser. »Ebbe und Flut sind ein großer Unterschied hier. Schaff ihn weit raus ins Tiefe, sonst wird er angespült.«

Chago hockte sich neben das Feuer und häufte weiteres Holz darauf, das er aus den Schatten zu sich zog. Carmen nässte sich beinahe ein, als er sich zu ihr umdrehte und ihr direkt in die Augen sah.

»Wir sind alle ziemlich fertig«, sagte er. »Ich gebe Ihnen bis morgen früh Zeit, sich auszuruhen und darüber nachzudenken, was Sie gesehen haben.«

Carmen verharrte bewegungslos.

»Luis hat einen Spitznamen, müssen Sie wissen«, sagte Chago. »*El Guiso*. Wissen Sie, was das bedeutet?«

Carmen sah ein, dass ihr Täuschungsmanöver zwecklos war. Sie öffnete ihr heiles Auge. Es tat weh, als sie den Kopf schüttelte. »Suppe?«

»Fast«, sagte Chago. »In der Welt, in der ich lebe, gibt es viele Methoden, Leute verschwinden zu lassen. Luis hat eine bevorzugte, die ihm unser früherer Boss beigebracht hat. Da stopft er die Person, die er loswerden will, in ein Metallfass. Manchmal muss er dazu die Beine brechen, damit alles gut reinpasst.« Chago seufzte, als würde er sich an etwas Trauriges erinnern. »Jedenfalls übergießt er die Person dann mit Benzin oder Dieselöl und zündet sie an. Wenn das Ganze nicht mehr brennt, füllt er das Fass mit Säure auf. Das nennen wir *el guiso* – Eintopf. So nennen wir auch Luis.«

18

Um 4:05 Uhr ging der Wecker. So blieb Cutter genug Zeit, um zu duschen und seine Ausrüstung für unterwegs zu checken, bevor er die zehn Minuten zu Lola Fontaines Haus hinüberfuhr. An seinem Waffengurt nahm der Colt Python seines Großvaters den wichtigsten Platz ein; von Grumpys schwarzem Grenzpatrouillenholster hatte er sich allerdings getrennt zugunsten einer Spezialanfertigung, gewebt von einem Insassen des Texas Department of Corrections, als Cutter mal in San Antonio fürs Zeugenschutzprogramm tätig gewesen war. Einige Zentimeter hinter dem Revolver hing die Glock 27 Kaliber 40 am Gürtel – ganz im Einklang mit den USMS-Vorschriften. Einschließlich der Kugel in der Kammer enthielt die handliche Glock vier Patronen mehr als Grumpys 357er. Mit dem Neuner-Reservemagazin für die Glock kam Cutter so auf insgesamt 25 Schuss Munition – relativ wenig, verglichen mit anderen heutigen Deputys, doch völlig ausreichend, fand Cutter. Außer dem Reservemagazin trug er noch eine zweite Surefire-Taschenlampe und ein Paar Handschellen am Gurt; das Handschellensäckchen war ebenso wie der Gurt selbst, passend zum Revolverholster, dunkelfarbig und ebenfalls in Panamabindung gewebt – Handarbeiten des TDC-Häftlings. Grumpy hatte die Farbe »Erdnussschalenbraun« genannt.

Ergänzend zum Waffengurt hatte Cutter noch ein schmales Taschenmesser, ein Zippo-Feuerzeug und eine Taschenlampe in der einen Hosentasche und in der anderen sein Smartphone. Auf ein größeres klappbares Kampfmesser, wie viele seiner Militär- und Polizeikollegen es bei sich trugen, verzichtete er, denn leidvolle eigene Erfahrung hatte ihn gelehrt, dass die Benutzung eines Messers in einem Kampf eine hässliche Sache war, bei der am Ende bloß eine blutige Sauerei herauskam. Falls ihm jemals, Gott bewahre, die Kugeln ausgingen, dann würde er immer noch lieber mit einem Stein in der Hand weiterkämpfen als mit einem Taschenmesser.

Dazu packte er nur wenige Sachen ein, einen Satz frische Unterwäsche, ein Wollhemd, eine gefütterte Jacke und einen blauen Helly-Hansen-Regenmantel. Obendrauf noch die Xtratuf-Stiefel seines Bruders, falls es mal zu nass wurde für die Zamberlan-Wanderstiefel, die er ansonsten bevorzugte.

Kurz nach fünf fuhr Cutter bei Lolas Eigentumswohnung am Minnesota Drive vor. Larry Fontaine wartete schon im Wohnzimmer. Bevor Cutter eingeparkt hatte, war die taube Nuss mit nacktem Oberkörper bereits zwischen Vorhang und Fensterscheibe geschlüpft und glotzte nach draußen. Doch herauskommen und von Mann zu Mann mit Cutter reden, der seine Frau abholen kam, das wollte er auch wieder nicht. Er zeigte nur seine Muskeln.

»Mutig wie ein Chihuahua – Shih Tzu, dass du Land gewinnst!«, murmelte Cutter vor sich hin. Diesen Spruch hatte Grumpy immer gebracht, wenn ein Hund oder ein Mensch nur dann lauthals kläffte, wenn er hinter einer Glasscheibe in Sicherheit war.

Cutter ging keiner Auseinandersetzung aus dem Wege, also erwiderte er Larrys bösen Blick und öffnete schwungvoll die Wagentür.

Als hätte er vor einem zahmen Hund auf den Boden gestampft, löste sich Larry Fontaine in Luft auf, nur der Vorhang schwang noch ein bisschen nach. Cutter ging zur Haustür und klopfte an, stellte sich dann an die Wand daneben.

Die Hauswände waren dünn genug, um Lolas Stimme gut zu verstehen. »Machst du auf?«

»Ich mach nicht auf. Du machst auf.« Larry sprach mit angespannter, leicht unterdrückter Stimme, doch ebenfalls verständlich. »Ich will den Typ nicht sehen.«

»Jesus und Maria, Larry!« Lola klang verzweifelt. »Der beißt dich schon …«

Mitten im Satz riss sie die Tür auf. Sie trug Jeans und ein enges schwarzes T-Shirt, das ihre Oberarme und ihre olivbraune Haut gut zur Geltung brachte. Das volle schwarze Haar fiel ihr auf die Schultern, ihr Gesicht war gerötet und auf ihrer Stirn glitzerten Schweißperlen. »Fast fertig«, sagte sie. »Muss mir nur noch das Haar aus dem Gesicht kämmen und meine Waffe umschnallen.« Sie trat zurück und winkte Cutter herein. »In der Küche ist noch Kaffee, wenn du willst.«

Larry zog sich hastig vom Wohnzimmersofa, wo er

herumgelungert hatte, nach hinten in den Flur zurück. »Mensch, Lola, lad ihn nicht auch noch ein …«

Lola rollte mit den Augen und zog eine Grimasse. »'tschuldigung«, flüsterte sie.

»Ich hab Kaffee für uns mitgebracht. Ich warte im Wagen, bis du fertig bist.« Cutter blieb ganz geschäftsmäßig.

Fünf Minuten später schmiss Deputy Fontaine ihre Polizeitasche auf den Rücksitz und schob dann einen schwarzen Gewehrkoffer hinterher, der ein kurzläufiges AR-15 enthielt. Sie wussten nicht, ob sie mit Verstärkung rechnen durften, falls ihre Menschenjagd eine üble Wendung nahm, also hatte Cutter sie gebeten, das Gewehr mitzunehmen. Mit Hayden Starnes' pulverblauer Fahndungsakte in der Hand öffnete sie die Autotür und ließ sich auf den Beifahrersitz fallen.

Verlegen lächelte sie Cutter an, dann rümpfte sie die Nase und schnüffelte am Ärmel ihres T-Shirts. »Sorry, Boss«, sagte sie. »Wollte mein Training heute nicht auslassen, also bin ich früh aufgestanden und hab's hinter mich gebracht. Hab kalt geduscht, aber ich schwitze immer noch. Ich fürchte fast, ich stinke ganz schön nach Frau.«

Cutter ging nicht darauf ein. Geplauder über Dinge wie »nach Frau stinken« hatte schließlich zu seiner letzten Ehe geführt, die kein gutes Ende genommen hatte. Was sollte er als Fontaines Vorgesetzter auch auf so eine Bemerkung antworten?

Fontaine zeigte ihm grinsend die Zähne, krempelte den Ärmel noch weiter hoch und spielte mit ihren Muskeln. »Hat echt gutgetan, das Training, Boss. Schau dir nur diese Muskeln an. Kannst ruhig mal fühlen.«

Cutter lehnte sich von ihr weg, als stünde sie plötzlich in Flammen. »Nein«, sagte er, »ich will nicht deine Muskeln fühlen.«

Sie hob die Schultern. »Selber schuld. Ich wollte nur deutlich machen, dass man solche Muckis nicht kriegt, wenn man das Training ausfallen lässt, auch wenn man eben um drei in der Frühe dafür aufstehen muss.«

Cutter hoffte inständig, sie würden diesen Starnes schnell finden. Er nickte zu dem Kaffeebecher in der Mittelkonsole hin und fuhr los, weg vom Kontrollblick ihres eifersüchtigen Gatten.

Sie bekam mit, wie er zum Haus zurückschaute. »Tut mir echt leid, das da vorhin«, sagte sie. »Ich will doch nur für 'n bisschen gute Laune sorgen. Schließlich arbeiten wir zusammen. Larry macht mich echt wahnsinnig.«

»Genau das hab ich gestern Abend am Telefon gemeint«, sagte Cutter. »Du musst nicht unbedingt in meiner Einheit mitarbeiten, wenn dein Mann ein Problem damit hat.«

Sie lehnte sich in ihrem Sitz zurück, ließ den Kopf nach links fallen und sah ihm in die Augen. Jeglicher Übermut war verschwunden. »Larry ist nicht mein Mann«, sagte sie. »Seit gestern um 16:37 Uhr nicht mehr, als Friedensrichter Salvatore die Scheidungsurkunde unterschrieben hat.«

Überraschung. »Gestern im Büro hat er sich aber ganz nach deinem Ehemann angehört.«

Sie schloss die Augen. »Er meint, es wär zu früh, mich schon mit jemand anders zu verabreden.«

Cutter hob eine Augenbraue. »Das hier ist keine Verabredung. Wir sind Arbeitskollegen.«

»Jetzt weißt du, warum ich mich hab scheiden lassen«, sagte Fontaine.

Cutter stieß einen leisen Pfiff aus. »Ich bin nicht der Richtige, dir was über gut funktionierende Beziehungen zu erzählen.«

»Ja, genau«, sagte sie. »Und ich erzähle dir nichts über meine persönlichen Probleme. Aber du hast grad unfreiwillig eine Folge der Serie *Morgenscheiße mit Lola und Larry* gesehen, also verdienst du ja vielleicht eine Erklärung. Er wohnt nur so lange in meiner Eigentumswohnung, bis er was Eigenes gefunden hat. Ich hab zwei getrennte Schlafzimmer.«

Cutter war immer noch dabei, das Ganze zu verdauen, und schüttelte den Kopf. »Hast du keine Bedenken, ihn bei dir wohnen zu lassen?«

»Ach was«, sagte sie. »Larry ist eifersüchtig, aber ansonsten ein Weichei. Mit dem werde ich spielend fertig, wenn's sein muss. Aber er und ich, wir lassen das jetzt hinter uns. Und Lola Fontaine heiße ich nur noch so lange, bis die Zentrale mich woandershin versetzt.«

»Und dann?«

»Dann nehm ich wieder meinen Mädchennamen an. Teariki.« Sie sprach jeden Vokal einzeln aus und das R so, dass es fast wie ein D klang. Te-a-ri-ki.

»Lola Teariki«, sagte Cutter. »Gefällt mir.«

»Ja«, sagte sie. »Bedeutet so was wie ›großer Boss‹ oder so, gibt's aber ziemlich oft da, wo meine Eltern herkommen. Meine Mama meint immer, meine Familie, wir seien wie Kokospalmen.«

»Wie meint sie denn das?«, fragte Cutter und wollte es fast tatsächlich wissen.

»Wahrscheinlich weil Kokospalmen sich immer ein bisschen hangaufwärts neigen. Die, die runterrollen, werden zu anderen Inseln hingetrieben, aber die anderen fallen immer ein Stückchen weiter bergauf mit jeder neuen Generation. Heißt wohl, dass wir bekanntermaßen noch nie mit dem zufrieden waren, was wir bis dahin erreicht hatten.«

»Teariki«, sagte Cutter noch einmal. »Cooler Name.«

Sie kicherte. »Meine Mama meint, Lola Tuakana Teariki hört sich viel weniger nach einer Stripperin an als Lola Fontaine.« Sie rümpfte wieder die Nase. Dann öffnete sie den Aktenordner auf ihrem Schoß. »Soll ich dir noch was über Hayden Starnes vorlesen auf unserem Weg zum Flughafen?«

»Gute Idee.« Cutter war erleichtert, das heikle Terrain des Deputy-Privatlebens endlich zu verlassen.

So vervollständigte Fontaine während ihrer 15-minütigen Fahrt zum Ted Stevens International Airport Cutters Wissen über den von ihnen gesuchten Gauner.

Starnes war ein hoffnungsloser Fall. 37 Jahre alt, geboren und aufgewachsen in Tigard, Oregon, einem Vorort von Portland. Sein Verteidiger im ursprünglichen Verfahren wegen gewaltsamer sexueller Nötigung, mit 22, legte Wert darauf, dass sein Mandant als Kind missbraucht worden war. Starnes hatte keine Geschwister, seine Eltern lebten nicht mehr, also konnte dem niemand widersprechen. Der Richter ließ sich erweichen und verurteilte ihn zu zwei Jahren mit Therapie, um sein Trauma zu verarbeiten. Das Opfer seines Überfalls, eine College-Studentin im gleichen Alter, musste damit fertigwerden und begann ein zweites Studium, Marketing.

Nur Wochen nach seiner Entlassung aus dem Gefängnis entführte Starnes eine College-Erstsemesterstudentin, indem er sich als Security-Mann der University of Oregon ausgab und ihr während eines Unwetters anbot, sie nach Hause in ihr Wohnheim zu fahren. Diesmal hielt er sein Opfer drei Tage lang in einer abgelegenen Hütte gefangen, bis sie sich von ihren Fesseln befreien konnte und nackt zu einer Nachbarhütte rannte.

Anschließende Befragungen im Freundeskreis seiner Familie schürten bei den Ermittlern den Verdacht, dass Starnes' angeblicher Kindesmissbrauch nur eine Schutzbehauptung war.

Sie boten ihm einen Deal an: zehn Jahre Haft, wenn er ihnen die ganze Wahrheit erzählte. Er ging darauf ein und erklärte, ausnahmslos alle um ihn herum seien bei seinem ersten Verfahren davon ausgegangen, dass so etwas nur jemand tun könne, der selber als Kind missbraucht worden sei. Also, schloss er, habe er sich das Ganze eigentlich nicht ausgedacht, sondern nur die allgemeinen Erwartungen erfüllt und nicht widersprochen.

Während seines Prozesses berichtete sein Opfer von wiederkehrenden Albträumen, doch sie engagierte sich im Weiteren als Leiterin einer Campus-Gruppe für Vergewaltigungsopfer und schloss ihr Studium mit Auszeichnung ab. Starnes wurde medikamentös und therapeutisch behandelt, auf Kosten der Steuerzahler, um die psychischen Probleme in den Griff zu kriegen, die – so sein Verteidiger – seinem gefährlichen Verhalten zugrunde lagen.

Acht Monate nach seiner Haftentlassung entzog er sich seinen Auflagen als registrierter Sexualstraftäter, floh aus der Stadt und tauchte unter. So landete er auf der Fahndungsliste des US Marshals Service ganz oben. Da rückfällige Verbrecher sich oft zum Schlimmeren entwickeln, ließ das Verschwinden einer jungen Frau auf derselben Insel, wo Starnes sich angeblich aufhielt, bei den beiden Deputys die Alarmglocken schrillen. Aus einem Kidnapper wurde oft irgendwann ein Mörder. Falls ihre Menschenjagd sich hinziehen sollte, würde Cutter die Kollegen von Western Washington und von Oregon um Unterstützung bitten – dann würde er zusätzliche Deputys von der Pacific Northwest Violent Offenders Task Force anfordern.

Starnes' Vorgeschichte würde Cutter während des Fluges Stoff zum Nachdenken geben. Sie waren früh dran, im Einklang mit einer wichtigen Männerregel von Grumpy, also ließ er Fontaine vorher noch in aller Ruhe auf die Toilette gehen. Sie war schwer in Ordnung, auch wenn sie für seinen Geschmack etwas zu sehr ins Detail ging, was ihre Verdauung des morgendlichen Proteinshakes betraf.

Eine harsche Stimme vor dem Ticketschalter zog Cutters Aufmerksamkeit auf sich. Ein Mann mit Bart und schwarz-weiß karierter Jacke drohte der Alaska-Airlines-Angestellten mit dem Finger und beschwerte sich lautstark über seinen Sitzplatz. Seine Kluft ließ auf einen Holzfäller schließen, doch seine weichen Hände verrieten, dass er eine Axt bisher höchstens mal von Weitem gesehen hatte. Die Frau hinter dem Schalter reagierte auf seine Wut mit einem verständnisvollen Nicken.

»Es tut mir leid, Sir. Der Flug ist ausgebucht«, sagte sie. »Ich kann Ihnen leider nur einen Mittelplatz anbieten.«

Der Holzkopf streckte seinen Drohfinger über die Theke und stieß weitere Verwünschungen aus.

Cutter trat hinzu, nah genug, um den Mann kurz mit dem Arm zu berühren, und erwartete eigentlich eine Alkoholfahne, doch der Kerl war stocknüchtern.

Er wirbelte herum. »Ich bin hier noch nicht fertig.«

»O doch«, sagte Cutter. »Ich glaube, schon.«

Fontaine stieß dazu. »Hey, Boss«, sagte sie. Offenbar hatte sie das Wortgeplänkel teilweise mitverfolgt.

»Ich habe einen Mittelplatz«, sagte sie zur Schalterfrau. »Wenn Sie wollen, können Sie dem Mann meinen geben.«

»Was?«, sagte Holzkopf ungläubig. »Dann sitze ich ja wieder in der Mitte.«

Fontaine grinste. »Ja. Aber dann sitzen Sie den ganzen Flug lang neben meinem Boss, und dem würde das sicher sehr gefallen.«

Cutter nickte, kniff die Augen halb zusammen und mahlte mit dem Kiefer. »Ja, sehr.«

»Schon gut«, sagte die Airline-Angestellte und las etwas von ihrem Computerbildschirm ab. »Mr. Penobscot wird heute nicht mit uns fliegen. Das Ticket wird Ihrer Kreditkarte wieder gutgeschrieben, Sir. Sie müssen leider eine andere Reisemöglichkeit nach Juneau finden.«

Penobscots Kopf fing an zu beben. Mit zitternden Lippen sah er reihum erst der Frau von der Airline, dann Fontaine, dann Cutter ins Gesicht und stampfte schließlich davon, um sich irgendwo zu beschweren.

Lola Fontaine lachte in sich hinein, als er bei seinem Abgang beinahe über seine eigenen Füße stolperte.

»Du brauchst dringend einen Anstandswauwau, Boss«, sagte sie. »Dabei kann ich dir gern behilflich sein.«

Cutter seufzte und schaltete innerlich einen Gang runter, als er sich wieder dem Schalter zuwandte.

»Danke für Ihre Hilfe«, sagte die Frau von der Airline. Sie war etwas jünger als Cutter und trug einen dunkelblauen Pullover mit dem Emblem von Alaska Airlines und einen hauchdünnen goldenen Schal dazu.

»War mir ein Vergnügen«, sagte er und meinte es auch so. Dann fügte er hinzu, dass er eine Bordkarte für seine Schusswaffe brauche.

Es kam zwar selten, aber doch hin und wieder vor, dass Flugpassagiere ihre Schusswaffe bei sich führten. Noch ein bisschen benommen von der Auseinandersetzung mit dem Holzkopf, begriff sie nicht sofort, was Cutter meinte. Er schob ihr die entsprechenden Ausweispapiere über die Theke, und als sie sein Deputy-Abzeichen sah, lächelte sie und legte ihm das nötige Formular zum Ausfüllen hin. Die Polizeimarken des Marshals Service befinden sich in einer Außenhülle vorne auf einer kleinen Ausweismappe, und so betrachtete sie einen Moment lang den silbernen Stern im Kreis, bevor sie das Mäppchen aufschlug und sich Cutters Foto ansah. Sie verglich es mit seinem Gesicht, ihr Blick wanderte hin und her, blieb zuletzt an seinem Passfoto unter dem Hologramm hängen.

»Komisch, Sie sehen gar nicht wie Timothy Olyphant aus.« Sie schob ihm den Ausweis wieder über die Theke zu.

»Wie bitte?«, sagte Cutter.

Sie lächelte herzlich. »Timothy Olyphant. Sie wissen schon, der spielt diesen Deputy Marshal, Raylan Givens, in der Fernsehserie *Justified*.«

Cutter steckte das Ausweismäppchen zurück in seine Jackentasche und nickte langsam und bedächtig. Er las ihren Namen von dem Schildchen auf ihrem Uniformpullover ab, beugte sich ihr über die Theke hinweg entgegen und winkte sie zu sich heran.

»Es ist nur so, Alexis«, sagte er, »ich versuche gar nicht, Tim Olyphant zu spielen. Er versucht, mich zu spielen.«

19

Während der finstersten, kältesten Nachtstunden trieb Carmen Delgado zwischen Bewusstsein und Bewusstlosigkeit hin und her, auf dem Boden in sich zusammengerollt, wo Chago und Luis sie liegen gelassen hatten. Der Rhythmus der Brandung und das ferne Schreien eines Tauchvogels – bei ihrem ersten Aufenthalt in Alaska noch tröstliche Geräusche – trugen nun noch zu ihrer Furcht und ihrem Gefühl der Verlassenheit bei. Auf der Erde zu liegen war nicht besonders bequem, aber irgendwann hatte ihr erschöpfter Körper die Kontrolle übernommen und sich eine kurze Auszeit gegönnt, wenigstens vorübergehend.

Als sie erwachte, war es immer noch dunkel, wahrscheinlich mitten in der Nacht – sie hatte keine Ahnung, wie spät es war. Sie lag auf der Seite. Öffnete die Augen, rührte sich nicht, blickte um sich. Chago und Luis schnarchten ein paar Meter weiter im Jeep vor sich hin. Ihre Sitze nach hinten geklappt, ließen sie den Motor laufen, damit die Heizung ihnen die kühle Meeresbrise vom Leib hielt. Um das Klebeband etwas zu lockern und ihren Blutkreislauf wieder in Gang zu bringen, bewegte Carmen ihre Knöchelgelenke. Luis wollte sie sowieso umbringen, dem wäre es auch egal, wenn ihr die Füße tot abfielen. Schon die Beine auszustrecken trieb ihr die Tränen in die Augen.

Etwas Scharfkantiges drückte seitlich gegen ihr Gesicht. Sie hob den Kopf an, unterdrückte den Schmerz, der ihr dabei ins Genick schoss, und rieb ihre Wange am Erdboden. Als sie den Kopf wieder an derselben Stelle hinabsenkte, schnitt es sie erneut. Sie zuckte zurück und wollte nun wissen, was es war. Eine Muschelscherbe fiel ihr von der Wange. Sie brauchte eine Weile, um zu kapieren, dass sie direkt neben einem Muschelhaufen lag. In ihrem überhitzten Gehirn breitete sich eine Idee aus. Mit den rasiermesserscharfen Muschelschalen, Reste einer Ottermahlzeit, konnte sie das Klebeband, mit dem sie gefesselt war, bestimmt durchschneiden. Trotz ihrer Lage musste sie lächeln. Der Kushtaka, das böse Otterwesen, das die Tlingit und Haida einst so sehr gefürchtet hatten, sorgte hier und jetzt für ihre Rettung.

Ihre tauben Finger schafften es nur mit Mühe und viel Gefummel, ein ausreichend langes Stück Muschelschale zu greifen, umzudrehen und die scharfe Kante am Klebeband anzusetzen. Dank ihrer engen Fesselung war es so gespannt, dass es erstaunlich schnell auseinanderriss; schon nach wenigen Sägebewegungen kamen ihre Hände frei.

Da schaukelte der Jeep. Einer der Männer hatte sich bewegt. Carmen hielt still, doch keiner der beiden setzte sich auf, und nach kurzem Abwarten zog sie nun die Knie an die Brust. Mit kribbelnden Fingern, durch die wieder das Blut floss, schnitt sie hastig das Klebeband an ihren Fußknöcheln entzwei. Überwältigt von neuer Hoffnung vergaß sie, sich absolut lautlos zu verhalten. Frei, zumindest freier als bisher, warf sie einen letzten Blick zurück zum Jeep. Noch trugen ihre Beine sie nicht. So schnell sie konnte, kroch sie zwischen die Büsche am Straßenrand und krabbelte den Abhang zum Wald hin empor.

Als das Blut in ihren Beinen und Füßen wieder so weit zirkulierte, dass sie aufrecht stehen konnte, waren ihre Hände und Knie blutig zerkratzt. Mit einem abgebrochenen Ast als Stütze humpelte sie über den moosigen Waldboden davon. Ohne jede Orientierung versuchte sie nichts weiter, als sich im Schutz der Bäume zu halten und möglichst weit von den bösen Männern wegzukommen. Über ihr blinkten die Sterne durch die Baumkronen, und allmählich wich die Nachtschwärze einer blaugrauen Morgendämmerung. Die Gewissheit, dass mindestens einer ihrer Entführer jeden Moment aufwachen würde, trieb sie vorwärts, weiter in den dunklen Wald hinein.

Vor ihr musste doch irgendwo eine Hütte sein, oder ein Angler mit einer Waffe. Hier hatte doch jeder eine Waffe, in Alaska, oder? Irgendjemand würde sie retten. Dann erinnerte sie sich, wie oft sie und ihr Filmteam stundenlang in diesen Wäldern und an diesen Stränden unterwegs gewesen waren, ohne einer Menschenseele zu begegnen. Ihr sank der Mut.

Zu schwach, über größere Baumstämme und Wurzeln zu klettern, musste sie viele umgehen. Bäume, Boden, Felsen, Unterholz – alles um sie herum erschien ihr irgendwie braun oder grün. Nach einer guten Stunde Fußmarsch rutschte sie plötzlich an einem Abhang im Matsch aus, landete unsanft auf dem Hintern und schlug so fest ihre Zähne aufeinander, dass nun sicher mindestens einer abgebrochen war. Der Sturz ließ sie hilflos zusammenklappen, Tränen schossen ihr in die Augen. Da wehte ihr ein vertrauter Geruch um die Nase. Etwas Vertrautes, irgendetwas ... Zivilisiertes, so etwas wie ein Boot oder eine Hütte. Nach ein paar Schritten erkannte sie den Geruch.

Ein Feuer.

Der Gedanke an Rettung und Überleben, nachdem schon alles verloren schien, verlieh ihr neue Kräfte. Halb rennend, halb stolpernd schlitterte sie den abschüssigen, kaum wahrnehmbaren Pfad hinunter. Mit jedem Schritt wurde der Abhang steiler, sodass sie zuletzt ihren Abstieg bremsen musste, indem sie die nackten Fersen in den Erdboden stemmte und sich seitlich an Ästen festhielt. Es half alles nichts. Sie trat eine kleine Lawine los und rutschte mit ihr abwärts. Zweige klatschten ihr ins Gesicht. Spitze Steine bohrten sich ihr ins Gesäß. Immerhin schaffte sie es gerade noch, mit den Füßen zuerst unten anzukommen.

In einem losen Geröllhaufen am Straßenrand endete ihre Rutschpartie. Sie langte nach ihren Fußknöcheln, zuckte vor Schmerz zusammen, stand dann vorsichtig auf. Nichts gebrochen. Ihr Magen revoltierte, als sie aufsah. Keine 30 Meter entfernt stand der Jeep.

Ihre Flucht durch den dichten Wald hatte sie in einem engen Bogen herumgeführt – sie war wieder am Ausgangspunkt angelangt.

Völlig in ihrem eigenen Elend versunken, hatte sie Luis überhaupt nicht wahrgenommen. Luis war an den Waldrand herangetreten, um sich zu erleichtern. Noch im Halbschlaf, hatte er nicht mal überprüft, ob Carmen noch gefesselt hinter dem Jeep lag. Und nun drehte er sich zu dem Geraschel herum, das sie mit ihrem Absturz verursacht hatte, und starrte ihr direkt ins Gesicht. Kurz hielt er inne, neigte den Kopf, als müsste er seine Augen erst scharf stellen. Dann ein kurzer Blick über die Schulter, wohl um zu schauen, ob Chago schon wach war. War er nicht. Mit einem Lächeln begann der Mann, den sie El Guiso nannten, auf sie zuzugehen, und hielt sich dabei den Zeigefinger vor die Lippen.

Wie angewurzelt blieb Carmen stehen, als wären ihre blutigen Fußsohlen mit der Erde verwachsen. Sie rang nach Atem, und erst als Luis bereits auf drei Meter heran war, brachte sie einen entsetzten Schrei zustande.

»Chaaaaago!«

20

Die Fluglinienangestellte am Gate ließ Cutter und Fontaine vorab an Bord, um sie als bewaffnete Passagiere dem Flugteam vorzustellen, ohne dass die übrigen Fluggäste dies mitbekamen. Anschließend schritt Cutter den Mittelgang entlang, verstaute dabei seinen Colt wieder unter der gefütterten Jacke und faltete seine Gliedmaßen auf seinem Platz zusammen. Auf der anderen Seite des Gangs ließ Fontaine sich auf ihren Sitz plumpsen. Sonst war noch niemand an Bord, also ließen sie ihre Sicherheitsgurte erst mal offen.

»Hab gedacht, du hast einen Mittelplatz?«, sagte Cutter.

»Wie gesagt, Boss, ich unterstütze dich, wo ich kann.« Sie lehnte sich in den Gang zwischen ihnen. »Kennst du jemanden, der fürs Zeugenschutzprogramm arbeitet?«

Müde hob Cutter eine Augenbraue.

»Warum? Wolltest du nicht gestern noch zur SOG?«

Sie zuckte mit den Schultern. »Im August hab ich drei Dienstjahre hinter mir, dann kann ich mich woandershin bewerben. Ich lass mir nur alle Möglichkeiten durch den Kopf gehen ...«

»Hmmm«, erwiderte Cutter. »Wir haben es gerade mit einem vermissten weiblichen Teenager zu tun und mit einem untergetauchten Vergewaltiger, also solltest du dir vielleicht lieber durch den Kopf gehen lassen, wie wir Hayden Starnes erwischen.«

Sie sah ihm einen Moment lang in die Augen und nickte dann. Ohne ein weiteres Wort zu verlieren, zog sie sich auf ihren Sitz zurück und stopfte sich ein Paar Ohrstöpsel in die Ohren. Während die übrigen Passagiere eintrudelten, wippte sie im Rhythmus ihres iPhones mit dem Kopf.

Cutter nahm sich seinen eigenen Ratschlag zu Herzen und schob sämtliche Sorgen um Überstunden, Reisekosten oder seine letzte Unterhaltung mit Mim beiseite. Er war schon einige Male hinter einem Sexualstraftäter her gewesen. Eine üble, aber auch befriedigende Arbeit. So ähnlich wie im Garten hinterm Haus seines Großvaters die Hundescheiße aufzulesen. Ein ekelhafter Job, aber die Welt sah hinterher sauberer und angenehmer aus.

Gegenüber hörte Lola Fontaine ihre iPhone-Musik und las in einer Ausgabe des *Economist,* wobei sie interessante Stellen mit einem Farbstift anstrich. Ihre Direktheit grenzte manchmal ans Brüskierende, doch sie war mit einem wachen und forschenden Verstand gesegnet. Ihrem Ehemann nach zu urteilen, ließ ihr Urteilsvermögen im Hinblick auf Männer zu wünschen übrig, doch Cutter musste zugeben, dass Lola Fontaine irgendwann, noch vor Ende ihrer gemeinsamen Dienstzeit, wahrscheinlich sein Boss werden würde.

Der Vormittagsrundflug von Alaska Airlines führte sie über Zwischenlandungen in Juneau und Sitka nach Gravina Island, gegenüber der Stadt Ketchikan an der Meerenge Tongass Narrows. Zwischen Flugplatz und

Stadt verkehrte alle Viertelstunde eine kleine Fähre, doch Cutter und Fontaine erwischten noch am Flughafen ein Lufttaxi.

Ihr Pilot schien gerade mal 20 und viel zu jung für so ein richtiges Flugzeug wie die de Havilland Beaver. Cutter saß rechts vorne, doch der Pilot richtete seine Sicherheitsanweisungen vor allem an Lola. Er witzelte herum, sie möge ihn bitte mit dem Feuerlöscher löschen, wenn er in Brand geriete, und drehte sich während des 45-minütigen Fluges oft zu Lola um, um ihr Auge in Auge etwas zu sagen, obwohl sie alle ein David-Clark-Headset trugen. Cutter sah ein, dass er sich an solches Männergehabe wohl oder übel gewöhnen musste, solange er mit Fontaine unterwegs war.

»Hoffentlich haben Sie Ersatzunterwäsche dabei«, sagte der Pilot, sobald sie die Clarence Strait überquert hatten und in einer Höhe von 1500 Metern über den grünen Wäldern dahinflogen. Vor ihnen baute sich eine schwarze Wolkenwand auf, über dem Pazifik jenseits von Prince of Wales Island. »Der Golf von Alaska heißt nicht umsonst Sturmfabrik«, fuhr er fort. »Tief über dem Golf zieht ein mordsmäßiges Unwetter heran, mit höllischen Windstärken, also werden Sie womöglich eine ganze Weile nicht mehr hier wegkommen.«

Fontaine drückte ihre Nase ans Seitenfenster. »Ich seh da eine Menge Boote auf dem Wasser. Ist März nicht noch ein bisschen zu früh für Lachsfang?«, stellte sie die Frage, die auch Cutter durch den Kopf ging.

Die Stimme des Piloten krächzte in ihren Kopfhörern. »Die sind auf Hering aus. Oder vielleicht auch auf Seetang.«

»Seetang?«, fragte Cutter.

181

»Yeah.« Der Pilot flog sanfte Schlangenlinien, um ihnen eine bessere Sicht zu ermöglichen. Unter ihnen verteilten sich ein Dutzend winzige Fischerboote auf dem Wasser. »Sie kommen gerade richtig zum Laichtang-Abfischen. Die Männer fahren irgendwo hinter den äußeren Inseln raus, ich hab vergessen, bei welcher Insel, und ernten praktisch Tausende Meter breiten Seetang ab. Den hängen sie dann über Gestelle in riesigen Reusen aus Fischernetzen. Wenn die Heringe ankommen, sammeln dieselben Boote sie ein und setzen sie in den Reusen wieder aus. Die Fische laichen dann, wie sie's gewohnt sind, auf den Algenblättern ab. Der Fischlaich bringt gutes Geld, vor allem auf den asiatischen Märkten. Ich finde auch, dass das Zeug ganz gut schmeckt, aber hier in den Staaten hat es sich nie durchgesetzt.«

»Was passiert mit den ganzen Heringen?«, fragte Cutter.

»Die werden wieder freigelassen, damit sie weiter ablaichen können«, antwortete der Pilot.

Der Flug wurde holperig, als sie die Turbulenzen vor der heranziehenden Sturmfront erreichten.

»Muss wohl aufhören, den Touristenführer zu spielen, und lieber das Flugzeug fliegen.«

»Auf alle Fälle«, sagte Cutter.

Eine halbe Stunde später setzte die de Havilland Beaver auf der asphaltierten Landebahn außerhalb von Klawock auf, machte noch zwei Hüpfer und brachte so den Piloten noch mal dazu, sich mit einem dümmlichen Grinsen zu Lola Fontaine umzudrehen. Das wenige Gepäck der beiden Deputys war schnell ausgeladen. Kaum hatten sie dem Flugzeug den Rücken gekehrt, rollte es auch schon wieder davon, auf die Startbahn, und der Pilot war wieder in der Luft, bevor auch nur der Wagen, der sie abholen sollte, ein verstaubter weißer Chevrolet Tahoe, auf der Taxi-Fahrbahn herangefahren kam.

Ein sehr schlanker Mann, offenbar einer der einheimischen Ureinwohner, in einem langärmligen blauen Uniformhemd kurbelte das Seitenfenster herab. »Seid ihr die Marshals?«

Cutter nickte. »Sind wir.«

»Toll.«

Er blieb sitzen, betrachtete sie, bis es beinahe peinlich wurde, und fügte hinzu: »Ich überlege nämlich, mich bei euch zu bewerben.«

Er stellte sich als Jeremy Simeon vom Craig Police Department vor. Anfang 20, schätzte Cutter in Anbetracht des spärlichen schwarzen Schnurrbarts. Eher dünn als schlank, drohte er jeden Moment völlig in seinem Uniformhemd zu verschwinden.

Sein breites Lächeln brachte sein Gesicht fast zum Platzen.

»Trooper Benjamin hat mich drum gebeten, euch abzuholen.« Mit einer Kopfbewegung winkte er sie in den Truck herein. »Er hat grad alle Hände voll zu tun mit was anderem.«

»Mit der Verhaftung von Hayden Starnes, will ich hoffen«, sagte Cutter und warf sein Gepäck auf den Rücksitz; den Beifahrersitz überließ er Fontaine.

Officer Simeon legte den Gang ein, vergewisserte sich mit einem kurzen Blick über die Schulter, ob nicht gerade ein weiteres Flugzeug heranrollte, und fuhr dann auf der Taxi-Fahrbahn davon. »Nein, das nicht«, sagte er. »Jemand ist verschwunden.«

»Millie Burkett«, sagte Fontaine und nickte. »Haben wir gehört.«

»Jemand anders«, sagte Simeon. »Zwei Jemande, genau genommen. Zwei von den Leuten, die hier *FISHWIVES!* drehen.«

»Ich liebe *FISHWIVES!*«, sagte Lola.

Cutter beugte sich vor, um sicherzugehen, dass er sich nicht verhört hatte. »Was ist denn *FISHWIVES!?*«

Officer Simeon warf ihm über die Schulter hinweg einen verzweifelten Blick zu. »Das Schlimmste, was dieser verfluchten Insel überhaupt passieren konnte, wenn Sie mich fragen.«

21

Luis rannte einfach in Carmen hinein, wie beim Football, riss sie heftig zu Boden und blieb über ihr. Der Schwung seines Angriffs ließ sie auf der Erde noch ein Stück nach hinten rutschen, wobei Steinchen ihr die Haut an der Wirbelsäule und der Schulter aufschürften, als sein Gewicht auf sie fiel. Mit seinem Tackling erreichte er schon fast, was er wollte – die lockere Flanellhose war ihr schon halb über die Hüfte heruntergerutscht. Er machte sich sofort an ihr zu schaffen, obwohl sie nicht mehr gefesselt war; entweder nahm er das gar nicht wahr oder es kümmerte ihn nicht. Er grapschte ihr an den Busen, packte ihre Brüste durchs T-Shirt, als wollte er sie ihr abreißen.

Jenseits aller Schmerzen fand Carmen ihre Stimme wieder und schrie nun aus Leibeskräften, krallte ihre

Finger in sein Gesicht, zielte auf seine Augen. Sie stemmte ihre gefühllosen Füße gegen den Erdboden und hob die Hüfte, um ihn abzuwerfen. Er war überraschend leicht und sie hätte ihn spielend abgeworfen, wenn die um ihre Beine gewickelte, halb heruntergezogene Flanellhose sie nicht behindert hätte.

Er hakte einfach seine Fersen unter ihren Kniekehlen ein und ritt lüstern schnaubend auf ihr wie auf einem Pferd.

Ihr Daumennagel fand Halt in seinem Nasenloch, und sie bohrte den Daumen tiefer hinein und riss ihn dann seitwärts.

Luis schrie auf und zuckte zurück, rollte sich seitlich ab, fasste sich ins Gesicht. Sie rollte über ihn hinweg, aber zu weit, sie endete wieder unter ihm, hechelte vor Angst und von der Anstrengung, ihm zu entkommen.

Sie versuchte weiterhin zu kratzen, wurde jedoch schnell schwächer, als er sie mit Schlägen aufs Gesicht eindeckte. Schließlich gab sie auf, ließ sich auf den Rücken fallen, was ihn aber nur noch wütender machte. Er packte sie an beiden Schultern und stieß ihr ein Knie in den Unterleib.

Ein tödlicher Schmerz zuckte durch ihren Bauch. Sie krümmte sich, wollte sich zu einer Kugel zusammen-rollen, doch Luis hielt sie am Boden fest. Er beugte sich vor und biss sie in die Schulter.

»Schlampe!« Er geiferte. »Ich schneide dir …«

Nur vage registrierte Carmen einen Schatten über ihnen, dann wurde Luis hinweggefegt wie von einer Kanonenkugel getroffen und landete mit einem lauten *Umpf* im Dreck.

Eine halbe Stunde später saß Carmen auf einem Fels-brocken am Feuer. Wunderbarerweise immer noch ungefesselt. Luis stand ihr gegenüber am Feuer, genoss die Wärme und hielt sich das Nasenloch, das sie ihm mit dem Fingernagel aufgerissen hatte. Chago stand abseits, an der Motorhaube des Jeeps, und wirkte bekümmert. Keiner der beiden Männer kam auf die versuchte Ver-gewaltigung zu sprechen, ebenso wenig auf den Kampf, der sie vereitelt hatte.

»Mir war noch nie so kalt, Chago«, sagte Luis und klap-perte mit den Zähnen, vielleicht ebenso sehr wegen der Kälte wie wegen der Prügel, die er von Chago bezogen hatte. »Das kalte Wasser gestern Abend ist mir wohl in die Knochen gefahren, glaube ich.« Mit seinem Blick über die Schulter schien er Carmen erdolchen zu wollen, als ob seine ganze Misere allein ihre Schuld wäre. Lang-sam senkte und hob er den Kopf; trotz allem musste er sie einfach lüstern von Kopf bis Fuß betrachten.

Chago trat an ihren Felsbrocken heran und stellte sich zwischen Carmen und seinen böswilligen Partner.

»Ich hab dich gewarnt«, sprach er mit Grabesstimme. »Dass sie meiner Schwester ähnlich sieht.«

»Deine Schwester würd ich auch bumsen.« Luis zuckte mit der Schulter, trat dann aber schnell ein paar Schritte zurück und fiel dabei fast ins Feuer.

Kurz befürchtete Carmen, Chago würde den hage-ren Killer umbringen, doch er ließ ihm die Bemerkung durchgehen und wandte sich stattdessen ihr zu.

»Hör mal«, sagte Luis. »Ich will genauso wenig wie du wieder zu unserem Boss zurück, aber mir reicht's jetzt. Wenn's nach mir geht, machen wir sie jetzt kalt, und fertig.«

»Halt's Maul«, sagte Chago. Wieder wandte er sich ihr zu. »Du hast Zeit zum Nachdenken gehabt. Raus mit der Sprache, gibt es weitere Kopien von den Filmaufnahmen, die ihr auf dem Boot gemacht habt?«

Carmen hockte auf dem Stein, schaute zwischen den beiden Männern hin und her. Der eine wollte sie vergewaltigen, der andere wollte sie gnädigerweise schnell töten. Sobald sie mit der Wahrheit rausrückte, das war ihr völlig klar, würden sie ihr Leben beenden. Greg hatte versucht, auf sie einzugehen, und trotzdem hatte der Verrückte ihn umgebracht. Ihr keinerlei Ausweg zu lassen, erwies sich als Fehler. Außer einem schnellen und schmerzlosen Tod, den sie ihr vermutlich ohnehin zugedacht hatten, hatten sie ihr nichts mehr anzubieten.

Etwas überrascht von sich selbst, sprach sie mit heiserer, angespannter Stimme: »Versteh ich das richtig? Ich verrate euch, was ihr wissen wollt, und ihr macht es schnell?«

Chago blickte sie aus toten, dunklen Augen an.

»Dafür würde ich sorgen, ja.«

Carmen brach in Gelächter aus, wiegte sich vor und zurück, beide Hände auf dem Kopf. »Verdammte Scheiße, Chago! Weißt du was, das ist ja das mieseste Angebot auf der ganzen weiten Welt!« Sie war zu fertig, um noch klar zu denken, und das Lächeln rutschte ihr aus dem Gesicht. »Ich hab gesehen, was ihr mit Greg gemacht habt. Egal was ich euch erzähle, ihr würdet mir doch nicht glauben. Zur Sicherheit würdet ihr mich sowieso foltern, auch wenn ich euch nichts als die Wahrheit sagen würde.« Sie zeigte auf Luis und schüttelte heftig den Kopf, obwohl ihr davon leicht übel wurde. »Und der da wird sagen, er muss mich vergewaltigen, damit ich ganz sicher mit der

Wahrheit rausrücke, aber die wahre Wahrheit ist, dass es ihm Spaß macht, andern Leuten wehzutun.«

Luis zog sein Messer aus dem Gürtel. »Das muss ich mir nicht anhören.«

Chago stoppte ihn, indem er ihm die flache Hand auf die Brust drückte. »Dummkopf! Sie will doch nur, dass wir sie gleich umbringen!«

»Um Gottes willen, Chago.« Sie rollte mit den Augen. »Ich will nicht sterben.«

Chago legte den Kopf schief und sah ihr ins Gesicht. »Warum versteckst du dann die Videoaufnahmen vor uns? Du schützt damit ja nicht die nationale Sicherheit. Dein Schweigen macht dich nicht zur Märtyrerin. Dieses Video hat für dich überhaupt keine Bedeutung.«

Am liebsten hätte sie laut losgeschrien. »Ihr habt ja mit keinem Wort erwähnt, was ihr überhaupt wollt, und dann bringt ihr gleich Greg um! Jetzt versuch ich natürlich nur noch, am Leben zu bleiben!«

Luis schnaubte. »Das kannst du dir abschminken.«

Chago hielt eine Hand hoch. »Also, bitte, was schlägst du vor?«

Sie holte tief Luft in dem Bewusstsein, es könnte ihr letzter Atemzug sein. »Es gibt noch zwei Kopien.«

Chago schlug sich mit der Faust in die Handfläche. »Ich hab's gewusst!«

»Scheiße!«, sagte Luis. »Wo?«

»Ihr habt Greg erstochen, nur weil er versucht hat zu verhandeln«, sagte Carmen. »Was erwartet ihr denn von mir?«

Luis packte ihr Haar und riss ihr den Kopf nach hinten über den Felsbrocken. Chago sah zu und ließ ihn gewähren. Ihre Kehle war nun seiner Klinge ausgeliefert.

»Ich erwarte von dir, dass du mir verrätst, was ich wissen will«, zischte Luis. »Du kannst mit uns nicht verhandeln.«

Carmen befürchtete, ihr Herzschlag würde einfach aussetzen; dann schritt Chago ein und baute sich neben ihnen auf. Luis zog sich zurück und ritzte nur schnell ihren Nacken mit der Klinge.

Mit einem Fünkchen neuer Hoffnung in ihrem Innern sprach sie nun Chago an. »Jede Kamera nimmt auf zwei Speicherkarten gleichzeitig auf. Ihr habt zwei, also gibt es noch zwei. Als Zeichen guten Willens verrate ich euch, wo ihr eine der beiden findet. Danach müssen wir uns irgendwie einigen, wie ich am Leben bleiben kann – oder, das kann ich euch versprechen, die zweite Karte wird man finden, und das Video kommt an die Öffentlichkeit.«

Luis spuckte ins Feuer.

»Chica«, sagte er. »Ich hab mal einer Frau eine Rippe aus dem Leib geschnitten und sie damit totgeprügelt. Also glaub nur nicht, dass du mir irgendwie drohen kannst.«

Carmen schluckte. Überwand sich jedoch weiterzureden, obwohl sie sich wahrscheinlich um Kopf und Kragen redete, was ja aber sowieso egal war. Ihre Stimme zitterte so heftig, dass sie kaum noch sprechen konnte. »Das soll keine Drohung sein. Das ist einfach nur, wie die Dinge liegen. Wenn ihr mich tötet, wird da immer noch eine Speicherkarte irgendwo sein, und ich werde nicht mehr da sein, um euch zu verraten, wo.«

Eine steife Brise vom Meer her fachte das Feuer an. So wie die Flammen erhob sich auch Chagos Stimme. »Haltet beide den Mund!«, sagte er laut. »Ich muss nachdenken.« Schließlich starrte er auf Carmen hinunter. »Also gut. Verrate uns, wo die erste der beiden ist.«

Carmen fühlte Hoffnung in sich aufsteigen wie einen schmerzhaften Klumpen in der Kehle. »Greg hat gleich gewusst, dass wir was Wichtiges gefilmt haben, als ihr uns verfolgt habt«, sagte sie. »Wir hatten zwar keine Ahnung, was, aber er meinte, wir sollten sicherheitshalber am besten eine unserer Karten bei uns behalten. Seine hat er in einer Plastikhülle in seiner Hosentasche verstaut.«

Die Knöchel an Luis' Messerhand zeichneten sich weiß ab. »Was sagst du da? Ich bin mit dem toten Arsch bis ins tiefe Wasser geschwommen, und er hatte das Ding die ganze Zeit in der Tasche?« Sein Blick schoss zu Chago, und ein Schwall schnelles Spanisch folgte. Ihre Nerven lagen blank, doch sie konnte seinen Worten mühelos folgen. »Dann sind wir ja aus dem Schneider, oder?«, sagte er. »Ich meine, der Kerl liegt auf dem Meeresboden.«

Chago wandte sich Carmen zu, zweifelnd. »Geht die Speicherkarte nicht im Wasser kaputt?«

Sie schüttelte den Kopf. »Davor schützt sie die Plastikhülle. Das Salz würde ihr schaden, aber die Dinger sind stabil gebaut, und sogar wenn sie im Wasser gelegen haben, können sie noch funktionieren. Man legt sie dann in Reis, der entzieht ihnen die Feuchtigkeit, und man kann die Daten wieder lesen.«

Chago sah Luis an. »Wird er da unten bleiben?«

»Scheiße!« Luis schlug sich mit der offenen Hand auf den Kopf. »Ich glaube, schon …«

Chagos Gesicht verfinsterte sich. Sein Atem ging nun schneller. »Und jetzt raus damit. Wo ist die zweite Speicherkarte?«

Carmen unterdrückte ihre Furcht. »Chago, das kann ich … nicht … So haben wir das nicht ausgemacht. Vielleicht sollte ich lieber mit deinem Boss reden.«

Chago beugte sich zu ihr herab, bis seine Nasenspitze die ihre berührte. Sie konnte seine Körperhitze fühlen. »Mit meinem Boss willst du reden?«

Carmen rechnete fest damit, dass er sie als Nächstes erstechen würde. »Ja … genau … das will ich.«

Luis schaute in die Luft und brach in nervöses Gelächter aus.

Chago rieb seine Hände gegeneinander, als wollte er jegliche Verantwortung von ihnen abwaschen. »Wenn du El Guiso für grausam hältst«, sagte er, »dann warte nur, bis dich Manuel Alvarez-Garza in die Finger kriegt. Und dann denk dran, dass du mich darum gebeten hast.«

22

Auf der Meerseite der Asphaltstraße stellte Officer Simeon den Wagen auf einem breiten Stück Schotterseitenstreifen ab. In der halbkreisförmigen Auffahrt des zweistöckigen Zedernholzhauses gegenüber waren bereits ein weißer Tahoe der Alaska State Trooper und ein halbes Dutzend weiterer Fahrzeuge durcheinander geparkt. Cutter liebte seinen Heimatstaat, doch musste auch er zugeben, dass der goldfarbene AST-Bär auf der Tür des Tahoe etwas cooler wirkte als die Orange der Florida Highway Patrol.

Der Bauplatz des Hauses war aus dem Berg geschnitten worden, dahinter ragte eine schwarze Felswand mit dichtem Immergrün auf. Aus dem Kamin stieg Rauch auf und kräuselte sich in einer feinen Wolke durch bemooste Zweige. Hinter dem Haus standen mehrere frisch geschlagene Zedernstümpfe umher, deren orange

Schnittflächen sich leuchtend vom Schwarz und Grün rundum abhoben. Außer dem Haus selbst gab es hier keine einzige gerade Fläche. Mindestens 20 Leute tummelten sich in dem schmalen Vorgarten, einige an Bäume gelehnt, andere kauerten an einem verwitterten Picknicktisch, der aussah, als würde er jeden Moment weiter den Abhang hinunterrutschen.

Eine üppige Rothaarige, zwei Zöpfe über die Schultern einer lila Fleecejacke drapiert, musterte die herankommende Fontaine. Der Flickenjeansrock der Frau schien aus einem ausgebleichten Paar Hosen geschneidert zu sein. Abwechselnd schluchzte sie wie eine gerade Verprügelte und schrie mit rotem Gesicht ihren Zorn hinaus. Zwei jüngere Frauen kümmerten sich demutsvoll um sie, als wäre sie ihre Hoheit. Die eine hielt ihr in Reichweite eine Schachtel Papiertaschentücher hin; die andere hielt wie ein schüchternes Mäuschen lieber einen Sicherheitsabstand zu dem Tränenmonster ein. Etwa einen Meter weiter stand eine Brünette in superenger Yogahose und Schalrollkragen und heulte in das Taschentuch vor ihrer Nase. Ein junger Mann mit langem Bart und Zöpfchenfrisur wie aus einem Wikingerfilm bemühte sich, sie zu trösten. Die Versammlung hatte etwas von einem Bärte-Treffen, denn über die Hälfte der anwesenden Männer wies eine sehr ähnliche Gesichtsbehaarung auf. Mehrere von ihnen sowie mindestens zwei Frauen hatten darüber hinaus noch Dreadlocks unterschiedlicher Länge. Die Hälfte der Leute, Männer wie Frauen, weinte. Die meisten sahen aus wie einem Outdoor-Katalog von REI entsprungen.

Officer Simeon rollte mit den Augen und sah kurz zu Cutter. »Und das«, sagte er, »ist *FISHWIVES!*«

Ein breitschultriger und etwas dicklicher Mann trat ihnen aus der offenen Haustür entgegen und versperrte ihnen mit verschränkten Armen den Durchgang. Er war einen Kopf kleiner als Cutter und hatte sich den Schädel kurz rasiert. Irgendwie hatte er es geschafft, sich in ein zwei Nummern zu kleines T-Shirt zu zwängen, und man kam nicht umhin, seinen Bizeps zu bewundern, weil er sich beide Ärmel hochgekrempelt hatte.

»Der Trooper ist noch mit dem Tatort beschäftigt«, sagte er abweisend.

»Das ist Kenny Douglas«, sagte Officer Simeon. »Er denkt, er steht im Rang über mir, weil er Sicherheitswachmann bei einer Fernsehfirma ist.«

Douglas wiegte den Kopf hin und her und lächelte den Einheimischen herablassend an. »Erstens«, sagte er, »bin ich Sicherheitsberater und kein Wachmann. Das macht 'nen Unterschied von ungefähr 80.000 im Jahr. Zweitens hat der Trooper mir aufgetragen, mich an die Tür zu stellen und niemanden reinzulassen. Und zu guter Letzt, wir sind hier außerhalb vom Stadtgebiet von Craig, also steh ich im Rang sehr wohl über dir.«

Fontaine stand dem Mann einen halben Schritt näher, also überließ Cutter ihr die Situation. Sie zog die Dienstmarke aus ihrer Jackentasche, zeigte sie ihm und nickte zur Tür hin. »US Marshals.«

»Und?«, sagte Douglas. »Vermisstenfälle sind nix für die Bundesbehörden.«

Sie sah Douglas an, schätzte ihn ab. »Da haben Sie recht«, sprach sie gedehnt und rückte ihm gleichzeitig auf die Pelle. Bis ihr vorderer Fuß zwischen seinen Füßen zu stehen kam und ihr Knie beinahe seinen Unterleib kitzelte. »Aber wir unterstützen oft die örtlichen Behörden, auch wenn's nur drum geht, irgendeinem aufgeblasenen Arsch die Luft abzulassen, der die Ermittlungen behindert.«

Douglas trippelte gerade so weit zurück, dass Fontaine ohne Körperberührung an ihm vorbei durch die Tür kam.

»Schade«, sagte Cutter, als er durchging. »Da haben wir jetzt was verpasst.«

Officer Simeon folgte ihnen und flüsterte Cutter zu: »Ihre Kollegin gefällt mir.«

Im Wohnzimmer herrschte Chaos. Flachbildschirme, Kameras für Zehntausende von Dollar und weitere Filmausrüstungsteile lagen überall auf dem Boden verstreut. Auf der anderen Seite des Raums, beim Durchgang zur Küche, bückte sich der Trooper gerade neben der offenen Hintertür und untersuchte deren Außenkante. Er streckte sich und zog sich einen schwarzen Nitril-Schutzhandschuh von den Fingern, um zuerst Cutter und dann Fontaine die Hand zu geben. »Sam Benjamin«, stellte er sich vor. »Sie müssen die Marshals sein.«

»Sind wir.« Cutter nickte. »Officer Simeon meinte, Sie hätten noch zwei weitere Vermisste?«

»Sieht ganz so aus«, sagte Benjamin. »Keine Zeugen bisher, aber wie Sie hier sehen, sind die beiden wohl nicht einfach spazieren gegangen.«

Cutter ging um den Trooper herum, um sich die hintere Haustür anzuschauen. Keine Anzeichen für gewaltsamen Einbruch. »Meinen Sie, da hat jemand das Schloss geknackt?«

Benjamin hob die Schultern. »Vermute ich mal. Ihre Reality-TV-Serie ist nur seichte Unterhaltung, aber Carmen Delgado ist eine intelligente Frau. Kann mir nicht vorstellen, dass sie bei all dem Zeug hier die Türen nicht abschließt.«

Fontaine ging ebenfalls zur Tür, um sie sich anzusehen. »Delgado arbeitet für die Fernsehserie?«

»Sie hat das Kommando«, sagte Benjamin. »Sie ist die Produzentin. Soweit ich weiß, war das Ganze auch ihre Idee. Und so viel kann ich Ihnen verraten, damit hat sie sich nicht bei allen hier auf der Insel beliebt gemacht.«

Cutter trat hinten ins Freie und betrachtete den Erdboden vor der Tür. Der Trooper hatte bereits Abgüsse angefertigt von drei möglichen Schuhspuren.

»Sie hat sich also Feinde gemacht?«, fragte Fontaine.

Der Trooper ließ seinen Blick durch das Wohnzimmer schweifen. »Ich würde nicht so weit gehen zu behaupten, dass jemand sie so gehasst haben könnte, ihr die Wohnung zu verwüsten … aber, na ja, Sie sehen ja. Carmen und einer ihrer Kameramänner, Greg Conner, sind verschwunden. Fingerabdrücke hab ich schon genommen, aber da mach ich mir keine großen Hoffnungen. Wer profimäßig ein Schloss knackt, hinterlässt wohl keine Fingerabdrücke.«

»Scheint so, als wären sie hinter irgendwas her gewesen«, sagte Cutter. »Haben Sie eine Ahnung, was fehlen könnte? Nicht dass ich mich einmischen möchte, bloß reine Neugier.«

»Zwei Augenpaare mehr können nicht schaden«, sagte der Trooper. »Ich bin da nicht so empfindlich. Mein Kollege befasst sich gerade mit einem Sexualdelikt oben bei Port Protection am Nordende der Insel. Unser einziger hiesiger Beamter des Forest Service ist unten in Seattle und besucht seine neugeborene Enkelin. Im Craig Police Department fehlt einer, und einer ist zurzeit nicht auf der Insel. Und in Klawock ist einer bei 'nem Lehrgang und das Braunhemd dort liegt mit Lebensmittelvergiftung darnieder. Im Moment hab ich außer mir selber nur Simeon.«

Cutter stocherte mit der Stiefelspitze in einem Haufen Videoausrüstung auf dem Boden herum. »Was ist denn ein Braunhemd?«

»Ein Fish & Wildlife Trooper«, sagte Benjamin. »Selbe Ausbildung wie wir, nur andere Uniform und anderes Aufgabengebiet. Normalerweise kann ich auf deren Unterstützung zählen.«

»Schwere Zeiten«, sagte Fontaine.

»Normaler Alltag hier oben«, sagte der Trooper. »Die helfen mir immer mindestens genauso sehr aus wie ich ihnen. Jedenfalls wäre ich dankbar für jede Hilfe, die ich kriegen kann. Aber Sie sehen ja, solange wir nicht wissen, was vor dem Einbruch alles hier war, können wir nicht mal sagen, ob irgendwas entwendet wurde. Sobald ich mit den Fingerabdrücken und Fotos durch bin, kommt einer der Produktionsassistenten mit einer Inventarliste hierher.«

Cutter zeigte mit einer Kinnbewegung auf die Medienspeicherkarten auf dem Fußboden. »Die sind alle durchnummeriert.«

»Ja, sind sie«, sagte Benjamin. »Und so wie's aussieht, fehlen acht von den Dingern. Aber ein Kameramann meinte mir gegenüber, das müsse überhaupt nichts heißen. Die stecken wahrscheinlich in verschiedenen Kameras in den Apartments der Filmleute in Craig. Er wird sich drum kümmern und mir eine vollständige Liste machen.«

Fontaine nahm ein kleines Plastikdöschen in die Hand. »Blut?«

»Gutes Auge«, sagte Benjamin. »Ihr haltet mich ja echt auf Trab. Das hab ich am Tisch da bei den Bildschirmen

gefunden. Vielleicht stammt es ja von einem der Angreifer. Wahrscheinlicher aber von einem der Opfer,
wenn sie sich gewehrt haben.«

Cutter nickte finster. »Könnte das was mit Hayden
Starnes zu tun haben?«

Der Trooper seufzte ausgiebig. »Möglich. Carmen war
seine Chefin. Vielleicht ist er bei ihr aufgetaucht und
wollte noch etwas Geld, und sie hat ihn abblitzen lassen.«

»So war das nicht!«, ertönte eine schrille Stimme von
der Vordertür her. Cutter drehte sich um. Neben Douglas,
dem Sicherheitsexperten, stand die Drama-Queen von
FISHWIVES!. Sie besaß eine stattliche und dennoch
wohlproportionierte Figur, und mit ihrer Übergröße und
ihren Feuerlocken wirkte sie wie die Sängerin aus einer
Wagner-Oper, die ihren gehörnten Helm sucht.

»Das ist Bright Jonas«, sagte der Trooper mit einem
Nicken zu der Frau hin.

»Das war diese freche Schlampe January Cross. Die
hat das getan«, sagte Bright. »Das sieht doch jeder Halb-
trottel.«

Trooper Benjamin wandte seinen Kopf halb den
Deputys zu und murmelte: »Ist mir neu.« Dann fragte er
die Frau: »Und warum verdächtigen Sie sie?«

»Weil«, antwortete diese, »sie sich gestern Abend mit
Carmen und Greg gestritten hat, als die von Filmaufnahmen wieder reingekommen sind. Der reicht's wohl
nicht, dass sie überall rumschleicht und unsere Männer
verführen will, jetzt hat sie's auch noch auf Carmen
abgesehen.«

Fassungslos schüttelte Simeon den Kopf. »Bright, Sie
wissen doch, dass dieser ganze Mist nur zu den Geschichten in der Fernsehserie gehört, oder?«

»Wo Rauch ist, Jeremy …«, sagte Bright. »Das war *sie*. Hundertprozentig.«

»Danke, Bright«, sagte Benjamin. »Officer Simeon, würden Sie Mrs. Jonas bitte hinausbegleiten?«

Kaum hatte der Polizist aus Craig die Schauspielerin rausgebracht und die Tür hinter ihnen geschlossen, sagte Benjamin: »Keine Chance, dass January Cross zwei kräftige Leute kidnappt. Eher war's noch Millie Burketts Vater im Suff und mit Wut im Bauch. Millie hat ein bisschen bei der Filmcrew mitgeholfen, und Burkett hat die Mitarbeit seiner Tochter an der Fernsehserie für ihr Verschwinden verantwortlich gemacht.«

»Drei Leute werden vermisst«, resümierte Deputy Fontaine. »Und dazu ein flüchtiger Sexualstraftäter, der schon mal für Kidnapping verurteilt wurde. Hört sich gar nicht gut an, finde ich.«

»Da haben Sie recht«, sagte der Trooper.

»Können wir Ihnen irgendwie behilflich sein?«, fragte Cutter.

Eine von Benjamins Augenbrauen bewegte sich nach oben. »Hier bin ich fertig«, sagte er. »Aber ich muss noch mit Gerald Burkett reden. Sie beide können ja mit January Cross reden, nur damit ich Bright erzählen kann, wir haben sie von der Liste der Verdächtigen gestrichen. January ist noch nicht lange hier auf der Insel, aber sie ist überall mit ihrem Boot unterwegs. Da hier jeder jeden kennt, besteht durchaus die Möglichkeit, dass sie zufällig weiß, wo Starnes abgeblieben ist.«

»Dann rede ich gern mit ihr«, sagte Cutter. »Vorausgesetzt, sie ist nicht genauso wie diese Bright Jonas.«

»Überhaupt nicht«, sagte Benjamin. Er sah zwischen Cutter und Lola Fontaine hin und her, überlegte. »Hätten

Sie was dagegen, wenn ich Ihre Partnerin mit mir nehme? Das könnte Gerald Burkett ein bisschen beruhigen, wenn er sieht, dass ich sogar den Marshals Service nach seiner Tochter suchen lasse. Simeon kann Sie bei meinem Büro absetzen. Die Dispatcherin gibt Ihnen dann die Schlüssel für den Reservewagen, den der Sergeant immer fährt, wenn er uns besucht. Und diesen Truck können Sie von mir aus ruhig zu Schrott fahren.«

23

»Von mir aus können wir ruhig Ärger kriegen«, sagte Dillon Sweeny. Er warf seine Angelrute über die Seitenwand des gut vier Meter langen Aluminiumskiffs aus und löste dabei die Bremse seiner Rolle. Auf dem Wasser schimmerte eine Lache Heringöl in allen Regenbogenfarben, als sein Köder die Oberfläche durchbrach und vom Vier-Unzen-Blei in die Tiefe gezogen wurde.

Max George saß am Bug, spähte zum bewaldeten Ufer hinüber und versuchte gleichzeitig, einen Köder auf seinen Haken zu bekommen.

Dillon sagte: »Du wirst dir noch den Haken durch den Finger stechen.«

Der junge Haida wies seinen Freund mit einem abwehrenden Blick zurecht. »Halt den Mund«, sagte er, allerdings eher gutmütig. Max war hochgewachsen und grobknochig und wirkte älter, als er war, nämlich erst 13. Sweeny hielt ihn für abergläubisch, schrieb das aber seiner Jugend zu und seiner Abstammung von Natives. Doch selbst Sweeny musste zugeben, dass dies zwar ein idealer Platz zum Angeln war, dass ihm hier aber mindestens genauso unheimlich zumute war wie Max.

Die beiden Jungs besaßen weder GPS noch ein Fischradar, und dennoch wusste Sweeny ganz genau, wo er sich befand. Die Bucht umfasste ungefähr die Fläche eines Straßenzugs in einer Großstadt. Mit bis zu 18 Metern Tiefe blieb sie ein relativ flaches Gewässer, und mittendrin, nach etwa zwei Dritteln des Weges vom Ufer zur Mündung in den Ozean, erhob sich ein riesiger Felsmonolith, der bei Ebbe gut einen halben Meter aus dem Wasser ragte. Einer örtlichen Sage nach wollte vor vielen Generationen einmal die Tochter des hiesigen Clanchefs einen Jungen aus einem rivalisierenden Clan von der anderen Seite der Insel heiraten. Ihr Vater verbot es ihr, dem Jungen ging es ebenso. Doch die beiden hielten zueinander und flohen in die Wälder, wo sie dann von den Brüdern des Mädchens aufgespürt wurden. Sie brachten den Jungen um, und das verzweifelte Mädchen schwamm bei Ebbe zu dem Felsen und wartete nun dort auf die Flut. Das eiskalte Wasser hatte sie erschöpft, aber genau damit hatte sie gerechnet. Mit gebrochenem Herzen und völlig ermattet saß sie auf dem Felsen und wartete darauf, dass die Flut käme und das kalte Wasser sie holen würde. Ihre Leute im Dorf hörten ihr Wehklagen nicht, bis es dunkel war und für jede Rettung zu spät. Seit dieser Nacht wurde die Bucht Wailing Rock Bay genannt, die Klagefelsenbucht. Auch heute noch gab es Leute, die behaupteten, das Gesicht des Mädchens gesehen zu haben, wie es aus der Tiefe zu ihnen emporstarrte.

Max George meinte, davon glaube er kein Wort. Für einen Skeptiker kam er Dillon Sweeny allerdings ziemlich schreckhaft vor.

»Siehst du das?«, sagte Max. Er sah von seinem Platz am Bug wieder ins Wasser. Eben war er noch damit beschäftigt gewesen, dem Köderfisch, einem kleinen Hering, den Haken durchs Auge zu stechen.

»Was?«, fragte Dillon. Er spürte, dass sein Senkblei den Meeresboden erreicht hatte.

»Das da«, antwortete Max und zeigte auf ein weißes Blatt Papier knapp einen Meter unter der Wasseroberfläche. Am Himmel war eine schwere Wolkenbank von Westen her aufgezogen, die das Wasser nun dunkel und trübe wirken ließ. »Gib mir mal den Kescher, dann komm ich ran.«

Dillon ignorierte ihn und ruckte mit der Spitze seiner Angelrute, um den Hering am Schnurende zum Tanzen zu bringen und so vielleicht einen Heilbutt oder einen Felsenbarsch anzulocken. Für Lengdorsch galt noch die Schonzeit – aber was kümmerten ihn schon die Fischereivorschriften.

Das Stück Papier, oder was auch immer es war, trieb in der Strömung und schwankte und drehte sich unter Wasser wie etwas Lebendiges, kam jedoch nicht an die Oberfläche.

»Willst du denn nicht wissen, was es ist?«, fragte Max. »Könnte ja eine Nachricht sein oder so.«

»Du siehst immer gleich Gespenster oder den Kushtaka.« Sweeny schnaubte. »Wahrscheinlich hat bloß ein Touri-Boot in der Bucht seine Scheiße abgelassen. Du wirst mir nicht irgendein Stück Klopapier aus dem Wasser fischen und mir ins Boot hieven.«

»Ja, das könnte es sogar sein«, sagte Max. »Aber in dem Fall – willst du dann die Fische essen, die wir hier fangen?«

»Ach, hör auf«, sagte Sweeny. »Ist doch nur ein Stück Papier. Mach nicht gleich eine Staatsaffäre draus.«

»Außerdem«, sagte Max George, »solltest du dich lieber nicht über den Kushtaka lustig machen. Jedenfalls nicht, solange wir hier in der Nähe vom Klagefelsen sind.« George nahm seine Gespenster einigermaßen ernst.

»Du hast doch gesagt, du glaubst nicht an diese Geschichte vom Klagefelsen.«

»Tu ich auch nicht. Trotzdem sollte man sich nicht über die alten Geschichten und Traditionen lustig machen.«

Eine steife Brise kräuselte nun die Wasseroberfläche, brachte das Boot zum Schaukeln und bescherte Dillon Sweeny eine Gänsehaut, die ihm den Rücken hinablief. Noch hatte der starke Wind nicht eingesetzt, doch das würde er bald. Dillon hatte die ganzen 17 Jahre seines Lebens hier auf der Insel verbracht. Er kannte alle Geheimnisse der Klagefelsenbucht. Hier angelte er am liebsten, trotzte dabei jedem Wetter und etwaigem bösen Juju.

Der Gezeitenunterschied war enorm, zweimal täglich wurde dieser Bucht praktisch das Wasser abgelassen und durch Frischwasser vom Ozean ersetzt. Nicht so schlimm, falls da wirklich mal ein Charterboot seine Toilettentanks entleert haben sollte.

So oft wie möglich haute Dillon ab und schlich sich zum Angeln hierher. Wahrscheinlich hatten die von der Schule schon seine Mutter in der Arbeit angerufen und ihr berichtet, dass er schwänzte. Seine Mutter hatte daraufhin sicher versucht, ihn auf dem Handy zu erreichen; das hatte er allerdings im Auto gelassen, es funktionierte hier die meiste Zeit sowieso nicht.

Anschließend hatte sie bestimmt seinen Vater verständigt, der am Telefon dann so getan hatte, als teilte er ihre Verärgerung darüber, dass ihr Ältester so kurz vor Ende des Semesters die Schule schwänzte. Aber Dillons Papa war ein cooler Typ. Er verstand voll und ganz, dass ein junger Kerl mal einen Tag für sich brauchte, um den Kopf freizubekommen. Und was gab es dafür Besseres als ein paar Stunden Angeln? Hinterher würde sein Vater ihn zur Strafe einige Hausarbeiten verrichten lassen, die er ihm sowieso aufgetragen hätte, und insgeheim würde er ihm gestehen, dass er ganz froh war, dass Dillon angeln ging und sich nicht das Gehirn mit Computerspielen zuballerte.

Seine Rutenspitze zuckte plötzlich nach unten, ein vertrauter Adrenalinschub durchlief seine Arme. Sooft er schon seine Angelschnur ins Wasser geworfen hatte, wenn ein Fisch anbiss, war es für ihn immer wie Weihnachten, und er konnte es kaum erwarten zu sehen, was am anderen Ende hing. Sweeny zog, damit der Haken sich im Maul verfing, und begann bei erhobener Rute, die Angelschnur aufzurollen. Was auch immer er da hatte, das war ein Monster.

»Ich hab's«, sagte Max George, der sich mit dem Handkescher über die Bugwand lehnte. Seine Rute lag mitsamt Haken und Hering im Skiff auf dem Boden. Dann hielt er ein Stück liniertes Papier in der Hand, anscheinend eine herausgerissene Seite aus einem Notizbuch. »Hab dir doch gesagt, das ist was Geschriebenes.«

»Vergiss das blöde Blatt und komm mit dem Kescher!« Sweeny kurbelte wie verrückt, um mit dem Fisch am anderen Ende mitzuhalten. Immer wieder zog er die Rute hoch und nach hinten, um den Fisch an die Oberfläche zu zwingen. Plötzlich spannte sich die Angelschnur, als hätte sie sich am Meeresboden verhakt. »Verdammt!«, sagte er. Dann riss die Schnur.

Sweeny glotzte den einheimischen Jungen an.

»Nicht meine Schuld«, sagte Max. Er sah schräg an Sweeny vorbei und zeigte ins Wasser. »Schau mal. Noch so ein Stück Papier.«

Sweeny drehte sich zum Wasser um. »Halt doch endlich dein Maul mit diesem …«

Tief im Wasser erhaschte er eine flüchtige Bewegung, weit unter dem zweiten Stück Papier. Zuerst dachte er, es wäre der Fisch, der seine Leine zerrissen hatte; manchmal schwammen sie erschöpft zur Wasseroberfläche. Aber das da unten war etwas Größeres.

»Meinst du, ein Heilbutt?«, sagte George. »Oder vielleicht ein Seehund.«

»Das ist kein Seehund.« Dillon beugte sich tiefer über den Bootsrand und spähte ins Wasser. »Aber vielleicht doch ein Heilbutt. Gib mir mal den Kescher, für den Fall, dass er nah genug rankommt.«

Im nächsten Augenblick zuckte er so heftig vom Bootsrand zurück, dass er fast hintenüber und auf der anderen Seite ins Wasser fiel. Max erblickte das Ding im gleichen Moment und ließ einen Schrei los, eine Oktave höher als seine normale Stimmlage.

Aus der Tiefe tauchte vor ihren Augen kein Heilbutt oder Seehund auf, sondern das Gesicht einer jungen Frau. Krabben und Ruderfußkrebse hatten ihr bereits die Lippen weggefressen, weshalb es so aussah, als würde sie die Zähne fletschen. Ihr Nacken war nach hinten durchgebogen, und mit lidlosen Augen starrte sie himmelwärts, als sie ihnen aus der Tiefe entgegenschwebte.

Max kotzte ins Wasser, als die Leiche die Oberfläche durchbrach. Wie eine Mumie war sie in Sackleinen eingewickelt, bis auf den Kopf. Es schien so, als wären ihr die Hände und Füße gefesselt, doch die beiden Jungs wollten es gar nicht genauer wissen und machten, dass sie davonkamen.

24

Jenny, die Sekretärin im Büro der Alaska State Trooper, zeichnete Cutter einen Plan, aber das war gar nicht nötig. Craig Harbor, der Hafen, lag nur einen Steinwurf vom AST-Posten entfernt. Und nördlich des Highways von Craig nach Klawock befand sich der Parkplatz, von dem aus man das gesamte Hafengebiet überblickte. Mehrere Dutzend größere Fischerboote hatten im Hafen ihren festen Platz, und den Informationen des Troopers zufolge lag der von January Cross' fast 13 Meter langem Kahn, den sie für ihre Orca-Beobachtungen verwendete, ganz am Ende des kleineren Teils South Harbor. Jenny meinte, er werde es gleich finden – zwei Liegeplätze davor werde er das Dienstboot des US Forest Service sehen.

Bis jetzt hatten die beiden Deputys noch keine Gelegenheit gehabt, ihre Zimmer zu beziehen, doch die kleinen Apartments, die Fontaine für sie angemietet hatte, boten angeblich eine Aussicht auf den Hafen. Cutter beschloss, zuerst January Cross aufzusuchen und danach erst sein Zimmer, um sein Gepäck loszuwerden.

Als Cutter den Pick-up-Truck des Troopers auf den Parkplatz fuhr, auf der Nordseite des Highways, hingen schwere graue Wolken tief am Himmel. Er überquerte die Straße und stiefelte zum Kai und den Schwimmstegen hinab.

Sein Getrampel auf den Holzbohlen der Pontons erregte die Aufmerksamkeit eines goldbraunen Hündchens, das einmal bellte und sich dann hinter der Reling eines Bootes namens *Tide Dancer* aufrichtete und ihn knurrend erwartete.

Cutters Großvater hatte viel Zeit auf seinem Boston Whaler verbracht, und Arliss verbrachte viel Zeit mit seinem Großvater. Grumpy gab Sätze von sich wie »Nur ein Narr legt sich mit dem Meer an«. Den Ozean müsse man wie eine Frau behandeln, verriet er Arliss. »Immer auf die kleinen Anzeichen achten, dann weißt du, ob sie dich mag und in Stimmung ist oder ob sie eine Stinklaune hat und es nicht gut mit dir meint.« Auch ein Boot sei wie eine Frau: Beide brächten einen Mann an Orte, die sonst für ihn unerreichbar seien. Aber nur, wenn man sorgsam mit ihnen umzugehen wusste. Vielleicht, dachte Cutter, hätte ich die Frauen tatsächlich nach Grumpys Gebrauchsanweisungen behandeln sollen, dann hätte ich da nicht so oft Schiffbruch erlitten.

Auch Cutter hatte sich im Lauf seines Lebens, mehr oder weniger insgeheim, in das eine oder andere Boot verliebt. Mindestens zwei seiner Ex-Frauen hatten ihm recht früh in ihrer zum Scheitern verurteilten Ehe erklärt, dass sie sich nichts daraus machten, die Kais hoch- und runterzulaufen und anderer Leute Boote anzuglotzen. Cutter dagegen konnte genau dies stundenlang tun. Stellte sich dabei vor, was er mit diesem oder jenem Boot anstellen würde, wohin er damit fahren würde. In all den Jahren waren ihm viele besondere

Boote begegnet, verführerische Schönheiten, die ihn zum Träumen angeregt hatten, wie es wohl wäre, damit hinauszufahren.

Die *Tide Dancer* war kein solches Boot.

Cross' umgebauter Trawler war sorgfältig am Schwimmsteg vertäut; die Nachbarboote wirkten eher vernachlässigt. Auf der anderen Seite des Stegs dümpelte ein Segelboot ohne Mast verloren vor sich hin; unter der Wasserlinie hatten sich auf seinem Fiberglasrumpf ohne Namensbezeichnung offenbar schon jahrelang Algen und Seeanemonen angesiedelt. Auf dem Platz vor *Tide Dancer* lag ein Aluminiumflitzer unter einer verwitterten blauen Plane mit Schlagseite ziemlich tief im Wasser; so ein Ding hätte Grumpy sicher angehalten und auf Schmuggelware kontrolliert. Die *Tide Dancer* war nicht hübsch, aber aufgeräumt und in gutem Zustand. Im Gegensatz zu ihren Nachbarn war ihr Rumpf glatt und sauber. Sie war schon älter, aber noch gut in Schuss, und Cutter entging nicht, dass sie einige Reparaturen hinter sich hatte, die nicht von Meisterhand ausgeführt worden waren. Sie hatte so ihre kleinen Macken, was sie nicht gerade hässlich machte, aber eben irgendwie unvollkommen.

Der kleine Hund hörte auf zu knurren und riss sein Maul zu einem monstermäßigen Gähnen auf. Anscheinend war Cutter die ganze Aufregung doch nicht wert.

Eine groß gewachsene Frau mit verstrubbeltem schwarzem Haar, fast so kurz wie Cutters, sah von einem Stauraum an der Steuerbordseite her zu ihm empor, wo sie gerade einen Fünf-Gallonen-Propangasbehälter herumwuchtete. Die Ärmel ihres grauen Kapuzenpullis hatte sie bis zu den Ellbogen hochgekrempelt, weil es jetzt, am Mittag, doch relativ warm war. Ihre ausgebleichten Jeans, eng anliegend, wo ihr Hoodie nur lose herumflatterte, hatte sie sorgfältig in ihre schokoladenbraunen Xtratuf-Stiefel gestopft, genau dieselbe Art von Stiefel, die Cutter sich von Mim geliehen hatte. Politisch korrekt oder nicht, als Mann achtete er unwillkürlich auf ihre Figur – und January Cross war mit ihren weiblichen Rundungen ein angenehmer Anblick, trotz des labberigen Sweaters. Ihre aufrechte und würdevolle Haltung zeugte davon, dass sie nicht nur ihr eigener Kapitän auf ihrem Boot war, sondern auch darüber hinaus einen nicht geringen Teil der Welt um sich herum fest im Griff hatte.

»Kann ich irgendwie helfen?«, fragte Cutter. Er stand neben dem Heckbalken und reckte das Kinn zu der stählernen, knapp 19 Liter fassenden Gasflasche hinab. »Das soll keineswegs heißen, dass Sie es nicht alleine schaffen«, fügte er hinzu. »Aber wenn ich an Ihrer Stelle eine volle Propanflasche in den kleinen Stauraum bugsieren wollte, würde ich Ihre Hilfe gern annehmen, wenn Sie zufällig daherkämen.«

»So gesehen«, antwortete die Frau, »wär ich sehr dankbar.«

Das Hündchen hopste von der Sitzbank und rannte auf ihn zu, um seine Hosenbeine zu beschnüffeln, als Cutter die Tür in der Bootswand öffnete und das Achterdeck betrat.

»Normalerweise ist Havoc nicht so vertrauensselig.« Die Frau verstaute einen Haufen Schraubenschlüssel und Putzlappen in einer Werkzeugtasche aus Segeltuch und blickte dann zu Cutter empor. Braune Augen. Sie lächelte dankbar. Als sie damit fertig waren, trat Cutter einen Schritt zurück und rieb seine Hände gegeneinander. Die Frau zog sich ein Paar lederne Arbeitshandschuhe aus und streckte ihm eine zierliche und dennoch kräftige Hand entgegen. Schwielig, doch nur teilweise; die rosa Schwielen mussten neu sein, vermutete Cutter.

»January Cross.« Ein fester Händedruck.

»Arliss Cutter«, entgegnete er. »Ich hätte mich vorstellen sollen, bevor ich Ihr Boot betreten habe.«

Cross schüttelte den Kopf. »Ich hab gleich gewusst, wer Sie sind, als Sie Ihren Fuß auf den Steg gesetzt haben. Auf der Insel kennt jeder jeden – und seine Probleme. Und als ich gehört hab, dass Carmen und ihr Kameramann verschwunden sind, war mir gleich klar, dass mich irgendjemand verdächtigen würde. Bin nur froh, dass Sie es sind und nicht dieser Sergeant Yates. Ein Arschloch, wie es im Buche steht.«

»Ich gehöre nicht zu den State Troopern«, sagte Cutter. »United States Marshals.«

»Hab ich auch schon gehört«, sagte sie mit einem unverbindlichen, nicht sonderlich beeindruckten Blick aus ihren braunen Augen.

Vom nächsten Bootsanlegeplatz drang plötzlich ein lautes Gefluche zu ihnen her. Cutter spähte hinüber und sah einen beinahe kahlköpfigen Mann, der sich vom Steg hinablehnte, um zwei Hartschalengewehrkoffer aus Kunststoff, ganz ähnlich dem von Fontaine hierher auf die Insel mitgebrachten, aus seinem Boot zu wuchten. Als Cutter den AR-15-Karabiner am Schultergurt sah, den der Mann um den Hals hängen hatte, schoss ihm das Adrenalin durch den Arm, seine Waffenhand schwang hoch und legte sich in Brusthöhe auf seine Jacke, damit er seinen Colt Python in Griffweite hatte.

Das entging January nicht, und sie schüttelte kaum merklich den Kopf. Dann winkte sie dem Mann zu.

»Hey, Bean«, rief sie.

»Jan«, antwortete der. Ohne ein weiteres Wort eilte er mit den Waffenkoffern in den Armen in Richtung Parkplatz davon.

»Das ist Bean«, sagte Cross, sobald er außer Hörweite war. »Ein komischer Typ, aber eigentlich harmlos.«

»Tja, so wie seine Gewehre«, sagte Cutter.

»Ich glaube, die verkauft er«, sagte January. »Er hat mir mal erzählt, dass er sie selber baut. Tagsüber arbeitet er irgendwas für die Triple C Mine. Er wohnt im Ort, aber da draußen haben sie wahrscheinlich auch einen ordentlichen eigenen Laden.«

»Interessant«, sagte Cutter. Da es ihm widerstrebte, einem Bewaffneten den Rücken zuzukehren, beobachtete er, wie Bean weiter oben in einem recht neuen Ford Pick-up den Parkplatz verließ.

»Wie auch immer«, sagte Cutter, als Bean davongefahren war, »ich komme aus Anchorage, weil ich hinter einem bundesweit Gesuchten namens Hayden Starnes her bin.«

Cross schüttelte den Kopf. »Der Name sagt mir nichts.«

»Hier nannte er sich Travis Todd«, sagte Cutter. »Hat kleinere Jobs für die Filmfirma erledigt. Trooper Benjamin meinte, Sie seien überall um die Insel herum unterwegs, und vielleicht hätten Sie diesen Todd ja irgendwo an einem der Strände kampieren sehen.« Er beschrieb ihr Starnes.

Cross entnahm dem Stauraum, wo sie vorhin die Gasflasche untergebracht hatten, nun einen Wasserschlauch und schleppte ihn zum Wasserhahn auf dem Ponton. »Ich würde Ihnen gern helfen«, sagte sie. »Aber so jemand ist mir nicht zu Gesicht gekommen.«

Cutter half ihr mit dem Schlauch, sorgte dafür, dass er nirgends abknickte, bevor sie ihn am Hahn verschraubt hatte.

»Okay«, sagte er. »Der Trooper bat mich auch, Sie auf den Streit anzusprechen, den Sie anscheinend gestern Abend mit den Filmleuten hatten.«

Cross lachte. Der Schlauch war befestigt, und sie kam wieder an Bord. »Was denn für ein Streit? Die sind einfach in ihrem schnellen Boot vorbeigerast, ohne drauf zu achten, dass man hier keine Wellen machen darf. Mir hat's fast mein Trinkglas in die Zähne geschlagen, also hab ich ihnen hinterhergerufen, sie sollen langsam machen. Ich geb ja zu, dass ich mich vermutlich angehört hab wie meine Lehrerin in der achten Klasse.«

Cutter hob eine Augenbraue. »So wie ich mich an meine Lehrerinnen in der achten Klasse erinnere, könnte man das durchaus als tödliche Waffe betrachten.«

»Da haben Sie recht«, sagte sie. »Jedenfalls hatten sie's viel zu eilig, um sich mit mir rumzustreiten. Carmen hat sich nicht mal zu mir umgesehen. Der junge Typ mit den Dreadlocks, sein Name fällt mir grad nicht ein, der hat nur abgewinkt, und sie sind genauso schnell weitergefahren.«

»Sind Sie Lehrerin?«, fragte er.

»War ich mal. Biologie. Zurzeit arbeite ich an einer Studie über Orcas, im Auftrag des Staates Alaska.«

»Schön. Wann war das genau, als Carmen und dieser Typ mit den Dreadlocks an Ihnen vorbeigebraust sind?«

Sie zuckte mit den Schultern. Sah dann nach oben, wie es Leute oft tun, die sich erinnern wollen, anstatt sich irgendetwas auszudenken. »Keine Ahnung. So um halb acht oder acht vielleicht. Die Dämmerung hatte gerade erst eingesetzt.«

Cutter tat so, als würde er sich Notizen machen.

»Ich weiß genau, was Sie machen«, sprach sie gedehnt.

Cutter sah von seinem Notizbuch auf. »Und was mache ich?«

»Den meisten Menschen wird unwohl, wenn ein Loch im Gespräch entsteht. Und wer schuldig ist, füllt das Vakuum dann mit Zeug, mit dem er sich um Kopf und Kragen redet, ohne dass Sie groß weitere Fragen stellen müssen.«

»Aha«, sagte Cutter. »Wollen Sie irgendwas gestehen?«

Sie lachte kurz. »Kein großes Geheimnis, dass ich 'ne Wut auf Carmen Delgado hab. Die meisten glauben, das wär wegen diesem blöden Scheiß, ich würde wie eine Sirene allen Ehemännern im Filmteam den Kopf verdrehen.«

»Das wäre schon Grund genug, sauer zu sein«, sagte Cutter.

»Ja, vermutlich«, sagte January. »Aber darum geht's nicht. Haben Sie schon die Totempfähle und die Schnitzereien hier auf der Insel gesehen? Prince of Wales Island birgt einen Schatz an einheimischer Kultur der Tlingit und Haida. Die Natives sind ein unglaubliches Volk, und noch unglaublicher sind ihre Geschichten. Als sie zum ersten Mal hier aufgetaucht ist, hat Carmen mir versprochen, dass sie diese Geschichten in die Fernsehserie einarbeiten wird.« Angewidert schüttelte sie den Kopf. »Bisher hab ich in keiner einzigen Folge einen Einheimischen, einen Native, gesehen.«

»Ich hab sowieso nie kapiert, wie sich jemand diese Serie anschauen kann.«

»Tja«, sagte sie. »Sie hat's mir jedenfalls versprochen.«

»Kann irgendjemand bestätigen, was Sie mir vorhin erzählt haben?«

Wieder zuckte sie mit den Schultern. »Mal überlegen. Linda war noch nicht da. Cassandra Brown war da.«

»Cassandra Brown«, wiederholte Cutter und schrieb sich den Namen für Trooper Benjamin auf.

»Ein Haida-Mädchen, zwölf Jahre alt, wir haben uns gewissermaßen angefreundet. Aber sie spricht nicht, sie wird also kaum eine Hilfe sein.«

»War der Glatzkopf hier, als es passiert ist?«

»Bean?«, sagte January. »Nein. Der war wahrscheinlich bei der Mine draußen.« Dann grinste sie. »Havoc war bei mir.«

»Da muss Ihnen schon mehr einfallen.«

»Hey, dem Hund können Sie eher trauen als Bean. Er ist ein halber Hütehund.«

»Sind Sie einem der beiden nach dem Vorfall noch mal begegnet? Vielleicht später am Abend?«

»Nö.« Sie schüttelte den Kopf. »Kurz danach ist meine Freundin Linda Roundy hier aufgekreuzt und hat mir 'ne Calzone gebracht. Dann bin ich zu ihr nach Hause gegangen, um meine Wäsche zu waschen. Und dann war ich Lebensmittel einkaufen, bin wieder hierhergekommen und ins Bett gegangen.«

Cutter machte sich Notizen. »Also gut.«

»Kann ich Sie jetzt was fragen?«

»Nur zu«, sagte Cutter.

»Was hat's mit dem Talisman-Beutel auf sich? Ich hab noch nicht viele Weiße gesehen, die so gegen die Kleiderordnung verstoßen und ein Lederbeutelchen am Gürtel festgemacht haben.«

»Stammt von meinem Opa«, sagte er und berührte es mit der Hand, was er gewohnheitsmäßig immer wieder mal tat.

»War er ein Native?«

»Nö«, antwortete Cutter. »Nur ein cooler Typ. Mein Opa hat mir einiges hinterlassen, das mir viel bedeutet, und das hab ich gern immer bei mir. Nichts weiter.«

Ihre Augen musterten Cutter so gnadenlos wie ein CT-Scanner. Sie schwieg.

»Also«, sagte Cutter und klappte sein Notizbuch zu. »Ich gebe das alles an Trooper Benjamin weiter. Wahrscheinlich wäre es besser, wenn Sie den Ort vorerst nicht verlassen.«

»Warum?«, fragte sie. »Weil Sie mich vielleicht mal anrufen?«

Flirtete sie oder meinte sie, wegen weiterer Ermittlungsfragen? Cutter konnte es nicht beurteilen.

»Vielleicht«, sagte er.

»Tja«, sagte January. »Den Ort verlassen ist genau das, was ich vorhabe, sobald Sie von meinem Boot runter sind. Nicht weil ich vor irgendwas davonlaufe, und ich kann Ihnen auch genau sagen, wo Sie mich finden.« Sie streckte ihre Hand aus und schnippte mit den Fingern. »Geben Sie mir mal Ihr Notizbuch?«

Er gab es ihr.

»Da stehen wahrscheinlich streng geheime Marshal-Informationen drin«, sagte er.

Sie blätterte es durch, blieb dann an einer Seite hängen und blickte grinsend zu ihm empor. »So wie das streng geheime Rezept für Cheeseburger-Suppe?«

»Genau«, sagte er. »Sie würden nicht glauben, was ich alles tun musste, um da ranzukommen.«

Sie fischte einen Kugelschreiber aus der Bauchtasche ihres Hoodies und skizzierte ihm ein Stück Landkarte. »Die Wale, die ich beobachte, halten sich bei einem Unwetter, wie's uns bevorsteht, oben bei der Tuxekan Passage auf. Ich hab vor, dort zu ankern und die Nacht mit einem Dach überm Kopf an Land zu verbringen, damit ich gleich bei ihnen bin, wenn das Tiefdruckgebiet durchgezogen ist.« Sie drehte das Notizbuch um, sodass Cutter ihre handgemalte Karte erkennen konnte. »Da gibt's kein Handy-Netz, und der Berg blockiert jeden Funkverkehr, wenn Sie nicht von der Seeseite her kommen. Aber falls Sie noch mal mit mir sprechen müssen, der Ort liegt an der Forest Service Road 2051 und heißt Kaguk Cove.«

25

Hinter sich hörte Cutter Schritte auf dem Holz des Schwimmstegs poltern, und als er sich umdrehte, sah er Deputy Fontaine und Trooper Benjamin auf die *Tide Dancer* zukommen.

»Oje, Mist«, sagte January. »Jetzt hab ich Sie so eingeschüchtert, dass Sie Verstärkung angefordert haben.«

»Boss, du musst dein Telefon anschalten«, sagte Fontaine. Sie bedachte Cross mit einer argwöhnisch gehobenen Augenbraue.

Cutter langte in seiner Jackentasche nach dem Telefon. Er war so ins Gespräch mit January vertieft gewesen, dass er gar nicht gemerkt hatte, wie es vibrierte. »Was gibt's? Habt ihr unseren Bösen schon geschnappt?«

»Leider nicht«, sagte der Trooper. »Aber wenn Sie hier fertig sind, könnte ich Ihre Hilfe gebrauchen.«

January nickte. »Wir sind fertig.«

»Fürs Erste«, ergänzte Cutter. Er sah zu Benjamin hoch. »Um was geht's?«

»Zwei Jungs haben uns erzählt, beim Angeln in einer kleinen Bucht Richtung Soda Bay sei vor ihrer Nase eine Leiche an die Oberfläche getrieben.«

»Das Burkett-Mädchen? Oder jemand anders von den Vermissten?«

»Wissen wir noch nicht«, sagte der Trooper und schaute düster drein. »Könnte jemand anders sein. Alle paar Jahre stolpert hier auf der Insel mal jemand über die ausgebleichten Knochen eines Jägers. Letzte Woche hatte ich eine Dame in der Leitung, die im Wasser das Skelett eines Hirsches entdeckt hatte. Hören Sie, Lola meinte, Sie seien Taucher?«

Cutter blickte kurz zu ihr hinüber. Um das rauszukriegen, musste sie Erkundigungen über ihn eingezogen haben. »Ja, stimmt«, sagte er.

»Immer noch aktiv?«

Cutter nickte.

Eine verständliche Frage. Viele absolvierten einen Tauchkurs in den Ferien und rührten dann ihre Sauerstoffflasche jahrzehntelang nicht mehr an, bezeichneten sich aber immer noch als Sporttaucher. Machte sich gut auf Facebook. »In meiner Polizeidienstzeit in Florida war ich ziemlich oft tauchen. Das letzte Mal war vor zwei Monaten – nämlich kurz bevor ich nach Alaska gezogen bin.«

»Ausgezeichnet«, sagte Benjamin. »Ich frage Sie nicht gerne, aber bei der Unterwassersuche in der Bucht könnte ich Ihre Hilfe gebrauchen. So könnte ich mir nämlich das systematische Absuchen mit Haken ersparen.«

January nahm ihren kleinen Hund auf den Arm und kraulte ihn hinter den Ohren. »Glauben Sie, es ist Carmen?«

Der Trooper schüttelte den Kopf. »Keine Ahnung, Jan. Den Jungs zufolge war es eine weibliche Leiche, aber Greg Conner hatte Dreadlocks, also wer weiß.«

Januarys Wangen wurden blass. »Das ist ja furchtbar. Ich hab ein paar Taucheranzüge und Sauerstoffflaschen an Bord, wenn Sie was brauchen. An meinem ist der Reißverschluss kaputt, aber ich hab einen, der dem Marshal passen müsste.«

Fontaine brummte unwirsch. »Nicht nötig. Der Trooper hat einen Anzug für uns.«

January zuckte zusammen wie nach einer Ohrfeige. »Na gut. Wollte ja nur behilflich sein.«

»Und dafür bin ich Ihnen auch dankbar«, sagte der Trooper. »Warst du nicht erst kürzlich da unten in der Gegend von Soda Bay?«

»Ja, war ich«, sagte sie. »Ich fahre ja immer den Walen hinterher.«

»Und fahren Sie wieder dorthin?«

»Nein, in die andere Richtung«, sagte January. »Dieses Tief bringt uns starken Wind und Regen. Die Orcas sind bei den Heringen draußen, und soviel ich gehört hab, ziehen sie hoch in die Nähe von Kaguk Cove. Da will ich auch hin, bevor das Unwetter losbricht – wenn ich hier wegdarf.«

»Von mir aus ja«, sagte Benjamin. »Gehen Sie Ihrer Wege. Notfalls werden wir Sie finden.« Er sah zum Berg empor, der den Hafen überragte, und nickte gedankenvoll.

Dann wandte er sich an Cutter. »Ich ruf Sie an, die Nummer Ihrer Partnerin hab ich ja, falls wir tauchen müssen. Ich muss noch jede Menge Zeugen befragen, aber ich muss mir ebenso ansehen, was diese Jungs gefunden haben. Officer Simeons Chef hat ihn uns zur Verfügung gestellt. Mein Kollege ist auch wieder zurück aus Port Protection, und die beiden sind gerade dabei, die Leute von *FISHWIVES!* weiterzubefragen. Es gab zwei Meldungen, dass Hayden Starnes irgendwo gesehen wurde, dem könnten wir nachgehen. Er ist ein Hauptverdächtiger, also würden Sie zwei Fliegen mit einer Klappe schlagen, wenn Sie ihn aufspüren.«

»Ja, klar«, sagte Cutter. »Zeigen Sie uns nur, wo wir hinmüssen.«

Benjamin riss ein Blatt aus seinem Notizblock und reichte es Fontaine. »Reden Sie zuerst mit Blind Bob. Er kampiert zusammen mit vier oder fünf anderen Landstreichern auf der Landzunge hinter dem Friedhof von Craig. Ist nur eine Meile oder so quer durch den Wald. Mit der Wegskizze kommen Sie hin.«

Fontaine schaute ihn skeptisch an. »Was dürfen wir denn von einem Zeugen erwarten, der Blind Bob heißt?«

Der Trooper lachte. »Keine Ahnung, warum die Leute ihn so nennen. Ehrlich gesagt weiß ich überhaupt kaum was über ihn. Nur dass er im Winter immer verschwindet, und jedes Frühjahr ist er pünktlich wieder da und schlägt sein Zelt auf der Landzunge dort auf. Ein schräger Vogel, so viel steht fest.«

»Mit schrägen Vögeln kenn ich mich aus«, sagte Fontaine. »Stimmt's, Boss?«

26

Für den Fußweg über den Schwimmsteg und zum geliehenen Pick-up-Truck des Troopers zurück brauchten Cutter und Fontaine länger als für die anschließende Fahrstrecke die Hamilton Street runter, am Hafen entlang, an den Wellenbrechern aus Granitbrocken vorbei, nach Cemetery Island.

Dort verschluckte sie schnell der alte Urwald. Die heranziehenden Sturmwolken verdeckten die Frühlingssonne und hoch aufragende Fichten und Zedern sorgten zusätzlich für Schatten – es herrschte eine unwirkliche Atmosphäre. Das diamantförmige Baseballstadion war an drei Seiten von dichtem Gehölz umgeben, so als hätte das halbe Hektar voller weißer Kreuze und grauer Grabsteine davor es in den Wald geschoben. Es kam ihnen eher wie eine zufällig entdeckte Maya-Ruine vor als wie eine Sportstätte am Ortsrand.

Als sie daran vorbeigingen, brach Lola geistesabwesend einen Zedernzweig ab, zerrieb die duftenden Nadeln und hielt sie sich vor die Nase.

»Mit der Tussi auf dem Boot warst du wohl gleich ganz dicke«, sagte sie.

Cutter wandte ihr im Gehen das Gesicht zu. Der Weg war hier breit und ziemlich eben. »Ganz dicke?«

»Ach, du weißt, was ich meine«, sagte sie. »Ein bisschen zu freundlich für eine Zeugenbefragung.«

Cutter nickte. »Ab und zu muss man den Leuten mal in Ruhe zuhören, wenn man ihnen nicht grad die Türen eintritt. Und sie hat ein paar interessante Sachen gesagt. Aber du und Trooper Benjamin, ihr scheint euch auch

gut zu verstehen. Du hast ihm schon deine Handy-
nummer gegeben?«

»Er hat auch ein paar interessante Sachen zu sagen.«
Fontaine lächelte.

An einer Gabelung folgten sie den Anweisungen des
Troopers und hielten sich rechts. Der steinige Weg führte
steil nach oben, weg von der Küste, über das Rückgrat
der kleinen Insel hinweg. Das Rauschen der Brandung
wich allmählich dem Pfeifen des Windes in den Baum-
wipfeln und gelegentlichem Vogelgezwitscher. Da die
Insel nicht mal eine Meile breit war, wanderten sie bald
wieder bergab, diesmal auf der Windseite.

Bevor sie das Zeltlager zu Gesicht bekamen, konnte
Cutter es riechen.

Ob Militär, Pfadfinder oder Bergsteiger, jede Men-
schengruppe, die mehr als ein paar Stunden am selben
Ort kampiert, muss sich um den Verbleib ihrer Aus-
scheidungen kümmern. Für Cutter roch Afghanistan
in seinen Erinnerungen immer nach Holzrauch, verrottendem Müll und offen herumliegender Scheiße.
Dieser Geruch war so allgegenwärtig in allen Drittwelt-
ländern, die Cutter je besucht hatte, und hatte sich so sehr
in seinen Klamotten und Haaren festgesetzt, dass ihn
gleich sämtliche Leute darauf angesprochen hatten, nachdem er in Miami aus dem Flugzeug gestiegen war. Hier in
den Staaten war dem nur einmal ein Landstreicherlager
am Rande der Everglades ziemlich nahegekommen – und
nun der Geruch, den ihm der Wind von Cemetery Island
her entgegenwehte.

Wie üblich für Obdachlose, war es ein überschaubarer
Platz. Fünf verschiedenartige und verschieden große
Behausungen zählte Cutter, alle zwischen die Bäume

geduckt und weithin sichtbar wegen ihrer Dächer und Seitenwände aus leuchtend blauen Planen. Manche waren schlicht zeltartig, andere die reinsten Tempelbauten mit Vorräumen und Markisen aus blauer Plane, befestigt an Schnüren aus wiederverwendeten Fischernetzen oder Angelleinen. Auch Holzstücke aus Treibgut und Windbruch hatten sie für ihre Konstruktionen als Pfosten verwendet; anscheinend wollten sie es sich mit den Stadtoberen nicht verscherzen, indem sie Holz schlugen hier im Schutzgebiet des Naturparks.

Im Eingang der nächstgelegenen Hütte saß eine Frau unbestimmbaren Alters auf einem Camping-Klappstuhl. Sie war bestimmt über 40, vielleicht aber auch deutlich älter … oder jünger. Cutter konnte es nicht beurteilen. Ihr wettergegerbtes Gesicht verriet, dass sie ihr Leben draußen verbrachte und normalerweise nur im Wind badete – sie wirkte beinahe mumienhaft alterslos. Ihre Jeans bestand fast nur noch aus Flicken. Aus einem wilden Durcheinander an Haaren auf ihrem Kopf, kaum zu einem Zopf gebändigt, hatten sich einige graue Strähnen gelöst.

Die Frau trank einen Schluck aus einem metallenen Thermosbecher mit verbogenem Rand. »Das Meer ist da drüben, falls ihr euch verlaufen habt.« Im Unterkiefer besaß sie etwas mehr Zähne als im Oberkiefer, aber auch nicht mehr viele, was ihren leichten Unterbiss noch verstärkte.

»Wir suchen Blind Bob«, sagte Fontaine.

»Seid ihr Bullen?«

»Ja, sind wir«, sagte Cutter, denn wohin sollte hier irgendjemand flüchten? »US Marshals.«

Die Frau lachte in sich hinein, wobei ihr ganzer Bauch wackelte. Sie nippte noch mal an ihrem Becher. »Hat Blind Bob also Ärger mit den *federales,* hä?«

»Überhaupt nicht«, sagte Fontaine. »Wir möchten ihm nur ein paar Fragen stellen.«

In der Planenbehausung raschelte es, dann trat ihnen aus dem blauen Schatten ein knochiger Mann in Unterhosen entgegen. Sein dünnes graues Haar stand ihm vom Kopf ab, als wäre er gerade aus dem Bett gekrochen. Gegen seine erschreckend bleiche Haut wirkten seine Unterhosen doppelt schmuddelig – an dieser Unterwäsche war rein gar nichts mehr weiß und nichts passte oder saß, er hätte ebenso gut nackt herumlaufen können, doch gottlob zog er sich eine kurze Jogginghose über, die er sich von einer Wäscheleine griff. Mit nacktem Oberkörper ließ er sich in den Campingstuhl neben der Frau fallen, unbeeindruckt vom kalten Seewind.

»Blind Bob, stets zu Diensten«, sagte er. »Willkommen in meinem Schloss.«

Cutter reckte das Kinn zu dem Verschlag aus Planen und Treibholz. »Ich hätte gedacht, das Schloss gehört ihr.«

»Wem? Meg?« Blind Bob schüttelte den Kopf und wandte sich dann der Frau zu. »Sie ist nur zu Besuch hier. Und, meine Liebe, warum lässt du uns nicht ein bisschen allein? Falls die Marshals was Persönliches mit mir zu besprechen haben.«

»Meinetwegen darf sie gerne bleiben«, sagte Cutter.

»Schon gut«, sagte Meg, erhob sich mühsam und mit einem Grunzen, wobei sie darauf achtete, nichts von ihrem Getränk zu verschütten. »Ich muss eh mal für kleine Megs.« Sie hob den verdellten Becher wie zu einem Toast, warf Blind Bob einen verschwörerischen Blick zu und wackelte dann in den Wald, wo sie bald zwischen den Farnen im Schatten verschwunden war.

»Kommen Sie her und setzen Sie sich.«

Blind Bob gestikulierte zu Megs Klappstuhl und zu einem Hocker hin, den jemand aus einem Zedernstumpf geschnitzt hatte. Cutter ließ Fontaine die Wahl und war erleichtert, als sie sich auf Megs Stuhl setzte und ihm den Baumstumpf überließ.

Blind Bob grinste und zeigte dabei ein fast perfektes Gebiss. Cutter betrachtete ihn genauer, und tatsächlich sah er ziemlich sauber aus, es fehlten ihm der Glanz ungewaschener Haut und der entsprechende Körpergeruch. In der Planenhütte war neben dem Eingang eine Pyramide von Klopapierrollen aufgestapelt, außerdem sah man einen Waschzuber und ein ordentlich gemachtes Feldbett.

»Wenn ich raten müsste«, sagte Blind Bob und klatschte mit beiden Händen auf seine nackten Oberschenkel, als würde er gleich ein Lied anstimmen, »würde ich vermuten, dass Sie gedacht haben, ich hab mindestens 'ne Brille so dick wie Mr. Magoo.«

»Na ja«, sagte Cutter, »die Leute nennen Sie Blind Bob.«

»Ja, so nennen sie mich«, sagte er und nickte dabei, als würde er über ein großes Rätsel nachdenken. »Sie haben ja eben Meg kennengelernt.«

Cutter und Fontaine nickten beide.

»Die andern Kerle hier nennen sie Megalodon, wegen ihrer großen Wampe und ... so weiter.«

»Bisschen gehässig«, sagte Fontaine.

»Finde ich auch«, sagte Bob und schlug etwas heftiger auf seine Beine. »Aber seien wir ehrlich, Meg ist nicht gerade 'ne klassische Schönheit, aber sie ist ein wunderbarer Mensch.«

Cutter ahnte, wohin dieses Gespräch führen würde.

»Sie hätten mal meine erste Frau sehen sollen.« Nun sprach Bob schneller, als fürchtete er, seine Gäste könnten sich davonmachen, sobald er schwieg. »Oder vielleicht lieber nicht. Im Vergleich zu ihr ist Meg eine Miss America. Alle meine Freunde meinten, ich müsse völlig blind gewesen sein, um diese Frau damals zu heiraten. Aber ich hab entgegnet, ich hab ihre innere Schönheit gesehen. Zumindest bis sie versucht hat, mich wegen der Lebensversicherung zu ersäufen. Das hätte ich ihr nicht zugetraut. An der Uni haben mich dann alle Blind Bob genannt.«

Fontaine blickte kurz zu Cutter hinüber. »An der Uni?«

»Ja, ich weiß. Kommt Ihnen wohl komisch vor, dass ein Psychologieprofessor als Landstreicher auf einer Insel im Südosten Alaskas endet … oder wo auch immer, ist ja egal.« Er hob linkisch die Schultern. »Jeder geht wohl anders damit um, wenn die eigene Ehefrau versucht, einen umzubringen. Wenn ein Mann dann auf eine einsame Insel davonsegelt und dort in einer Bambushütte lebt, nennen die Leute ihn einen Abenteurer. Ich komme hierher, auf eine Insel in Alaska, und lebe in einer Hütte, und für die Leute bin ich nur das dritte M.«

»Was heißt denn das?«, fragte Fontaine.

»Das heißt, ins Hinterland von Alaska kommt man nur wegen eines gut bezahlten Jobs, weil man die unterdrückten Natives retten will oder weil man in der normalen Gesellschaft nicht funktioniert. Die drei M: Moneten, Missionare, Menschenscheu.«

Cutter nickte ernst. Schwer, Blind Bob nicht zu mögen; er schien so aufrichtig. Aus Gewohnheit suchte Cutter den Boden nach einem geeigneten Stückchen Holz ab, und als er ein Spaltstück Zedernholz in der richtigen Größe gefunden hatte, hob er es auf und holte sein Taschenmesser heraus. Er hielt das Holzstück und sein Barlow-Messer hoch und fragte: »Darf ich?«

»Gern«, sagte Bob. »Mein Dad meinte immer, einem Mann, der schnitzt, kann man trauen.«

Cutter besah sich das Zedernholzstück genauer und machte sich dann ans Werk, während er weitersprach. »Wir wollten Sie nach einem Mann namens Hayden Starnes fragen. Sie könnten ihn auch als Travis Todd kennen.«

»Klar, Travis kenne ich.« Bob glättete seine widerspenstigen Haare, indem er sich mit offener Hand von vorn nach hinten über den Kopf strich, und konzentrierte sich. »Er kam hier vor zwei Tagen an, wollte sich verstecken. Ein komischer Typ, meiner fachmännischen Meinung nach.«

»Ihr Instinkt trügt Sie nicht«, sagte Cutter. »Er hat drüben im Ort für eine Fernsehserie gearbeitet ...«

»*FISHWIVES!?*« Bob beugte sich vor, seine Augen leuchteten. »Ich liebe *FISHWIVES!*. Wissen Sie, jedes Jahr wieder gibt es irgendeine Reality-TV-Serie, die in Alaska spielt, und eine wie die andere ist so lächerlich wie ein Ehering mit einem Glasstein. Außer der hier. Die ist bei Weitem die beste Fernsehserie von allen.«

»Da kann ich Ihnen nur zustimmen, Bob«, sagte Fontaine. »Mein M...« – ihr Blick schoss zu Cutter und sie korrigierte sich – »ich schau mir alle Folgen an.«

Cutter sah von seiner Schnitzerei auf. »Wie können Sie hier draußen fernsehen?«

Bob zeigte mit dem Daumen über die Schulter auf die Planenhütte. »Wir sind zivilisiert. Ich hab mir einen kleinen verbilligten Generator gekauft, im Costco in Ketchigan. Ein Mordsteil, aber so kann ich mein iPad aufladen und damit *FISHWIVES!* streamen und alle paar Tage auf Facebook gehen.«

»Man muss auf dem Laufenden bleiben, schätze ich mal«, sagte Cutter.

»Die Nachrichten spare ich mir, nein danke«, sagte Bob. »Das sind heutzutage doch alles bloß noch Lügen.« Er reckte den Kopf und blickte an Cutter vorbei über den Strand hinweg auf den Ozean hinaus. »Die Fischerboote schwärmen aus. Anscheinend sind die Heringe da.«

Fontaine nickte zu der fetten schwarzen Wolkenbank empor, die vom Golf von Alaska her auf sie zutrieb. »Fahren die wirklich in dieses Wetter hinaus?«

Bob hob die Schultern. »Ich bin Professor für Psychologie, nicht für Meeresbiologie, aber es kann gut sein, dass genau das Unwetter die Fischschwärme hierherbringt. Keine Ahnung. Ich weiß nur so viel: dass die Heringe nicht auf besseres Wetter warten. Wenn unsere Fischfangflotte sie nicht mit ihren Netzen einsammelt und zu den Algen tut, wo sie dann ablaichen, dann finden die Fische ihre eigenen Laichplätze.«

»Apropos Heringsflotte«, sagte Fontaine, »welches ist denn Ihr Lieblingsfischweib in der Serie?«

»Bright Jonas«, kam es ohne zu zögern von Bob. »Eindeutig. Ich hab das Vollblutweib zwar bisher leider nicht persönlich kennengelernt, aber um es mal passend zu *FISHWIVES!* zu formulieren, die würd ich nicht mehr vom Haken lassen. Fitz, dieser Dummkopf, weiß gar nicht, was er an ihr hat.«

Blind Bob, dachte Cutter bei sich, machte seinem Namen noch immer Ehre.

Bob hielt seine Handflächen aneinander wie beim Gebet und fragte mit strahlenden Augen: »Und Sie, Miss? Wer ist Ihr Lieblingsfischweib?«

»Ich bin ein Fan von Svetlana«, sagte Fontaine.

»Heißt eine von denen Svetlana?«, fragte Cutter.

»Das war die Verheulte mit den schwarzen Leggings bei dem Einbruchshaus, wo wir Trooper Benjamin getroffen haben.«

»Aha«, sagte Cutter. Da hatte es jede Menge Leggings und jede Menge Tränen gegeben, aber er glaubte zu wissen, wen Fontaine meinte.

»Moment mal«, sagte Bob. »Ein Einbruch? Bright ist nichts passiert, oder?«

»Nein, Sir.« Cutter schüttelte den Kopf. »Der geht's gut. Aber die Produzentin der Serie und ein Kameramann sind verschwunden. Und ein Tlingit-Mädchen namens Millie Burkett.«

»Millie wird vermisst?« Bob blieb vor Überraschung der Mund offen stehen. »Seit wann?«

»Ein paar Tage«, sagte Cutter und blieb damit absichtlich vage. »Kennen Sie Millie?«

»Gescheites Mädchen. Interessiert sich wirklich. Seit ein paar Wochen kommt sie immer mal wieder hier im Camp vorbei; das fing an, kurz nachdem ich selber dieses Frühjahr hierherkam. Anfangs wollte sie einen Dokumentarfilm über alle hier im Camp machen, aber Sie können sich ja vorstellen, wie weit sie damit kam bei einem Haufen abgewrackter Typen, die nichts weiter wollen, als vom Rest der Welt in Ruhe gelassen zu werden.«

Cutter ließ das Messer sinken und sah ihn an. »Hat ihr Vorhaben vielleicht jemanden so sehr verärgert, dass man ihr schaden wollte?«

Blind Bob schüttelte den Kopf. »Ach was«, sagte er. »Das arme Ding hatte so ein schlechtes Gewissen wegen ihrer Fehleinschätzung, dass sie uns zur Wiedergutmachung zwei volle Packungen mit Donuts angeschleppt hat.« Er sah Cutter traurig an und überlegte. »Vor ein paar Tagen war auch dieser perverse Travis Todd hier im Lager …«

»Warum nennen Sie ihn pervers?«, fragte Fontaine.

»Wenn Sie ein Leben lang Ihren Kopf im *Diagnostic and Statistical Manual of Mental Disorders* vergraben haben, dann erkennen Sie einen Psychopathen unweigerlich.« Blind Bob lächelte dümmlich. »Allerdings sind die weiblichen Vertreter dieser Spezies schwerer zu erkennen.«

Cutter lachte leise und schnitzte weiter vor sich hin. »Da stimme ich zu. Hat Todd erwähnt, wo er hingehen würde?«

»Nein, tut mir leid«, sagte Bob. »Jetzt, wo Sie danach fragen – er schien es irgendwie eilig zu haben.« Dann lächelte der Obdachlose. »Ich habe kein Telefon, aber ich kann Ihnen über Facebook eine Nachricht schicken, wenn er wieder hier auftaucht.«

»Das wäre toll, Bob«, sagte Fontaine. »Ich hab einen Account als Lola Teariki.«

Ihr Handy begann zu zwitschern. »Sorry«, sagte sie und entfernte sich in Richtung Strand, um einen besseren Empfang zu kriegen.

»Sie Glückspilz«, sagte Bob zu Cutter, als Fontaine außer Hörweite war.

»Wir haben nichts miteinander«, sagte Cutter. »Wir sind bloß Kollegen.«

Bob schnaubte. »Spielen jetzt Sie nicht den Blinden. Sie arbeiten nicht mit einer wie Meg zusammen. Sie können sich glücklich schätzen, Mann.«

Im nächsten Augenblick kam Fontaine wieder zurück. »Es war Sam«, sagte sie.

»Wer?«, fragte Cutter nach.

»Trooper Benjamin«, sagte sie mit glühendem Blick, denn sie wusste, dass er ganz genau wusste, wer Sam war. »Er braucht dich jetzt doch, als Taucher bei dieser Unterwassersuchaktion.« Sie schüttelte traurig den Kopf und ihr Mund formte unhörbar für Bob die Worte »Millie Burkett«.

Cutter erhob sich, um sich zu verabschieden. Das Barlow-Messer verschwand wieder in seiner Tasche, und er streckte Bob die Hand hin. »Danke für Ihre Offenheit, Bob«, sagte er. »Ich weiß nicht mal, wie Sie mit Nachnamen heißen.«

»Müssen Sie das wissen?«

»Wahrscheinlich nicht«, sagte Cutter, schüttelte ihm die Hand und fragte sich dabei, ob er je wieder einem Landstreicher mit iPad und Facebook-Account begegnen würde. Und plötzlich ging ihm auf, dass er tatsächlich ein Glückspilz war. Gott sei Dank hatte keine seiner Ex-Frauen versucht, ihn wegen der Lebensversicherung umzubringen – zumindest nicht, soweit er wusste.

27

Als Cassandra Brown aufwachte, lag sie auf dem Bauch, in einen Haufen Quilts eingewickelt, die Miss January in der Koje achtern verstaut hatte, einem engen Schlafkämmerchen einen Niedergang hinunter vom Steuerhaus. Direkt über ihr war das Achterdeck. Zu ihrer

Rechten befand sich der Fischtank, allerdings benutzte Miss January den nie als solchen. Das Kämmerchen lag unter der Wasserlinie, weshalb links von ihr innen an der Glasfaserwand der *Tide Dancer* Tröpfchen kondensierten und die Schlafdecken befeuchteten, wenn sie die Außenwand berührten.

Cassandra rieb sich die Augen und fragte sich, was sie aufgeweckt hatte. Das mahlende *Wirrrr* eines Bootsstarters. Es erstarb und Miss January füllte die Stille mit ihren Flüchen. Wieder *wirrrrte* der Anlasser und der Motor hustete sich wach, ohne Zweifel zum Leben erweckt von den Flüchen. Manchmal, wenn Cassandra sich sehr wünschte, dass etwas Bestimmtes passieren möge, dann fluchte auch sie in Gedanken – keine echt schlimmen Flüche wie Miss Cross, aber heftig genug, um ihren Zweck zu erfüllen. Den erfüllten sie allerdings so gut wie nie. Die Dinge passierten einfach. Oder eben nicht. In Gedanken zu fluchen funktionierte nicht so wie laut zu fluchen. Oder vielleicht hatten die Worte Erwachsener mehr Kraft als die eines Kindes wie sie.

Tapfer kämpfte sich der Motor aus dem Hafen hinaus und an den Wellenbrechern und an Cemetery Island vorbei. Sehen konnte sie es nicht, aber Cassandra konnte sich ganz genau vorstellen, wo sie waren. Nach zwei Minuten gab Miss January mehr Gas, sie nahmen Geschwindigkeit auf und fuhren nun gleichmäßiger. Havoc kam die Stufen heruntergewackelt und winselte, als er Cassandra sah. Er leckte ihr das Gesicht, als wollte er etwas sagen, und kletterte dann wieder das Treppchen hoch. Miss January sagte irgendwas zu ihrem Hund, das Cassandra nicht richtig verstehen konnte. Egal. Havoc sprach ebenso wenig wie sie. Er würde Miss Cross nie verraten, dass sie einen blinden Passagier hatte. Und wenn sie es selbst herausfand, dann wären sie bereits zu weit draußen, um umzukehren, und alles wäre gut.

Das Boot schaukelte einmal und legte sich dann ruckartig auf die Seite, und Cassandra purzelte gegen die klamme Bootswand. Sie mussten Fish Egg Island umrundet haben, sodass sie jetzt in die anderthalb Kilometer breite Meerenge zwischen Fish Egg Island und San Fernando Island mit ihrer stürmischen See hineinfuhren.

Oben am Steuerrad fing Miss January ernsthaft an zu fluchen. So half sie ihrem Schiff durch den Sturm.

Cassandra kuschelte sich in ihre Quilts und schloss die Augen. Es würde schlimm werden. Aber Cassandras Onkel war nach Hause gekommen, und das war schlimmer als jeder Sturm und schlimmer als alle üblen Flüche von Miss January.

January Cross langte über das Steuerrad hinweg und berührte die polierte Teakholztafel, die ihr Vater für sie angefertigt hatte, als sie 15 war. Ein Spruch von Isak Dinesen: »Alles heilt uns das Salzwasser – Schweiß, Tränen oder das Meer.«

Während sie den Bogen um Fish Egg Island schlug und dann nordwestlich Richtung San Christoval Channel ins offene Meer weiterfuhr, sah sie nur wenige Boote in den beiden Häfen North und South Harbor liegen. Viele der Meeresarme, Meerengen und Inseln hier rund um Prince of Wales Island trugen die Namen von zwei spanischen Entdeckern, die beide Francisco geheißen hatten und ein paar Jahre vor Captain George Vancouver mit seiner *HMS Discovery* hier aufgetaucht waren. Prince of Wales Island war so groß, dass die Spanier es für Festland

gehalten und einfach dem britischen Entdecker überlassen hatten.

Sie fuhr auf die Heringsflotte zu, hinter Christoval.
Noch kam sie nicht in Sicht, doch January hörte ihre aufgeregten Unterhaltungen über Funk mit. Sie machten ein
Fest draus, und obwohl man sie dazu eingeladen hatte,
hielt January sich lieber fern. Die *FISHWIVES!*-Kameras
würden laufen, und ihre Gegenwart würde nur den
ganzen blöden Gerüchten neues Futter geben. Sollten sie
doch ohne sie ihren Spaß haben.

In manchen Gegenden im Südosten Alaskas galt
beim Heringsablaichen auf Tang das Prinzip: Wer zuerst
kommt, mahlt zuerst. Doch die Boote hier von der POW
arbeiteten zusammen, für ein gemeinsames Interesse. Im
Sprechfunk wurde fröhlich und gesellig durcheinander-
geplappert, ganz anders als es *FISHWIVES!* mit seinen
gehässigen Feindschaften darstellte, das konnte selbst
Carmen Delgado nicht in ihrem Sinne hinbiegen.

Trotz allem tat Cross diese Frau eher leid, als dass sie
böse auf sie gewesen wäre. Und zwar nicht bloß, weil sie
vermisst wurde. Carmen Delgado war eine intelligente
Frau, die sich hatte korrumpieren lassen. January konnte
sich gut vorstellen, dass Delgados schlechtes Gewissen
jeden Tag dafür sorgte, dass ihr beim Blick in den Spiegel leicht übel wurde. Echt traurig. Was soll's, sie würde
wahrscheinlich jeden Moment in den Ort spaziert
kommen mit einer tollen Geschichte, wie sie ihren Wagen
in den Graben gefahren hatte. Wahrscheinlich war genau
das schon geschehen. Auch deshalb war January froh, mit
der *Tide Dancer* so früh ausgelaufen zu sein.

Sie steuerte direkt über einen Wellenkamm, fluchte
und korrigierte ihren Kurs, damit sie sich mit ihrem

Schiff nicht vorkam wie beim Rodeo. Sturm hin oder her, es sprach verdammt viel dafür, dass sie den Ort wieder hinter sich gelassen hatte.

Anscheinend hatten die Trooper in der Nähe von Soda Bay Millie Burketts Leiche gefunden. Armes Ding. Eine echte Tragödie. Aber alle, auch January, hatten das Mädchen gewarnt, nicht einfach mit ihrer Kamera jeden Stein umzudrehen und zu filmen, was drunter zum Vorschein kam. Die finstersten Geheimnisse dieser Insel blieben aus gutem Grund begraben.

Letzte Woche hatte January ihre Schule Orcas an der Südküste der Insel verfolgt. Dieser Marshal Cutter war ein schlauer Kerl. Bestimmt verdächtigte er sie, ein bisschen zumindest.

Sinnlos, sich Sorgen zu machen. An dem, was er dachte, konnte sie doch nichts ändern. Andererseits musste sie zugeben, dass sie gern ein paar Gedanken an ihn verschwendete. Und sich im Nachhinein ärgerte, ihn nicht ein bisschen mehr für sich eingenommen zu haben bei ihrem Gespräch. Im Blick dieses Mannes lag so eine gewisse Ruhe, bei der sie sich zugleich entspannte und innerlich anspannte. Was er wohl für ein Bootsmann war? Ihr Vater hatte immer gemeint, man könne einen Mann danach beurteilen, wie er mit einem Boot umgehe.

Egal, sie konnte jetzt nichts daran ändern. An alledem konnte sie nichts ändern.

Der immer stärkere Wind brachte immer höhere Wellen mit sich und das Boot zum Schaukeln und verdrängte die Gedanken an den Deputy in Januarys Hinterkopf. So gut wie möglich ging sie die Wogen schräg an, manövrierte die *Tide Dancer* durch die Felsen der kleinen Hermanos Islands, hielt sich vorsichtshalber vor der Südküste von San Christoval, auf ihrem Weg in den Golf von Esquibel. Dort wäre sie einigermaßen geschützt vor allem, was aus dem riesigen Golf von Alaska kam. Allerdings war auch der Esquibel noch groß genug für anständige Wellen; sie gab mehr Gas und hoffte, ihn schnell in nördlicher Richtung durchqueren zu können, um die Leeseite von Heceta Island zu erreichen. Der Sturm würde früh genug seine Zähne zeigen, und wo er zubiss, da konnte er einen zermalmen.

January blieb etwa auf Kurs Nordnordwest und versuchte zu vermeiden, dass die anderthalb Meter hohen Wellenkämme sich an ihrem Bug brachen. Das Meer wurde immer wütender, in einer Stunde würden die Wellen doppelt so hoch sein, wenn nicht noch höher. Ihr Kampf mit den Wellen verhinderte nicht, dass Januarys Gedanken zu Cutter zurückschweiften. Dumm, sich von einem Mann einwickeln zu lassen, der sie für eine Verdächtige in einem Entführungsfall hielt. Womöglich hielt er sie obendrein für eine Mordverdächtige. Und selbst wenn er den Weg über die Holzwirtschaftswege auf sich nahm, um ihr weitere Fragen zu stellen, hätte er wahrscheinlich wieder seine polynesische Partnerin dabei. Er war nicht zum Spaß hier auf der Insel. Er hatte etwas Bestimmtes zu tun, und anscheinend war er gut in dem, was er tat.

Was sie zu der Frage brachte, wie gut er wohl wirklich war.

Als sie vor vier Monaten hier aufgekreuzt war, erschien ihr diese Insel als eine Idylle, weit ab von der modernen Welt, und die häufigen Regenfälle schienen gleichsam alle üblichen Zivilisationskrankheiten wegzuspülen. Im AC-Laden plauderten die Leute freundlich über ihre

Einkaufswagen hinweg miteinander. Alle Inselbewohner wussten Bescheid, wenn der Nachwuchs von Sowieso eine Krankenpflegeausbildung in Anchorage anfing oder der Army beitrat oder in einem Café in Seattle arbeitete und einen neuen Freund mit so komischen Löchern im Ohr hatte.

Als sie damals mitten im Winter hier angekommen war, um das Boot auf Vordermann zu bringen, hatte sie keine Menschenseele gekannt. Die harte Arbeit hatte sie oft überfordert. Obwohl sie nie darum gebeten hätte, kamen Leute aus Craig oder dem nahen Klawock einfach vorbei, um ihr zu helfen. Männer, Frauen, Kinder. So hatte sie Cassandra kennengelernt. Als das Boot fertig war, kam zur Feier des Tages sogar Bright Jonas vorbei, mit selbst gebackenen Brownies als »Einweihungsgeschenk«. Hier, wo der Rest der eigenen Familie oft Tausende Meilen weit weg war, machte man das eben so.

Und dann kamen die *FISHWIVES!*-Leute.

Die Veränderung geschah schleichend, doch jeder wurde irgendwie infiziert. Schon recht früh hatte Carmen Delgado January zum Mittagessen eingeladen. Hatte viel gelächelt. Hatte versprochen, ihrem Fernsehpublikum die Kultur der Tlingit und Haida nahezubringen. Hatte geschworen, starke Native-Frauenfiguren mit einzubauen, um landauf, landab jüngeren einheimischen Frauen Vorbilder zu präsentieren. Sie und ihr Produktionsteam machten einen Haufen Versprechungen und verschwendeten tagelang Januarys Zeit mit Filmaufnahmen und indem sie sie über lokale »Charaktertypen« ausfragten, alles unter dem Vorwand, mehr von ihr über die Traditionen und Werte der Tlingit erfahren zu wollen. Am Ende hatten sie genug Filmmaterial von ihr, um daraus allen möglichen

Mist zusammenschneiden zu können. Glücklicherweise hatte January nie irgendetwas unterschrieben.

Die verrückte Filmcrew fiel wie ein Wirbelsturm über die Insel her und pickte sich einfach überall das heraus, was sie gebrauchen konnte. *FISHWIVES!* war so durchgeknallt wie unwiderstehlich. Auch Delgado selbst wurde von diesem Wirbel hinweggefegt und brachte es bald nicht mehr fertig, January in die Augen zu schauen, weshalb sie dann einfach nicht mehr miteinander sprachen. Während der ersten beiden Wochen der Dreharbeiten zog sich January dann in die Sicherheit der versteckten Buchten rund um die Insel zurück und verbrachte ihre Zeit lieber damit, ihrer Schule von Killerwalen hinterherzujagen.

Bei ihrer Rückkehr nach Craig fand sie heraus, dass Delgado sie noch weitaus schlimmer verraten hatte als befürchtet. Nicht nur enthielt *FISHWIVES!* keinerlei Bezüge zu den regionalen Natives, January selbst hatte in die Serie Eingang gefunden als eine Art mit dem Boot umherfahrender Succubus, eine lüsterne Sirene, die die Häfen unsicher machte und allen verheirateten Männern den Kopf verdrehte.

Trotz alledem fand sie es besorgniserregend, dass Delgado verschwunden war.

Sie traute ihr zwar durchaus zu, so etwas nur zu Publicity-Zwecken zu inszenieren, aber dafür würde sich wohl selbst die Produzentin einer dermaßen bescheuerten Fernsehserie nicht hergeben.

Sie steuerte ihr Boot längs an einer Woge empor, dann auf der Rückseite wieder hinunter; grünes Wasser schwappte ihr in den Bug. Sie musste schnellstens hier raus.

Sie gab dem Yanmar-Dieselmotor mehr Futter, und das zähe kleine Boot vibrierte, als sie die Culebras passierte, eine Reihe schlangenförmiger länglicher Inseln vor der Küste. Manchmal stellte sich January diese tapferen Franciscos vor oder Vancouver und seine Mannschaft, die mit Sextanten navigierten und die mit dem Lot ständig die Wassertiefe maßen, um nicht in tückische Untiefen zu geraten. Ihre Schiffe waren größer gewesen als die *Tide Dancer*, aber ebenfalls älter und nur von Wind und Segeln angetrieben. Ein Sturm wie dieser musste fürchterlich für sie gewesen sein.

Über zwei Meter hohe Wellen brachen sich nun an ihrer Bootswand und warfen Gischt auf ihre Windschutzscheibe. Nun fuhr sie halb gegen den Wind, halb mit dem Wind, immer so, dass sie nicht zum Spielball der Dünung wurde; näher an Heceta Island, im Windschatten, würde sie wieder Kurs Richtung Norden nehmen. Auf dem Display über ihrem Steuerrad zeigte das Lowrance-Satellitenbild, dass sie den Rand des orange wabernden Flecks, des Sturms, erreicht hatte.

Ihr Navy-Vater und ihre Tlingit-Mutter hatten ihr von Kind auf beigebracht, aufs Wetter zu achten. Auf die Vorzeichen. So bestätigten ihr Satellitenbilder oder ein fallendes Barometer nur, was die Natur um sie herum ihr schon längst mitgeteilt hatte.

Heute Morgen zum Beispiel hatte sie beobachtet, wie die Kinder beim Angeln von den Schwimmstegen aus einen Fisch nach dem anderen rauszogen, sie machten fette Beute. Vorige Nacht hatte der Mond besonders hell geschienen, und ein so klarer und sauberer Himmel, hatte ihre Mutter immer gesagt, kündigt oft einen Sturm an. Sogar die graue Tigerkatze des Hafenmeisters hatte das Herannahen des Sturms gespürt, sie war den ganzen Vormittag lang auf dem Pier herumgesessen und hatte sich ihre empfindlichen Ohren geputzt, in Erwartung des Tiefdruckgebiets.

Dieses Unwetter würde sie ganz schön erwischen.

January war's egal. Keine weitere Nacht würde sie in der Nähe der Stadt verbringen. Einzelne Regentropfen klatschten gegen ihre Windschutzscheibe. Immer wieder pflügte der Bug in eine größere Welle hinein, die sich dann an der Bootswand brach, das grüne Wasser platschte über die Reling aufs Deck und spülte darüber hinweg und spritzte gegen die Scheibe, bis es durch die Speigatten wieder ablief. January öffnete das Seitenfenster einen Spalt, um etwas von der Meeresbrise hereinzulassen; sie leckte sich die Lippen, um die Luft zu schmecken.

Die Bucht Kaguc Cove griff weit nach Norden und Süden aus, umfasste nicht nur die Meerengen im Windschatten von Heceta Island, sondern darüber hinaus noch einen größeren Teil von Prince of Wales Island selbst. Im Schutz ihrer Gewässer ankernd konnte man einen Sturm gut überstehen. Sie musste nur die 16 Seemeilen schaffen, bevor der Sturm zuschlug. Bei ruhiger See tuckerte ihr kleines Boot munter mit etwas über neun Knoten dahin. Im Moment rang sie dem Wind und den Wellen ungefähr die halbe Geschwindigkeit ab.

Gut drei Stunden in diesem Scheißwetter – da hatte sie ja noch einiges vor sich.

28

Ihre Hände zitterten unkontrolliert, als Carmen Delgado den Stapel säuberlich gefalteter, frischer Kleidung entgegennahm. Manuel Alvarez-Garza hatte für alles gesorgt. Beziehungsweise seine Männer. Saubere Unterwäsche, Socken, ein schwarzer Kaschmirpullover und eine Leinenhose, die alleine bestimmt mehr gekostet hatte als alles, was Carmen auch nur zum Spaß jemals anprobiert hatte. Am anderen Ende des geräumigen Schiffssalons saß ihr auf einem weißen Ledersofa mit Ziernähten eine attraktive Frau gegenüber, die ebenso teuer gekleidet war. Sie starrte Carmen an, als hätte die ihr den Geliebten ausgespannt. Ihrer Aussprache nach, sie verschluckte das S und sprach ein fast unverständlich schnelles, hitziges Spanisch, hielt Carmen sie für eine Kolumbianerin. Chago und Luis hielten sich in respektvollem Abstand hinter ihrem Boss, als befürchteten sie, er könne sie nur für ihre Anwesenheit jederzeit ins Gesicht schlagen. Luis presste ein feuchtes Tuch auf seine Nasenwunde und blickte sie immer noch hasserfüllt an.

»Ich muss mich für das Verhalten meiner Männer entschuldigen«, sagte Garza. »Natürlich, das verstehe ich, als Gefangene müssen Sie versuchen zu entkommen. Aber Sie verstehen sicher andererseits, dass meine Männer Sie dann dafür bestrafen müssen.«

Über jemanden wie Garza hätte Carmens Mutter gesagt, er rückt dir auf die Pelle. Beim Sprechen beugte sich Garza so nah über sie, zugleich besänftigend und bedrohlich, dass sie sein Eau de Cologne riechen konnte – relativ dezent aufgetragen für einen Irren.

»Aber jetzt sind Sie ja hier«, sagte er mit einem beinahe ehrlichen Lächeln. »Alle haben getan, was sie tun mussten. Bestimmt sind Sie hungrig, *pobrecita*.« Er schnippte mit den manikürten Fingern und zeigte den Flur hinunter auf eine Kabinentür. »Bitte gehen Sie unter die Dusche und ziehen Sie sich um. Was wir zu besprechen haben, besprechen wir bei einer warmen Mahlzeit, wenn Sie sich frisch gemacht haben.«

Zitternd brachte sie ein Nicken zustande. Anscheinend akzeptierte er dies als Antwort.

»Wenn Sie wollen, legen Sie sich ein bisschen hin und ruhen Sie sich aus, wenn Sie geduscht haben.« Er nickte zu der Kabinentür hin. »Wenn das Essen fertig ist, wird Beti Sie holen. Sie werden sehen, Luis macht sich ganz gut in der Kombüse, trotz seiner schlechten Manieren.«

Als Carmen die Tür hinter sich schloss, hörte sie außen eine Verriegelung klicken. Auf einem Boot in einem Raum eingesperrt zu werden hätte ihr normalerweise eine Heidenangst eingejagt, doch es kümmerte sie nicht. Es beruhigte sie, Schloss und Riegel zwischen sich und diesen üblen Männern zu wissen, selbst wenn die Tür von *außen* verschlossen war.

Die Kabine war eng, aber luxuriös eingerichtet, mit Kristallglaslampen und Spindtüren aus poliertem Teakholz. Am Fußende des Queensize-Bettes war ein Flachbildfernseher an die Spundwand geschraubt. Zwei längliche Bullaugen ließen viel Tageslicht herein. Unter einem blitzblanken Spiegel konnte man ein gepolstertes Sitzbänkchen hervorziehen. Neben dem Bett gab es gerade genug Platz, um bequem daran vorbei ins Badezimmer zu gelangen.

Mit den Nerven fertig und überrascht, überhaupt noch am Leben zu sein, legte Carmen ihren frischen

Kleiderstapel am Bettrand ab. Einen langen Augenblick stand sie nur da und betrachtete ihre aufgeschürften Fingerknöchel. Sich auszuziehen und unter die Dusche zu gehen, schien ihr unmöglich, doch etwas in Garzas Blick hatte ihr verraten, dass seine simplen Bitten ihm wichtiger waren als die größeren, oder zumindest ebenso wichtig. Vorsichtig schaute sie sich in der Kabine um, konnte nirgends eine Kamera entdecken und begann dann mit steifen Fingern, ihre Bluse aufzuknöpfen. So verdreckt, wie sie war, wollte sie sich nicht auf das schöne Bett setzen; im Stehen stieg sie aus ihrer Flanellhose und streifte sich das T-Shirt über den Kopf. Ihr Körper kam ihr knochiger vor als noch am Vortag, und Luis' Schläge hatten ihn in eine Ansammlung dunkler Blutergüsse verwandelt. Sie berührte ihre geschwollene Brust, der Schmerz überwältigte sie, dann die Angst, und sie fiel nackt aufs Bett. Ein blutiger Kratzer an ihrer Hüfte besudelte den frischen Baumwollbezug der Daunenbettdecke. Diese Leute mochten sie schon alleine dafür umbringen, dass sie ihr Boot mit dem Blut ihrer Wunden verschmutzte – auch wenn sie ihr diese Wunden selbst zugefügt hatten.

Sie seufzte. Versuchte vergeblich, sich zusammenzureißen. Aber sie hatte jetzt keine Wahl.

In dem kleinen Duschbad war es noch enger als in der Kabine, doch Carmen war froh über das heiße Wasser. Solange sie es aushielt, blieb sie unter dem Duschkopf stehen und ließ das Wasser Blut und Schmutz über ihre Haut und in den Abfluss unter ihren Füßen spülen. Doch sicherlich würde es noch viel mehr Blutvergießen geben.

Beti stand auf dem Achterdeck, mit ausgestellter Hüfte und vorgeschobener Unterlippe; ihr blondes Haar hatte sie zu einem dicken Pferdeschwanz zurückgebunden, die Arme über der üppigen Brust verschränkt. Sie schmollte. »Du hast ihr meine beste Bluse gegeben, *mi amor*«, sagte sie. Ihre Augen blitzten vor Wut, wie bei einem verwöhnten Kind, das man gezwungen hatte, sein Lieblingsspielzeug mit jemandem zu teilen.

»Ich hab ihr irgendeine Bluse gegeben«, erwiderte Garza und ließ dabei seine Gereiztheit durchklingen. »Bestimmt war es nicht deine beste.«

»Es war ganz bestimmt meine beste«, sagte Beti auf Schnellfeuerspanisch. »Und meine Lieblingsbluse.«

Fausto stand am Steuerrad und bemühte sich, Kurs auf ihr Ziel zu halten, eine Bucht an der Nordwestküste der Insel, wo Luis und Chago den toten Kameramann versenkt hatten. Ein wahres Wunder, dass ihnen die junge Frau nicht gänzlich entwischt war. Die beiden Trottel hatten ihre Zeit damit verschwendet, einen Mann im Meer zu versenken, und auf der Insel waren die Wälder so dicht, dass man nur zehn Meter vom Weg abkommen musste, um auf Nimmerwiedersehen darin zu verschwinden.

Im Moment fuhren sie in westliche Richtung, an der Südküste der Insel entlang, ganz in der Nähe der kleinen Hütte, wo dieser ganze Schlamassel angefangen hatte. Das Boot pflügte auf und ab durch die heranrollenden Wellen, kämpfte gegen den Wind, trotzte dem heraufziehenden Sturm.

Bald würden sie wieder nordwärts fahren. Chago stand Beti gegenüber und wartete auf Befehle. Luis war in der Kombüse beschäftigt.

Garza holte durch die Nase einmal tief Luft und überlegte, wie er sich am besten verhalten sollte. Dann nickte er.

»Deine Lieblingsbluse?«

»Ja, genau«, spuckte sie. »Ich möchte bloß wissen, was du dir dabei gedacht hast, sie der Frau auszuleihen. Die kann ich nie mehr tragen, wenn du sie darin umgebracht hast.«

Garzas Blick zuckte zur Tür, dann hielt er den Finger vor die Lippen. »Sch«, machte er. »Wir reden später darüber.«

»Aber Manolo, ich …«

Mit zwei schnellen Schritten übers Deck war Garza bei ihr und verpasste ihr einen Rückhandschlag ins Gesicht. Sie stolperte rückwärts, doch er packte ihren dünnen Hals und musste sich offenbar beherrschen, sie nicht gleich mit einer Hand zu erwürgen.

»Ich hab … gesagt … später!«

Beti versuchte zu nicken, konnte aber in seinem festen Griff ihr Kinn kaum bewegen. Ihre Lippen öffneten sich zu einem erbärmlichen Röcheln. Wie ein Hündchen begann sie am ganzen Körper heftig zu zittern. Garza fragte sich, ob diese Art der Reaktion bei Camacho funktioniert hatte. Er schob sie von sich, und sie landete auf dem Boden am Bootsrand. Ihr Pferdeschwanz löste sich, und der Wind peitschte ihr die Haare kreuz und quer übers Gesicht. Ohne ein Wort griff sie sich an den Nacken.

Garza tat einen Schritt zurück und zupfte sich die Ärmel seiner Fleecejacke zurecht. Mit einem Lächeln half er Beti wieder auf die Beine und gab ihr einen Klaps auf den Po, eher ihr zuliebe als zum eigenen Vergnügen. Das war sie gewöhnt, und zumindest im Moment musste er dafür sorgen, dass sie Ruhe bewahrte.

Carmen saß auf dem Bett. Das feuchte Haar floss über ihre Schultern, und ihre geschwollenen Füße kamen ihr sehr komisch vor, wie sie da so an der offenen Spitze dieser teuren Schuhe herausschauten. Fast musste sie lachen. Wie dumm, sich Gedanken über ihre Füße zu machen, wo ihre Überlebenschancen fast bei null lagen.

Ein kräftiges Klopfen an der Tür ließ sie beinahe in Ohnmacht fallen. Wer auch immer draußen stand, sprach kein Wort, doch zweifellos sollte sie jetzt nach oben kommen.

Als Carmen die Stufen zum großen Salon emporkam, saß Garza bereits am Esstisch. Er erhob sich, als sie herantrat. Hätte sie es nicht anders gewusst, hätte sie ihn für einen Gentleman gehalten. An der Tür nach draußen aufs Deck stand Chago. Beti saß zurückgelehnt auf dem Sofa gegenüber dem Esstisch. Die Knie hochgezogen, spähte sie über ein deutsches Modemagazin mit dem Titel *TUSH* hinweg. Schwere Knoblauch- und Zwiebeldüfte durchzogen die engen Schiffsräume, aber Carmens Magen rutschte nur immer tiefer. Zum Glück war kein Essen, sondern eine Seekarte auf dem Tisch ausgebreitet. Garza tippte mit dem Zeigefinger darauf.

»Chago meint, hier liegt die Bucht, wo Ihr Freund im Wasser versenkt wurde«, sagte er und tippte erneut auf einen Punkt an der Nordwestküste der Insel. Als würde er über einen schönen Platz zum Campen reden und nicht über Gregs verstümmelte Leiche. »Da fahren wir jetzt hin.«

Carmen nickte. »Gut.«

»Damit wir uns richtig verstehen«, fuhr Garza fort, »von den Filmaufnahmen gibt es nur zwei Kopien?«

Carmen schluckte ihre Furcht hinunter, wollte tapfer sein – und vor allem klug. Mit Tapferkeit alleine würde sie nicht überleben.

»Außer den beiden, die Sie schon haben, ja, richtig.«

»Und eine der beiden befindet sich in einer Plastikhülle in der Tasche Ihres Freundes«, sagte er.

Wieder nickte sie, diesmal stumm, denn sie befürchtete, ihre Stimme würde versagen.

Garza atmete tief durch die Nase ein und betrachtete die Karte. »Ich habe mir überlegt, mich gar nicht weiter um die hier zu kümmern«, sagte er. »Unglücklicherweise ist die Bucht, wo meine beiden dummen Männer die Leiche Ihres Freundes entsorgt haben, nur bis zu 15 Meter tief. Ein niedriger Wasserstand bei Ebbe, kombiniert mit diesem Sturm, da könnte es schon passieren, dass die Leiche vielleicht an Land gespült wird. Und dass dann die Speicherkarte gefunden wird.« Mit schmalen Augen sah er sie an. »Also habe ich ein Problem, das ich jetzt lösen muss. Hier an Bord gibt es zwei Taucherausrüstungen, mit denen man die Schiffsschraube und den Rumpf untersuchen kann, aber leider kann nur einer meiner Männer tauchen. Sie können nicht zufällig …«

Carmen schüttelte den Kopf. »Ich kann nicht mal richtig schwimmen.«

Kaum waren ihr die Worte entschlüpft, hätte sie sich am liebsten auf die Zunge gebissen.

»Aha«, sagte Garza. Seine Finger trommelten auf die Tischplatte. Er sah Chago an. »Sieht so aus, als müsste einer von euch es lernen.«

»Kein Problem, *patrón*«, sagte der Größere.

Carmen sah auf die Karte und zermarterte sich das ohnehin geschundene Gehirn auf der Suche nach einem Ausweg. Auf dem Weg nach Kaguk Cove mussten sie an Craig und an Klawock vorbei, wo die meisten Leute auf dieser Insel wohnten. Wenn sie an Deck wäre, könnte sie sich vielleicht bemerkbar machen. Oder ins Wasser springen, obwohl ihre Chancen, zu ertrinken oder an Unterkühlung zu sterben, fast genauso groß waren wie die, an Bord ermordet zu werden.

Garza legte ihr eine Hand auf die Schulter, was den gleichen Effekt hatte wie ein Elektroschock. Sein breites Lächeln zeigte, dass er seine Macht über sie genoss.

»Kommen Sie«, sagte er. »Luis hat unsere Pasta fast fertig. Gehen wir doch kurz an die frische Luft, während wir aufs Essen warten.«

Chago öffnete die Tür und trat beiseite, um seinen Boss zuerst durchzulassen. Draußen drehte sich Garza um und schnippte mit den Fingern nach Beti, die auf dem Sofa sitzen geblieben war. »Komm mit uns, meine Liebe«, sagte er. »Die Luft ist unglaublich erfrischend.«

Beti ließ ihr Modeheft auf den Boden fallen und bedachte Carmen mit einem weiteren Hassblick. Sie schlüpfte in ein Paar flache Bootsschuhe aus Gummi und trottete zur Tür wie ein widerwilliges Kind. Ganz hinten am Heck nahm sie im Windschatten einen Platz an der Reling ein, möglichst weit von Carmen entfernt. Als ahnte sie, was jetzt kommen würde.

Garza legte seine Handflächen zusammen, führte die Hände zum Mund hoch und stupste mit den Zeigefingern spielerisch gegen die Zähne in seinem Oberkiefer. Dann ließ er sie sinken, teilte sie und schlug sie mit einem lauten Klatschen wieder zusammen.

»Miss Delgado«, sagte er. »Es ist sehr wichtig, dass Sie mir verraten, wo sich die zweite Speicherkarte befindet.«

Carmen schnappte nach Luft. »Das will ich ja«, sagte sie. In ihrem Bauch rumorte es. »Wirklich. Aber Sie müssen auch verstehen …«

Garza hob eine Hand. »Ich verstehe«, sagte er. Der Wind wehte ihm eine schwarze Haarsträhne über die Augen. Er schob sie sich wieder zurück. »Sie sind fest davon überzeugt, dass das Zurückhalten dieser Information Ihr Leben verlängert.« Er zuckte mit der Schulter. »Theoretisch stimmt das natürlich. Allerdings werden dadurch die Stunden, die Sie länger leben, schlimmer als alles, was Sie sich vorstellen können.«

»Da muss ich mir gar nichts vorstellen«, sagte Carmen, plötzlich wütend. »Ich hab zugeschaut, wie Ihre Männer meinen Freund behandelt haben, als er drauf und dran war, ihnen zu verraten, dass er die eine der Speicherkarten hatte. Ich hab gesehen …«

Garza zog eine schwarze Pistole aus der Innentasche seiner Jacke. Chago reagierte nicht. Auf Betis Gesicht machte sich ein Lächeln breit.

»Aha«, sagte er. »Sie halten mich also für einen Mann, der mit sich handeln lässt.«

Carmen stand mit offenem Mund da.

»Nur damit Sie es wissen«, sagte er und richtete die Waffe auf Beti. »So ein Mann bin ich nicht.«

Er schoss der Kolumbianerin in den Bauch.

Beti fasste sich mit einer Hand an die Wunde. Mit der anderen klammerte sie sich an der Reling fest in dem Versuch, sich auf den Beinen zu halten. Ihre zitternde rosa Zunge berührte ihre Oberlippe, während sie auf den Boden des Decks rutschte.

»*Mi amor ...*«, flüsterte sie. Der Wind fegte ihre Worte hinweg.

Garza schüttelte den Kopf. »Ach, meine Liebe«, sagte er. »Nur weil du Camachos Hure warst, heißt das noch lange nicht, dass du auch meine bist.«

Carmen stürzte auf die Knie und erbrach sich aufs Deck.

Für kurze Zeit blieb Garza im Wind stehen und betrachtete sie. Schließlich hob er die Augen wieder, sah zu Chago und deutete mit einem Fingerschnippen auf Beti.

»Mach sie an einem der Reserveanker fest und wirf sie über Bord, damit wir in Ruhe weiterfahren können.« Kaum hatte er sich abgewandt, um hineinzugehen, wirbelte er wieder herum und hob die Hand. »Aber, Chago, bitte geh diesmal auf Nummer sicher, dass wir in tiefem Gewässer sind.«

Beti kauerte achtern an der Reling, blinzelte und versuchte zu schlucken. An ihrem bebenden Bauch quoll Blut zwischen den dünnen Fingern hervor.

»Natürlich, *patrón*«, sagte Chago. Der große Mann hob eine seiner dichten Augenbrauen. »Sie lebt noch. Soll ich ...«

»Nur keine Umstände«, sagte Garza und seufzte. »Das Meer wird erledigen, was meine Beretta nicht erledigt hat.« Er stopfte sich die Pistole in den Gürtel und ging geduckt ohne ein weiteres Wort wieder hinein.

Carmen wischte sich den Mund ab und stellte Blickkontakt mit Chago her. Angewidert schüttelte sie den Kopf, trotz aller Gefahr. Gischtwasser von den brechenden Wellen überspülte das Deck, und sie blieb im Nassen sitzen und hielt ihre Knie mit den Armen umklammert. Bei diesen Leuten konnte sie unmöglich überleben. Für sie war ein Leben nicht nur billig, sondern völlig wertlos.

Im Vorbeigehen murmelte Chago vor sich hin: »So gehen uns schon ziemlich bald die Reserveanker aus.«

29

Seit der Entdeckung von Millie Burketts Leiche herrschte in der Klagefelsenbucht, Wailing Rock Cove, eine Art makabre Karnevalsatmosphäre. Beiderseits des ungepflasterten Holzwirtschaftsweges hierher parkten einige Hundert Meter weit Pkws und Trucks. In den dunklen Wäldern ringsum rannten spielende Kinder umher, die nichts vom traurigen Anlass dieser Party wussten. Und am Himmel rollten dichte Wolken über all dies hinweg. Praktisch jeder auf der Insel hatte vom Verschwinden der kleinen Burkett gehört, und wer konnte, kam nun hierher an die Südküste gefahren, um zu sehen, was es zu sehen gab.

Trooper Sam Benjamin stand am Heck seines Tahoe. Den schwarzen DUI-Trockentauchanzug und das zugehörige Innenfutter hatte er sich bis zur Hüfte heruntergekrempelt, um nicht im eigenen Saft zu schmoren. Er fummelte am Sauerstoffregulator seiner Taucherflasche herum und sprach gleichzeitig mit Officer Simeon und einem zweiten Trooper, der gerade erst von einem Fall in Port Protection zurückgekehrt war. Er war etwa zehn Jahre älter und hatte außer dem entsprechenden Plus an Erfahrung auch ein Bäuchlein vorzuweisen. Benjamin hatte ihn als Trooper Allen vorgestellt und als Neuzugang von einem Police Department in Idaho. Burketts Leiche hatte man bereits in einem Leichensack verpackt auf der Ladefläche eines Pick-up-Trucks der Trooper verstaut, der im Innern eines kreisförmigen Bereichs hinter gelbem Polizeiabsperrband stand.

Schon hatten einige Reporter von der Leichenbergung Wind bekommen, einer war sogar trotz des aufziehenden Unwetters von einem öffentlichen Radiosender in Ketchikan hierhergeflogen. Alle außer einem respektierten das Absperrband, obwohl in dem Truck direkt vor ihrer Nase die Leiche eines toten Teenagers lag. Der dumme Naseweis war ein Typ Anfang 20 mit einem perlenverzierten Jedi-Zöpfchen. Er dehnte das gelbe Band, indem er sich mit seiner Filmkamera dagegen- und hinüberlehnte, um Bilder vom Leichensack aufzunehmen.

Simeon, der gerade am Sauerstoffregulator einer zweiten Taucherflasche genau wie der von Benjamin zugange war, sah auf und sagte: »Dieses Arschloch von *FISHWIVES!* geht mir echt auf die Nerven.«

»Hab mir doch gedacht, dass ich den kenne«, sagte Fontaine.

»Er war auch dort bei dem Haus«, sagte Simeon. »Einer der Kameramänner. Verdient sich ein bisschen was nebenher mit irgendeinem Blog, wo er Nachrichten wiederkäut. Sie wissen schon, so ein Tweet, wo er was von jemand anders nimmt und genau dasselbe noch mal drunterschreibt und das Ganze dann News nennt. Meint wohl, er kann sich allein mit genug Ellenbogeneinsatz an allen anderen vorbei bis ganz nach vorn drängeln.«

Cutter schüttelte den Kopf. In all seinen Berufsjahren war er genügend guten Reportern begegnet, aber Blödmänner wie Jedizöpfchen hier brachten die ganze

Branche in Verruf. Da bemerkte er eine junge Frau mit Kleinkind auf dem Arm, die an das Absperrband herantrat und winkte.

»Hallo, Trooper«, sagte sie, »entschuldigen Sie, aber wir haben Reste von einem Lagerfeuer da drüben gefunden. Das wollte ich Ihnen nur …«

Jedizöpfchen richtete die Kamera gerade auf sein eigenes Gesicht. Sauer, dass die Frau seine sicherlich erstklassige Berichterstattung unterbrach, bewegte er ruckartig seine Schulter, als wollte er jemanden abschütteln. Seine Schulter und dann sein Ellbogen trafen die junge Frau, die mit einem Ausfallschritt versuchte, sich wieder zu fangen, aber wegen des Kindes im Arm das Gleichgewicht verlor und auf die Knie stürzte.

»Ich war als Erster hier«, grummelte Jedizöpfchen.

Cutter sah kurz zu Officer Simeon und den beiden Troopern und holte tief Luft.

»Bin gleich wieder da«, sagte er und ging auf das gelbe Polizeiband zu.

Hinter sich hörte er Simeon: »Jetzt müsst ihr zuschauen. Das dürft ihr nicht verpassen.«

Cutter zückte seine Dienstmarke. »Alles in Ordnung, Miss?«

Sie nickte, immer noch auf der steinigen Erde kniend, und hielt ihr Kind fest umschlungen.

Cutter sah Jedizöpfchen ins Gesicht. »Läuft die Kamera?«

»Klar«, sagte der junge Typ und versteckte sich hinter seiner Kamera. »Als Journalist hab ich das Recht dazu.«

»Ja, First Amendment und so weiter«, sagte Cutter. »Aber nehmen Sie ruhig auch wirklich alles auf. Vor allem das Folgende.« Er beugte sich vor, um der jungen Dame aufzuhelfen. »US Marshals, Ma'am. Ich hab gesehen, was passiert ist. Möchten Sie Anzeige erstatten?«

Jedizöpfchen lugte hinter seiner Kamera hervor. »Anzeige wegen was?«

»Richten Sie Ihr Ding doch mal hier runter«, sagte Cutter. »Nehmen Sie den Schaden auf, den Sie dieser armen jungen Frau an den Knien zugefügt haben.« Er schnaubte verächtlich. »Sie sollten sich was schämen. Alle anderen Journalisten hier kriegen die Filmaufnahmen, die sie brauchen, ohne unschuldige Mitmenschen zu Boden zu stoßen.«

Der Reporter vom öffentlichen Rundfunk und der Mann von der Lokalzeitung schüttelten angewidert den Kopf, um sich von Jedizöpfchen zu distanzieren.

»Sie hat sich von hinten angeschlichen«, sagte der. »Ich hab nur ...«

Cutter beugte sich vor und schaute direkt in die Kamera. »Wie schon gesagt, ich hab genau gesehen, was passiert ist – und mit mir auch ein Dutzend andere anständige Bürger.«

Die Kamera lief weiter, als Jedizöpfchen außerhalb des Bildes plötzlich in den Straßenschotter trat und Cutter eine Ladung Steinchen gegen die Beine kickte. Offenbar mit der Absicht, ein heftiges Gerangel zu provozieren, das er dann filmen würde – selbst wenn ihm das eine blutige Nase einbringen sollte.

Cutter hätte ihm das durchgehen lassen, wenn der Wind nicht den Staub und Dreck, den Jedizöpfchen losgetreten hatte, dem Kleinkind in die Augen geblasen hätte.

»Wissen Sie was?«, sagte Cutter.

Er schob die Kamera beiseite, nahm die Handschellen von seinem Gürtel, stieß Jedizöpfchen gegen die eine

Schulter und packte ihn an der anderen, um ihn herumzudrehen.

Der junge Mann tat Cutter den Gefallen, wütend zu reagieren und sich zu wehren. Er riss sich los und nahm eine Kämpferpose ein.

Mit einer Hand hielt er die Kamera, seine andere ballte sich zu einer Faust. Schnell trat Cutter einen Schritt vor und seinem Gegner auf den vorderen Fuß. Cutter war ihm 15 Zentimeter und mindestens 50 Pfund überlegen. Unfähig zum Rückzug, weil Cutter auf seinem Fuß stand, fiel der junge Mann einfach nach hinten um, als Cutter ihm eine Backpfeife verpasste. Die Kamera landete im Straßenschotter neben ihm.

»Sie Schwein!«, schrie er mit einer Stimme, die sich beinahe überschlug, als würde er gleich in Tränen ausbrechen. »Das ist brutale Polizeiwillkür!«

Cutter langte hinunter und packte Jedizöpfchen am Ellbogen. »Steh auf, mein Junge«, sagte er. »Du blamierst dich nur.«

Neben ihnen kam Officer Simeon schlitternd zum Stehen und langte nach dem anderen Ellbogen des Liegenden.

»Das muss ich mir nicht bieten lassen!«, schrie der junge Mann. Zuschauer versammelten sich um sie. Hilfe suchend sah er sich nach seinen Reporterkollegen um. »Rufen Sie den Rechtsanwalt von *FISHWIVES!* an! Und die ACLU!«

Die anderen Reporter wandten sich ab.

»Ich glaube nicht, dass die was mit Ihnen zu tun haben wollen«, sagte Cutter und ließ die Handschellen zuschnappen. Dann flüsterte er Jedizöpfchen ins Ohr: »Aber Sie können von Glück sagen, dass Ihre Kollegen hier sind. Sonst hätte ich Ihnen die Arme abgerissen und Sie damit totgeprügelt für Ihr Verhalten von vorhin.«

Der junge Mann glotzte Simeon an. »Hey, haben Sie das gehört?«

Der Polizist ignorierte ihn.

»Hey, Indianer-Joe, Sie haben doch genau gehört, was er gesagt hat.«

»Ich hab nur den Wind gehört«, sagte Officer Simeon, und er und Cutter nahmen ihn in die Zange und brachten ihn zum Streifenwagen.

Cutter duckte sich hinter Sam Benjamins Tahoe und stieg in den Innenoverall aus Nylongewebe, dann in den schwarzen DUI-Tauchanzug. Der Trooper trug genau den gleichen. Es war ein Trockenanzug, der den Taucher nicht wie ein Nassanzug aus Neopren durch eine dünne innere Wasserschicht wärmte, sondern der gar kein Wasser einließ, sodass lediglich eine Luftschicht und der Nylon-Innenanzug den Körper vor Auskühlung schützten.

Cutters Füße steckten bereits in der wasserdichten Umhüllung, darüber würde er dann noch ein Paar Unterwasserstiefel anziehen – im Prinzip schwarze, über die Knöchel reichende Gummistiefel. Er streifte sich die Silicon-Manschetten über Hals und Handgelenke, aber seine Neoprenkapuze wollte er sich erst über den Kopf ziehen, kurz bevor er ins Wasser ging.

Benjamin lugte um den Tahoe. »Eins wollte ich Ihnen noch sagen. Ich hab einen Außenkatheter für Sie, wenn Sie wollen.«

Cutter zog sich den Reißverschluss über der Brust zu. »Hört sich aber nicht so toll an.«

254

Der Trooper lachte. »Ist wie ein extrastarkes Kondom mit einer Direktverbindung zum Pinkelventil innen an Ihrem Oberschenkel. In einem Trockenanzug können Sie nämlich nicht so einfach Wasser lassen wie in 'nem Neoprenanzug.« Er nickte verschwörerisch. »Natürlich würden Sie nie in Ihren Nassanzug pissen, schon klar … Glauben Sie mir, es ist die Mühe wert, wenn Sie Ihren Anzug noch mal runterstreifen und sich das Ding anbringen, dann können Sie's jederzeit einfach laufen lassen, wenn wir unten sind.« Er reichte Cutter ein bräunliches Gummiding, das aussah wie die Fingerkappen, die Bankangestellte überziehen, wenn sie große Mengen Geldscheine zählen.

»Und wie bleibt das Ding an Ort und Stelle?«

»Mit Klebstoff«, sagte der Trooper.

Cutter verzog das Gesicht. »Abenteuer Tiefseetauchen«, sagte er, krempelte sich den Trockenanzug aber wieder herunter.

Als 13-Jähriger war Cutter zum ersten Mal mit einem Tauchanzug ins Wasser gegangen. In Florida hatte er Hunderte von Tauchgängen absolviert, im Trockenanzug allerdings nur einen einzigen, und zwar in der Zeit der Ehe mit seiner zweiten Frau, als er in Kalifornien nach Abalone-Muscheln getaucht war. Seiner damaligen Ehefrau war es zuwider gewesen, und so hatte er einen Nachmittag lang die Algenwälder unter Wasser durchstreift und insgeheim gehofft, ein Hai würde ihn fressen, damit er nicht zurück ans Ufer und sich seiner zornigen Frau stellen musste.

Sam Benjamin wirkte wie ein erfahrener Taucher. Seine Ausrüstung war sauber und ordentlich, und Cutter hatte das Gefühl, sie lagen da auf einer Wellenlänge. Grumpy hatte jede Menge Regeln gehabt, was allgemein Verhalten und Charakter betraf, doch obendrauf hatte er, wenn's ums Tauchen ging, immer seinen Spruch gepackt, nie mit einem »lässigen Typen« tauchen zu gehen. Damit hatte er irgendwie jeden gemeint, der nicht ganz genau wusste, was er tat. Das klang ein bisschen pingelig, doch es hatte schon etwas für sich, wenn ein Taucher sorgfältig und gewissenhaft mit seiner Ausrüstung umging. In 20 Metern Tiefe konnte alles Mögliche schiefgehen, und im Notfall konnte man eben nicht einfach schnell wieder an die Oberfläche.

Nach der Vernehmung der beiden geschockten Jungs, die die Leiche entdeckt hatten, hatte Trooper Benjamin die Seekarte und die Gezeitentabellen studiert, um abzuschätzen, wo sie am besten mit ihrer Suche beginnen sollten. Falls sie es mit einem Serienkiller zu tun hatten, fanden sie womöglich auf dem Grund ihrer Bucht einen ganzen Friedhof entsorgter Leichen, aber umso wichtiger wäre eine systematische Suche.

Cutter prüfte den Druck in seiner Sauerstoffflasche und bewegte die Schultern unter seiner Tarierweste. Dann trat er an den Wasserrand und zog sich schwarze Schwimmflossen über seine Taucherstiefel.

Die beiden Taucher klammerten sich an die Seitenwand eines Aluminiumskiffs, während Officer Simeon sie damit an die Stelle schleppte, wo sie tauchen wollten. Dort angekommen, warf er einen betongefüllten 20-Liter-Plastikeimer über Bord, der ein festes Seil hinter sich herzog, bis er am Meeresboden angekommen war; dann befestigte er am oberen Seilende eine orangefarbene Boje. Vom Ufer aus sah ihnen Fontaine neidisch zu. Cutter war klar, dass er auf seinem Schreibtisch einen Antrag auf Teilnahme an einem Tauchlehrgang vorfinden würde, sobald sie wieder im Büro waren. Er formte mit Daumen und Zeigefinger ein O, um ihr zu signalisieren, dass alles okay sei, dann nickte er dem Trooper zu. Das Wasser wogte ein bisschen auf und ab, aber das war kein Problem für das Boot, hier in der geschützten Bucht. Die Taucher prägten sich die Lage der Boje zum Ufer hin ein, warfen einen Blick auf ihre Uhren, prüften ein letztes Mal ihren Luftdruck, drückten dann auf die Ventile ihrer Tarierwesten und verschwanden in der dunklen Tiefe.

Die beiden Männer strampelten abwärts und hinterließen dabei eine Kette von silbrig glänzenden Luftblasen im Gewoge grünlichen Lichts. Cutter lauschte dem Auf- und Zuklicken seines Atemreglers und atmete tief und gleichmäßig ein und aus. Bei jedem weiteren Meter Tiefe hielt er sich kurz die Nase zu, um mit einem Plopp den zunehmenden Druck in den Ohren auszugleichen. Er folgte Benjamin zu dem 20-Liter-Eimer hinab, der in 18 Metern Tiefe auf dem Grund lag. Lange, breite Algenblätter wuchsen hier und dort empor und wogten in der Dünung, doch ansonsten war der Meeresboden unbewachsen. Mit dem Strahl seiner Taucherlampe erwischte Cutter einen Heilbutt, so groß und so dick wie ein Müllcontainerdeckel, der über dem Boden schwebend nach Futter suchte. Einer Flunder war er schon öfter begegnet. Bei beiden Fischarten saßen die zwei Augen auf derselben Seite ihres flachen Körpers; dieser Heilbutt hier kam ihm irgendwie vor wie eine gedopte Flunder.

Der Trooper klemmte ein gelbes Seil an einem Karabinerhaken am Eimer fest und schwamm dann etwa 20 Meter davon weg. Das Seil in der linken Hand, bewegte er die Lampe an seinem rechten Handgelenk langsam vor und zurück. Cutter hielt sich mit seiner Linken am Flaschengurt des Troopers fest und ließ ebenfalls das Licht an seinem rechten Handgelenk über den Boden streichen. Als erfahrene Taucher bewegten sie sich beide mit sachten Beinstößen vorwärts, weniger als einen Meter über dem Boden, und suchten ihn ab, ohne das Sediment aufzuwirbeln.

Während ihrer Suche wickelte sich das am Eimer befestigte Seil allmählich um diesen herum auf. So wurden ihre Kreise immer enger. Eine langsame, aber effektive Methode, und nach kaum 15 Minuten fiel das Licht des Troopers auf einen galvanisierten Anker. Benjamin ließ Luft aus seiner Flasche in einen orange-farbenen Zylinder strömen und diese Boje dann an einer Schnur zur Oberfläche treiben, um die Fundstelle zu markieren.

Weitere 20 Minuten Unterwassersuche erbrachten nichts mehr, also erklärte der Trooper die Aktion für beendet, indem er mit dem Daumen nach oben zeigte. Er klaubte den Anker auf und die beiden Männer strampel-ten mit ihren Schwimmflossen wieder an die Oberfläche.

Cutter drückte auf einen Knopf an seiner Tarierweste, um sie aufzublasen, und zog sich dann die Atemmaske herunter, sodass sie ihm um den Hals hing. In Filmen sah es cool aus, wenn sich einer die Tauchmaske hoch auf den Kopf schob, aber unter Profitauchern galt das als Zeichen, dass jemand Probleme hatte, weshalb man es tunlichst vermied. Sie hatten sich lange genug in 18 Metern Tiefe aufgehalten, um vor dem nächsten Tauchgang eine Ruhe-pause zu brauchen, damit sich der angesammelte Stick-stoff in ihrem Blut verflüchtigen konnte.

»Kurze Pause?«, fragte Cutter, als sie den Anker gemeinsam über den Rand von Officer Simeons Boot wuchteten.

Der Trooper wischte sich mit der Hand übers Gesicht. »Wenn da unten noch eine andere Leiche liegt«, sagte er, »dann nicht in der Nähe von dieser hier. Am besten konzentrieren wir uns auf Millie. Machen wir das Beste aus dem, was wir schon haben.«

Die beiden Männer beschlossen, zum Ufer zu schwimmen, anstatt die wackelige Leiter hochzuklettern, die Simeon über den Bootsrand gehängt hatte. Am Strand schlüpfte Cutter aus seinen schwarzen Schwimmflossen und trug sie über den Kies zu Fontaine und Trooper Allen, die auf ihn warteten.

Fontaine musterte ihn von Kopf bis Fuß und sagte: »Steht dir gut, Boss, dieses Taucherdings. Kannst du dir vorstellen, dass ich von einem Inselvolk im Südpazifik abstamme und nicht mal tauchen kann?«

Simeon schleppte das Skiff auf den Kiesstrand. Jedizöpfchen im Streifenwagen sah es und begann, mit dem Kopf gegen das Seitenfenster zu schlagen. Simeon ignorierte ihn.

»Hallo, Will«, rief der Trooper, als er vom Wasser zu ihnen hochgestapft kam, die Schwimmflossen unter dem Arm.

»Tag, Sam.«

Neben dem Pick-up des State Troopers stand ein schlanker Mann mit Latexhandschuhen, der ihn mit einem kurzen Winken begrüßte. Er trug ausgeblichene Jeans und ein kariertes Westernhemd, dessen Ärmel er fast bis an die Ellbogen hochgekrempelt hatte. Unter seiner aus der Stirn geschobenen Football-Kappe der

Seattle Seahawks lugte strohblondes Haar hervor. Millie Burkett lag auf der heruntergeklappten Heckklappe des Pick-ups, doppelt in Leichensäcke verpackt, damit kein Beweismaterial verloren ging. Die Reißverschlüsse der Säcke waren nicht ganz zugezogen und ließen den Blick auf Millies Kopf und Schultern frei.

»Ist der Gerichtsmediziner aus Ketchikan schon da?«, fragte Cutter.

»Lachen Sie nicht«, sagte Benjamin. »Er ist mein Zahnarzt.«

Cutter sah ihn an und hob eine Augenbraue. »Ihr Zahnarzt?«

»Jep.« Der Trooper seufzte tief. »Erzählen Sie das bloß nicht Sergeant Yates. Wenn der Korinthenkacker wüsste, was ich hier alles improvisieren muss, um den Laden am Laufen zu halten! Aber man tut eben, was man kann. Bei dem Sturm, der heute vom Pazifik her aufkommt, bleiben die Leute vom Alaska Bureau of Investigations lieber schön in Ketchikan.«

»Anders als die Journalisten«, sagte Fontaine.

»Ja, oder?«, sagte Trooper Allen. »Die Nachrichten veralten schnell. Eine Leiche ist morgen immer noch tot.«

»Wie auch immer«, sagte Benjamin, »Doc Gelman besitzt genug medizinische Erfahrung, um schon mal einen ersten Blick auf die Leiche zu werfen. Das reicht mir, um zu wissen, wie ich weiter vorgehe, ohne dass was übersehen wird. Dann verfrachte ich die Leiche in 'ne Silberkugel und schick sie für eine vollständige Autopsie nach Anchorage, um auf Nummer sicher zu gehen.«

Silberkugel wurde der Aluminiumsarg genannt, mit dem Leichen im Flugzeug transportiert wurden – ein wichtiges Utensil im Hinterland von Alaska. Während seines Einsatzes in Afghanistan hatte Cutter zu viele davon gesehen.

»Sam«, sagte Dr. Gelman, der sich gerade über Millie Burketts Kopf beugte und Nahaufnahmen mit seinem Smartphone schoss. »Das musst du dir anschauen.«

Trooper Benjamin bedeutete Cutter und Fontaine, ihm zu Gelman zu folgen, doch bevor sie sich Gelmans Entdeckung ansehen konnten, lenkte ein Unruheherd hinter dem Polizeiabsperrband sie ab.

Die Zuschauermenge teilte sich; ein Mann drängelte sich vor und hielt auf die Heckklappe des Dienstfahrzeugs zu.

»Ist sie das? Ist das mein kleines Mädchen?«

»Gerald Burkett«, flüsterte Fontaine.

Trooper Benjamin stöhnte und warf ihr einen kurzen Seitenblick zu. »Das wollte ich uns eigentlich ersparen.«

Der Trooper ging los und fing Burkett ab, als dieser das flatternde gelbe Absperrband erreichte. »Sie müssen zurückbleiben«, sagte er.

Burketts Augen waren blutunterlaufen und verquollen. Die Brise wehte seinen Körpergeruch, vermischt mit einer Alkoholfahne, vor ihm her. »Ich hab das Recht, sie zu sehen«, bellte er.

»Nein, Gerald, das haben Sie nicht«, sagte Benjamin mit beruhigender, tiefer Stimme. »Noch nicht. Es ist furchtbar. Das ist mir klar. Aber Sie müssen hier stehen bleiben und sich um Lin kümmern.«

Lin Burkett, schlank und hochgewachsen wie ihre Tochter, packte ihren Mann an der Schulter.

»Lass sie ihre Arbeit machen.« Sie schwankte, fiel fast vornüber. Auch sie hatte getrunken. Aber wer wollte es ihr verdenken?

Gerald Burkett blieb an der Absperrung stehen und beherrschte sich nur mühsam. Hilflos lehnte er sich seitlich an den Pick-up. Seine Frau wiederum lehnte sich an ihn und klammerte sich an den Ärmel seines ölverschmierten Kapuzenpullovers. Cutter und Benjamin wandten sich wieder der Leiche zu, während Fontaine und Simeon bei den Burketts blieben, um das Unmögliche zu versuchen – den trauernden Eltern Trost zu spenden.

Cutter öffnete den Reißverschluss seines Trockenanzugs über seiner Brust, um etwas von der Hitze abzulassen, die sich aufgestaut hatte, seit er aus dem Wasser gestiegen war. Selbst in der kühlen Brise vor dem Sturm hatte er angefangen zu schwitzen in seinem luftdichten Tauchanzug. Kurz überlegte er, ob er nicht schnell hinter dem Tahoe verschwinden und sich andere Sachen anziehen sollte, auch um seine Handfeuerwaffen wieder an sich zu nehmen – aber eigentlich konnte das warten, bis er erfahren hatte, was der Zahnarzt da Aufregendes entdeckt hatte.

Zufällig fiel sein Blick auf einen etwas abseitsstehenden Mann hinter der Menge, im Schatten der Bäume am Waldrand. Cutter riss sich zusammen, um nicht hinzustarren, und griff automatisch an seine Hüfte, langte nach der Waffe, die noch im Truck war. Seine Handschellen hatte er bereits dem Reporter angelegt. Den Mann im Augenwinkel behaltend, stupste er den Trooper am Ellbogen an.

»Nicht hinsehen«, sagte er, »ich hab gerade Hayden Starnes entdeckt.«

30

Im Lauf seiner Dienstjahre hatte Arliss Cutter genügend Verbrecher gejagt, um zu wissen, dass Menschen das Weiße in den Augen anderer Menschen besonders wahrnehmen. Genau aus diesem Grund trugen Spanner in Fitnesszentren gerne Sonnenbrillen. Wenn man vom Blick einer anderen Person erfasst wurde, dann erkannte man das noch aus 100 Metern Entfernung sofort. Und wenn diese andere Person 1,90 groß und US Marshal war, dann nahm man Reißaus.

Hayden Starnes nahm Reißaus. Der Überraschungseffekt war dahin, also preschte Cutter durch die Zuschauermenge, doch seine Beute hatte sich aus dem Staub gemacht. Ohne innezuhalten lief Cutter weiter, schrie Starnes nach, er solle stehen bleiben. Allerdings nicht, weil er sich etwa Hoffnungen machte, der Fliehende würde tatsächlich stehen bleiben. Nein, im Gegenteil, er wollte ihn antreiben, schneller weiterzurennen und sich zu verausgaben.

Am Waldrand bog Cutter zwischen den Bäumen links ab, folgte Abdrücken im moosigen Untergrund, wo Starnes ebenfalls einen linken Haken geschlagen hatte, um über einen vermodernden Baumstamm, so dick wie ein Ölfass, zu klettern. Cutter sprang über den Baumstamm, riss sich dabei den 1000 Dollar teuren Trockenanzug auf und landete mit dem Kopf voraus in einem schattigen Dickicht aus Wurzeln, Gestrüpp und faulendem Holz. Überraschenderweise verliehen ihm die leichten Unterwasserschuhe einen festen Tritt, aber in dem Tauchanzug drohte er zu ersticken. Mit jedem Schritt, so kam es ihm vor, stieg seine Körpertemperatur um ein Grad. Zum Glück machte er größere Schritte als Starnes, und obwohl er ihn noch nicht sah, fühlte er den Abstand zwischen ihnen schwinden. Mit ziemlicher Sicherheit war Starnes bewaffnet. Und Cutter wusste nicht, wie weit er Fontaine und den anderen voraus war, doch hinter sich hörte er Zweige knacken und andere Geräusche von rennenden Verfolgern, die ihm verrieten, dass sie ihm ziemlich dicht auf den Fersen waren.

Erneut gab Cutter sich laut als US Marshal zu erkennen und forderte Starnes auf, stehen zu bleiben. Grumpy hatte ihn gelehrt, dass die meisten Leute normalerweise denselben Weg zwischen zwei Punkten wählen. »Derselbe Bewegungsfluss«, hatte er es genannt. Manche Fährtenleser nannten das Phänomen »die Neigung zum natürlichsten Weg«. Wie auch immer man es nennen wollte, diese Neigung verstärkte sich noch, wenn dem Fliehenden keine Zeit für bewusste Entscheidungen blieb. Cutter hätte wahrscheinlich mit geschlossenen Augen durch diesen Wald rennen können und wäre keinen Meter weit von der Stelle gelandet, wo Starnes schließlich völlig erschöpft aufgeben würde. Und wo Starnes ihn dann immer noch erschießen konnte, wenn er bewaffnet war.

Am Rand einer Lichtung hielt Cutter inne, kam schlitternd auf dem modrigen Waldboden zum Stehen und richtete sich auf. Schwer hing der unverkennbare Geruch von Angst in der Luft. Gut. Starnes konnte also nicht mehr klar denken.

Cutter zog den Reißverschluss seines Anzugs über der Brust einige Zentimeter weiter auf, dann tat er das Gleiche am Innenanzug aus Nylongewebe. Es nützte wenig, also zog er den eng anliegenden Latexkragen von seinem

Hals weg, bis der Verschluss des Rings ähnlich wie beim Patentverschluss eines Gefrierbeutels aufging und er das Ding vom Anzug selbst ablösen konnte. Ein Schwall feuchtheißer Luft stieg aus der vergrößerten Öffnung empor.

Links von ihm knackte in der Stille des Waldes ein Ast. Cutter nahm die Verfolgung wieder auf. Er duckte sich unter toten Baumstämmen hindurch, die gefährlich schräg an lebenden Bäumen lehnten, oder umging diese gigantischen Todesfallen gleich ganz. Nachdem er einen Granitfelsen von der Größe eines Kleinwagens umrundet hatte, erspähte er am Boden einen losgetretenen Fetzen Moos.

Bei seinem nächsten Schritt hörte er ein Geräusch näher kommen. Wusch! Er duckte sich einen Sekundenbruchteil zu spät weg, der Ast in Hayden Starnes' Händen krachte ihm quer auf die Brust. Er hätte ihn wohl im Gesicht erwischen sollen, aber Starnes war kleiner und stand dazu noch in einer Mulde, sodass er sein Ziel verfehlte.

Noch in seiner Duckbewegung preschte Cutter weiter vor, ohne sich um den Schlag zu kümmern. Er drängte Starnes zurück und nagelte ihn am Stamm einer dicken Sitka-Fichte fest. Den Holzknüppel seines Angreifers schob er kurzerhand beiseite und verpasste dem Mann eine feste Ohrfeige. In der Rückwärtsbewegung brachte er seinen Ellbogen hoch und zertrümmerte Starnes damit die Nase. Der Flüchtige klappte zusammen, rutschte am Stamm des Baumes herunter, seine Jacke schabte im Rücken an der Rinde entlang. Cutter deckte ihn mit Schlägen in die Rippen und ins Gesicht ein. Starnes warf seine Arme dazwischen, schrie, blutete aus der Nase. Nahezu in blindem Zorn über Millie Burketts Tod und den Anblick ihrer Leiche schlug Cutter ebenso sehr auf Starnes wie auf die raue Rinde der Fichte ein. Als Fontaine und der Trooper angerannt kamen und ihn wegzerrten, hatte er sich bereits die Fingerknöchel blutig geschlagen.

»Helfen Sie mir!«, schrie Starnes. »Dieser Wahnsinnige will mich umbringen!«

Mit Genugtuung vernahm Cutter den näselnden Tonfall, an dem sein Ellbogen schuld war. Nun nahm er auch wahr, dass Starnes der Daumen und der Zeigefinger an seiner rechten Hand fehlten. Diese kleine Information hatte nicht in seiner Akte gestanden. Da die Haut dort verheilt, aber noch rosa war, kam Cutter zu dem Schluss, dass es sich wohl um eine relativ frische Verletzung handelte.

Ordentlich in Handschellen und mit genügend Zeugen um sich herum, um keinen weiteren Schlag von Cutter befürchten zu müssen, änderte Starnes seinen Gesichtsausdruck. »Sie haben's gesehen«, sagte er, ganz der harte Typ. »Ich will Anzeige erstatten.«

Keuchend stand Cutter da, vornübergebeugt, die Hände auf die Knie gestützt. Er sah Starnes von unten her an. »Wollten Sie Ihr Werk bewundern?«

»Mein Werk?«, fragte Starnes. »Keine Ahnung, was das heißen soll.«

»Das soll heißen, Klugscheißer«, sagte Fontaine, »dass Mörder ganz gerne an den Tatort zurückkehren, um sich dran zu erfreuen, was sie getan haben.«

Starnes richtete seinen Blick auf den Trooper. »Die spinnen, diese beiden. Sie kennen mich doch. Ich arbeite bei *FISHWIVES!* mit.«

»Stimmt«, sagte der Trooper. »Das wissen wir. Wann haben Sie Carmen und Greg das letzte Mal gesehen?«

Starnes legte den Kopf in den Nacken und schniefte. »Verdammt, wovon reden Sie? Und was soll das heißen, mein Werk bewundern? Ich weiß ja nicht mal, wen Sie da überhaupt aus dem Wasser gezogen haben.«

»Darauf kommen wir schon noch zu sprechen, Hayden«, sagte Cutter.

Als er seinen richtigen Namen hörte, fiel er in sich zusammen.

Mitten auf Cutters Kopf landete ein Regentropfen. Dann noch einer, den ein heftiger Windstoß durchs Blätterdach getrieben hatte. Das Unwetter hatte sie erreicht.

»Machen wir uns auf die Socken«, sagte Benjamin und zeigte mit dem Daumen zurück in Richtung Straße. »Wir klären das alles lieber im Büro der State Trooper. Und ich muss dafür sorgen, dass Millies Leiche nichts vom Regen abkriegt.«

Starnes' Kopf fuhr herum, als der den Namen hörte. »Millie?«, sagte er. »Millie Burkett ist die Tote?«

»Genau, Einstein«, sagte Fontaine.

»Ach du Scheiße!«, fing Starnes an zu jammern. Schon regnete es so heftig, dass ihm das Wasser an der Nasenspitze heruntertropfte. »Mit meiner Vorgeschichte … da glaubt mir doch keiner, dass ich nichts damit zu tun habe …«

»Da haben Sie allerdings recht«, sagte Cutter, packte ihn am Arm und führte ihn auf den Weg zurück dorthin, wo sie hergekommen waren.

Nach ein paar Schritten schien Starnes den Tränen nahe. »Können wir die Handschellen abnehmen?«

»Nein«, sagte Cutter bestimmt.

»Aber so kann ich nicht richtig gehen. Womöglich falle ich hin und verletze mich.«

»Na so was aber auch«, sagte Cutter.

31

Wie ein Kind, das ohne Ende auf dem Blechdeckel eines Mülleimers herumtrommelt, so prasselte der Regen aufs Dach des Bürogebäudes der Alaska State Trooper.

Trooper Allen war ausgerückt, um einen Unfall mit drei beteiligten Fahrzeugen nördlich von Klawock aufzunehmen; der polizeiliche Alltag forderte weiter seinen Tribut, auch wenn ein Mord geschehen war. Lola begleitete Officer Simeon und Dr. Gelman, die Millie Burketts Leiche in den übergroßen Kühlschrank hinten im gesicherten Lagerraum brachten. Dort würde sie verbleiben, bis besseres Wetter einen Silberkugel-Transport per Flugzeug nach Anchorage ermöglichte.

Auf der gesamten Rückfahrt von der Klagefelsenbucht hierher hatte Hayden Starnes sich lauthals beklagt, unaufhörlich, bis Benjamin ihn endlich im Verhörraum auf den Stuhl setzte. Selbst jetzt noch, lange nach dem Wutanfall, holte er bebend immer wieder tief Luft. Trooper Benjamin setzte sich ihm an dem Stahltisch gegenüber und öffnete sein Notizbuch. Starnes war an einen im Fußboden verankerten Eisenring gekettet, seine Hände vor dem Bauch mit Handschellen gefesselt. Wie ein verlorenes Häufchen saß ihr Gefangener nun da, mit Klopapierfetzen in beiden Nasenlöchern.

Cutter setzte sich in die Ecke des Verhörraums und kippte den Stuhl nach hinten gegen die Wand. Scheinbar desinteressiert am Gespräch des Troopers mit Starnes, schnitzte er beflissen an dem Stück Treibholz herum, das er im Lager bei Blind Bob aufgelesen hatte. Sowohl er als auch der Trooper hatten ihre Dienstwaffe in einem Schließfach außerhalb des Raums gelassen, doch Benjamin schien offenbar kein Problem damit zu haben, dass Cutter ein Messer mit hereingebracht hatte.

Vor lauter Verzweiflung schlug Starnes mehrmals langsam mit dem Kopf auf die stählerne Tischplatte. »Was hätte ich denn machen sollen? Ich weiß ja, ich hätte nie und nimmer so davonrennen sollen. Jetzt glaubt mir ja keiner mehr, dass ich unschuldig bin.«

»Von unschuldig kann keine Rede sein«, warf Cutter ein, was ihm – er blickte kurz auf – einen scharfen Blick von Trooper Benjamin einbrachte.

»Sie kennen also Millie?«, fragte der Trooper.

»Natürlich kenne ich sie«, sagte Starnes. »Jeder im Filmteam kennt sie … kannte sie. Millie war ein nettes Mädchen.«

Sam Benjamin tippte mit der Spitze seines Kugelschreibers auf das Notizbuch. »Sie müssen schon zugeben«, sagte er, »dass das äußerst verdächtig wirkt. Ich meine, aus unserer Sicht. Ein paar Stunden bevor Sie verschwinden, verschwindet Millie Burkett. Sie ist ungefähr im gleichen Alter wie das Mädchen, für dessen Entführung und Vergewaltigung Sie in Oregon verurteilt worden sind …«

Die Brust immer noch flach gegen die Tischplatte gepresst, sah Starnes ihn von unten herauf an. »Hey, dafür hab ich meine Strafe abgesessen.«

Der Trooper ignorierte den Einwand. »Vielleicht haben Carmen und Greg irgendetwas mitbekommen, also mussten Sie sie ebenfalls aus dem Weg räumen. Sie hätten sich einfach weiter versteckt halten sollen. Aber die Leichenbergung, das war einfach zu viel für Sie. Sie konnten der Versuchung nicht widerstehen und sind zurückgekommen. Wenn Sie an meiner Stelle wären, würden Sie sich doch wahrscheinlich auch verhaften.«

»So war das nicht.« Starnes schniefte. »Ich hab gehört, dass Carmen und Greg vermisst werden. Aber damit hab ich auch nichts zu tun.«

»Wie haben Sie sich die Hand verletzt?«, fragte Cutter.

»Tischkreissäge«, sagte Starnes mit bebender Stimme. »Hören Sie, mein Bewährungshelfer wird meinen kontrollierten Freigang rückgängig machen, nur allein dafür, dass ich nach Alaska gekommen bin und einen gescheiten Job gesucht hab. Können Sie sich vorstellen, wie viele Leute einem Sexualstraftäter Arbeit geben? Was soll ich denn machen?«

Cutter wollte sich das Gejammer nicht länger anhören. »Mein Großvater pflegte zu sagen, manchmal hilft ja Versuchensin.«

Der Trooper hob eine Augenbraue.

Wieder zog Starnes die Nase hoch. »Verdammt, was ist denn Versuchensin?«

Cutter erhob sich und ließ die vorderen Stuhlbeine mit einem lauten Knall gegen den Fußboden plumpsen. Um seine Worte zu unterstreichen, zeigte er auf das Stück Holz in seiner Hand. »Versuchen Sie 'n Mann zu sein, wenigstens ein Mal in Ihrem Scheißleben.«

32

Sobald sie den Verhörraum verlassen hatten, sprach Sam Benjamin Cutter direkt an. »Alles okay bei Ihnen?«

»Wie bitte?«

Der Trooper schüttelte den Kopf. »Na, ich weiß nicht. Erst mal reißen Sie dem Reporter an der Bergungsstätte fast den Kopf ab, und jetzt lässt mich das Gefühl nicht los, Sie hätten mit Ihrem Messer an Hayden Starnes rumgeschnitzt und ihm glatt die Eier abgeschnitten, wenn ich nicht mit im Verhörraum gewesen wäre.«

Cutter winkte ab. »Alles okay. Ich hab nur gedacht, ich spiele mal ein bisschen böser Bulle.«

»Ach so.« Benjamin schnaubte. »Den spielen Sie ja ziemlich gut.« Er beruhigte sich etwas. »Aber ohne Witz, das mit dem *Versuchensin* gefällt mir.«

»Also, was glauben Sie?«, fragte Officer Simeon, als sie wieder in Benjamins Büro waren. »Könnte Starnes Millie Burkett ermordet haben?«

Cutter schüttelte den Kopf. »Er ist ein Scheißkerl, aber ich glaube kaum, dass er unser spezieller Scheißkerl ist, nach dem wir suchen.«

An einem Schreibtisch saß Dr. Gelman gemeinsam mit Lola Fontaine über mehrere 20-mal-25-Zentimeter-Fotos gebeugt; als er den Trooper bemerkte, sah er hoch.

»Hast du was für mich, Will?«, fragte Benjamin mit lauter Stimme, um den prasselnden Regen zu übertönen.

»Nicht viel, fürchte ich«, antwortete Dr. Gelman. »Aber doch ein bisschen was Interessantes. Magen und Darm des Opfers sind voll mit Wasser, so wie's aussieht, also vermute ich mal, dass in der Autopsie rauskommen wird, dass ihre Lungen ebenfalls voll Wasser sind.«

»Sie ist also ertrunken«, sagte Cutter.

»So meine Vermutung.« Gelman ließ seinen Blick über die Fotos schweifen. »Ertrinkende schlucken oft Wasser, während sie dagegen ankämpfen, instinktiv, reflexartig, einzuatmen. Diese junge Frau hat allerdings vor ihrem Tod einen Schlag auf den Hinterkopf abbekommen. Auf der linken Seite ihres Hinterkopfs befinden sich tiefe Schürfwunden.«

Cutter dachte darüber nach. »Wenn sie also ihr Gesicht abgewandt hat, dann hat der Mörder mit der linken Hand zugeschlagen.«

»Würde ich vermuten«, sagte Gelman. »Ich wollte nicht an der Wunde herumpfuschen, aber vermutlich hat der Mörder ihr den Schädelknochen angebrochen, bevor er ihr den Anker umgebunden und sie ins Wasser geworfen hat. Und dann ist sie ertrunken.«

Trooper Benjamin betrachtete einen Moment lang das oberste Foto und reichte es dann an Cutter weiter. »Starnes hat eher seine kaputte Hand benutzt, also ist er wahrscheinlich Rechtshänder. Trotzdem könnte er auch mit der linken Hand mit irgendeiner Waffe zugeschlagen haben.«

»Da hat sie jemand richtig fertiggemacht«, sagte Cutter. »Ich komme auf sechs verschiedene Wunden.«

»Das glaube ich eher nicht«, sagte Gelman und schüttelte den Kopf. »Zuerst habe ich das auch gedacht. Aber schauen Sie mal da.« Er hielt den geraden Rand eines Stücks Papier an eine Stelle auf dem Foto. »Vielmehr glaube ich, dass sie nur zweimal getroffen wurde. Schwer zu sagen, ohne ihr das Haar zu entfernen, aber sehen Sie, wie hier die Wunden genau in zwei Linien à drei Stück verlaufen? Drei liegen auf dieser Linie: eine Wunde von sechs, sieben Millimetern Durchmesser, dann eine Lücke von knapp zwei Zentimetern, eine Zweieinhalb-Zentimeter-Wunde, zweieinhalb Zentimeter Lücke, wieder eine Sechs-bis-sieben-Millimeter-Wunde. Und dann hier das gleiche Muster noch mal.«

Cutter und Benjamin nickten beide. Fontaine und Simeon standen still daneben. Sie wussten bereits über Gelmans Theorie Bescheid.

»Der Gerichtsmediziner mag zu einem anderen Schluss kommen«, fuhr Gelman fort. »Aber meiner Meinung nach wurde sie zwei Mal mit einem länglichen, relativ dünnen Gegenstand geschlagen. Etwas mit Leerstellen zwischen vorragenden Zacken, damit so ein Muster zustande kommt.«

»Was könnte das sein?«, fragte der Trooper.

»Keine Ahnung«, sagte Gelman. »Ich hatte gehofft, dass jemand von Ihnen eine Idee hat.«

»Vielleicht sollten wir Hayden Starnes fragen«, sagte Simeon.

Fontaine beugte sich vor, um sich die Fotos noch einmal genauer anzusehen. »Eine Axt mit kaputter Schneide, wo Stückchen rausgebrochen sind?«

»Richtige Idee, aber falsches Werkzeug«, sagte Gelman. »Was auch immer das verursacht hat, es war nicht scharf genug, um wie ein Beil in die Schädeldecke einzudringen. Ich würde meinen, Sie suchen nach etwas, das ungefähr sechs bis sieben Millimeter breit ist. Wenn man die Wundtiefe berücksichtigt, sollte die Vorderkante eher flach sein, und wahrscheinlich ist es aus Metall. Die Wunden sind relativ oberflächlich, der Schädelknochen ist bloß angebrochen. Vermutlich ist das Ding nicht besonders schwer, zumindest nicht so massiv wie eine Axt oder ein Hammer. Eher so etwas wie ein leicht gebogener Schraubenschlüssel. Ein Schlagwerkzeug, aber kein tödliches.«

»Gute Arbeit, Will«, sagte Benjamin.

»Irgendwie kommt mir das Muster bekannt vor«, sagte Cutter. »Mir fällt nur nicht ein, woher.« Er sah sich die restlichen Fotos an, widmete dann den Abschürfungen durch das Seil an Millie Burketts Füßen mehr Aufmerksamkeit. Die Seilspuren verliefen regelmäßig und dicht nebeneinander, und am Ende war anscheinend ein simpler Zimmermannsknoten gewesen. Cutter blätterte noch einmal durch die Fotos und sah dann Dr. Gelman an. »Haben Sie zufällig eine Aufnahme vom losen Ende des Seils?«

»Das Ende, mit dem es eigentlich am Anker befestigt war?« Der Zahnarzt nickte. »Habe ich. Wenn es nicht hier dabei ist, habe ich es einfach nicht ausgedruckt.« Er scrollte auf seinem Smartphone durch die Bilder, reichte es dann Cutter, der sich einen Bildausschnitt mit Daumen und Zeigefinger vergrößerte.

Officer Simeon rückte heran und beugte sich ebenfalls über das Display. »Was sehen Sie da?«

»Vielleicht gar nichts«, sagte Cutter. Er gab Gelman das Handy zurück, setzte sich hin und fing nachdenklich wieder an zu schnitzen. Allmählich nahm das Stück Treibholz unter seiner Hand Form an, eine schöne Form, obwohl er nicht hätte sagen können, was er da schnitzte. Er nickte Simeon zu. »Schauen Sie sich das Ende des Seils auf dem Foto an. Was sehen Sie?«

»Sieht aus, als wäre es losgebunden worden, nicht so, als hätte sich der Knoten mit der Zeit von selber gelöst«, sagte der Officer. »So was nennt ihr schlauen Weißen wohl ein Indiz.«

Cutter nickte. »Und können Sie auch erkennen, was das für ein Knoten war?«

Der Trooper hielt sich das Display näher vor die Augen, schüttelte dann aber den Kopf. »Keine Ahnung. Kann mir kaum vorstellen, dass das jemand anhand des Fotos erkennen kann.«

Cutter klappte sein Messer zusammen und verstaute das Stück Holz in seiner Jackentasche. »Haben Sie ein Stück Seil hier?«

Benjamin sah sich in dem Büroraum um, bis er ein Stück Fallschirmleine entdeckte, etwas mehr als einen Meter lang. Cutter verknüpfte das Ende flink zu einem Palstek und stellte sich dann auf das verknotete Seilstück. Als er fand, nun habe er genügend Druck auf den Knoten ausgeübt, löste er ihn wieder und verglich das verkrümmte Seilende mit dem Foto. Es wies genau dieselbe Art Krümmungen auf.

»Also ein Palstek«, sagte Dr. Gelman.

»Und ein Zimmermannsknoten an den Füßen des Mädchens«, fügte Cutter hinzu. »Vielleicht irre ich mich, aber Hayden Starnes fehlen zwei Finger. Er könnte dem armen Mädchen mit links den Schädel eingeschlagen haben, aber selbst wenn man ihm eine Knarre an den Kopf halten würde, könnte er wohl keinen dieser beiden Knoten knüpfen.«

»Obwohl Sie das liebend gern tun würden«, sagte der Trooper.

»Ihm eine Knarre an den Kopf halten?«, sagte Cutter. »Ja, allerdings. Aber das hab ich nicht wörtlich gemeint. Wenn er genug Zeit hätte, brächte er mit seiner Linken bestimmt einen ordentlichen Knoten zustande. Aber Sie haben ja vorhin beim Verhör selbst erlebt, wie er unter Stress reagiert. Und schauen Sie sich an, wie akkurat die Seilschlingen bei diesem Stek nebeneinanderliegen.«

»Verdammt«, sagte Benjamin. »Er war's also nicht.«

»Da wäre ich nicht so sicher«, sagte Cutter. »Ich halte es nur für unwahrscheinlich.«

Nach einem weiteren eingehenden Blick auf die Fotos ließ der Trooper sie auf die Schreibtischplatte fallen.

Gelmans Telefon läutete. »Mist«, sagte er. »Anscheinend hat einer meiner zahlenden Kunden sich einen Backenzahn gebrochen.«

»Danke für deine Hilfe, Will«, sagte der Trooper. »Viel mehr können wir jetzt nicht tun.« Er blickte rundum. »Möchte irgendjemand, Deputy Cutter ausgenommen, mich begleiten, wenn ich Starnes ins Gefängnis verfrachte?«

Cutter hob eine Augenbraue, spielte den Bekümmerten. »Was soll denn das heißen? Wollen Sie jemandes Gefühle verletzen?«

Er holte das Holzstück wieder aus der Tasche und setzte seine Schnitzarbeit fort. Sie half ihm beim Nachdenken.

»Ich wollte Sie nicht beleidigen«, sagte Benjamin. »Aber wenn er Sie sieht, pinkelt er sich wahrscheinlich die Hosen voll und verstinkt mir meinen Tahoe.«

»Hören Sie«, sagte Cutter und zeigte mit seinem Taschenmesser zum Dach, wo der Regen trommelte. »Wir haben Starnes in Gewahrsam, unser Auftrag ist also erledigt. Aber heute Nacht kommen wir sowieso nicht von der Insel hier weg. Können wir irgendwie bei der Suche nach den zwei Filmleuten behilflich sein?«

»Gut, dass Sie fragen«, erwiderte Benjamin. »Einer der anderen Kameramänner meinte, Greg Conner wollte zur Südspitze der Insel, um Filmaufnahmen von irgendeiner Hütte zu machen. Anscheinend haben er und Carmen Delgado mehrere solcher Ausflüge unternommen.«

»Kennen Sie irgendwelche Hütten da an der Südspitze der Insel?«

Simeon hob die Schultern. »Ach, bloß so ein paar Hundert.«

Cutter sah von seiner Schnitzerei auf und zeigte mit dem Taschenmesser auf den jungen Officer. »Werden Sie nicht frech, sonst wird's nix mit dem Job als Marshal.«

Der Officer aus Craig grinste verlegen. »Sorry.«

»Er nimmt Sie bloß auf den Arm«, sagte Fontaine. »Haben Sie mal gehört, wie ich mit ihm rede? Von mir kriegt er alle möglichen Frechheiten zu hören.«

Benjamin rollte mit den Augen. »Mach dir keine Sorgen, Sim. Ich glaube, bei den Marshals gehört es zum guten Ton, sich Frechheiten an den Kopf zu werfen.«

»Naaa je-den-falls«, unterbrach Cutter und deutete mit seiner Messerhand eine vorwärtsrollende Bewegung an, »wollten sie Filmaufnahmen von einer Hütte machen …«

»Richtig«, sagte der Trooper. »Vom Rest der *FISHWIVES!*-Crew wusste niemand, wo sich Carmen und Greg herumtrieben, aber die müssen wir uns sowieso alle noch mal vornehmen.«

»Ganz schön viele Befragungen«, sagte Lola. »Dabei könnten wir helfen.«

»Das könnten wir«, sagte Cutter. Er tippte mit dem Messer gegen das Holzstück.

»Auch mit Jan Cross müssen wir noch mal reden«, sagte Benjamin. »Sie hat die ganze letzte Woche da unten an der Südspitze verbracht, ist ihren Killerwalen hinterhergejagt. Vielleicht ist sie den beiden ja mal begegnet.«

»Können wir sie anrufen und fragen?«, sagte Fontaine.

»Nein, das nicht.« Cutter klappte sein Messer zusammen, versenkte das Stück Treibholz wieder in der Jackentasche und zog stattdessen sein Notizbuch hervor. »Aber ich kenne ihren Ankerplatz für heute Nacht.«

»Kaguk Cove«, sagte Benjamin. Er schritt zu einer laminierten topografischen Karte an der Bürowand und fuhr darauf mit dem Finger die Strecke dorthin entlang. »Liegt im Norden, auf Holzfällerwegen über den Bergrücken, nicht allzu weit entfernt. Ich hätte sie selbst fragen sollen, bevor sie abgehauen ist, aber die Sache mit der Leichenbergung hat mich abgelenkt. Und jetzt hab ich hier alle Hände voll zu tun. Es wäre toll, wenn Sie beide sich darum kümmern könnten, mit ihr zu reden.«

»So ein paar Fragen, das kriege ich auch ganz alleine hin.« Cutter sah dem Trooper in die Augen. »Darf ich mir Ihren Truck ausleihen?«

»Boss?« Fontaine grinste. »Du zeigst doch nicht etwa Interesse an einer Frau?«

Cutter ließ ihr die Bemerkung durchgehen. »Du bleibst hier und hilfst dem Rest der Mannschaft.«

»Ich hätte in einer Stunde Feierabend«, sagte Officer Simeon und sah Cutter an. »Wenn Sie wollen, kann ich Sie begleiten.«

»Überschlagen Sie sich nicht«, sagte Fontaine. »Er hat gerade mir eine Abfuhr erteilt. Meinen Sie, der Mann möchte sich lieber mit Ihnen zusammen auf den Weg machen?«

Sie lag richtig. Cutter wollte sich alleine auf den Weg machen. Und zwar nicht, weil er plötzlich Gefühle für

278

January Cross hegte. Sondern weil er so eine Ahnung hatte. Die Fernsehleute hatten viel zu viele Gerüchte über sie verbreitet. Falls seine Ahnung ihn trog, würde er sich einfach still und leise wieder davonschleichen. Aber falls nicht, würde er sie verhaften. Dann wären ein paar Gerüchte ihr kleinstes Problem.

33

Von Gerald Burketts Auge löste sich eine Träne und fiel auf das staubige Glas vor dem Schulfoto seiner Tochter. Schniefend, bebend vor Trauer, stellte er den Glasrahmen wieder zurück auf den Küchentisch. Er war nicht würdig, ihr Bild auch nur in der Hand zu halten. Nichts auf der Welt konnte so niederschmetternd sein, wie sein Kind wegen eines Gewaltaktes zu verlieren, und umso schlimmer, wenn es ganz offensichtlich noch gelitten hatte. Das Ehepaar Burkett versuchte den Verlust seiner Tochter auf unterschiedliche Weise zu verarbeiten – Lin mithilfe von Meditation, Gebeten und Alkohol, Gerald nur mit Alkohol. Er hatte keine Ahnung, wo verdammt noch mal seine Frau abgeblieben war; wahrscheinlich irgendwo im Wald hinter dem Haus, in Rauch gehüllt und im Zwiegespräch mit jenem Gott, der den Tod ihres kleinen Mädchens zugelassen hatte. Als sie daheim angekommen waren, hatte sie sich sofort davongemacht.

Gerald schleppte sich durch die Küche und zu Millies Zimmer, in der Hand eine weitere Flasche R & R Whiskey für neun Dollar. Die Augen waren ihm beinahe zugeschwollen vom Rest der Flasche von gestern, den er sich vorhin einverleibt hatte, doch er konnte einiges vertragen. Noch eine Flasche – kein Problem. Lange stand er in der Tür, stützte sich am Türrahmen ab. Sie war schon ein bisschen verrückt gewesen, seine Tochter. An der Wand über ihrem sorgfältig gemachten Bett hatte sie mit Reißnägeln ein Poster aufgehängt: I STAND WITH STANDING ROCK. Als im letzten Winter die Wasserleitung geplatzt war, war ihre Schubladenkommode aus dünnem Holz auseinandergefallen, und nun hatte sie all ihre Klamotten fein säuberlich in zwei Wäschekörbe gestapelt, die vor dem Heizkörper auf dem Boden standen. Gerald betrat das Zimmer, ließ sich auf das weiche Bett fallen und verfluchte sich dafür, seiner Tochter kein besseres Leben ermöglicht zu haben.

Den Trooper schien es überrascht zu haben, dass sein kleines Mädchen so ordentlich gewesen war. Beim Gedanken daran schnaubte Burkett. Der verdammte Bulle hatte wohl angenommen, mit so einem Vater würde sie im Müll hausen. Allerdings musste man zugeben, Millies Zimmer war bei Weitem das aufgeräumteste im ganzen Haus.

Gerald genehmigte sich einen großen Schluck R&R, wischte sich mit dem Unterarm die Lippen ab und fing dann an, den Stapel Bücher auf dem wackeligen Nachttisch neben dem Bett gerade zu rücken. Mit einem Stöhnen beugte er sich vor und griff nach einem ihrer T-Shirts im Wäschekorb, drückte es sich ans Gesicht. Obwohl es sauber war, roch es doch nach ihr. In einer Hand das Shirt, in der anderen die Flasche, saß er fast zehn Minuten lang da und schluchzte.

Von all dem Weinen bekam er allmählich Kopfweh, und gleichzeitig erwuchs aus seiner dumpfen

Verzweiflung ein weißglühender Zorn. Er knetete das T-Shirt in seinen geballten Händen, schmiss es dann gegen die Wand und schrie so lange ins Nichts, bis ihm der Kopf noch mehr wehtat. Erschöpft vom Schreien, überwältigte ihn eine noch schlimmere Traurigkeit, und in seiner Suche nach Trost griff er nach einem anderen Shirt von Millie. Dabei erspähte er die rote Ecke eines Notizbuches ganz unten im Wäschekorb. Das musste Millies Tagebuch sein.

Eine Viertelstunde lang stolperte er fluchend im Haus umher und suchte seine Lesebrille. Endlich fand er sie, auf dem Klo. Mit Brille und Tagebuch ließ er sich in seinen abgewetzten Ruhesessel fallen.

Seine geschwollenen Augen folgten ihrer über die Seiten fließenden Handschrift, und fast war ihm, als würde er beim Lesen ihrer Worte die Stimme seines kleinen Mädchens hören.

In ihrem sonstigen Leben ein stiller Mensch, war Millie eine fleißige Tagebuchschreiberin gewesen. Sie schrieb über ihre Lieblingslehrer, über Jungs, die sie nett fand, und über die häufig langen Gespräche mit ihrer Mutter. Über ihre ersten Erfahrungen mit Alkohol – komischerweise, in Anbetracht ihrer Eltern, erst mit 15. Sie konnte das Zeug nicht ausstehen und schwor sich, nie etwas Stärkeres als Red Bull anzurühren. Gerald schniefte, blinzelte sich die Tränen aus den Augen – welche Ironie! –, prostete ihrer Entscheidung zu und nahm einen weiteren Schluck R & R.

Als Millie anfing, über *FISHWIVES!* zu schreiben, war der Pegel in Geralds Flasche bereits bis unterhalb des Etiketts gesunken. Die Produzenten der Fernsehserie hatten ihre Schule besucht, dort über Berufsmöglichkeiten gesprochen und den Schülern Praktikumsplätze angeboten. Sein kleines Mädchen musste Talent bewiesen haben, denn anscheinend hatten einige der Filmleute sie unter ihre Fittiche genommen. Er nahm noch einen Schluck. Blätterte weiter.

Die nächste Seite las er zweimal. Mit jedem Wort biss er kräftiger die Zähne zusammen. Zwang sich, die Stelle ein drittes Mal zu lesen. Schlug dann das Buch zu und schleuderte es quer durchs Zimmer. Schwerfällig erhob er sich und stapfte durch den Flur in sein Schlafzimmer. Eine Hand hielt immer noch die Whiskeyflasche fest, die andere griff nun nach seiner Pistole. Dann ging er zum Wagen hinaus.

34

Einigermaßen einsam im Pick-up des Troopers gestand Cutter sich, dass er jedem seiner Deputys, der sich allein zu so einer Unternehmung aufgemacht hätte, einen schriftlichen Verweis erteilt hätte.

Er fuhr mit dem ausgeliehenen Wagen noch kurz vom Posten der Trooper zu seinem Zimmer im Blue Heron Inn, das – nicht ganz uninteressant – einen guten Blick auf January Cross' Boot erlaubt hätte, wenn es dann noch im South Harbor vertäut wäre. Fontaine wohnte im Zimmer darüber, sie hatte ihm das größere Zimmer mit der Terrasse überlassen. Ein nettes Apartment, mit richtiger Küche und bequem eingerichtet. Er wünschte, er könnte mehr Zeit hier verbringen. Himmel, es gab sogar einen offenen Kamin. Die Terrasse war überdacht, aber das brachte nichts, denn der Wind blies den Regen seitlich herein.

Auf dem Weg aus der Stadt hinaus besorgte sich Cutter im AC-Laden noch schnell ein paar Sachen und wurde klatschnass, trotz seines Helly-Hansen-Regenmantels. Er beglückwünschte sich, bereits im Trooper-Posten die Xtratuf-Stiefel seines Bruders angezogen zu haben, denn der unebene Parkplatz des Ladens hatte sich inzwischen in einen See mit unterschiedlich tiefen Stellen verwandelt.

Vom AC-Laden an folgte er den Richtungsangaben, die January ihm ins Notizbuch gekritzelt hatte, und fuhr auf der Big Salt Lake Road aus Klawock hinaus. Man hatte ihn davor gewarnt, dass jederzeit ein Schwarzwedelhirsch vor ihm über die Fahrbahn springen könnte, doch bei diesem heftigen Regen hatten sie sich im Unterholz der dichten Wälder verkrochen. Der Regen bescherte ihm allerdings ein anderes Problem.

Er verließ die asphaltierte Straße und bog auf eine Holzabfuhrstraße des Forest Service ab, die einige Meilen nordwärts führte und dann wieder westwärts. Regen, Matsch und loses Geröll bildeten eine tückische Pampe, in der Cutters Wagen wegrutschen und hangabwärts ins Nichts hinabrutschen konnte. Noch war es nicht dunkel, doch das letzte schwache Tageslicht verschwand zusehends hinter schwarzblauen Wolken. Vor ihm war ein Bach über die Ufer getreten und schwemmte nun weiß schäumend jede Menge Dreck quer über die Straße. Gerade noch rechtzeitig brachte er den Pick-up zum Stehen, beinahe wäre er mitten in die reißenden Fluten hineingefahren.

Er knöpfte sich den Regenmantel am Kragen zu und stieg aus, um nach einem Stock zu suchen, mit dem er prüfen konnte, wie tief die überflutete Stelle vor ihm war. Der Wind zerrte an seiner Kapuze; um vorwärtszukommen, musste er sich nach vorne beugen. Er fand einen geeigneten Erlenast und stocherte damit im Wasser herum. Anscheinend war die Waldstraße darunter noch stabil. Das Wasser ging ihm hier nur bis zur halben Höhe seiner Gummistiefel, doch es schien zu steigen. In der freien Natur von Alaska stecken zu bleiben, würde ihn nicht weiter aufhalten; er warf den Stecken hinten in den Pick-up, um ihn vielleicht später noch einmal zur Hand zu haben, und machte sich dann daran, wie Cäsar einst den Rubicon überquerte, langsam durch die wilde Strömung zu fahren. Unter den Reifen knirschte das lose Geröll. Das Wasser verschob den Truck ein Stück seitwärts, dann war er durch. Der Rückweg würde womöglich schwieriger, doch darüber machte er sich jetzt noch keine Sorgen.

Seine Scheibenwischer wischten wie verrückt, als er über den letzten Bergrücken auf die Seeseite kam. Abwärts bewegte er sich in einer Art Kriechgang, mehr oder weniger kontrolliert rutschte der Wagen eher das Gefälle hinab als zu rollen. Regenrinnen auf der Hangseite verwandelten sich in Wasserspeier, und das auf die Fahrbahn herabstürzende Wasser spülte Schlaglöcher aus. Da, eine Bewegung am Rand seines Scheinwerferkegels. Vorsichtig bremste Cutter ab. Was er zuerst für einen Hirsch gehalten hatte, entpuppte sich bei genauerem Hinsehen als ein Baumstumpf, der von einer gewaltigen Matschlawine aus einem Kahlschlag oberhalb der Straße ruckweise herabgeschoben wurde.

Cutter sah kurz durch die Heckscheibe. Er befand sich querab in Stoßrichtung des Baumstumpfs. Er gab Gas, um einen Zusammenstoß mit dem Ding zu vermeiden, und landete im Matsch. Halb schwimmend arbeitete sich der Pick-up durch die Brühe, bis wieder fester Grund unter den Reifen war. Mehrmals vor- und zurückstoßend wendete er auf der schmalen Waldstraße, um mithilfe der Scheinwerfer den Weg hinter sich genauer zu betrachten. Eine mordsmäßige Schlammlawine mit abgebrochenen Baumstämmen, so dick wie sein eigener Leib, blockierte nun vollständig die Straße. Der Rückweg mit dem Pick-up war ihm versperrt, bis ein Instandsetzungstrupp die Straße wieder freigeräumt hatte.

Cutter lehnte sich vornüber aufs Lenkrad und überlegte, wie er weiter vorgehen wollte. Der Regen hörte nicht auf, und was vor ihm lag, wusste er nicht, also wendete er wieder und setzte seine Fahrt fort, bevor dieses Straßenstück ihn noch umbrachte. Der Erdrutsch hatte Cutters simple Pläne in Bezug auf January Cross durchkreuzt.

Keine fünf Minuten später änderte die alte Holzabfuhrstraße erneut die Richtung, südwärts, nur um dann plötzlich an einer ausgefahrenen, mit Schotter belegten Wendestelle zu enden. Ein dichtes Erlengebüsch und eine Barriere aus Baumstämmen verhinderten, dass jemand einfach weiterfuhr – direkt ins Wasser. Knapp 75 Meter vor ihm leuchtete das weiße Licht eines einsam ankernden Bootes. Böige Fallwinde fegten seewärts übers Wasser und richteten das Boot mit dem Heck zum Ufer hin aus, aber immerhin bot die Bucht Schutz vor den größeren Wogen und Brechern im offenen Ozean. Nur der Regen war hier genauso schlimm.

Cutter schaltete die Scheinwerfer aus. Er sah dem behäbigen Bootsrumpf beim Schaukeln im kreuz und quer wehenden Wind zu und ließ sich seine Verdachts-momente gegenüber January Cross durch den Kopf gehen.

Doch er war eher ein Mann der Tat als des allzu langen Nachdenkens, also nahm er seine Taschenlampe und gab mit ihr Blinksignale in Richtung *Tide Dancer* ab, um zu signalisieren, dass er am Ufer angekommen war. Er hatte January ja angekündigt, dass er sie vielleicht noch einmal sprechen musste. Wenn er sich nicht gänzlich verschätzte, rechnete sie bereits halb mit seinem Besuch.

Auf dem Boot bewegte sich etwas, dann blinkte ein Licht als Antwortsignal. Cutter spähte durch das Fernglas aus der trockenen Fahrerkabine seines Pick-ups und sah, dass sie ebenfalls durch die Doppellinsen eines Fernglases aus der trockenen Steuerkabine ihres Bootes zu ihm her-schaute. Um ihren Gesichtsausdruck zu deuten, war es zu dunkel, doch er bildete sich ein, ein Stirnrunzeln erkannt zu haben. Froh oder nicht, sie ging hinein, um sich ihre Schlechtwetterkleidung überzustreifen, und trat kurz darauf wieder ins Freie. Mit schlechtem Gewissen sah Cutter ihr zu, wie sie sich von der Wärme und Behaglich-keit ihrer Schiffskabine durch den strömenden Regen zu einem Skiff begab, das am Heck an der Reling festgezurrt war. In dem kalten Wind brauchte sie einen Moment, um den Motor zum Laufen zu bringen.

Er schaltete die Scheinwerfer wieder an, um ihr die Richtung zu weisen, stellte den Wagen aber etwas schräg, um sie nicht zu blenden. Regentropfen prasselten auf das Wasser in der Bucht und spritzten überall wieder einen Viertelmeter hoch. Als Cross sich dem Ufer näherte, hörte Cutter den Außenbordmotor gegen den Wind anbrüllen. Mit einer Hand hielt sie das Ruder fest, mit der anderen einen orangefarbenen Südwester auf ihrem Kopf. Cutter setzte den Pick-up in eine Lücke zwischen die Erlenbüsche zurück, um niemandem den Weg zu versperren, und stellte sich dann ans Ufer, mitten in den Regen. Sobald er das Knirschen des Skiffrumpfs im Strandkies hörte, ging er January entgegen.

»Das überrascht mich, dass Sie hergekommen sind!«, rief sie ihm durch den heulenden Wind und den prasselnden Regen zu.

»Kann ich mir denken«, sagte Cutter und stapfte ins Wasser, um das Boot wieder vom Ufer ins Tiefere zurückzustoßen, bevor er seitlich einstieg. »Eine Matschlawine hat die Waldstraße komplett blockiert.«

»Prima!«, rief sie und legte den Rückwärtsgang ein. »Ich hab noch nicht gegessen! War zu beschäftigt!«

Cutter nahm einen zweiten Anlauf. Nun musste er sich ebenfalls den Hut auf dem Kopf festhalten. »Ich hab gesagt, die Straße ist blockiert!«

Ihr Daumen zeigte nach oben. »Toll! Ich hab echt Hunger!«

Cutter gab es auf und machte ebenfalls die Geste »Daumen hoch«. Er würde ihr an Bord alles erzählen. Entweder hatte er die arme Frau gerade dazu genötigt, ihn im strömenden Regen aufs Boot zu holen, nur damit er ihr ein paar Fragen stellen konnte. Oder er durfte bald einer Mörderin erklären, dass er die Nacht bei ihr verbringen musste.

35

Garza griff nach einem hölzernen Handlauf neben dem Esstisch, um sich daran festzuhalten. Sie waren mitten im Sturm angelangt, und die *Pilar* ritt schräg auf einem Wellenkamm und pflügte dann abwärts ins nächste Wellental. Der unglaublich starke Gegenwind sandte ihnen monströse Brecher über den Bug und bremste das nur mehr auf und ab kriechende Boot beinahe aus.

Es war spät geworden, doch niemand zog sich in die Kabinen zurück. Unten wurde allen nur schlecht. In dem Unwetter fühlte sich das umhergeschleuderte Boot winzig an. Fausto kämpfte mit dem Steuerrad, sah ständig zwischen der vom Regen überströmten Windschutzscheibe und dem GPS hin und her, um zu verhindern, dass sie auf Grund liefen. Er hatte vorgeschlagen, ihre Fahrt zu unterbrechen, doch Garza zwang ihn weiterzufahren; er war fest entschlossen, die Kamerakarte zu bergen, bevor die Leiche an Land gespült würde. Auf der Insel wohnten zu viele Leute. Ein Leichenfund würde unweigerlich eine polizeiliche Ermittlung anstoßen, und im Lauf einer Ermittlung wäre es nur eine Frage der Zeit, bis jemand den Narren Camacho auf den Filmaufnahmen erkannte.

Eine weitere Woge brach sich über dem Bug und hielt ihn einen fürchterlichen Moment lang nach unten gedrückt. Als er sich wieder hob, stieß Garza erleichtert den angehaltenen Atem aus. Fausto fluchte und stellte seinen Sitz am Steuer wieder richtig ein. Seinen letzten Berechnungen zufolge müssten sie, wenn sie bis dahin nicht alle ertrunken waren, etwa um Mitternacht das untere Ende der Insel umrunden. Dann würden sie aus dem Gegenwind herauskommen, auf die Leeseite der kleineren Inseln zwischen dem offenen Ozean und Prince of Wales Island gelangen und so den schlimmsten Wellengang hinter sich lassen.

Garza blickte über den Tisch hinweg auf seine bedauernswerte Gefangene und zwang sich zu einem Lächeln. Sie mied seinen Blick, offenbar entsetzt darüber, die Atemluft mit ihm zu teilen. Sie an den Rand des Abgrunds zu drängen, indem er sie den Tod Betis mit ansehen ließ, stellte sich als Fehler heraus. Er hätte der armen jungen Frau einen letzten Rest Hoffnung lassen sollen, die ganze Sache möglicherweise doch noch zu überleben. Natürlich hatte sie schon in dem Moment, als sie sich die Kamera vors Gesicht gehalten und das Gesicht von Ernesto Camacho damit gefilmt hatte, ihr Todesurteil unterschrieben. Und nun hatte er sie obendrein zu einer Augenzeugin des Mordes an Beti gemacht. War es ein Fehler gewesen? Nein, dachte er, es war nötig gewesen, um etwas klarzustellen. Es war unvermeidlich gewesen.

Eigentlich hatte Luis ihn gebeten, Beti töten zu dürfen, aber wie sie dann dastand, ihren Mund nicht halten konnte, solche Forderungen stellte – da war es eben passiert. Garza betrachtete diese zitternde Frau, die ihm gegenübersaß. Vielleicht würde er die hier Luis überlassen.

Luis war nicht der Hellste, aber loyal, und verdiente hin und wieder eine kleine Belohnung. Der dünne Kerl mit dem Schnurrbart eines Nagetiers kauerte grüngesichtig am hinteren Ende des Salons neben dem Ausgang zum Achterdeck über einem 20-Liter-Eimer. Ausdrücklich hatte Garza ihn gewarnt, nicht hier drin auf den Teppich zu kotzen. Chago saß zusammengekrümmt am

Navigationstischchen gegenüber der Essecke. Vornübergebeugt, Ellbogen auf dem Tischchen, Kopf in den
Händen. Nicht seekrank, sondern dumpf brütend. Garza
war es egal. Chago hatte oft wegen irgendetwas schlechte
Laune. Aber er erledigte seinen Job. Das zählte.

Und Beti – nun, wenn Chago einen Knoten knüp-
fen konnte und die Seekarte nicht log, dann würde Beti
Cárdenas für immer an einen 20 Kilo schweren Lewmar-
Anker gefesselt in 30 Faden Tiefe bleiben.

Es war nicht Carmens erste Erfahrung mit Gewalt. Als
sie einmal mit ihrer Großmutter in Commerce aus dem
Costco gekommen war, hatte sie mit angesehen, wie ein
Gangmitglied ein Mädchen aus seinem Auto gezerrt
und direkt auf dem Parkplatz totgetreten hatte. Er hatte
ausgesehen wie ein Monster – weite, herunterhängende
Hosen, kahl rasierter Schädel, Tattoos im Gesicht.

Im Gegensatz dazu war Manuel Alvarez-Garza ein gut
aussehender Typ, mit dem sie sich in einem Club durchaus unterhalten hätte. Wahrscheinlich zehn Jahre älter
als sie selbst, aber noch nicht hässlich, und Geld besaß
er auch, was den Altersunterschied weiter verringerte.
Er trug gebügelte Kakihosen und ein teures Baumwollhemd, dessen Ärmel er einmal umgeschlagen und dann
hochgeschoben hatte. Sein Brooks-Brothers-Gürtel aus
Alligatorenleder hatte wohl mehr gekostet als ihr erstes
Auto. Er wies keine sichtbaren Tätowierungen auf, Haare
und Fingernägel wirkten sauber und gepflegt. Und er
sprach mit sanfter, gleichmäßiger Stimme.

Umso mehr Angst jagte er ihr ein.

»Der Teufel erscheint nicht in der Gestalt eines Unge-
heuers, mein Kind«, hatte Carmen Delgados Großmutter

oft gemeint. »O nein. Der Teufel wird ein hübsches Gesicht zeigen. Er wird wie ein Liebender auf dich zukommen, er wird lächeln und dir was Süßes anbieten.«

Noch nie hatte Carmen ihre Lage als so ausweglos empfunden. Garza hatte seine Freundin erschossen wie einen streunenden Hund. Ohne mit der Wimper zu zucken, hatten seine gehorsamen Männer sie gepackt und über Bord geworfen. Luis machte den Eindruck, als würde er am liebsten überhaupt alle an Bord umbringen. Und Chago, in dem sie sich einen möglichen Verbündeten erhofft hatte, schaute ihr nicht mal mehr in die Augen. Selbst das Boot schien sich gegen sie verschworen zu haben, drohte es doch mit jedem weiteren Brecher zu versinken.

Sie zermarterte sich das Gehirn, was sie am besten tun sollte, wenn das Boot die Bucht erreichte. Falls die anderen Gregs Leiche tatsächlich fanden, würde Garza immer noch die letzte Kamerakarte von ihr verlangen. Ihm zu verraten, wo sie war, liefe aufs Gleiche hinaus, als würde sie selbst Cassandra eine Kugel in den Kopf jagen. Es musste doch einen Weg geben, diesen Männern die zweite Kopie zu verschaffen, ohne dass noch ein weiterer Mensch deswegen ermordet wurde. Nur musste sie diesen Weg finden, bevor sie die Bucht erreichten.

Auf der anderen Seite des Tisches lächelte Garza wohlwollend.

»Ich fürchte, von diesem Unwetter wird Ihnen noch schlecht, meine Liebe«, sagte er. »Essen Sie das. Das wird Ihren Magen beruhigen.« Er drückte ihr ein Stückchen kandierten Ingwer in die Hand, wie es der Teufel eben tat.

36

»Möchten Sie ein Stück Kuchen?«, fragte ihn January Cross, während Cutter seinen triefenden Regenmantel direkt zu ihrem auf das Trockengestell innen neben der Tür hängte. »Ist gekauft, gibt Ihnen aber vielleicht etwas Wärme. Da draußen in dem Regen kann man sich leicht unterkühlen.«

»Nein danke«, sagte er. »Ich bin nicht so der Kuchentyp.« Havoc kam heran, um an Cutters Bein zu schnuppern, wandte sich jedoch schnell desinteressiert ab und verkrümelte sich wieder.

Cross trug noch dieselben Klamotten wie zu Anfang des Tages, nur wiesen ihr Kapuzenpulli und ihre Hose dunkle Flecken auf, wo das Wasser durch ihre Regenschutzkleidung gedrungen war. Mit gekreuzten Armen trat sie einen Schritt zurück, um ihn im grellen gelben Licht ihrer Kajütenbeleuchtung von Kopf bis Fuß in Augenschein zu nehmen. Auf dem Esstisch an der Längsseite des Salons lag eine große Videokamera in einer durchsichtigen Plastikummantelung, daneben ein halbes Dutzend kleinerer Kameras von GoPro. Ein Häufchen roter Putzlappen und weitere Utensilien verrieten ihm, dass sie sich vor seinem Auftauchen um ihre Kameras gekümmert hatte.

»Glaubwürdige Geschichte, das mit der Schlammlawine«, sagte sie. »Damit ist mir bisher noch keiner gekommen.«

»Tut mir leid«, sagte er. »Eine andere Geschichte hab ich nicht.« Mit dem Handrücken wischte er sich Regenwasser aus den Augen, und aus reiner Gewohnheit checkte er, ob sich Waffen im Raum befanden. Sie ließ sich nicht anmerken, ob ihr das auffiel.

»Es gibt genug Platz auf dem Boot«, sagte sie. »Aber Sie müssen schon 'ne Menge Fragen an mich haben, wenn Sie vorhaben, die ganze Nacht zu bleiben. Müssen Sie mir nicht erst meine Rechte vorlesen oder so?«

Cutter nickte, spürte einen vertrauten Adrenalinstrom in seiner Brust. Wollte sie ihm auf den Zahn fühlen? »Muss ich vielleicht tatsächlich«, sagte er. »Wenn Sie was zu verbergen haben.«

»Ach, Deputy Cutter.« Sie seufzte wie aus völliger Erschöpfung. »Was ich alles zu verbergen habe, das können Sie sich gar nicht vorstellen. Sie wären entsetzt.«

»Sie haben gemeint, Sie wären hungrig?«, wechselte Cutter das Thema.

»Woher wollen Sie denn das schon wieder wissen?« Sie grinste. »Hat das irgendwas damit zu tun, dass Sie mich ein bisschen unbeholfen drum gebeten haben, das Abendessen für mich kochen zu dürfen, als ich Sie mit dem Skiff abgeholt hab?«

Cutter hob eine Augenbraue.

»Jaja«, sagte sie. »Ich hab Sie ganz gut gehört, als Sie das mit dem Erdrutsch erzählt haben. Ich hab nur gehofft, Sie würden als Nächstes auf eins Ihrer tollen Rezepte zu sprechen kommen, die ich in Ihrem Notizbuch gesehen hab.«

»Ich hab Ihnen doch gesagt« – nun lächelte er schon zum dritten Mal am selben Tag – »dass diese Rezepte doppeltopsecret sind.« Er sah auf seine Armbanduhr. »Zeit fürs Abendessen, aber kann ich mir kurz Ihr Satellitentelefon ausleihen? Ich zahl Ihnen auch was dafür.«

»Bedienen Sie sich«, sagte January. »Aber um jetzt eine Verbindung zu kriegen, müssen Sie damit schon an der offenen Tür stehen.«

Auf ihren Rat hin stellte sich Cutter halb innen, halb außen in den Türrahmen, um Empfang zu haben und trotzdem nicht völlig nass zu werden. Er hielt die Tür zum Achterdeck gegen den Wind mit seinem Fuß auf. Sogar hier in der geschützten Bucht war der Sturm so laut, dass man kaum ein Wort übers Telefon verstand.

Fontaine schien es kaltzulassen, dass er beinahe von einer Schlammlawine den Berg hinuntergespült worden war. Sie gab Trooper Benjamin Bescheid, damit der einen Räumungstrupp von der Straßeninstandsetzung los-schickte, sobald der Sturm nachließ.

Danach rief er Mim an. Ihm wurde das Herz schwer, als der kleine Matthew dranging.

»Es ist Onkel Arliss!«, schrie er über den Kopf seines Bruders hinweg. Sie hielten das Telefon immer zwischen ihre Köpfe, man hatte also immer beide gleichzeitig am Apparat.

Er erkundigte sich, ob sie auch brav waren und Grumpys Regeln befolgten. Sie lachten, wie Siebenjährige eben lachen, aus vollem Herzen, und meinten, diejenigen, die Spaß machten, würden sie befolgen. Und fragten ihn, wann er wieder nach Hause komme. Das hatte ihn schon lange niemand mehr gefragt. Was ihn irgendwie nur noch unendlich viel einsamer machte.

»Dauert nicht mehr lange, bis ich heimkomme«, sagte er. »Ist eure Mama da?«

Mim hatte wohl danebengestanden, denn sie war sofort am Apparat.

»Hallo«, sagte sie.

»Wollte mich nur mal melden«, sagte er. »Damit du weißt, dass alles okay ist.«

»Das freut mich«, sagte sie. »Habt ihr den Bösewicht erwischt?«

»Haben wir«, sagte Cutter. »Wir sind ihm in den Wald hinterhergejagt. Ein Riesenspaß.«

»Die Jungs wollen bestimmt alle furchtbaren Einzelheiten hören.« Sie hielt inne. »Ich natürlich auch. Ich meine bloß …«

»Schon okay«, sagte Cutter. »Ich versteh schon. Die unschönen Einzelheiten haben dich noch nie sonderlich begeistert. Hör mal, ich ruf über eine Satellitenverbindung an, das kostet eine Zillion Dollar pro Minute. Ich mach lieber Schluss.«

»Ich find's schön, dass du angerufen hast«, sagte sie.

»Ja, find ich auch.« Er beendete das Gespräch und kam zurück ins Innere der Kajüte. Er fühlte sich, als würden seine Wangen glühen.

»Frau und Kinder angerufen?« January sah vom Esstisch auf, wo sie über ihren Kameras saß und mit einem Lappen deren Linsen putzte.

»Meine Schwägerin und ihre Kinder«, korrigierte er sie.

»Okay«, erwiderte sie. »Wenn Sie's sagen, wird's wohl stimmen.«

Cutter, immer noch an der Tür, sah sie an. »Warum sollte es nicht stimmen?«

»Weil Sie sich so anhören, als würden Sie selber dran zweifeln.«

»Touché«, sagte Cutter. »Zweifelhaft oder nicht, jedenfalls ist es zweifellos eine lange Geschichte.« Er nahm eine der GoPro-Kameras von der Tischplatte. »Trooper

Benjamin meinte, Sie verbringen eine Menge Zeit am südlichen Ende der Insel.«

»Jetzt wird's ernst, hm?«

»Immerhin hab ich Sie erst mal höflich um Ihr Telefon gebeten«, sagte Cutter. »Ich wollte ja nicht gleich mit der Tür ins Haus fallen.«

»Machen Sie sich keine Gedanken«, sagte January. »Bei den Tlingit gibt es eine rituelle Figur, beim Potlatch und anderen Festen, die heißt Naa Kaani. Das ist das Männchen auf den Totempfählen, mit der umgehängten Decke mit den großen Knöpfen und mit dem großen Sprecherstab in der Hand. Es sorgt für einen geordneten Ablauf der Zusammenkunft.« Sie überreichte ihm einen Holzlöffel, der auf dem Tisch gelegen hatte. »Das ist Ihr Sprecherstab. Nun haben Sie hier das Sagen.«

»Am südlichen Ende der Insel«, wiederholte Cutter.

»Ja«, sagte January. »Wo die Orcas hinziehen, da ziehe ich hinterher. Diese Schule hat dort gern nach Fischen gejagt. Jetzt, wo die Heringe da sind, schwimmen sie eben hierher.«

»An dem Tag, an dem sie verschwunden sind, waren Carmen Delgado und Greg Conner angeblich vorher am südlichen Inselende, um Außenaufnahmen zu machen.«

»Sie meinen, an dem Tag, als ich sie beschimpft habe?«, sagte January.

»Ja, genau. An dem Tag.«

»Was für Außenaufnahmen?«

»Das müssen wir erst noch rauskriegen«, sagte Cutter.

January wandte sich wieder dem Putzen ihrer Linsen zu. Ihm fiel auf, dass sie auch mit der linken Hand sehr geschickt war.

296

»Das fällt mir erst jetzt auf«, sagte er. »Sind Sie Linkshänderin?«

»Kommt drauf an«, sagte sie. »Ist der Mörder Linkshänder?«

Er zuckte mit den Schultern.

»Nein«, fuhr sie fort und putzte weiter ihre Kameralinsen. »Ich bin fast beidhändig. Aber wenn ich was wirklich Schlimmes tue, benutze ich eher die rechte Hand.«

»Ich werd's mir merken«, sagte Cutter.

»Jedenfalls bekomme ich hier draußen außer ein paar Fischerbooten kaum jemanden zu Gesicht. Und die Filmleute sind mit kleinen Skiffs unterwegs, immer in Küstennähe. Könnte sein, dass ich das meistens gar nicht mitkriege. Gestern, als sie so an mir vorbeigedüst sind, da hatte Carmen vielleicht einen Extrakanister Diesel an Bord, aber nicht mehrere, das wäre mir aufgefallen. Ihre Reichweite dürfte so auf ein paar Dutzend Meilen um Craig Harbor herum beschränkt gewesen sein.«

»Richtig.«

»Ich wünschte, ich hätte sie irgendwo gesehen«, sagte January. »Wirklich.«

»Was glauben Sie denn, was Carmen Delgado zugestoßen ist?«, fragte Cutter.

January lehnte sich in ihrem Stuhl zurück und seufzte. »Keine Ahnung. Aber wie gesagt, ich wünschte, ich hätte sie gesehen. Wenn man mal von dieser blöden Fernsehserie absieht, ist Carmen eigentlich ein ganz netter Mensch.«

»Die Inselbewohner sind von der Serie wohl nicht besonders begeistert.«

»Die einen finden sie toll, die anderen furchtbar«, sagte January. »Manche macht sie richtig reich, manche berühmt, manche stinkwütend – aber jedenfalls macht sie hier irgendwie alle verrückt.«

»Kann ich mir vorstellen«, sagte Cutter. Er hob die große Kamera von der Tischplatte und betrachtete sie von allen Seiten. »Schießen Sie viele Unterwasseraufnahmen von den Walen?«

»Schon so einige«, sagte sie. »Mittlerweile haben sie sich an mein Boot gewöhnt und statten mir sogar manchmal einen Besuch ab. Immer wieder schießen sie morgens am Heck aus dem Wasser, linsen neugierig über die Reling und jagen mir einen Heidenschreck ein, wenn ich an Deck gemütlich meinen Kaffee trinke.«

»Linsen neugierig über die Reling?«

»Als würden sie sich auf die Zehenspitzen stellen und Wasser treten«, sagte sie. »Das kennen Sie, wenn Sie schon mal in so einer Walshow waren. Wale oder auch Schildkröten können ihren Kopf so aus dem Wasser strecken, dass sie sich oberhalb des Wasserspiegels umsehen können.«

»Das würde ich hier in der freien Natur gerne mal erleben«, sinnierte Cutter.

January lächelte ihn an. Nicht wie eine Mörderin, so schien es ihm. Sie nahm das durchsichtige Plastikgehäuse an sich. »Erst mal muss ich das wieder an den Halterungen unten am Kiel anbringen. Nur ist mir beim letzten Tauchgang leider der Reißverschluss meines Trockenanzugs aufgegangen.«

Cutter schüttelte sich. »War bestimmt unangenehm.«

»Wie Kopfweh von zu viel Eisessen, und das am ganzen Körper«, sagte sie. »Hab mir fast das Rückgrat gebrochen, so sehr hab ich mich da unter dem Boot gewunden. Ich habe zwar noch so einen Anzug an Bord, mit dem ich es probieren wollte, aber der ist mir viel zu groß, also bleibt er wahrscheinlich nicht dicht. Ihnen würde er wohl passen. Sie können sich ja überlegen, ob Sie das für mich erledigen möchten, morgen nach dem Sturm, meine ich.«

Cutter hob die Schultern. »Kleinigkeit. Mach ich gerne.«

»Das wäre obersupernett.« Sie kramte in dem Haufen Putzlappen auf der Tischplatte herum. »Ein Typ in Craig hat die Halterung extra für mich angefertigt und knapp über dem Kiel ein paar Bolzen dafür angebracht, sodass man sie einfach an- und abmontieren kann. Ein Ungetüm wie Frankensteins Monster, mit drei verschieden großen Bolzen fürs Anschrauben.« Endlich fand sie, was sie suchte. Als sie es mit der Linken, ihre Rechte immer noch unterm Tisch verborgen, hochhielt, verkrampfte sich Cutters Magen. »Dieses Werkzeug hat er mir auch noch gemacht, um die Halterung zu verschrauben«, sagte sie. »Gar nicht so dumm, wenn Sie genauer hinschauen. Ein flacher Schraubenschlüssel mit drei verschiedenen Größen für die Muttern an ein und derselben Seite.«

37

Mit seinem Kugelschreiber tippte Sam Benjamin auf dem schwarzen Korbflechtmuster seines ledergebundenen Trooper-Notizbuchs herum. Das einzige Vergnügen bei der Befragung von Bright Jonas bestand für ihn darin zuzuschauen, wie Deputy Fontaine dieser unausstehlichen Frau Kontra gab.

Ihnen gegenüber am Wohnzimmertisch hatte Bright sich in einen dick gepolsterten Sessel gefläzt, ein Bein über der Armlehne, und ließ in einem Glas voll irgendwas die Eiswürfel kreisen. Auf ihrem losen, weiten Angeber-Shirt prangte ein Bild von ihr selbst – ein Siebdruck von einer Momentaufnahme aus der Fernsehserie. Bei den grauen Yogahosen, die sie trug, war der Trooper nur froh, dass ihr T-Shirt weit über ihre Hüfte hinunterhing. Sie war nicht direkt eine dicke Frau, eher eine mit richtigen Kurven, so wie Marilyn Monroe, aber sie strotzte vor Einbildung und Falschheit, und das schien unangenehm zu ihrer Körperfülle beizutragen. Ihr Ehemann Fitz saß in einem Ruhesessel neben ihr und lehnte sich etwas von ihr weg, als wollte er sich, mit was auch immer, nicht anstecken. Der Vollbart konnte kaum verbergen, dass der stattliche Mann seine Zähne zusammenbiss, angewidert, so als würde er sich am liebsten selbst die Kehle durchschneiden.

Sam Benjamin konnte es ihm nicht verdenken. Deputy Lola Fontaine hätte er stundenlang zuhören können, doch bei Bright Jonas kam ihm schon nach eineinhalb Minuten alles hoch. Seit er auf diese Insel versetzt worden war, kannte der Trooper sie schon, und mit Bright Jonas war noch nie gut Kirschen essen. Seit sie eine der Hauptfiguren bei *FISHWIVES!* verkörperte, trug sie die Nase allerdings dermaßen hoch, dass sie draußen im Regen glatt ertrunken wäre. Benjamin zwang sich zu Ruhe und Besonnenheit und stellte ihr die nötigen Fragen, obwohl er sich viel lieber in den Apartments des Produktionsteams mit jemand anderem, jemand weniger Gestörtem unterhalten hätte.

Er holte tief Luft und konzentrierte sich, um auf den Punkt zu kommen und die Sache hinter sich zu bringen, auch wenn es das Letzte wäre, was er in diesem Leben täte. In seinem Notizbuch rekapitulierte er die bereits gestellten Fragen, dann sah er Fitz an.

»Hat Carmen oder Greg Sie jemals gefragt, ob eine oder einer von Ihnen mal mitkommen würde, um an einem abgelegenen Ort Außenaufnahmen zu schießen?«

Fitz schüttelte den Kopf und machte den Mund auf, doch Bright schnitt ihm das Wort ab.

»Hab ich Ihnen doch schon gesagt, mein Lieber«, sagte sie mit einer Art affektierter Bühnensprache. »Wir haben keine Ahnung, wo die beiden abgeblieben sind.«

Benjamin nickte und wandte sich erneut an Fitz. »Und wie ist es mit Ihnen?«

Bright wühlte sich aus ihrem Sessel und nahm eine eher aufrechte Haltung ein. »Ich hab gesagt, wir haben keine Ahnung.«

»Ich habe Ihren Mann gefragt«, sagte der Trooper.

»Und ich habe ›wir‹ gesagt.«

»Ah, jetzt verstehe ich«, sagte Fontaine und nickte eifrig, als hätte sie soeben etwas Wichtiges endlich verstanden. »Ich dachte, Sie benutzen den Pluralis Majestatis.«

Fitz Jonas sah zu Boden und musste sich das Lachen verkneifen. Bright schoss ihm einen tödlichen Blick zu, bevor sie auf Fontaine losging. »Mein Mann und ich haben eine so gute Ehe, dass wir jeweils füreinander sprechen können. Wir sind eins und sprechen aus einem Mund.«

»Das tun Sie bestimmt öfter«, sagte Fontaine. »Bisher habe ich ihn nämlich noch kein Wort sprechen hören.«

Daraufhin lehnte Bright Jonas sich vor, und in ihren Augen blitzten Dolche. »Ich durchschaue Sie, Deputy

Fontaine. Bei Ihren engen Klamotten und Ihrem super-fitten Body ist es sonnenklar, dass Sie sich für eine Art Göttergeschenk an die Männer halten.«

Benjamin klappte sein Notizbuch zu und erhob sich. »Es wird Zeit für uns zu gehen.«

»Ein kleiner guter Ratschlag, meine Süße«, sagte Bright. Die Dolche wurden zu Schwertern. »Ein richtiger Mann mag Frauen mit ein bisschen Fleisch auf den Knochen, keine Fitnessstudioschlampe mit nichts als stahlharten Muskeln.«

»Kann schon sein, Frau Fleischknochen.« Fontaine kicherte kurz. »Aber ich mach Ihnen den Handstand und die Grätsche gleichzeitig. Da haben die Männer, die ich so kenne, nichts dagegen.«

Trooper Benjamin bugsierte Fontaine zur Tür, und während sie sich verabschiedeten, hielt er sich bewusst zwischen ihr und Bright Jonas.

Als sie beide im Tahoe ihre Sicherheitsgurte anlegten, sah er ihr ins Gesicht und fragte sie: »Geht mich zwar nichts an, aber können Sie echt einen Handstand und dabei gleichzeitig die Grätsche machen?«

Fontaine klimperte mit den Wimpern und tat un-schuldig – allerdings nicht besonders erfolgreich. »Den ganzen Tag lang, Sam. Den ganzen verdammten Tag lang.«

An der Konsole krächzte das Funkgerät und bewahrte ihn davor, etwas zu erwidern, was er sicher bereut hätte. Es war, nach einem Schichtwechsel, die andere Dispat-cherin im Craig Police Department.

»Bist du am Gerät, Sam?«

Der Trooper startete den Tahoe und fuhr zügig von Jonas' Haus weg, nur für den Fall, dass Bright auf die Idee käme, ihre knochige Konkurrentin am besten gleich zu erschießen. Während er davonfuhr, drehte er die Lautstärke hoch. »Leg los, Shirley«, sagte er.

»Sam, ruf bitte im Revier an«, sagte die Dispatcherin.

Benjamin fingerte sein Smartphone aus der Handytasche seiner Dienstjacke und drückte die Schnellwahltaste fürs Department. »Was gibt's?«, sprach er ins Telefon.

»Ich wollte nicht über Funk drüber reden«, sagte Shirley, »aber Lin Burkett steht bei mir draußen im Flur. Sie ist in 'nem schlechten Zustand, aber kein Wunder, oder? Bin mir ziemlich sicher, dass sie betrunken ist, aber das hat niemand verdient, dass wir sie jetzt verhaften, am selben Tag, an dem die Leiche ihres Kindes geborgen wird.«

»Da geb ich dir recht«, sagte Benjamin. »Kann sie jemanden anrufen?«

»Sie will mit dir persönlich reden«, sagte Shirley. »Meint, es gehe um was wirklich Wichtiges, wegen Gerald. Es gehe um Leben und Tod, meint sie.«

Das hättest du als Allererstes sagen sollen, Shirley, dachte der Trooper, beendete das Gespräch und versenkte das Handy wieder in der Tasche.

Das Gesicht in den Händen begraben, saß Lin Burkett in der Eingangshalle des Craig Police Department. Wankend kam sie auf die Füße, als Benjamin und Fontaine durch die Eingangstür traten. Beide blieben einen Moment lang stehen und schüttelten das Regenwasser ihrer Jacken über einer dafür gedachten großen Fußmatte aus.

Burkett wiegte den Kopf hin und her. Ihre blutunterlaufenen Augen bettelten um Hilfe. »Sie müssen ihn aufhalten, Trooper«, sagte sie. »Bevor er was Blödes anstellt. Er hat ihr Buch gefunden. Bestimmt hat er's gelesen. Und wer weiß, was er jetzt anstellt.« Vom Heulen war ihre Nase verstopft, was sich anhörte wie eine schlimme Erkältung.

»Nun mal langsam, Lin«, sagte Benjamin. »Wir finden einen sicheren Ort für Sie, wo Sie bleiben können, wenn Sie Angst vor ihm haben.«

Blinzelnd sah sie ihn an und schüttelte wieder langsam den Kopf. »Was meinen Sie denn damit?«

»Sie und Gerald machen gerade eine schlimme Zeit durch«, sagte Benjamin. »Hat er Ihnen gedroht?«

»Nicht mir«, sagte sie.

»Wem dann?«

Sie hielt ihm ein abgegriffenes Spiralnotizbuch entgegen.

Benjamin schlug es auf und überflog die Seiten kurz, bevor er es an Fontaine weitergab und sich wieder Mrs. Burkett zuwandte. »Millies Tagebuch? Ich habe doch ihr Zimmer durchsucht. Wo haben Sie das gefunden?«

»Es lag einfach so im Wohnzimmer, als ich heimgekommen bin«, sagte sie mit schmerzerfülltem Gesicht. »Neben dem Ruhesessel von Gerald. Weiß nicht, wo er es gefunden hat.«

»Und nun glauben Sie, er hat was in Millies Tagebuch gelesen, das ihn zu einer Dummheit verleitet?«

»Er ist abgehauen.« Lin schluchzte. »Ich hab in der Schublade nachgesehen, und seine Pistole ist auch weg. Sie müssen mir helfen, Trooper. Ich will ja den Scheißkerl genauso tot sehen wie er, aber ich darf nach Millie nicht auch noch Gerald verlieren. Bitte halten Sie ihn auf.«

»Welchen Scheißkerl?«, fragte der Trooper.

»Der von der Serie!«, spuckte Lin förmlich.

Benjamin erinnerte sich an den Kameramann von *FISHWIVES!,* den er gestern Abend bei dem Lagerfeuer befragt hatte. Irgendwas an dem Typen war ihm komisch vorgekommen. Und er hatte zugegeben, dass Millie Burkett mit ihm zusammengearbeitet hatte. »Meinen Sie Tucker Jackson?«

Lin schüttelte den Kopf und schniefte. »Wer?«

»Nicht Jackson«, sagte Fontaine und hielt das Notizbuch Benjamin so vor die Nase, dass er die Eintragung darin lesen konnte. Langsam drehte sie einmal den Kopf hin und her. Sie konnte es sich vorstellen. »Millie Burkett hatte was mit Kenny Douglas.«

»Genau.« Lin Burkett nickte. »Und ich vermute schwer, dass Gerald sich jetzt, während wir hier stehen, irgendwo genug Mut antrinkt, damit er den Scheißkerl umbringen kann.«

38

Sie starrte Cutter an, dann wanderte Januarys Blick in der Kajüte umher. »Hab ich was Beleidigendes gesagt? Sie sehen aus, als wär Ihnen ein Geist begegnet.«

Cutters Hand schwebte nicht direkt über seinem Seitenholster, aber nahe dran. Er deutete mit einer Kinnbewegung zu dem Frankenstein'schen Schraubenschlüssel. »Kann ich mir das mal genauer ansehen?«

»Klar.« January gab ihm das Werkzeug. Und sie zog ihre andere Hand unter der Tischplatte hervor. Sie hielt darin lediglich das Mikrofasertuch, mit dem sie ihre

Kameralinsen reinigte. »Ich zieh wohl immer die Nieten«, flüsterte sie in sich hinein.

Cutter hielt den Schraubenschlüssel am Griffende, ließ ihn zwischen den Fingern baumeln und betrachtete ihn genauer. Die Waffe, mit der Millie Burkett geschlagen worden war, musste zwei Öffnungen für Schraubenköpfe aufweisen – das Ding hier hatte aber drei. Cutter entfuhr ein lauter Seufzer. »Haben Sie noch mehr solche Schraubenschlüssel?«

January schüttelte den Kopf. »Nö. Einer reicht doch, oder? Wie gesagt, mein Freund hat ihn extra so gemacht, dass ich nur den einen hier brauche.«

»Ich montiere Ihnen gerne die Halterung, morgen«, sagte er und gab ihr das Werkzeug zurück. »Wenn ich mich richtig erinnere, haben Sie vorhin erwähnt, dass Sie Hunger haben. Bevor ich mir Ihr Telefon ausgeliehen hab.«

»Ich bin am Verhungern.« January schlüpfte von der gepolsterten Sitzbank hinter dem Esstisch, ging in ihre kleine Kombüse und begann, dort diverse Schubladen aufzuziehen. Am Ende hielt sie eine Zwiebel in der Hand. »Ich hab gestern erst Lebensmittel eingekauft, aber so wahr ich hier stehe, jetzt kann ich überhaupt nichts finden, was eine sinnvolle Mahlzeit ergäbe.«

»Wie viele Zwiebeln?«, fragte Cutter.

Sie blickte nach hinten, über ihre Schulter, in eine Art Brotkasten. »Vier.«

Nachdenklich nickte Cutter. »Haben Sie Butter?«

»Ja, hab ich.«

»Rinderfond?«

»Nur Brühwürfel«, sagte sie.

»Geht auch. Wie steht's mit Brot?«

»Jep.«

»Wein?«

»Hab ich auch.«

Cutter rieb sich die Hände. »Zufällig haben Sie genau die Zutaten da für eins der zehn Rezepte, die mir mein Opa beigebracht hat.«

»Über Ihren Opa würde ich gern mehr erfahren«, sagte sie. »Wir Tlingit verehren unsere Ältesten. Schön zu hören, dass außer uns noch jemand so denkt. Heutzutage schiebt man die Großeltern ja eher ins Altersheim ab. Haben Sie ihn vorhin nicht ›Grumpy‹ genannt?«

»Als ich klein war, konnte ich noch nicht ›Großpapa‹ sagen«, antwortete er. »Bei mir wurde ›Grumpy‹ draus. Das ist einfach irgendwie hängen geblieben, und zu der Zeit, als ich auf die High School kam, haben ihn einfach alle so genannt. Hat auch irgendwie gepasst. Er hat selten gelächelt.«

»Da kenn ich noch jemanden«, sagte January.

»Tja, tut mir leid.«

»Muss Ihnen nicht leidtun. Ich finde ja, es wird viel zu viel gelächelt. Dabei sehen die Leute dann nur blöd aus.«

»Sie hätten Grumpy gefallen«, sagte Cutter. »Also, zurück zum Essen. So wie Grumpy es erzählt hat, wollte Ludwig XV. nach einem langen Jagdtag mal was essen, fand aber in seiner Jagdhütte nichts weiter als ein paar Zwiebeln, Brot und Champagner.« Cutter hielt die Zwiebel hoch. »Sie haben sogar mehr, als König Ludwig damals hatte, um eine französische Zwiebelsuppe zuzubereiten. Die hat Grumpy immer für meine Großmama gemacht.«

»War sie auch eine gute Köchin?«

»Sie ist schon vor meiner Geburt gestorben. Vielleicht lag es daran, dass sein Spitzname Grumpy dann zu ihm passte.« Cutter seufzte. »Jedenfalls kann ich uns eine Suppe machen, wenn Sie wollen.«

»Das wäre toll«, sagte January. »Ich würde Ihnen auch helfen, aber die *Tide Dancer* hat, wie mein Navy-Vater es ausdrücken würde, eine Kombüse, in die nur ein Arsch reinpasst.«

»Keine Sorge. Es ist ein Gericht, das ein Arsch alleine hinkriegt.«

Schon bald duftete die ganze Kajüte nach brutzelnder Butter und ausgelassenen Zwiebeln. Das sanfte Schwanken des Schiffes und das stetige Getrommel des starken Regens versetzten das Paar anscheinend in eine besondere Stimmung: Sie unterhielten sich angeregt und ernsthaft miteinander und es kamen Dinge zur Sprache, die sie sich unter nüchterneren Bedingungen nie erzählt hätten. January erklärte ihm ausführlich ihre Arbeit, zeigte ihm dicke Fotoalben, vollgepackt mit Aufnahmen von jedem Orca ihrer Schule. Sie berichtete von ihrem jeweiligen Charakter und ihren Eigenheiten, als wären es ihre Kinder. Als Cutter aber nachfragte, wie ihre Zeit als Lehrerin gewesen war und warum sie diesen Job aufgegeben hatte, verfiel sie in Schweigen.

Er beließ es dabei, ließ sie in Ruhe und kümmerte sich ums Kochen. Schließlich war er nur ihr Gast.

»Wissen Sie«, sagte sie schließlich, »Sie müssen schon ein mutiger Mann sein, dass Sie mit einer Mordverdächtigen an Bord ihres Schiffes bleiben.«

Er blickte von dem Laib Brot auf, den er gerade in Scheiben schnitt. »Wieso vermuten Sie, dass Sie eine Verdächtige sind?«

»Hören Sie auf«, sagte sie. »Das hab ich Ihrem Gesicht angesehen. Mit dem Schraubenschlüssel hat's irgendwas auf sich, Sie hätten mich wegen dem Ding fast erschossen.«

»Sie geben wohl nicht allzu viel auf meine polizeilichen Fähigkeiten«, sagte Cutter. Er nahm einen Glasstreuer mit Hähnchengewürz und verteilte eine ordentliche Portion davon über die angebratenen Zwiebeln, rührte dann um und schüttete zuletzt eine Tasse Rotwein dazu. Das Ganze ließ er eine Minute lang köcheln, dann gab er mehrere Tassen Rinderbouillon dazu.

»Aber ich hab recht«, sagte sie. »Oder?«

»Ja«, sagte er. »Aber Ihr Schraubenschlüssel ist nicht ganz der richtige. Ich folge strikt den Indizien, und ich kann Menschen ganz gut einschätzen. Sie kommen mir nicht vor, als würden Sie so was Schlimmes wie einen Mord vor mir verbergen.«

January legte den Kopf schräg. »Aber Sie glauben, ich verberge was anderes?«

»Wie Sie selber gesagt haben, verbergen wir alle irgendwas.« Cutter schnitt weitere Scheiben von dem Brot ab – dicke Scheiben, die sich nicht gleich auflösen würden, wenn sie in der Suppe schwammen. »Und ja, ich glaube, dass Sie irgendwas Spezielles verbergen. Kann sein, dass es mich überhaupt nichts angeht, dass es überhaupt nichts mit dem Fall zu tun hat, aber Sie halten irgendwas verborgen.«

»Tut es wirklich nicht«, sagte sie. »Sie irgendwas angehen, meine ich.«

»In Ordnung«, sagte Cutter. Er schob die Brotscheiben auf ein Backblech und schob es in den Ofen, um sie zu rösten. »Ihr Wort genügt mir.«

»Hätte Grumpy sich auch damit zufriedengegeben?«

»Haben Sie Käse da?«

»Was?«

»Käse«, sagte Cutter. »Schweizer Käse, wenn Sie haben. Am besten wäre Gruyère, aber notfalls geht auch Mozzarella.«

Sie nickte zu dem kleinen Kühlschrank in der Ecke hin. »Ich weiß nicht mal, ob ich überhaupt jemals Gruyère probiert habe. Aber im Kühlschrank ist ein Stück Schweizer.«

Cutter ging die Kühlschrankablagen durch und entdeckte hinter einem Fläschchen Senf den Käse. »Hab's gefunden. Und nein, Grumpy wäre jetzt zu blendendem Verhörlicht und Daumenschrauben übergegangen, um es aus Ihnen rauszuquetschen.«

»Wirklich?«

»Quatsch«, gestand Cutter. »Hinter seiner schroffen Fassade steckte ein Kerl mit der grundsätzlichen Devise ›Leben und leben lassen‹.«

»Trifft das auch auf Sie zu?«

»Ich bin nicht mal halbwegs so ein Mann, wie es mein Großvater war.«

»Wissen Sie, was ich glaube?«, sagte January. »Ich glaube, Sie kennen mein Geheimnis bereits. Nur sind Sie viel zu sehr ein Gentleman, um es auszusprechen.«

Cutter nickte nachdenklich. Ohne weitere Worte nahm er das angeröstete Brot aus dem Ofen, legte eine Scheibe in jeden Suppenteller und goss die dicke Suppe darüber. Jede Portion krönte er mit einer weiteren Brotscheibe, auf die er noch Käse streute.

»Zwei Scheiben Brot?«

»Grumpys Geheimrezept«, sagte Cutter. »Er mochte es so – wenig Suppe und viel Brot mit Käse.«

»Duftet wunderbar«, sagte sie.

»Kommt von dem Hähnchengewürz.«

»Und von der Butter. Und den Zwiebeln. Und dem Wein …«

Beide tiefen Suppenteller stellte Cutter auf das Backblech und schob es noch einmal in den Ofen, um den Käse zum Schmelzen zu bringen. Es roch in der Tat vorzüglich.

Er warf sich das Handtuch auf die Schulter und lehnte sich mit dem Rücken gegen die Küchentheke. »Also. Wollen Sie darüber reden?«

»Was?«

»Ich frage nur, weil Sie anscheinend darüber reden möchten.«

January stützte sich mit einem Ellbogen auf der Tischplatte ab, bettete ihr Kinn auf die Handfläche und zuckte mit der Schulter. »Ja … vielleicht will ich das.«

»Wie lange sind Sie schon krank?«

»Sie haben ja wirklich ein Gespür für Leute«, sagte sie. »Woran haben Sie's gemerkt? An meinem ungleichen Busen oder an meinem extrem kurzen Haarschnitt?«

Cutter lehnte sich ein Stück weiter zurück und schüttelte den Kopf. »Ich hab Erfahrung damit. Meine Frau …«

»Ist sie …«

Er nickte. »Vor fünf Jahren.«

»Tut mir wirklich leid«, sagte January.

»Danke. Aber Sie stehen hier, also müssen Sie den Kampf gewonnen haben.«

»Es waren mehrere Kämpfe. Ich hab am selben Tag die Krebsdiagnose bekommen und erfahren, dass mein Mann mich mit der Musiklehrerin von der Schule, wo wir beide unterrichtet haben, betrügt. Er hat sich die Augen aus dem Kopf geheult und mich angebettelt, dass ich ihm

311

verzeihe, aber ich fand ihn genauso zum Kotzen wie die Chemotherapie. So hab ich innerhalb ein und desselben Monats ein C-Körbchen-großes Stück Fleisch an meiner Brust verloren und ein 1,85 großes Stück Mann.« Sie lachte kurz und traurig in sich hinein. »Ich hielt es nicht mehr aus, wie alle Leute mir erzählen wollten, was in Zukunft für mich normal sein würde. Ich hielt sie einfach alle nicht mehr aus, Punkt. Nach meiner letzten Runde Chemo saß ich dann mal heulend über meiner Tastatur, hab im Internet auf Partnerschafts-Websites nach Typen gesucht, die sich vielleicht für eine glatzköpfige Frau mit nur einem halbtollen Busen interessieren könnten … mit einem tollen Halbbusen …«

»Hören Sie schon auf«, sagte Cutter sanft.

»Egal, jedenfalls bin ich da über dieses Jobangebot gestolpert, für eine staatliche Stelle in Alaska die Wale zu erforschen. Es war weit ab vom Schuss, aber das bin ich gewöhnt. Ich bin in einem Dorf in der Nähe von Juneau aufgewachsen, wollte aber nicht einfach dahin zurück. Das Bewerbungsgespräch lief nur übers Telefon, das Thema Krebs ist gar nicht erst aufgekommen. Als ich dann hier aufgetaucht bin, war mein Haar so weit nachgewachsen, dass es fast wie eine absichtliche Kurzhaarfrisur aussah, und niemand schöpfte Verdacht. Ich wollte hier nicht als die arme Frau, die ihren Brustkrebs auskuriert, abgestempelt werden.« January legte den Kopf an die Rückenlehne ihres Küchenstuhls und blickte zur Decke hoch. »Keine Ahnung, warum ich Ihnen das alles erzähle.«

Cutter drehte sich um, nahm mit dem Handtuch die Suppenteller aus dem Ofen und stellte sie dann vorsichtig auf den Herdplatten ab. Zufrieden nickte er. Der Käse war geschmolzen und an den Rändern der Brotscheiben heruntergeflossen, genau wie Grumpy es immer gemocht hatte.

»Ich bin jemand Fremdes«, sagte Cutter. »So was erzählt man leichter jemandem, den man vielleicht nie wiedersieht.«

»Kann sein«, sagte January. »Aber was ist, wenn …«

Von der vorderen Treppe her drang ein raues Husten zu ihnen in die Kombüse. Als Cutter sich neugierig umwandte, stand da ein Native-Mädchen mit verschlafenen Augen und verwuscheltem Haar und einem genauso verwuschelten Hund im Arm. Sie rieb sich die Wange, blinzelte gegen die Kajütenbeleuchtung an und schnüffelte – offenbar hatte sie die Suppe gerochen. Havoc tat dasselbe, als sie ihn auf dem Boden absetzte.

»Cassandra!« January schnappte nach Luft. »Wie kommst denn du hierher?«

Das Mädchen zeigte über ihre Schulter, legte den Kopf schräg und schloss dabei die Augen.

Aus schmalen Augen sah January sie an. »Du hast in der Koje achtern geschlafen, stimmt's?«

Cassandra nickte und bewegte sich auf die Suppe zu.

»Vorsicht!«, sagte Cutter. »Die ist heiß.«

January stand auf und glättete dem Mädchen das Haar. Zwischen ihnen bestand offenbar ein Vertrauensverhältnis. »Das ist ein Freund von mir. Deputy Cutter.«

»Arliss«, sagte Cutter. Er beugte sich nach vorne, bis er mit dem Mädchen auf Augenhöhe war, und gab ihr die Hand. »Hast du Hunger?«

Cassandra nickte.

Cutter blinzelte. »Diese Suppe besitzt große Kräfte. Wer sie gemeinsam isst, wird Freunde fürs Leben.«

January lächelte sanft. Anscheinend freute sie sich über die Gesellschaft beim Essen. »Dann muss ich ja aufpassen.«

Cutter reichte nacheinander jeder einen Teller, ganz vorsichtig, um nichts von der siedend heißen Suppe zu verschütten. »Cassandra kann meine haben«, sagte er. »Ich kann mir noch einen Teller machen. Geht ganz schnell.«

January gab Cassandra einen Löffel. »Verbrenn dir nicht die Zunge«, sagte sie. »Ich hol uns zwei Extraschlafsäcke aus dem Verschlag unten. Zum Glück hab ich genug davon für eine Schlafzimmerparty. Ich glaub sogar, ich hab noch irgendwo Popcorn; wir können die ganze Nacht aufbleiben und uns gegenseitig die Fußnägel lackieren.« Sie sah Cutter an. »Ich wette, davon steht nichts in Ihrem Handbuch für die Jagd nach Verbrechern.«

Cutter nickte ganz ernst. »Davon steht wirklich nichts drin.«

»Immerhin besser, als auf demselben Boot mit einer Mordverdächtigen zu übernachten«, sagte sie.

»Absolut.«

Sie rückte nahe genug an Cutter heran, um ihn die Wärme ihres Atems fühlen zu lassen. »Meinen Sie, sie hat es mitgekriegt, wie ich über meine Brust geredet hab?«

Cutter schüttelte den Kopf.

January blieb dicht neben ihm stehen.

Cutter spähte in den Regen vor dem Fenster hinaus. »Darf ich noch mal das Telefon benutzen?«

Sie deutete mit einer Kopfbewegung zu dem Satellitentelefon hin. Es lag noch da, wo er es hingelegt hatte, am Rand des Esstischs. »Sie wissen, dass ich Millie Burkett nicht umgebracht habe, oder?«

Cutter ging zur Tür und drehte sich dort noch einmal um, bevor er sich hinaus in den Regen wagte. »Grumpy konnte nicht nur kochen«, sagte er. »Er war auch ein unglaublich gewiefter Polizist, und wenn es um Mordfälle ging, hatte er so einen Spruch: ›Außer mir sind alle verdächtig. Und manchmal bin ich mir nicht mal bei mir selber so ganz sicher.‹«

39

Sam Benjamin überließ es Trooper Allen, Lin Burkett nach Hause zu bringen, während er und Fontaine sich auf den Weg zu dem Haus machten, wo die *FISHWIVES!*-Crew wohnte. Der strömende Regen verschluckte den Tahoe förmlich, als wären sie in einer Waschstraße unterwegs.

Das Straßenpflaster verschmolz mit dem Wald rundum und umhüllte sie wie ein schwarzes Tuch, sodass Benjamin eigentlich nur noch ungefähr schätzen konnte, wo die Straße verlief. Dennoch riss er seine Augen kurz von den Wasser schiebenden Scheibenwischern weg und warf Lola einen Seitenblick zu. Im gedämpften Glühen der Armaturenbeleuchtung traten ihre hohen Wangenknochen besonders markant hervor. Ihr Kinn … nun, sein Magen zog sich zusammen, wenn er die Kante ihres Unterkiefers entlangblickte. Noch nie war er so einer Frau wie ihr begegnet, die selbst in gespenstisch grünlichem Licht gut aussah. Sie hatte ihm auch so einige Blicke zugeworfen, zumindest bildete er sich das ein. Andererseits hatte sie einige Male einen Ehemann erwähnt, der, so viel hatte er sich gemerkt, Larry hieß. Komisch, dass sie keinen Ehering trug.

Er räusperte sich, um sich dies alles aus dem Kopf zu schlagen, halb aus Angst, sie könnte seine Gedanken lesen. »Was ist eigentlich Ihr Boss für einer? Ich meine, lächelt der vielleicht auch mal?«

Fontaine drehte sich leicht in seine Richtung. Sie lachte, zeigte zwei Reihen unglaublich weißer Zähne, was sie in dem Licht nur noch hübscher machte. »Ja, ich weiß«, sagte sie, »der ist schon eine Nummer für sich …«

»Verstehen Sie mich nicht falsch«, sagte Benjamin, »bei einem Kampf hat man ihn bestimmt gern an seiner Seite.«

»Stimmt.« Sie nickte bestätigend. »Aber an seiner Seite wird man ziemlich oft in einen Kampf verwickelt.«

»Das kann ich mir vorstellen. Ein Bulle alter Schule, mit dem Motto ›Du gehst uns vielleicht mal durch die Lappen, aber am Ende kriegen wir dich‹. Für solche gibt's immer noch irgendwo einen Platz, aber ›ganz alte Schule‹ kann einen mittlerweile auch schnell in ein ganz neues Gefängnis bringen.«

Bevor Fontaine antworten konnte, plärrte ihr Handy los: ›Let the Bodies Hit the Floor‹ von Drowning Pool.

Ein erneuter kurzer Seitenblick zeigte ihr seine Meinung zur Musikauswahl.

Sie beglückte ihn mit einem weiteren strahlenden Lächeln. »Cutters Klingelton.«

»Das passt«, sagte er.

Fontaine ging dran und gab im Folgenden kleine Grunzgeräusche von sich, um zu bestätigen, dass sie zuhörte, während er sie vermutlich in irgendeiner Sache auf den neuesten Stand brachte. »Er fährt gerade«, sagte sie dann. »Hör zu, Boss. Millie Burkett hat ein Tagebuch geführt. Rate mal, mit wem sie eine Affäre hatte ... Wie hast du das denn erraten? ... Weißt du was, das ist ganz schön schräg. Ja ... Hallo ... Bist du noch da?«

Fontaine nahm das Telefon vom Ohr und hielt es sich vor die Augen, um nachzuschauen, ob sie überhaupt noch verbunden war. Besorgt wandte sie sich dem Trooper zu. »Die Verbindung ist abgebrochen.«

»Wundert mich nicht«, sagte Benjamin und parkte den Tahoe. Sie waren gerade bei den Apartments der *FISHWIVES!*-Leute am Ortsrand angekommen. Er würgte den Motor ab, lauschte dem Regen, wünschte sich den Mord und die ganzen Vermissten weg und dass er einfach nur eine Weile mit diesem weiblichen Deputy so dasitzen könnte. »Er kann nur mit Jans Satellitentelefon angerufen haben. Die sind klasse, aber bei dem Wetter pfuschen ihnen die Wolken doch in die Verbindung rein. Sie brauchen sich keine Sorgen zu machen.«

Der Regen hatte sie von allen Seiten gründlich nass gespritzt, als sie die Außentür des Apartmentgebäudes erreichten. Benjamin zog die Tür auf, und der überwältigende Geruch von frisch verlegtem Teppichboden schlug ihnen entgegen. Vor den *FISHWIVES!*-Leuten waren die Apartments hauptsächlich an Jäger und Angler im Urlaub vermietet worden, und das Filmteam hatte die Nase gerümpft über den Bodenbelag aus den 70ern, der nach Blut und Eingeweiden von Rotwild und Fischen gestunken hatte. Carmen Delgado hatte Firmengelder in einen neuen Teppichboden und einen frischen Anstrich investiert. Dem Besitzer war es einerlei. Wenn diese Leute wieder weg waren, würden sich die Jäger und Angler nach ihnen über die Renovierung freuen – vorausgesetzt, die Spinner im Filmteam legten nicht alles in Schutt und Asche.

Innen spickte Trooper Benjamin auf die Notizen, die er sich auf die linke Handfläche gekritzelt hatte. Dann ging er den schwach beleuchteten Gang hinunter bis zur Nummer 3, wo Kenny Douglas wohnte. Er stellte sich neben die Wohnungstür und pochte mit der Faust dagegen. Fontaine stellte sich auf die andere Seite des Türrahmens. Schuldige, die sich in die Enge getrieben fühlten, reagierten manchmal verrückt. Beide, Trooper und Deputy, positionierten sich also außerhalb vom Schussfeld, nur für den Fall, dass die verrückte Reaktion diesmal etwas mit einer 44er Magnum und einer Holztür zu tun haben sollte.

Die Wohnungstür direkt gegenüber öffnete sich einen Spalt weit. Eine junge Schwarze mit einer Cornrow-Frisur voller bunter Perlen streckte ihre Nase heraus. Als sie den Trooper erkannte, öffnete sie die Tür ganz und lächelte. Sie drehte sich um und zischte ins Zimmer hinein: »Alles okay, Sarah. Es sind nur die Cops.« Lässig beugte sie sich in den Flur vor und sagte: »Gestern Abend hatten wir einen betrunkenen Angler, der gemeint hat, er wohnt hier. Sarah hat sich jetzt fast in die Hosen gemacht, weil sie gedacht hat, er ist wieder da.«

»Ist er nicht«, sagte Fontaine. Sie blickte die junge Frau ernst an. »Ist Kenny Douglas da?«

»Er wohnt in Nummer 3«, antwortete sie.

Benjamin nickte. »Scheint nicht zu Hause zu sein.«

Die junge Frau zeigte auf die Tür mit der Nummer 5, während ihre Mitbewohnerin Sarah ihr neugierig über die Schulter guckte. »Vielleicht ist er drüben in Tuckers Zimmer. Vor ein paar Minuten hab ich von dort noch

Geräusche gehört. Manchmal hocken sie zusammen und spielen *Assassin's Creed*.«

»Danke«, sagte Benjamin.

»Gerne.« Die beiden jungen Frauen blieben noch in der Tür stehen, wahrscheinlich in der Hoffnung, es würde was Aufregendes passieren, immerhin war ja die Polizei hier.

»Sie können jetzt beide wieder hineingehen«, sagte Fontaine harsch und scheuchte die beiden in ihr Apartment zurück, bevor sie weiter den Gang hinunterging.

Es brauchte zwei geschlagene Minuten, bis nach wiederholtem Anklopfen die Tür zu Apartment Nummer 5 endlich aufschwang. Tucker Jackson streckte seinen nackten Oberkörper in den Flur, um dem Störenfried so richtig die Meinung zu sagen. Beim Anblick des Troopers wollte er sich schnell wieder zurückziehen, doch Fontaine drückte ihre Hand auf die Tür und sagte: »Nun mal langsam, Mr. Jackson.«

»Ich hab nicht gewusst, dass Sie es sind«, sagte der Kameramann. Er trug nichts am Leib außer einer kurzen, ausgeleierten grauen Basketball-Sporthose, und sein Gesicht war gerötet, als käme er vom Laufen. Und auf den zweiten Blick bemerkte Benjamin, dass die nervige schwarze Haartolle, die ihn in der Nacht bei dem Strandfeuer so irritiert hatte, nun mit einer Haarklammer über Jacksons Stirn befestigt war. Selbst in seiner Jugend, vor seinem Trooper-Leben, als er noch lange Haare hatte, hätte Sam Benjamin sich garantiert nie mit einer Haarklammer erwischen lassen.

»Wir müssen mit Kenny reden«, sagte der Trooper. Die Haarmähne störte ihn genauso wie dass sie jetzt hochgesteckt war. Manche Leute gingen ihm eben einfach gegen den Strich. Er konnte sie einfach nicht riechen. Tucker Jackson war so jemand. Das hieß nicht, dass er ein Mörder war, aber er traute ihm einfach nicht. Das stand für Sam Benjamin fest.

»Ist er nicht in seiner Bude?« Jackson sah den Gang entlang.

»Jedenfalls kommt er nicht an die Tür.« Fontaine beugte sich zur Seite, um einen Blick ins Zimmer zu erhaschen. Jackson zog die Tür weiter zu, sodass nur noch ein Teil seines Gesichts, gerade etwas mehr als seine beiden Augen, zu sehen war.

Sie legte es darauf an. »Ich höre da noch jemanden. Soweit wir wissen, kommt Kenny Douglas manchmal zu Ihnen rüber für gemeinsame Computerspiele.«

»Ja, stimmt«, sagte Jackson, »aber im Moment ist er nicht bei mir.«

Der Trooper reckte ihm den Kopf entgegen und sah ihm ins Gesicht. »Könnten Sie sich vorstellen, dass Kenny mit Millie Burkett eine … mehr als nur freundschaftliche Beziehung unterhielt?«

»Was?«, sagte Jackson. »Nein … Ich meine, Kenny macht sich an alle Mädchen ran, aber …«

»Hören Sie auf, ihn zu verteidigen, Tucker«, sagte Fontaine.

»Ich verteidige ihn doch nicht.«

Fontaine hob ihre dunklen Augenbrauen. »Und wer ist dann bei Ihnen da drin?«

Jackson flüsterte: »Ich will niemandem Ärger machen.«

Mit der Linken deutete Benjamin ins Zimmer, seine Rechte wanderte zum Griff seiner Glock. »Kenny?«, fragte er leise.

Tucker Jackson stöhnte und schüttelte den Kopf. Er

öffnete die Tür. An der hinteren Wand des kleinen Apartments lag Bright Jonas auf einem zerwühlten Laken auf dem Bett. Sie hielt sich einen für Benjamins Geschmack viel zu lose gestrickten Wollpullover unters Kinn.

»Das darf doch wohl nicht wahr sein«, spuckte sie Jackson förmlich entgegen und durchbohrte ihn mit Blicken.

Fontaine seufzte erschöpft. »Da haben Sie sich aber mächtig beeilt hierherzukommen. Sie müssen gleich nach uns losgefahren sein. Geht mich zwar nichts an, aber wie Sie damit in dieser kleinen Stadt durchkommen wollen – na, ich weiß nicht.«

»Das ist nur ein einmaliger Ausrutscher.« Ihr früheres Selbstbewusstsein war verpufft. »Wenn Fitz davon erfährt ... es wird den Ärmsten umbringen.«

»Ich werde mit Sicherheit nicht zu ihm hinfahren und es ihm brühwarm erzählen«, sagte Benjamin.

Bright schloss die Augen. »Gleich nachdem Sie gegangen sind, ist er mit seinem Boot rausgefahren.«

Beinahe hätte der Trooper nach Luft geschnappt. »Ganz alleine?«

Sie nickte. Ihr Kinn zitterte und der Wollpullover zitterte mit. »Um nach den Heringsgehegen zu sehen.«

»Tut mir leid, dir das sagen zu müssen, Bright«, sagte Benjamin, »aber wenn er bei diesem Wetter zu den Heringsgehegen rausfährt, obwohl er gar nichts machen kann, wenn der Sturm sie auseinandernimmt ... dann glaube ich, dass er schon Bescheid weiß.«

Jackson zog sich ein T-Shirt über. Fontaine sah ihn an und schnaubte verächtlich. »Ich will ja nicht die Sittenpolizei spielen, aber haben Sie mal genauer hingeschaut, was Fitz Jonas für ein Mann ist?«

»Er ist eine sanfte Natur«, sagte Jackson in einem Tonfall, als würde er ihn tatsächlich mögen. »Kann mir kaum vorstellen, dass er grob reagiert.«

»Wie gesagt, geht mich nichts an«, sagte sie, »aber wenn Sie mit der Frau von einem anderen schlafen, dann wird der nicht bloß grob reagieren, der rastet völlig aus. Mein Ex-Mann war eifersüchtig auf sämtliche Männer, die mit mir zusammengearbeitet haben, obwohl da nie was war. Und wenn da jemals was gewesen wäre – er hätte den anderen Typen glatt umgebracht.«

»Da fällt mir ein, ich wüsste vielleicht, wo Kenny steckt«, sagte Tucker Jackson in dem verzweifelten Versuch, das Thema zu wechseln. Er beugte sich über den Esstisch, riss ein Blatt von einem Spiralblock ab und skizzierte darauf eine Karte. »Unsere Produktionsfirma hat ein kleines Haus am Berg in Klawock angemietet. Das nutzen wir hauptsächlich als Lager. Kenny arbeitet oft schwarz als Automechaniker, er bewahrt dort einige seiner Werkzeuge auf und kümmert sich dann auch um die Firmenwagen. Und er hat schon mal darüber geredet, dass er manchmal eine Frau dorthin mitnimmt ... ein heimliches Plätzchen, um ungestört zu sein, verstehen Sie?«

Benjamin studierte die Kartenskizze. Dann sah er zwischen Jackson und Bright Jonas hin und her. »Ihr beide sucht euch fürs nächste Mal besser auch ein heimlicheres Plätzchen. Schon allein, damit ich den armen Fitz nicht irgendwann verhaften muss, wegen eines Verbrechens aus Leidenschaft.«

Nachdem sie die Wohnungstür hinter sich zugezogen hatten, gab Trooper Benjamin die von Hand skizzierte Landkarte an Fontaine weiter. Er grinste sie von der

Seite her an, bevor sie im Regen zu ihrem Tahoe zurück-
rannten.

»Ex-Mann?«

Die Polynesierin grinste übers ganze Gesicht und
zeigte ihre perfekten weißen Zähne. »Mhm«, antwortete
sie. »Hab ich das noch nicht erwähnt?«

40

Cutter half January beim Abräumen der Suppenteller und
bot ihr dann an, sich um ihren kaputten Trockenanzug zu
kümmern, während sie abwusch.

Sosehr er es liebte zu kochen, so ungern machte er den
Abwasch – kein schöner Zug von ihm, was er von einigen
seiner Ex-Frauen denn auch öfter zu hören bekommen
hatte.

Cassandra hatte sich am anderen Ende des Salons an
den Navigationstisch gesetzt und arbeitete dort konzen-
triert an der Bleistiftzeichnung eines Orca. Havoc kaute
derweil auf einem Stück Rohleder herum.

Draußen wütete der Sturm wieder heftiger. Orkan-
artige Böen jagten fette Regentropfen gegen die Kajüte,
Prasseln und Zischen des Regens auf der Wasseroberfläche der geschützten Bucht vereinten sich zu einem
gewaltigen, bedrohlichen Rauschen. Das Boot zappelte
am Ende der Ankerleine wie ein Drachen an seiner
Schnur, jede Laune des böigen Windes änderte seine
Position.

January sah aus dem Fenster über dem Spülbecken.
»Haben Sie das gehört?«

Havoc erhob sich, gab ein kurzes »Wuuf« von sich, gefolgt von einem tiefen Grollen, und sein goldbraunes Nackenfell sträubte sich.

Cutter reckte den Hals und versuchte, über dem Getöse des Windes etwas zu hören. »Wellen, die gegen den Rumpf schlagen?«

»Ja, das wird's wohl sein«, sagte January. »Aber mit meiner überreizten Fantasie bilde ich mir ein …«

Mitten im Satz brach sie ab; beide blickten zu Cassandra hinüber.

Das Mädchen saß intensiv lauschend da, den Bleistift hoch in die Luft gestreckt. Einen Augenblick später schüttelte sie jedoch den Kopf und widmete sich wieder ihrer Zeichnung.

»Ihr macht mich nervös«, sagte January. Sie verdrehte das Geschirrtuch in den Händen, ihre Wangen wurden puterrot. »Normalerweise ist alles okay, wenn ich alleine bin.«

Cutter stand gebeugt am Esstisch, breitete den Trockenanzug darauf aus und streckte dann den Rücken durch. »Meine Beine könnten ein bisschen Bewegung gebrauchen. Ich schau mich draußen mal um, bevor ich mich in die Koje haue.«

»Das ist doch Blödsinn.«

»Doch, mach ich gerne«, sagte Cutter.

»Der Wind wird Sie über Bord blasen«, sagte January. »Der weht bestimmt mit 40 Knoten.«

»Doch, im Ernst«, sagte Cutter. »Macht mir nichts aus, nass zu werden.«

»Um *Sie* mach ich mir keine Sorgen«, sagte January. »Aber um mich. Wenn Sie über Bord gehen, müssen Cassandra und ich nämlich raus und Sie retten.«

Cassandra sah von ihrer Zeichnung auf, warf einen Blick auf Cutter, hob die Augenbrauen und schüttelte den Kopf, was wohl heißen sollte: *Ich geh da nicht raus.*

Cutter hob die Hände und ergab sich und rutschte auf die Sitzbank der Essecke. Auch Havoc schien erleichtert, dass er nicht nach draußen ging, und rollte sich wieder zu Cassandras Füßen zusammen.

Cross' Trockenanzug war einmal mitternachtsblau und kohlrabenschwarz gewesen, aber Sonne und Salzwasser und Salzluft hatten ihn zu einem Nebeneinander verschiedener Grautöne ausgebleicht. Er war schwerer und weniger dehnbar als der DUI-Anzug, den er von Benjamin ausgeliehen bekommen hatte, aber der dickere Neoprenanzug hier hielt nach dem gleichen Prinzip das Wasser draußen und eine warme Luftschicht drinnen. Bei diesem älteren Modell wirkte die Neoprenhaut selbst als Isolationsschicht, anstatt einer Gewebe- oder Fleece-Schicht darunter wie beim dünneren DUI-Trockenanzug. Mit leichtem Bogen verlief ein langer Metallreißverschluss von der rechten Hüfte fast bis zur rechten Schulter. Er war gut gewachst und sah aus, als würde er einwandfrei funktionieren. Für eine Frau geschnitten, war die Form in den Hüften breiter und wies zwei Wölbungen für die Brüste auf. In der rechten davon steckten mindestens ein Dutzend zusammengeknüllte kleine Plastiktüten.

»Ich hab mir noch keinen Schwimmbusen zugelegt«, sagte January mit einem Nicken zu den Plastiktüten hin. »Hab mich noch nicht richtig daran gewöhnt, dass ein Teil von mir jetzt abnehmbar ist, wie bei einem Kartoffelmännchen.«

Während er weiter den Trockenanzug untersuchte, sagte Cutter, ohne den Blick zu heben: »Meine Frau – die eine gute – hatte eine Pflegerin, die ebenfalls Brust-krebs gehabt hatte, beidseitige Brustamputation, brutale Chemotherapie, Adriamycin, das volle Programm. Sie jedenfalls hat meiner Frau beigebracht, sie dürfe ihr Selbstwertgefühl nicht auf einen Beutel Haut mit einem Nippel dran reduzieren.«

January warf einen kurzen Blick zu Cassandra hinüber. Die blickte zurück, schien plötzlich interessiert an der Unterhaltung der Erwachsenen.

»Sagen Sie lieber nicht ›Nippel‹ vor dem Mädchen.«

Völlig unschuldig hob Cutter die Schultern. »Sie haben's doch auch grad gesagt.«

»Ja, aber Mädels dürfen das, weil wir selber Nippel haben.«

Cassandra hielt sich beide Hände vors Gesicht, spickte durch die Finger und grinste.

»Na ja, streng genommen haben wir Männer …«

»Ist ja guuut«, unterbrach ihn January. »Da ich sowieso eine Nachteule bin und Cassandra den halben Tag lang geschlafen hat, also wird sie auch nicht so bald ins Bett gehen wollen – wie wär's denn, wenn ich uns Popcorn mache, und wir schauen uns einen Film an? Ich hab ein paar neue DVDs an Bord.«

Cassandra nickte eifrig, legte ihren Bleistift ab und hob beide Daumen.

»Für Popcorn und einen Film bin ich auch zu haben«, sagte Cutter. Er zog den Reißverschluss des Trocken-anzugs zu, packte dann unten an der Hüfte zu beiden Seiten das Neopren und versuchte, ihn auseinanderzu-ziehen. Er hielt. Also versuchte er dasselbe weiter oben, und als seine Hände auf Brusthöhe waren, konnte er die Zähne des Reißverschlusses voneinander trennen, und wie bei einem Dominoeffekt öffnete sich das ganze Ding.

»Damit wären Sie verarscht«, sagte er.

»War ich auch«, sagte January. »Als das kalte Wasser reinschoss, hab ich innerhalb von zwei Sekunden wahrscheinlich alle möglichen komplizierten Yoga-Stellungen durchgemacht. Zum Glück war ich direkt unterm Boot, konnte also gleich reinklettern und mich wieder aufwärmen. Den Reißverschluss zu ersetzen würde wohl mehr kosten als ein komplett neuer Anzug.«

Cutter stopfte die zusammengeknüllten Plastikbeutel wieder hinein und erhob sich von der Sitzbank. »Wo soll ich ihn hintun?«

January schaute ihn dumm an. »In die Achterpiek?«

»Ich dachte, ich soll nicht nach draußen gehen?«

»Hab's mir anders überlegt«, sagte sie. »Irgendwie macht mir dieser Sturm eine Heidenangst. Der Stauraum ist gleich auf der Rückseite der Kajüte, also müssen Sie sich nicht direkt dem Wind aussetzen. Außerdem brennen Sie doch bestimmt schon die ganze Zeit darauf, sämtliche Stauräume auf dem Boot zu durchsuchen.«

»Sie gäben einen guten Deputy Marshal ab«, sagte er.

»Wie wär's mit *Moana*?«, fragte January, als Cutter wieder reingekommen war und seine Haare mit einem Handtuch trocken rieb, das sie ihm aus ihrer Kabine geholt hatte. »Das wär auch was für Cassandra und ein toller Film.« Sie hielt die DVD-Hülle hoch. »Irgendwie weiß ich nicht, ob Ihre Partnerin mich an *Moana* erinnert oder eher an *The Rock*.«

»Das behalten Sie wohl besser für sich«, sagte Cutter schmunzelnd.

Was auch immer Lola Tuakana Teariki Fontaine gerade trieb, sie futterte garantiert nicht Popcorn und schaute sich einen Disney-Film über ein Polynesiermädchen an.

Die Sitzbank in der Essecke hatte eine hohe Lehne und war breit genug für sie alle, also rutschten sie zu dritt rein.

Normalerweise fühlte sich Cutter in der Gegenwart anderer nie so ganz wohl; nun betrachtete er Januarys Abalone-Ohrringe, die das Licht vom Computermonitor reflektierten, und fühlte sich zunehmend entspannter, je mehr er sich hier drinnen wieder aufwärmte.

Gerade mal vier Stunden nachdem er sich Trooper Benjamins Pick-up ausgeliehen hatte, saß Arliss Cutter gemütlich vor dem Bildschirm eines Laptops und kuschelte sich gemeinsam mit January Cross und Cassandra Brown unter einen Quilt. Auf einem Sitzpolster auf der anderen Seite der Essecke hatte sich Havoc zusammengerollt.

Draußen prasselte der Regen aufs Wasser, und das kleine Schiff schaukelte im Wind hin und her.

41

Mit einer Hand hielt Sam Benjamin sich das Telefon während der Fahrt ans Ohr, um mit Officer Simeon zu sprechen – eigentlich tat er das höchst ungern, zumal bei so schlechten Fahrbedingungen.

»Wir sind fast da!«, schrie er. Der Regen trommelte mit solcher Macht aufs Dach des Tahoe, dass er mit seinem Handy ebenso gut in einer Eisentonne hätte sitzen können, auf deren Metalldeckel jemand mit einem Stock eindrosch.

»Ich fahre gerade durch Klawock«, sagte der Officer aus Craig.

»Verstanden«, erwiderte Benjamin. »Wir sind etwa fünf Minuten vor Ihnen da. Deputy Fontaine ist bei mir, also gehen wir dort gleich an die Tür.«

Die Antwort war ein statisches Rauschen – hier auf diesem abgelegenen Felsbrocken nichts Ungewöhnliches. Für eine halbe Sekunde nahm er den Blick von der Fahrbahn und prüfte, ob sein Telefon noch Empfang hatte.

»Scheiße!« Lola Fontaine umklammerte ihre Armlehne. »Pass auf, Sam!«

Als der Trooper hochsah, durchströmte ein Adrenalinschub seine Beine. Er stieg auf die Bremse und spürte sofort, wie der Tahoe auf dem nassen Asphalt ins Rutschen kam. Aquaplaning. Aber wie durch ein Wunder griffen die Reifen plötzlich wieder. Dank des Antiblockiersystems stöhnte und stotterte sich das Zweitonnenauto voran bis zum erzwungenen Halt, keinen Meter vor einer halb nackten Frau mitten auf der Straße.

Mit durchweichter Haut, weit aufgerissenen Augen und nichts als einem rosa Slip am Leib stand sie durchgefroren im Scheinwerferlicht wie ein geblendetes Reh. Benjamin brauchte eine Schrecksekunde nach dem Beinahezusammenprall, doch als er seine Sinne wieder beisammenhatte, erkannte er in der tropfnassen Blondine die junge Frau, die am Strandfeuer neben Kenny Douglas gesessen hatte.

»Ich hol eine Decke von hinten«, sagte Benjamin zu Fontaine und schaltete die roten und blauen Signallichter ein. »Schaffen Sie sie doch schon mal von der Straße, bevor noch jemand dahergerast kommt und mir bei alledem noch hinten reinfährt.«

Fontaine hob den Daumen, öffnete schwungvoll die Beifahrertür und trat, ohne ein Wort zu verlieren, in den Regen hinaus.

»Er ist verrückt geworden!«, sagte die junge Frau, als Benjamin und Fontaine ihr vom Tahoe her entgegenkamen. Er legte ihr die Wolldecke über die bibbernden Schultern und führte sie zur hinteren Seitentür.

»Wer ist verrückt geworden? Kenny?«

Sie bedachte ihn mit einem Blick, als wäre *er* verrückt geworden. »Nein, nicht Kenny. Der Vater von Millie.«

Benjamin war Fontaine dabei behilflich, sie auf den Rücksitz zu verfrachten, dann rannte er um den Wagen herum und stieg schnell wieder ein, raus aus dem strömenden Regen.

Mit dem Ärmel wischte er sich das Gesicht trocken. Er überzeugte sich, dass das Schiebefenster zum vergitterten Rücksitz, auf dem sonst Gefangene transportiert wurden, ganz geöffnet war, und sah die erschöpfte junge Frau an. »Sagen Sie mir Ihren Namen noch mal.«

»Ashley«, sagte sie. »Ashley Pratt.« Ihre Zähne klapperten. Ein Faden schaumiger Spucke hing ihr an der zitternden Kinnspitze.

»Also gut, Ashley«, sagte der Trooper. »Sind Sie verletzt?«

Sie schüttelte den Kopf, presste die Lippen aufeinander. Wasser tropfte aus blonden Strähnen auf ihre Stirn. Wie bei einer Elfe lugten zierliche Ohrspitzen zwischen ihren nassen Locken hervor. »Er hat eine Pistole«, sagte sie. »Ich hab mir fast vor Angst in die Hose gemacht, als er die Tür eingetreten hat. Kenny und ich ... wir ... na ja, Sie wissen schon. Hören Sie, ich kenne Mr. Burkett eigentlich kaum, aber so hab ich ihn noch nie erlebt. Als er mich da drin bei Kenny gesehen hat, ist er anscheinend noch mal extra wütender geworden.«

»Hat er Kenny irgendwas getan?«, fragte Fontaine, die sich ebenfalls halb in ihrem Sitz nach hinten umgedreht hatte.

»Noch nicht«, sagte Ashley. »Kenny ist größer als er, aber Mr. Burkett hat die Pistole. Die hat er auf mich gerichtet und gesagt, ich soll abhauen. Ich hab so 'ne Scheißangst gehabt, dass ich einfach rausgerannt bin.«

»Wo sind die beiden jetzt?«, fragte Benjamin.

Mit einem Nicken deutete Ashley auf eine unasphaltierte Abzweigung ein Stück weiter vorne auf der linken Seite. Benjamin konnte gerade noch erkennen, dass es die Einfahrt zu einem Haus war, aber dicke Zedern am Straßenrand versperrten weitgehend die Sicht.

»Ich glaub, sie sind immer noch im Haus«, sagte Ashley. »Mr. Burkett hat gemeint, er werde Kenny die Hammelbeine lang ziehen. Er werde ihn in den Wald schleppen und ihm eine Lektion erteilen.« Mit flehendem Blick begann sie zu schluchzen, aber wenigstens wärmte sie sich allmählich wieder auf. »Was soll denn das heißen, die Hammelbeine lang ziehen?«

Benjamin griff zum Mikrofon des Funkgeräts. »Sie bleiben im Wagen, Ashley«, sagte er, bevor er den Sprechknopf drückte. »Simeon, hören Sie?«

»Sprich weiter, Sam.«

»Burkett ist bereits hier. Ashley Pratt sitzt bei mir hinten im Wagen. Es kann sein, dass Burkett und Douglas schon zusammen im Wald sind.«

»Zehn vier«, sagte Simeon. »Verstanden, Zentrale?«

»Zehn vier«, bestätigte die Dispatcherin in Craig. »Ich treib jemanden auf, der zu Ihnen stößt, und verständige dann Trooper Allen.«

»In drei Minuten bin ich da, Sam«, sagte Simeon.

»Verstanden«, sagte Benjamin und schaltete den Tahoe in den Vorwärtsgang. Innerhalb von drei Minuten konnte verdammt viel passieren.

Benjamin bog von der Straße ab, und nun hüpften die Lichtkegel der Scheinwerfer auf dem unebenen Schotterweg auf und ab. Lange Schatten krochen über die Schindeln des Hauses, während sie sich näherten. Als sie vor der Haustür anhielten, öffnete diese sich und Kenny Douglas kam herausgestolpert. Mit auf dem Rücken gefesselten Händen. Er zuckte vor dem grellen Scheinwerferlicht zurück, wankte wieder vorwärts und wäre beinahe vornübergefallen, als Gerald Burkett ihm mit dem Lauf seines Revolvers einen Schlag auf den Hinterkopf versetzte.

»Sieht nicht gut aus«, sagte Benjamin.

Fontaine brummte und legte die Hand auf den Türgriff. »Will er sich umbringen? Suicide by cop?«

»Er weiß, dass wir hier sind«, sagte der Trooper. »Und ist trotzdem rausgekommen, ins Licht.« Er warf einen Blick über die Schulter. »Ashley, legen Sie sich auf den Rücksitz. Bleiben Sie unten, bis ich Ihnen was anderes sage.«

Gleichzeitig öffneten Benjamin und Fontaine ihre Autotüren, postierten sich mit gezückter Waffe dahinter und zielten auf Burkett. Benjamin blinzelte, denn es schüttete dermaßen, dass er kaum seine Motorhaube richtig erkennen konnte.

Burkett stand direkt hinter Douglas, hielt ihn am Kragen gepackt und in der anderen Hand, unten an seiner Seite, den Revolver. Der Security-Experte von *FISHWIVES!* war erledigt, sein Gesicht geschwollen und blutig.

»Gerald!«, rief Benjamin; er war froh, dass er noch schnell seinen Stetson aufgesetzt hatte. Eiskaltes Wasser lief ihm in den Uniformkragen und sammelte sich über seinem Waffengurt, genau da im unteren Rücken, wo die schusssichere Weste endete. Vor ihm wuchs sein Atem sich zu Dampfwolken aus. »Leg die Waffe auf den Boden, und dann lass uns reden!«

»Nein danke!«, schrie Burkett. Seine Worte verloren sich fast im Wind und im Getöse der rauschenden Zedernäste. Er hatte tatsächlich ganz schön Schlagseite, offenbar war er außer sich vor Wut – und vom Alkohol.

»Erschießen Sie ihn!«, rief Kenny Douglas mit vorgerecktem Kopf und versuchte, sich Burketts Griff zu entwinden.

»Niemand wird erschossen!«, schrie Benjamin. Er riskierte einen Seitenblick zu Fontaine, die hinter der offenen Wagentür stand; ihre Schusshand mit der Glock ruhte auf der Türkante. »Haben Sie ihn?«

»Jep«, sagte sie und presste die Lippen zusammen, zu allem bereit.

»Ich pirsche mich ein bisschen näher ran«, sagte er so leise, dass nur sie es hörte. »Wenn's schiefgeht …«

»Dann wird doch noch jemand erschossen«, sagte Fontaine. »Aber bitte nicht Sie. Ich werde ihn weiter hinhalten.«

Im Schutz der Zedern und des blendenden Scheinwerferlichts huschte Benjamin von Baum zu Baum vorwärts. Im Kino klappte es vielleicht, einfach die Waffe wegzulegen und auf den Gegenspieler zuzugehen, um zu verhandeln, aber der Trooper hatte doch lieber einen Meter Holz zwischen sich und etwaigen Kugeln aus Burketts Revolver. Trauer und Wut fluteten das Gehirn mit mächtigen Botenstoffen, die die besten Freunde zu Todfeinden machen konnten. Bestimmt würde es Burkett hinterher furchtbar leidtun, falls er Benjamin erschießen würde. Davon würde Benjamin allerdings nicht wieder lebendig, also hielt er sich sicherheitshalber im Schutz der Bäume und riskierte nur alle paar Schritte einen Blick auf Burkett.

Lola gab sich laut als Polizistin zu erkennen, »US Marshals!«, und forderte ihn auf, die Waffe niederzulegen. Douglas zog die Schultern hoch, um sich ein wenig vor dem Regen zu schützen, und brüllte erneut, sie sollten seinen Peiniger erschießen.

Burkett legte den Kopf in den Nacken und schrie in die Nacht empor, als richtete er sich an Gott und nicht an den Trooper. »Du weißt genau, was der meiner Tochter angetan hat!«

Douglas drehte sich halb zu ihm um und sagte irgendetwas. Daraufhin schlug Burkett ihn zornig ein weiteres Mal mit dem Revolver auf den Hinterkopf.

»Schießt diesen Schweinehund doch endlich über den Haufen, bitte!« Douglas heulte nun Rotz und Wasser, er war dem Zusammenbruch nahe.

Burkett fluchte und wandte sich wieder himmelwärts. Doch Douglas hatte offenbar genug. Er warf sich gegen seinen Hintermann, sodass sie beide rückwärtstaumelten und an die Hüttentür stießen. Der Revolver landete ein Stück weit weg im Matsch, und Douglas schlug noch einmal zu, diesmal mit dem Schulterknochen, und drückte Burkett an die Wand.

Als die Waffe davonflog, war Benjamin noch gute sechs Meter von den beiden Kämpfern entfernt. Er steckte seine Glock ins Holster und spurtete los, kam zweimal ins Rutschen und rammte dann den bereits eingezwängten Burkett. Sogar volltrunken und völlig verzweifelt vor Trauer besaß Gerald Burkett unglaubliche Kräfte. Anscheinend hatte er bereits mit dem Leben abgeschlossen, wollte bei einem Schusswechsel mit der Polizei sterben. Um das zu erreichen, durfte er sich aber keine Handschellen anlegen lassen. Und um das wiederum zu verhindern, musste er erst mal mit Sam Benjamin fertigwerden.

Der Trooper zog die eine Schulter des Mannes zu sich her, schob die andere von sich weg und versuchte, dessen Hände auf den Rücken zu bekommen. Das ließ Burkett sich nicht gefallen, stattdessen drehte er sich weiter und weiter und verpasste dem Trooper am Ende seiner Drehung schließlich einen ordentlichen Kinnhaken. Benjamin ließ von ihm ab, schob ihn von sich weg, zog seinen Taser und aktivierte ihn mit einem Daumendruck. Das rote Licht des Tasers tanzte über Burketts Körpermitte und der Trooper drückte ab. Der Akku löste eine kleine Stickstoffexplosion aus und die beiden Pfeilspitzen mit Widerhaken bohrten sich in Burketts Brustkorb und linken Oberschenkel; sein Unterleib blieb unversehrt. 50.000 Volt gingen den Weg des geringsten Widerstandes zwischen den beiden Pfeilspitzen – durch Gerald Burketts Bauchmuskulatur. Er fiel um wie eine gefällte Zeder und klatschte in den Dreck.

Im Augenwinkel sah Benjamin, wie Douglas sich auf die Waffe im Matsch zubewegte, beide Hände vor sich ausgestreckt. Irgendwie hatte er seine Fesseln abgeschüttelt. Im nächsten Moment huschte etwas blitz-schnell durch die Dunkelheit.

Kaum hatte Lola Fontaine ihre Waffe ins Holster zurück-gesteckt, da bemerkte sie, dass Kenny Douglas die rechte Hand aus den Klebebandfesseln hinter seinem Rücken befreien konnte. Er rieb sich kurz die Handgelenke und wischte sich das Regenwasser und die Tränen aus den Augen. Dann drehte er sich halb um, hielt seine Hand-fläche schützend vor das blendende Schweinwerferlicht und spähte über die Schulter zum Tahoe. Kurz ent-schlossen ging er dann auf die Knie hinunter und begann, im Matsch nach Burketts Waffe zu suchen.

»Aufstehen!«, rief Fontaine, bereits im vollen Lauf unterwegs zu ihm.

Er ignorierte sie und fuhr fort, im Matsch nach dem Revolver zu tasten. Die Frau, die da auf ihn zukam, schien ihn nicht weiter zu kümmern.

Das war sein erster Fehler.

Fontaine hechtete mit voller Wucht in ihn hinein wie bei einem Tackling und rutschte auf ihm ein Stück weit durch den Matsch. Douglas schüttelte sie mit einem Ellbogenstoß in den Bauch ab, der ihr die Luft nahm. Er war nicht groß, aber ein Mann, besaß daher mehr Kraft in seinem Oberkörper als Fontaine, da konnte sie noch so lange im Fitnessstudio trainieren. Allerdings rechnete er nicht mit ihrem Kampfgeist – darin war sie ihm haus-hoch überlegen. Er unterschätzte sie ein zweites Mal und grapschte weiter in den dunklen Pfützen nach dem Revol-ver, weil er dachte, er hätte sie endgültig abgeschüttelt.

Fontaine fiel flach auf den Rücken, keuchte krächzend und holte tief Luft. Eisiges Wasser drang durch ihre Jeans, die vom Regen ohnehin schon klatschnass waren. Sie riss sich zusammen, atmete entgegen jedem Instinkt kräftig aus und entspannte ihr Zwerchfell, um wieder richtig einatmen zu können. Im selben Moment, als Douglas sich im Dreck hinsetzte, schloss sich ihre Hand um einen Pflasterstein. Und als er den Revolver hob, klatschte Fontaine ihm den Stein seitlich an den Kopf.

Douglas jaulte, fiel seitwärts hin und griff sich mit beiden Händen an den Schädel. Von Burketts Schlägen mit der Waffe blutete er bereits, und der Pflasterstein gab ihm nun den Rest.

Fontaine stellte die Schusswaffe sicher, stopfte sie sich einfach hinten in den Hosenbund. Heftig stöhnend rollte sie Kenny auf den Bauch und scherte sich nicht drum, dass er hier in der regendurchweichten Auffahrt beim Anlegen der Handschellen blubbernd mit dem Gesicht in einer Pfütze versank.

»Sie hätten mich fast erschlagen!«, beklagte er sich dann laut. Von seinen geschwollenen Lippen troff eine Mischung aus Schmutzwasser und Speichel. Eine Seite seines Gesichts war bedeckt mit Blut, das vom darauf fallenden Regen verdünnt wurde.

Fontaine nickte, immer noch schnaufend.

»Ich hätte Sie auch erschießen können«, sagte sie keuchend. »Da wären Sie jetzt genauso tot, ganz egal ob mit einer Kugel oder einem Stein.« Sie zerrte ihn hoch auf die Füße.

Trooper Benjamin schleppte den mit Handschellen gefesselten Gerald Burkett am Ellbogen neben sich her und kam auf sie zu, um nachzuschauen, ob sie Hilfe benötigte. Sobald er näher an Kenny Douglas herankam, versuchte Burkett sich loszureißen.

Benjamin legte ihm die flache Hand auf die Brust und schob ihn zurück. »Aufhören«, sagte er.

»Halten Sie mir bloß diesen verrückten Scheißkerl vom Leib«, sagte Douglas schnaubend. »Der meint wohl, bloß weil seine Tochter tot ist ...«

»Hey«, unterbrach ihn der Trooper. »Sie haben das Recht zu schweigen. Und genau das sollten Sie auch tun.«

Officer Simeon kam angefahren, stürzte aus seinem Wagen und platschte durch den Regen auf sie zu.

Benjamin begrüßte den schlanken Officer aus Craig mit einem Winken seiner klatschnassen Hand. »Gerade rechtzeitig, wenn alles vorbei ist«, sagte er im Spaß. »Wenn du uns Gerald abnimmst, kümmern wir uns um Kenny. Außerdem haben wir da eine junge Frau, die zurück zu ihrer Wohnung in Craig gebracht werden muss, bevor wir sie befragen können. Die kannst du auf dem Beifahrersitz mitnehmen.«

»Moment mal«, sagte Douglas. »Verhaften Sie mich etwa? Ich wurde gegen meinen Willen festgehalten und mit 'ner Pistole geschlagen.«

»Und Ihr Sex mit einer Minderjährigen?«, sagte Fontaine. Sie öffnete die Tür zum Rücksitz des Tahoe und führte die verstörte junge Frau zum Auto von Simeon.

Douglas blieb stehen und musste von Benjamin durch den Dreck vorangeschoben werden.

»Halt, warten Sie«, protestierte er. »Ashley hat gesagt, sie ist 18. Sag's ihnen, Ashley!« Die junge Frau erschauderte, zog die Decke enger um sich und glitt auf Simeons Beifahrersitz.

»Ich rede nicht von Ashley, Klugscheißer«, sagte Fontaine, als sie die Autotür schloss.

Burkett schrie irgendetwas, als Simeon ihn hinten im

Streifenwagen des Craig Police Department verstaute. Was genau, ging im Wind unter, aber der Sinn seiner Worte war allen klar.

Kenny Douglas drehte den Kopf und sagte über die Schulter hinweg: »Das Arschloch glaubt, ich hab seine Tochter ermordet.«

Benjamin öffnete die hintere Tür seines Tahoe. »Passen Sie auf Ihren Kopf auf«, sagte er und schob den Mann hinein.

Douglas krümmte sich, sperrte sich gegen das Einsteigen. »Jetzt warten Sie doch mal kurz«, sagte er. »Sie glauben doch nicht etwa, dass ich dieses Mädchen umgebracht habe, oder?«

»Steigen Sie ein«, antwortete Benjamin.

»Ich hab niemanden ermordet.« Douglas wandte sich an Fontaine, Verständnis heischend. »Das müssen Sie mir glauben. Ich bin unschuldig.«

Lola schüttelte den Kopf. »Sie mögen ja 'ne Menge sein, Kenny«, sagte sie, »aber unschuldig sind Sie ganz bestimmt nicht.«

42

Die relative Sicherheit und Bequemlichkeit auf einem ankernden Schiff während eines Sturms hat etwas Hypnotisierendes. Zuerst schlief Cassandra ein, an January gelehnt, die wiederum so lange wie möglich die Augen offen hielt und dann ebenfalls wegdämmerte und sich langsam gegen Cutter fallen ließ. Er zog seinen Arm zwischen ihnen heraus, woraufhin sie mit ihrem Nacken sacht gegen seine

Schulter sackte, tief atmend, und ihn zwischen sich und der Sitzbanklehne festklemmte. Hinzu kam Cassandras Gewicht, sodass er nun – unfähig oder zumindest unwillig, die beiden aufzuwecken – sozusagen in der Falle saß. Er entspannte sich, um den Film zu Ende zu schauen, und dachte müßig, so mit einem stummen Mädchen und einer Brustkrebsüberlebenden, die er kürzlich noch des Mordes verdächtigt hatte, herumzusitzen, das fühlte sich irgendwie fast so an, wie eine Familie zu haben.

Während des Abspanns rührte sich January. Ruckartig setzte sie sich auf und sah Cutter aus ihren braunen Augen verwirrt an, noch zwischen Schlaf und Wachen gefangen. Sie blinzelte, beruhigte sich, öffnete ihre Augen allmählich weiter und befeuchtete ihre Lippen.

»Hören Sie das?«, sagte sie.

Auf der anderen Seite des Tisches schlug Havoc die Augen auf, als er die Stimme seines Frauchens vernahm. Er merkte, dass alles in Ordnung war, und schlief wieder ein.

Cutter schüttelte den Kopf. »Was denn?«

»Genau«, sagte sie. »Der Sturm lässt nach. Wie viel Uhr ist es?«

»Keine Ahnung. Sie schlafen auf meiner Uhr.«

»Oh, tut mir leid.« Sie beugte sich so weit über den Tisch vor, dass er seinen Arm hinter ihrem Rücken hervorziehen konnte.

Er brummte, als das Blut wieder in seinen eingeschlafenen Arm schoss, und sah auf die Uhr. »Es ist … kurz vor zwei.«

»Kein Wunder, dass ich pinkeln muss«, sagte sie. »Die Suppe war super, aber die rauscht gerade so durch mich durch. Wahrscheinlich bin ich deshalb aufgewacht.«

»Zum Glück«, sagte er. »Nicht viel länger, und ich hätte mir 'ne ernsthafte Samstagabendlähmung eingehandelt.«

Sie bedachte ihn mit einem fragenden Blick.

»Kennen Sie doch«, sagte er. »Wenn ein Kerl nach einem wilden Abend mit einer Frau im Arm einschläft, die auf seiner Schulter liegt, und am nächsten Morgen kann er seinen Arm nicht mehr bewegen.«

»Gibt es das?«

Cutter schüttelte seinen herabhängenden Arm. »Ich glaube, ja.« Er stand auf, damit sie aus der Essecke rutschen konnte.

Das tat sie, indem sie Cassandra behutsam auf die gepolsterte Bank bettete, und verschwand dann im vorderen Teil der Kajüte. Cutter hörte die Geräusche, die man in der Beengtheit dünnwandiger Schiffsräume höflichkeitshalber überhörte, und kurz darauf stieß sie deutlich gelassener wieder zu ihnen.

»Schon erstaunlich«, sagte sie und setzte sich an den Navigationstisch gegenüber. Sie hob die offene Hand vor den Mund und gähnte. »Dass ein Mann, der ständig seine Wut im Zaum hält, den Arm nicht bewegt, nur um mich nicht aufzuwecken.«

»Meinen Sie?«

January seufzte. »Liege ich falsch?«

Cutter nickte langsam. »Ach, in mir ist schon 'ne Menge Wut. Nur sie im Zaum zu halten, das ist nicht gerade meine Stärke.«

»Hatten Sie schon immer eine Wut im Bauch?«

Cutter seufzte, dachte darüber nach, drängte die Gedanken dann beiseite. »Nein. Die hab ich mir erst im Lauf des Lebens eingehandelt.«

43

Mit einem Ruck hob Carmen Delgado den Kopf und atmete heftig und tief ein, als wäre sie gerade aus den Tiefen des Meeres zurück an die Oberfläche gekommen. Sie wunderte sich, dass sie überhaupt eingeschlafen war, aber der permanente Adrenalin-Stress und die üblen Schmerzen von Luis' Schlägen hatten ihrem Körper wohl den Rest gegeben.

Durch das Schaukeln des Schiffes wurde ihr schlagartig wieder bewusst, wo sie war.

Als sie Garza erkannte, der ihr gegenüber am Tisch saß und sie wie ein Tier im Zoo beäugte, fuhr ihr der Schrecken in alle Glieder. Sein nasses Haar war frisch gekämmt, sein Baumwollhemd gebügelt. Beim Gedanken, wie verletzlich sie im Schlaf gewesen war, vollkommen diesen üblen Männern ausgeliefert, wurde ihr fast schlecht.

»Ah«, sagte Garza. »Sie sind wieder unter den Lebenden.«

Carmen rieb sich den Nacken und brachte trotz der Schmerzen ein Nicken zustande.

Draußen herrschte immer noch Dunkelheit, doch ein grauer Horizont kündigte den baldigen Sonnenaufgang an. In der Kombüse bereitete Luis French Toast zu. Dass dieser Mann, der ihren Freund ermordet hatte, nun angebratene Brotstücke in Ei und Milch tunkte, brachte sie beinahe zum Lachen.

Fausto fummelte derweil über zwei stählerne Taucherflaschen gebeugt an deren Atemreglern herum, während er immer wieder ein Handbuch für Taucher konsultierte.

Chago lümmelte in einem Sessel an der Tür, die kräftigen Arme über Kreuz, den Kopf auf die Brust gesenkt. Er hatte die Augen offen, obwohl sein Brustkorb sich rhythmisch hob und senkte, als würde er schlafen.

Luis warf einen Blick über seine Schulter hinweg auf Fausto. »Hoffentlich kriegst du das richtig hin«, sagte er auf Spanisch. »Ich hab nämlich keine Kiemen.«

»Ich kenn mich aus«, sagte Fausto. Er drehte eine der Flaschen auf. Zischend füllte sich der Schlauch daran mit Luft. Er überprüfte die Druckanzeige und öffnete dann das Atemventil. Ein weiteres feines Zischen. Zufrieden nickte er und schlug das Handbuch zu, er hatte alles korrekt angeschlossen. »Ist bloß 'ne Weile her.«

Luis hob ein Stück Brot hoch. »Hey, kann man nach dem Essen tauchen gehen?«

Ein Blick von Garza ließ die beiden Männer verstummen; still gingen sie wieder ihrer jeweiligen Aufgabe nach.

Garzas Blick kehrte zu seinem Telefon zurück.

Carmen beobachtete ihn. Gab es irgendeinen Ausweg für sie? Bei einer Begegnung auf der Straße hätte sie ihn nur für irgendeinen gut gekleideten Mann mit sauberem Haarschnitt gehalten. Genau wie sie war auch er nur ein Mensch. Wie sie aß er French Toast. In ihm musste doch ein Rest von Vernunft stecken. Kurz spielte sie die Vorstellung durch, sie könnte ihm vielleicht ihren Körper anbieten. Sie war ja ganz ansehnlich, zudem die einzige Frau an Bord, das musste doch zu irgendwas gut sein. Allerdings hatte er seine letzte Geliebte kurzerhand erschossen, bloß um etwas klarzustellen. Genauso gut konnte sie sich ihm ja anschließen. Sich ihm offenbaren mit den Worten: »Mein gesetzestreues Leben war ein einziger großer Fehler. Nehmen Sie mich bitte in Ihr Drogenkartell auf?«

Jenseits einer gewissen Schwelle spielte das Gehirn verrückt, es spielte dir schreckliche Streiche. Carmen wusste genau, dass ihr einziger Trumpf die zweite Speicherkarte war. Wie sie ihn ins Spiel bringen sollte, wusste sie allerdings noch nicht.

Der Schiffsmotor wurde angelassen, und kurz darauf klapperte die Ankerkette, die eingeholt und aufgewickelt wurde.

Carmen sah über die Schulter – Fausto saß wieder am Steuer. Es ging wieder vorwärts. Wohin, zu welchem Ende, konnte sie bloß erraten.

Garza erhob sich und einen Moment lang glaubte sie, er würde nach vorne zu Fausto gehen, um mit ihm zu reden. Stattdessen kam er zu ihr in die Essecke.

»Darf ich?«, sagte er mit einem Nicken zur Sitzbank hin.

Sie rückte zur Wand und er setzte sich neben sie. Ihre Schultern berührten sich. Ganz kurz stieg Brechreiz in ihr auf, doch sie schluckte ihn hinunter und zwang sich zu lächeln.

Aus seiner Hemdtasche zog Garza eine dicke Zigarre. Dann ein Feuerzeug und einen Zigarrenabschneider aus Edelstahl aus seiner Hosentasche. Er führte die Zigarre der Länge nach unter seiner Nase vorbei, inhalierte ihren Duft, genoss das Aroma, dann steckte er das Ende in das runde Loch des Abschneiders.

Anschließend ließ er die Abschneideklinge noch mehrmals klickend auf- und zuschnappen. »Ich hatte einmal eine Frau«, sagte er mit halb geschlossenen Augen. »Die wunderbarsten Hüften, und ihr Busen … fangen wir lieber erst gar nicht davon an.« Er sah auf. »Luis, erinnerst du dich noch an Josephina?«

»Oh, aber ja, *patrón*.« Luis kicherte. »Huiii! Josephina war toll!«

Garza richtete seinen starren Blick wieder auf Carmen. »Ja, sie war toll«, stimmte er zu. »Und zwar in so vieler Hinsicht, dass die Höflichkeit es verbietet, näher darauf einzugehen. Aber am tollsten waren ihre Zähne. Nie in meinem Leben hab ich jemals so gerade und gleichmäßige Zähne gesehen. Und damit, wissen Sie, mit ihren Zähnen, konnte Josephina mir das Ende der Zigarre mit einem Biss so glatt abbeißen wie dieser Abschneider.« Er legte das rasiermesserscharfe Utensil auf die Tischplatte – so als wäre er noch nicht damit fertig –, und entzündete das Feuerzeug und brachte die Zigarre paffend zum Glimmen.

Er hüllte Carmens Gesicht in eine Wolke widerlichen Rauchs und gab sich weiter seinen Erinnerungen hin. Sie hustete und hielt sich den Ärmel vor die Nase, was er einfach ignorierte. »Tja, die arme Josephina«, fuhr er fort. »Meine Ehefrau, Maria, ist eine sehr aufgeschlossene Person, doch sie verlangt, dass meine Liebschaften geheim bleiben. Diskretion. Sie will meine Geliebten nicht kennen. Sonst wird es schwierig. Josephina hatte nun das Pech, dass sie und ich eines Abends beim Tanzen zufällig meiner Frau begegnet sind. Maria bestand darauf, dass ich sie umbringen ließ.«

»Aber …«, hörte Carmen sich sagen. »Wie konnten Sie …«

»Oh, ich habe Josephina nicht umgebracht«, sagte Garza und ließ diese Aussage ein bisschen sacken. »Luis hat sich freiwillig dafür gemeldet. Aber ich habe Chago damit beauftragt. Ich wusste, er würde schonender mit ihr umgehen.«

Am liebsten hätte sie ihm ins Gesicht geschrien. Sie beherrschte sich, sagte mit ruhiger Stimme: »Schonender? Ganz egal, wie schonend er es tat, letzten Endes hat Chago sie umgebracht. Obwohl es nicht ihre Schuld war, dass Ihre Frau sie gesehen hat.«

Scheinbar dachte Garza darüber einen Augenblick nach, die Augen halb geschlossen; dann öffnete er sie wieder und sagte: »Schuld? Aber nicht doch, meine Liebe, das hat doch mit Schuld nichts zu tun.«

Wie eine Schlange stieß er vor, packte Carmens linkes Handgelenk und riss es zu sich her. Wie auf Kommando war Luis ebenfalls zu ihr in die Essecke gekommen und packte nun ihren rechten Arm. Ihre Beine waren unter dem niedrigen Esstisch gefangen.

Garza paffte an seiner Zigarre, bis das Ende leuchtend orange glomm, und drückte die brennende Spitze dann in das weiche weiße Fleisch an der Innenseite ihres Unterarms. Carmen schrie, als die Glut sich in ihr Fleisch bohrte, bis ihr die Luft wegblieb und ihr Schrei zu einem schrecklichen Krächzen zerfiel. Sie wand sich, doch es nützte nichts. Garza hielt die Zigarre auf dieselbe Stelle gedrückt, als wollte er ihren Arm damit durchbohren. Schließlich erstickten Carmens Blut und das verbrannte Fleisch die Zigarrenglut, doch der schier unerträgliche Schmerz hielt an.

Zuletzt ließen die Bestien sie los, und sie sackte mit dem Rücken zur Wand in sich zusammen, ihren verletzten Arm fest umklammert. Ohne ein Wort ging Luis zurück in die Kombüse und widmete sich wieder seinem French Toast.

Auf der anderen Seite des Salons sah Chago zu Boden.

Garza zündete sich die Zigarre wieder mit dem Feuerzeug an, paffte wieder, bis sie brannte. »Beeilung, Fausto!«, bellte er. »Luis wird langsam ungeduldig.«

Ein Seufzer der Erlösung entwich Carmen, als Garza von ihr abließ und sich wieder ihr gegenüber an den Tisch setzte.

»So eine Verbrennung ist ziemlich schmerzhaft, kann ich mir vorstellen«, sagte er.

Ihr Brustkorb bebte, sie schluchzte erschöpft.

»Und das ist gut so«, sagte er. »Ich möchte Ihnen nämlich nur einen Vorgeschmack geben, meine Liebe, damit Sie Bescheid wissen. Während Sie gedacht haben, dass wir miteinander verhandeln, habe ich mir Methoden ausgedacht, wie ich Ihnen genügend wehtue, um Ihnen ganz klar die Augen zu öffnen für das, was Ihnen bevorsteht. Darin bin ich sehr geübt, und das liegt mir im Blut. Noch besser war in dieser Hinsicht mein vorheriger Chef, dem ich vor Kurzem einen Kopfschuss verpasst habe. Aber Sie werden sehen, auch ich beherrsche diese Kunst gut genug. Bald werden wir die Leiche Ihres Freundes finden. Vielleicht hat ihn der Sturm sogar ans Ufer gespült. Wenn wir nicht so viel Glück haben, dann werden Fausto und Luis hinabtauchen und die Speicherkarte aus seiner Kleidung bergen.« Er lehnte sich über den Tisch und blies ihr eine Zigarrenrauchwolke ins Gesicht. »Und dann werden Sie mir verraten müssen, wo sich die zweite Speicherkarte befindet.«

Carmen schluckte verkrampft. »Ich … Sie müssen doch einsehen …«

»Nein, nein«, sagte er. »Das müssen *Sie*. Luis hat mich schon gefragt, ob er mir helfen soll, Sie zur Einsicht zu bringen. Da hätte er gewiss seine Freude dran, aber glauben Sie mir, für Sie würde das extrem unangenehm werden.«

»Bitte …«

Garza hob die Hand. »Ich habe Luis gesagt, meine Entscheidung hängt ganz von Ihnen ab. Chago hat Sie schon einmal vor ihm gerettet, aber das wird kein zweites Mal geschehen. Diesmal wird Luis mit Ihnen anstellen, was immer er will – und ich werde ihm 15 Minuten mit Ihnen lassen.« Garzas Miene verfinsterte sich, er beugte sich vor und behielt beim Weiterreden die Zigarre zwischen den Zähnen. »Und wenn er mit Ihnen fertig ist, wird Sie ans Ufer bringen und dort Ihren Bauch mit Steinen füllen, genau so, wie er es mit Ihrem Freund getan hat. Er wird bestimmt nicht allzu viele Steine brauchen, bis Sie mir verraten, was ich wissen will.«

Die Angst schnürte ihr die Kehle zu. Früher wären ihr solche Drohungen unvorstellbar erschienen – und nun musste sie sich diese Dinge gar nicht mehr vorstellen, denn sie hatte sie mit angesehen.

Nun hielt Garza die Zigarre seitlich von sich weg, zwischen Daumen und Zeigefinger. Lüstern musterte er sie von Kopf bis Fuß. »Oder Sie kooperieren und bringen es …«

Mit einem rhythmischen Klingeln meldete sich das Satellitentelefon auf dem Tisch. Als wollte er ihre Unterhaltung nur kurz unterbrechen, hob Garza die Hand, ging ans Telefon und richtete die Antenne auf ein Seitenfenster aus.

»Hallo, Maria, mein Liebling«, sagte er. »Nein, alles in bester Ordnung. Es gab eine unschöne Auseinandersetzung mit Ernesto. Wenn ich heimkomme, werde ich dir alles erzählen. Ja … Sehr bald.«

Einige Minuten lang plauderte er nett mit ihr, erkundigte sich nach seiner Tochter, wie es in der Schule lief, und nach dem Fortschritt irgendwelcher Arbeiten in ihrem gemeinsamen Haus. Carmen blieb ihm gegenüber sitzen, völlig konsterniert, dass er so mühelos im einen Moment darüber reden konnte, sie aufzuschlitzen, und im nächsten Moment über die Hausaufgaben seiner Tochter.

Er beendete das Gespräch mit einem Kuss, fuhr die Antenne ein und schob das Telefon dann auf der Tischplatte von sich weg. Er klatschte in die Hände, um Faustos Aufmerksamkeit zu erringen. »Wie lange noch?«

Sein Sicario sah auf das GPS neben dem Steuerrad. »Nicht ganz anderthalb Stunden, *patrón*.«

»Ausgezeichnet«, sagte Garza und wandte sich wieder Carmen zu. »Also, wo waren wir stehen geblieben? Ach ja, die Zeit, die Sie mit Luis …«

Carmen klappte der Mund auf. Schnell und mit heftigen Atemstößen entwichen ihr die Worte. »Wie können Sie so was tun? Ich … Ich bin jemandes Tochter … jemandes Schwester …«

Als wäre alles in bester Ordnung, zuckte Garza kurz mit der Schulter und sagte: »Aber Sie sind weder *meine* Schwester noch *meine* Tochter. Sie sind mir nur im Weg.«

44

Für jemanden, der jünger als 42 und unter 1,90 ist, wäre die Bank in der Essecke wohl ein halbwegs komfortabler Schlafplatz gewesen. Ein Möwenschrei weckte Cutter aus unruhigem Schlummer; er rappelte sich auf einen Ellbogen hoch und spähte aus dem Fenster in die kühle Morgenstille nach dem Sturm. Bewegungslos lag die *Tide Dancer* in der quecksilbrig spiegelglatten Bucht. Im scheinbar schwarzen Uferwald, so dicht und grün war er, waberten Nebelschwaden zwischen den Bäumen. Wie aufs Stichwort erhob sich daraus majestätisch ein Weißkopfseeadler und ließ seinen einzigartigen schrillen Schrei ertönen.

January streckte ihren Kopf vom Niedergang empor. Sie trug ein weites lila T-Shirt und eine schwarze Schlafanzughose mit dicken roten Mick-Jagger-Lippen.

»Gut geschlafen?«

»Ja«, log Cutter.

Sie schenkte ihm ein heiteres Lächeln. »Ich auch nicht.«

»Soll ich Ihnen die Kamera wieder anmontieren?«, fragte Cutter. »Ein kurzer Tauchgang wäre vielleicht ganz nett. Würde mir ein bisschen Bewegung verschaffen.«

»Das wäre echt toll von Ihnen«, sagte January. »Sie bringen mir das Gerät wieder zum Laufen und ich mache Frühstück. Wenn Sie genug Hunger haben, mach ich Ihnen Eier und Speck. Obwohl ich ja ein bisschen Bammel hab, einen Marshal zu bekochen, der ein Cheeseburgersuppenrezept in seinem Notizbuch mit sich rumträgt.«

Cutter setzte sich aufrecht hin und tätschelte seinen Bauch. Fett war er nicht. Mehrere Scheidungen hielten einen Mann offenbar prima schlank. Doch den flachen Bauch seiner Jugend hatte er auch nicht mehr. »Zu Speck müssen Sie mich nicht groß überreden«, sagte er.

Havoc hockte sich auf seine Hinterbeine und leckte sich die Lippen, als wäre er ganz derselben Meinung.

Eine Dreiviertelstunde später hatten sie unter tatkräftiger Mithilfe Cassandras den ganzen gebratenen Speck verputzt und alle Teller wieder abgespült. Die junge Haida nahm ihren Platz am Navigationstisch wieder ein und vertiefte sich in ihre Zeichnungen. Sie schien sich in Gegenwart der Erwachsenen wohlzufühlen, konnte sie jedoch ebenso gut ignorieren.

Der größere der beiden Neopren-Trockenanzüge war genauso alt und ausgebleicht wie der kleinere, aber sein Reißverschluss erwies sich als erheblich besser in Schuss. Der Druckmesser der Stahlflasche zeigte 2500 psi an, das entsprach etwa 17.000 Kilopascal oder 170 bar – komplett gefüllt. Die Schläuche und die Tarierweste waren älter, aber in Ordnung, und der Atemregler von US Divers schien in sorgfältig gepflegtem Zustand. Über die extragroßen schwarzen Jet-Flossen freute sich Cutter, denn seit Grumpy ihm und Ethan das Tauchen beigebracht hatte, bevorzugte er solche. Schwere Dinger. Und die Navy SEALS benutzten sie unverändert seit den 70ern, doch ihr Hartgummi ließ eine Reihe von Schwimm- und Stoßbewegungen zu, die besonders Polizeitaucher und Höhlentaucher ausführten, um keinen Schlick aufzuwirbeln. Spaltflossen konnten da nicht mithalten.

Cutter ließ die Frauen drinnen sitzen und zog sich auf dem Achterdeck Hose und Oberhemd aus. Unterhose und T-Shirt würden ihn warm genug halten unter der dicken Neoprenschicht. Cutter genoss die frische Morgenluft, jetzt anstelle des Geruchs nach gebratenem Speck und altem Schiff, und quälte seine Schultern in den schwerfälligen Tauchanzug. Im Gegensatz zum mehrschichtigen DUI-Anzug verfügte der Neoprenanzug über integrierte übergroße Schuhe, die jedem passten, der in so einen übergroßen Tauchanzug reinpasste – glücklicherweise, denn Cutters Schuhgröße entsprach seiner Körpergröße. Selbst dieser Übergrößenanzug war ihm am Unterleib noch etwas eng, sodass er vielleicht, wenn er sich darin allzu lang machte, hinterher eine Oktave höher sprechen würde.

An der Kante zur Schwimmtreppe an der Heckreling stehend, beobachtete Cutter eine Qualle von der Form und Farbe eines Spiegeleis, die am Schiff vorbeitrieb. Er lud sich die Tarierweste und die Sauerstoffflasche auf die Schultern und zurrte beides mit Gurten fest, die zwischen seinen Beinen hindurch und über seine Brust verliefen. Er drückte ein paarmal kurz auf den Füllknopf, um eine Luftschicht zwischen seine Haut und das steife Neopren zu lassen. Fuhr mit seinen routinemäßigen Vorbereitungen fort, indem er sich die Nasskapuze aus Neopren über den Kopf zog, den sicheren Sitz seines Bleigürtels prüfte und sich zuletzt vergewisserte, dass rechts von der Reißleine ein kleines Messer steckte – um sie notfalls durchzuschneiden, nicht um es als Nahkampfwaffe zu benutzen.

January tauchte nur als Mittel zum Zweck, und so fehlte ihr einiges, was er jetzt vermisste – ein Extrasatz O-Ringe etwa oder eine zweite Taucherlampe. Alles Notwendige nur genau ein Mal mitzuführen, forderte das

Glück beim Tauchen heraus. Cutter beruhigte sich, es würde bloß eine kurze Strecke zu schwimmen sein. Er musste ja nur unter das Boot.

Jedes Mal wenn er ins Wasser ging – oder auch wenn er laufen, segeln, schießen oder zum Kampftraining ging oder sich aufs Motorrad setzte –, wollte er die Dinge genau am selben Platz haben. Denn im entscheidenden Moment, in einem jener unweigerlich passierenden »Au, Scheiße«-Momente, will man sich nicht erst am Kopf kratzen und überlegen müssen, wo man was hingesteckt hat. Mit Grumpy und Ethan hatte er das DIR-Konzept des »einheitlichen Teams« durchgezogen: jeder Taucher mit exakt derselben Ausrüstung, bis hin zu Lampen, Ersatzmasken und Markierungsbojen an exakt derselben Stelle am Körper, sodass ein schneller Blick genügte, um festzustellen, ob die Tauchkameraden okay waren und – Regel Nummer 6 – alle akkurat in gleicher Weise herumschwammen.

January und Cassandra waren nach draußen gekommen, um ihm zuzusehen. Er hängte Cassandra das Kompassmedaillon seines Großvaters um. Sie schien sehr besorgt um ihn, und der Glücksbringer würde sie vielleicht beruhigen, hoffte er. Die Psychologie Heranwachsender war nun wahrlich nicht sein Ding, doch bei seinen kleinen Neffen hatte es gewirkt, also versuchte er es wieder damit. »Willst du darauf aufpassen, während ich unter« Wasser bin?«, fragte er sie. »Ich will es da unten nicht verlieren.«

Ihm wurde schnell warm, trotz der morgendlichen Kühle, also wollte er gleich ins Wasser. Es erschien ihm frevelhaft, den glatten Meeresspiegel mit einem Sprung aufzuwühlen, deshalb glitt er beinahe lautlos die

Schwimmleiter hinab; die Jet-Flossen würde er sich dann im Wasser anziehen.

Auf einer unteren Stufe hielt er inne und spülte sich die Taucherbrille und die Augen mit Salzwasser aus. Cassandra stand mit gerunzelter Stirn und verschränkten Armen an der Reling.

»Was hat sie?«

»Für sie ist das nicht natürlich«, erwiderte January. »Sie dringen ins Reich von Kushtaka und dem Frosch und einem Dutzend weiterer fremdartiger Geschöpfe ein, die dem Menschen nicht immer wohlgesinnt sind. Außerdem vergessen Sie nicht, neulich hätte ich mich da unten fast selbst zu Tode gezappelt, als mein Anzug aufging. Wir sind hier nicht in Florida, mein Lieber, dieses Wasser ist ein gnadenloses Monster: neun Grad kalt und zwischen Ihnen und einem schnellen Tod durch Unterkühlung nichts als fünf Millimeter Neopren. Zehn Minuten diesem Wasser ausgesetzt, und Sie schaffen's nicht mal mehr, die Leiter wieder hochzuklettern.«

Cutter streifte sich die Tauchermaske über den Kopf und rückte sie sich unter der Nase zurecht. »Werd schon klarkommen.« Er befestigte die Filmkamera und die Halterung mit Karabinerhaken an einem Taljereep seitlich an seiner Tarierweste. Nach dem Unwetter war das Meerwasser trüber als sonst und er wollte die beiden Dinger nicht in über 20 Metern Tiefe suchen müssen, falls sie ihm versehentlich entglitten.

January beugte sich zu ihm hinab. »Hier noch die Mordwaffe«, sagte sie unhörbar für Cassandra und reichte ihm den Mehrfachschraubenschlüssel.

Cutter nahm ihr das Werkzeug ab und zog die simple Schleife daran durch den Metallring auf der anderen

Seite seiner Tarierweste. »Ach ja.« Er schaute auf seine Uhr. »Das wollte ich Ihnen noch sagen. Ich habe vielleicht herausgefunden, wer Millie Burkett umgebracht hat.«

Ungeduldig klopfte January mit den Fingern auf die Reling.

»Wer?«

»Erzähl ich Ihnen, wenn ich wieder da bin.« Ein letzter Blick auf die Uhr. »Bis in 15 Minuten.«

»Schweinehund!«, flüsterte January, als Cutters Jet-Flossen ihn hinab in die Tiefe beförderten.

Sobald er sich völlig unter Wasser befand, schluckte Cutter zum Druckausgleich, bis das typische kurze Kieksen ihm verriet, dass nun auf beiden Seiten der Trommelfelle wieder gleicher Druck herrschte. Das Tauchen war ihm vertraut, fast so vertraut wie Autofahren, und schnell fiel er in einen lässigen Rhythmus von Kniestößen. Bei jedem Atemzug klickte das Ventil in seinem Mundstück leise, nach jedem Ausatmen stoben silbrig glänzende Bläschen seitlich von seinem Gesicht weg.

Der v-förmige Rumpf trug das Schiff schlicht durch seine Wasserverdrängung, und so lag die *Tide Dancer* bis hinunter zum Kiel etwa zwei Meter tief im Wasser. January hielt ihren Kahn gut in Schuss, doch hatte sich bereits wieder so viel am Rumpf festgesetzt, dass Cutter gebührenden Abstand hielt, um sich an den messerscharfen Krustentieren nicht den Trockenanzug aufzuschlitzen. Bei den Piraten der Karibik, teilweise sogar bei der königlich britischen Marine, hatte man aufmüpfige Seemänner mit Kielholen bestraft; mit Seilen ganz unten am Kiel entlanggezogen, hätte man so einen armen Teufel glatt halbieren können. Der Gedanke daran ließ Cutter schaudern, und er stieß sich tiefer hinab, um das Schiff in Ruhe ganz genau von unten zu betrachten und ein Gefühl für die Strömungen hier zu bekommen, bevor er näher heranging.

Seine schmale Lampe vor sich im trüben Wasser schwenkend, schwamm er bis auf etwa neun Meter hinab. Die *Tide Dancer* mochte ein plumper Kahn sein, doch als er sie und ihr fest vertäutes Beiboot da so über sich sah, musste er lächeln. Das hatte was, wenn ein größeres Schiff dunkel dräuend über einem schwebte, als würde es in der Luft hängen; man kam sich vor, als würde man selber schweben. Nur wenigen Menschen war ein Blick aus dieser Perspektive vergönnt. Und der Anblick ließ ihn nicht vergessen, dass dort an der Oberfläche eine ganz andere Welt auf ihn wartete.

Von der *Tide Dancer,* die direkt über ihm dümpelte, schlängelte sich das schwarze Ankertau in die Finsternis unter ihm hinab. Keine nennenswerte Strömung, stellte er erleichtert fest. Mit behutsamen Kickstößen näherte er sich dem Schiffsrumpf, und direkt darunter angekommen, ließ er etwas Luft ab, auch aus dem Anzug selbst, um seine Aufstiegsgeschwindigkeit weiter zu drosseln. Es gab genügend Licht, um die Metallbolzenkonstruktion am Kiel gut zu erkennen, auf die die Kamerahalterung mit ihren entsprechenden Löchern genau draufpasste.

Das Kameraobjektiv zeigte starr nach vorne, die Kamera wurde per Fernbedienung an- und ausgeschaltet, January musste also einfach immer nur das Boot auf das ausrichten, was sie filmen wollte. Schlicht, aber praktisch, und mit reichlich Zeit auf dem Wasser bekam sie mühelos unzählige Stunden Filmmaterial zusammen.

Cutter trug keine Handschuhe, und das Anziehen der klobigen Muttern im kalten Wasser war kein Spaß, aber der selbst gebastelte Mehrfachschlüssel, den er einmal für die Mordwaffe gehalten hatte, funktionierte einwandfrei. Während er die Kamerahalterung am Schiffsrumpf verschraubte, sinnierte er über seine Mordtheorie im Fall Millie Burkett. Selbst wenn er richtiglag, erklärte das immer noch nicht den Zusammenhang mit der Entführung der beiden *FISHWIVES!*-Leute. Da gab es noch einen weiteren Mitspieler in diesem üblen Spiel hier auf der Insel.

Das Brummen eines näher kommenden Bootsmotors brachte ihn wieder zurück in die Gegenwart. Er zog die letzte Mutter an, ließ etwas Luft aus seiner Tarierweste, sank etwa einen Meter tiefer und bekam so ein freies Blickfeld.

Ein größerer Schiffsrumpf, aber nicht der vom schnellen Leichtmetallboot der Alaska State Trooper, welches er im Hafen gesehen hatte, sondern ebenfalls ein Verdrängungsrumpf, vielleicht der einer Jacht. Und ebenfalls mit einem kleinen Skiff als Beiboot daran vertäut.

Dass zwei Schiffe am gleichen Platz ankerten, war ganz normal, besonders in einer so schönen Bucht wie Kaguk Cove. Aber das neue Boot kam bis an die Steuerbordseite der *Tide Dancer* herangefahren, und die beiden Rümpfe prallten so fest gegeneinander, dass Cutter in sechs Metern Tiefe das Fiberglas ächzen hörte. Etwas platschte ins Wasser, dann rasselte am Bug eine Ankerkette über eine Rolle.

Cutter drehte sich um und sah einen großen Bruce-Anker an sich vorbeisausen und im Dunkeln unter sich verschwinden.

Niemand mit seemännischem Sachverstand und guten Absichten würde so nah an einem anderen Schiff seinen Anker werfen.

Möglichst still stieg Cutter empor an die Oberfläche, versuchte möglichst wenig auszuatmen, die Luft aus seinen sich weitenden Lungenflügeln zu entlassen, möglichst nur genauso schnell wie seine Luftblasen aufzusteigen. Viele Taucher mussten schmerzlich erfahren, wie empfindlich das feine Lungengewebe war, wenn sie zu schnell aufstiegen und dabei die Luft anhielten. Ein, zwei Meter Tiefenunterschied konnten schon entscheidend sein, um die Lunge zu schädigen. Unkontrolliertes Auftauchen aus größerer Tiefe zog fast zwangsläufig einen Lungenriss nach sich. Dazu kam die sogenannte Taucherkrankheit, hervorgerufen durch die Expansion der Stickstoffbläschen im Blut.

Beim langsamen Durchstoßen der Wasseroberfläche verursachte Cutter lediglich ein schwaches Kräuseln, und er hielt sich hinter der *Tide Dancer* verborgen vor dem Neuankömmling.

Havocs wütendes Kläffen empfing ihn in der oberen Welt. Und harsche Männerstimmen, die vermischt mit Januarys Flüchen und jemandes Weinen zu ihm herunterdrangen.

Überlappende Wellenbewegungen und das Quietschen eines Gummibootes verhinderten, dass er Genaueres verstand, aber er kapierte, worum es ging. Diese Männer suchten irgendetwas, und zwar so dringend, dass sie dafür auch über Leichen gehen würden.

»January«, sprach die weinende Stimme, »es tut mir so leid.«

»Aha, Carmen Delgado«, hörte er January sagen.

Carmen. Eine der Vermissten aus dem Fernsehteam.

Die Männer begannen zu lachen. Er zählte mindestens drei, vielleicht vier männliche Stimmen.

»Wir haben schon genug Pistolen, kleines Fräulein«, sagte eine höhnische Stimme mit hispanischem Akzent. »Wir brauchen nicht noch mehr.«

Da sah Cutter Cassandras zierliche Hand über die Reling ausgestreckt – mit dem Colt Python seines Großvaters. Einen Moment lang hielt sie ihn so, dann ließ sie ihn platschend ins Wasser fallen, gut sechs Meter von da entfernt, wo Cutter sich im Schatten des Schiffsrumpfs auf der Stelle schwimmend verbarg.

Schnell blickte Cutter zum Ufer, prägte sich einige Orientierungspunkte ein und versuchte abzuschätzen, wo ungefähr er Grumpys Waffe hoffentlich wiederfinden würde. Den Colt hätte er jetzt gut gebrauchen können, und Cassandras Idee, die Waffe zu ihm ins Wasser zu werfen, wäre prima gewesen, wenn er am richtigen Ort gewesen wäre, um sie gleich zu erwischen. Aber die Auseinandersetzung über ihm spitzte sich schnell zu, es blieb ihm keine Zeit, der Waffe hinterherzutauchen. Wenigstens hatte sie eine Idee gehabt, eine schlechte zwar, aber immer noch besser, sich irgendetwas einfallen zu lassen, als sich bloß in einer Ecke zu verkriechen. Jetzt musste Cutter sich irgendetwas einfallen lassen. Schnell. Denn über sich hörte er immer wüstere Drohungen.

45

Zwei Minuten zuvor

Mit einer Tasse frischen Kaffees in der Hand schaute January aus der Kajütentür am Achterdeck der *Tide Dancer*.

»Blöder Hund«, murmelte sie, ihre Augen auf das herankommende Boot gerichtet. »Was soll das? Aus allen Rohren feuern und volle Kraft voraus?«

Schnell kam das zweite Schiff in die Bucht geschossen, als wollte es Anspruch auf Kaguk Cove erheben. Eine Art Schleppkahn, Typ Nordic oder American, bei dem niedrigen Sonnenstand konnte January es noch nicht erkennen. Vielleicht 15 Meter lang, ordentlich ausgestattet mit einer Satellitenschüssel auf einem erhöhten Steuerhaus, fast so groß wie ihre gesamte Kajüte. Es hatte bestimmt mehrere Einzelkabinen, überall Corian-Oberflächen und womöglich sogar eine Waschmaschine samt Trockner an Bord. So ein Boot kostete gut und gerne eine Dreiviertelmillion, wenn nicht mehr.

Cassandra klebte an ihrer Seite, klammerte sich an den Saum ihres Sweatshirts und gab mit kurzen Stöhnlauten ihrer Besorgnis Ausdruck, als läge es in Januarys Macht, den Ankömmling irgendwie aufzuhalten.

Havoc zwängte sich nach draußen, hopste auf die Achterpiek und verbellte den Eindringling.

Nur noch 50 Meter und der große Kahn drosselte seine Geschwindigkeit kein bisschen. January trug ihre Kaffeetasse hinaus und versuchte, sich mit Winken bemerkbar zu machen. Auf dem Vorderdeck standen zwei dunkelhaarige

Männer. Der eine, ein Typ mit geschniegelter Frisur, winkte zurück, als würde sie ihn begrüßen, anstatt verhindern zu wollen, dass er sie über den Haufen fuhr.

Schließlich, bis auf wenige Meter heran, begann das Kielwasser des größeren Schiffes plözlich zu brodeln und zu schäumen. Der Mann am Steuer hatte den Rückwärtsgang eingelegt. Das Boot verlor rasch an Fahrt und drehte gleichzeitig bei, sodass es unmittelbar längsseits der *Tide Dancer* zum Stehen kam.

»Was soll denn das?«, rief January. Sie wollte sie schon warnen, dass da noch ein Taucher im Wasser war, bemerkte dann jedoch, dass beide Männer Pistolen trugen, und besann sich eines Besseren.

Cutter war schlau genug, den Kopf einzuziehen, wenn er einen Diesel brummen hörte.

Der größere der beiden Männer hielt ein Schiffsseil in der Hand, bereit, es über die Reling zu ihr hinüberzuwerfen. Er blickte zu Boden, wirkte bedrückt.

January hob eine hohle Hand neben den Mund und schrie über den stampfenden Dieselmotor und das wirbelnde Wasser hinweg. Sie richtete ihre Worte an den Geschniegelten, offenbar der Boss, und hoffte, Cutter könnte von seinem Versteck aus alles mithören. »Hab ich die letzte Rate fürs Boot nicht bezahlt, oder was?«

Der mit dem geschniegelten Haar lachte kurz auf und warf eine Hand über die Schulter zurück. »Ach, ihr Amerikaner. Immer ein Witz im falschen Moment.«

Ein kleinerer Mann in einem schwarzen Trockenanzug trat aus der Seitentür der Kajüte und schob dabei Carmen Delgado vor sich her. Sie bot einen verstörenden Anblick. Nicht nur weil sie entführt worden war. Die Ärmste sah aus, als wäre sie hinter einem Zug hergeschleift worden.

Ihr Gesicht von Wunden übersät, ihre Hände geschwollen und rot, schien sie keine Fesseln zu tragen, doch Striemen an ihren Handgelenken zeigten, dass sie gefesselt gewesen war. Man musste sie nicht mehr festbinden. Sie konnte sich kaum noch aufrecht halten.

»January, es tut mir so leid«, sagte die Frau gegenüber. Sie versuchte, ihr Schluchzen zu unterdrücken. Vergeblich.

Das Boot kam längsseits näher heran. Nur noch fünf, sechs Meter trennten die beiden Frauen, und es wurden zusehends weniger.

»Carmen Delgado!«, rief January aus vollem Hals, in dem Bewusstsein, dass binnen Kurzem alles andere als normale Gesprächslautstärke sich so anhören musste, als würde sie jemanden warnen wollen – und genau das tat sie ja. Dann entdeckte sie auf dem Nachbardeck, auf Höhe des Heckbalkens, zwei bereitliegende Sauerstoffflaschen mit Atemgeräten; irgendetwas an ihnen kam ihr komisch vor, aber was? Sie schaute Delgado in die tränenverschleierten Augen und schrie: »Haben diese Leute Ihnen wehgetan?«

Die Bugwelle des größeren Boots gab der *Tide Dancer* einen Schubs, als würde eine Billardkugel gegen eine andere stoßen. Nach kurzem Ausschaukeln beruhigten sich beide Boote in dem stillen Wasser.

»Machen Sie sich um die keine Sorgen«, sagte der Geschniegelte und zog die Pistole aus seinem Gürtel. »Rufen Sie Ihre kleine Freundin zurück aufs Deck.«

January stellte fest, dass Cassandra in der Kajüte verschwunden war. »Braves Mädchen«, flüsterte sie.

Ihre Erleichterung währte nicht lange. Die Männer lachten, denn Cassandra kam wieder heraus, mit Cutters Revolver in der Hand. Ihre Finger umfassten den stählernen

Lauf. Offenbar nahmen sie sie nicht als Bedrohung wahr, so wie sie die Waffe hielt. Dennoch richteten sie ihre Pistolen sicherheitshalber auf sie.

»Wir haben schon genug Pistolen, kleines Fräulein«, spottete der kleinste der Männer. »Wir brauchen nicht noch mehr.«

Cassandra wich zur anderen Reling zurück, weg von dem Schleppkahn, und spähte dort hinunter. January hörte, wie sie den Revolver ins Wasser plumpsen ließ. Und fragte sich, ob Cutter das Ganze überhaupt mitgekriegt hatte.

Der Große, Traurige warf sein Seil zu ihr herüber, sie fing es auf und wickelte es lose um eine Klampe. Ihr blieb nichts anderes übrig. Sie waren bewaffnet.

Ein weiterer Lateinamerikaner, älter und ebenfalls in einem Tauchanzug, trat aus dem Steuerhaus und ging hinter seinem Boss her zum Bug. Dort entsicherte er die Ankerwinde und öffnete dann mit einem Fußschalter die Ankerluke, sodass der Anker mit seiner Kette ins Wasser rutschen konnte. Gut neun Meter Ankerkette rasselten in die Tiefe, gefolgt vom weniger lärmenden Nylonseil dahinter.

Havoc hatte sich auf die Sitzfläche am Heck gestellt und verbellte die Männer wütend. Er hatte ihren Charakter klar durchschaut. January musste ihn mit einem Zischen davon abhalten, über die Reling aufs andere Deck zu springen. Der kleinere Mann hob schon seine Pistole, um ihn zu erschießen, doch der Geschniegelte legte ihm kurz die Hand auf den Arm.

»Doch nicht das Hündchen«, sagte Schniegel, »wir sind schließlich keine Wilden.« Er wandte sich der zitternden Carmen Delgado zu. »Sie kennen diese Leute also?«

Sie nickte und entschuldigte sich mit einem kurzen verängstigten Blick erneut bei January.

»Pech für sie«, sagte Schniegel. »Und eine weitere Gelegenheit für mich, Ihnen meine Entschlossenheit zu demonstrieren.« Diesmal hob er selbst seine Pistole – und zielte damit direkt auf Cassandra.

Was war das für ein Mensch? Hinter was konnte er her sein? In einem spontanen Wortschwall, um die Aufmerksamkeit des Mannes zu erregen und ihn vom Erschießen des Mädchens abzuhalten, platzte es aus January heraus: »Ihre Taucheranzüge sind ganz verkehrt!«

Schniegel hielt inne, zielte jedoch weiterhin auf Cassandra.

»Was?«

January hob beide Hände, um sich so eher als Ziel anzubieten. Sie nickte zu den Sauerstoffflaschen auf dem anderen Deck hin. »Knubbel nach außen!«

Alle drehten sich um zu den Taucherflaschen. Der ältere der beiden Taucher schüttelte den Kopf, dann jedoch nickte er, als würde er etwas endlich kapieren.

Schniegel runzelte die Stirn und neigte den Kopf schräg zur Seite. »Was soll das heißen, ›Knubbel nach außen‹?«

»Eure Schläuche«, sagte January. »Die sind verkehrt herum dran. Wenn Ihre Männer so damit runtergehn, haben sie einen dicken Bollen Metall im Nacken sitzen. Damit schlagen sie sich womöglich gleich selber k. o., wenn sie ins Wasser springen.« Das glaubte January zwar selbst nicht, aber es hörte sich gut an.

»Tauchen Sie?«, fragte Schniegel.

»Ja«, antwortete sie. Mit immer noch erhobenen Händen schwenkte sie ihren Kopf kurz zum Wasser hin. »Da liegt wohl was im Meer, das ihr Jungs dringend haben wollt. So dringend, dass ihr dafür das Leben von Kerlen riskiert, die nix vom Tauchen verstehen. Was sucht ihr denn? Einen versunkenen Schatz?«

Schniegel hielt seine Waffe immer noch auf sein Ziel gerichtet. »Könnte man so sagen.«

»Hören Sie«, sagte January mit brüchiger Stimme. Unbeabsichtigt, doch dass ihr die Stimme brach, kam ihr gelegen, denn ihre hörbare Angst schien die Männer zu besänftigen. »Sie haben recht. Ich bin Taucherin. Ich hab meine eigene Ausrüstung mit. Ich werd Ihnen helfen, was auch immer Sie suchen heraufzuholen, wenn Sie mir nur versprechen, dass Sie dem Mädchen nichts tun.«

»Schon wieder am Verhandeln«, sagte Schniegel. »Ihr Amerikaner denkt immer, ihr könnt verhandeln.«

Der Traurige beugte sich zu Schniegel hinunter und flüsterte ihm etwas ins Ohr.

January legte noch eins drauf. »Sie brauchen sich keine Gedanken zu machen, dass Cassandra irgendjemandem irgendwas erzählt. Sie kann nicht sprechen. Genauer gesagt ist sie ein bisschen behindert – verstehen Sie, nicht ganz richtig im Kopf – und Sie müssen sich ihretwegen keine Sorgen machen.«

»Ach was, meine Liebe«, sagte Schniegel. »Ich mach mir doch keine Sorgen.«

Da trat der Kleinere an ihn heran, flüsterte seinem Boss ebenfalls etwas ins Ohr, allerdings blieb sein lüsterner Blick dabei an Cassandra hängen. Sein gestörtes Grinsen jagte January einen Schauer über den Rücken.

Endlich ließ Schniegel seine Pistole sinken. »Also gut«, sagte er. »Das Mädchen – Cassandra, wie Sie sie nennen – wird mir auf der *Pilar* Gesellschaft leisten. Sie helfen meinen Männern beim Tauchen. Wenn ihnen da unten irgendwas passiert oder wenn Sie davonschwimmen, um sich zu retten, dann können Sie sicher sein, dass ich persönlich dafür sorge, dass die letzten Minuten dieses jungen Lebens schlimmer werden als alles, was Sie sich überhaupt vorstellen können.«

Cassandra blieb einfach still stehen. Sie musste sich entsetzlich fürchten, bot jedoch den Männern trotz allem ein schiefes Lächeln, als wollte sie Januarys Behauptungen über ihren Geisteszustand bestätigen.

»Ich werde keine Tricks versuchen«, sagte January. »Und was ist hinterher? Wenn Sie das Gesuchte haben?«

»Dann werde ich das Mädchen an Land absetzen lassen«, sagte Schniegel. »Sie haben mein Wort.«

Auf dem Nachbardeck riss Carmen Delgado sich los.

»Ihr Wort!« Die Augen wild aufgerissen, fauchte sie ihn an wie eine in die Enge getriebene Katze. »Sie beschissener Lügner! Ihr Wort ist nichts wert. Trau ihm nicht, January. Ich hab selber mit angesehen, wie er seine Geliebte erschossen und ins Meer geschmissen hat, als wär sie ein Haufen Müll.« Sie hob einen Arm hoch, der von schwarzen Brandwunden überzogen war. Verzweifelt nach Luft schnappend und schluchzend sank sie mit hängenden Schultern immer weiter in sich zusammen, während sie fortfuhr. »Das hat er nur mit mir gemacht, um mir zu zeigen, wie grausam er sein kann. Du musst eins verstehen … diese Leute … die lieben Blutvergießen … Ich hab noch nie … ich hab so was noch nie erlebt.«

Schniegel seufzte kaum hörbar und richtete seine Pistole wieder auf Cassandra.

»January … das ist ja ein interessanter Name.« Er zuckte kurz mit der Schulter. »Tauchen Sie oder lassen Sie's bleiben. Ganz wie Sie wollen.«

January hob langsam die Hände. Sie nickte ihm zu. Wollte ihm nicht widersprechen, ihn nicht mal erschrecken, solange er auf Cassandra zielte. »Natürlich tauche ich. Ich hab es ja vorgeschlagen.«

Sie warf Carmen einen festen Blick zu und wünschte, sie könnte der armen Frau auch mit Worten etwas von dem Hoffnungsschimmer in ihr vermitteln.

Da unten wartete Cutter auf sie, der hoffentlich zugehört hatte und sich irgendetwas einfallen lassen würde.

Auch ihr schwirrte eine Idee im Kopf herum, aber eine, die wahrscheinlich zum Scheitern verurteilt war.

Er war der Deputy Marshal, der Experte für durchgeknallte Verbrecher. Ein Mann wie er hatte bestimmt alle paar Tage mit Tiefseetauchern zu tun, die gleichzeitig üble Piraten waren.

Sie half Cassandra über die Reling, spürte dabei deren Zittern. »Bleib tapfer«, flüsterte sie dem Mädchen zu. Cassandra nickte, wortlos wie immer.

Als er Cassandra in Gewahrsam genommen hatte, entspannte sich Schniegel sichtlich. Und nach dem Boss entspannten sich auch seine Männer, außer dem älteren, der nervös wirkte, als er sich daranmachte, die Atemregler an den beiden Tauchausrüstungen richtig herum zu montieren.

Schniegel wedelte mit dem Lauf seiner Pistole zur Kajüte der *Tide Dancer* hin. »Ziehen Sie sich um. Beeilung.«

»Das nützt doch alles nichts«, schniefte Carmen, die wenigstens einen Rest an Haltung zurückgewonnen hatte. »Verstehen Sie nicht? In einer Viertelstunde sind wir alle tot.«

January ging mit erhobenen Händen ins Innere, ohne Begleitung, denn schließlich hatten sie Cassandra als Geisel. Vielleicht würde ihr Plan ja doch funktionieren.

Im Laufe einer Viertelstunde konnte jede Menge passieren.

46

Am steilen Abhang oberhalb der Waldstraße stand Lola Fontaine auf dem Stumpf einer Fichte, der ungefähr den Durchmesser ihres Esszimmertischs aufwies. Hunderte identischer Baumstümpfe, Überreste einer Jahre zurückliegenden Rodung, ragten aus dem dichten Unterholz hervor. Kein Wunder, dass diese Insel so wildreich war.

Keine 30 Meter vom Stumpfwald entfernt arbeitete sich ein gelber Bagger mit schmaler Schaufel grummelnd und röhrend durch den Haufen Matsch und Geäst, der ihren Boss vom Rest der Welt abgeschnitten hatte – oder zumindest die Straße zu ihm. Cutter hatte das bestimmt nicht allzu viel ausgemacht, dachte sich Fontaine, schließlich hatte er ein warmes Plätzchen auf einem Boot gehabt und, wenn an seinem Ruf als Frauenheld was dran war, auch noch was anderes Warmes, um diese Sturmnacht gut zu überstehen.

In der Stille der Natur wirkte das Rasseln und Kreischen des Schaufelbaggers fast wie ein Sakrileg. Normalerweise schaffte die Maschine schnell große Mengen Erde und Holzreste weg, doch der Boden war schwer und nass von der Schneeschmelze, sodass sie nur mühsam vorankam. Obendrein machte jede weggeräumte Schaufel nur den Weg frei für weiter nachrutschende Erde voll zerrissenem Wurzelwerk; der Berghang war keineswegs stabil. Laut Sam würden sie in einer halben Stunde oder so durchkönnen. Hoffentlich, denn Fontaine vermutete, dass Cutter inzwischen jemanden gebrauchen konnte, der oder die ein Auge auf ihn hatte – und genau das konnte sie nicht, solange Berge von Matsch sie von ihm trennten.

Hinter dem Tahoe stand Trooper Benjamin und telefonierte mit seinem vorgesetzten Sergeant, der es anscheinend nicht in seinen sturen Schädel kriegte, dass sie hier Beachtliches geleistet hatten ohne jegliche Unterstützung durch weitere Behörden. Gerald Burkett steckte in der Ausnüchterungszelle und war daran gehindert worden, sich das Leben restlos zu versauen, indem er den Scheißkerl Kenny Douglas umbrachte, der mit seiner kleinen Tochter rumgemacht und sie wahrscheinlich auch umgebracht hatte. Auch Douglas steckte in einer Zelle. Ebenso Hayden Starnes.

Der Trooper schob die Antenne seines Satellitentelefons zusammen und marschierte auf der Schotterstraße zu dem Bagger hin. Der Baggerführer nahm seinen Ohrschutz ab und die beiden unterhielten sich kurz.

Dann kletterte Benjamin am Hang bis zu Fontaines Baumstumpf hoch und sagte: »So wie's aussieht, noch mal 20 Minuten. Ich hab versucht, Januarys Boot über den Seefunk zu erreichen, aber ich krieg keinen Kontakt. Hoffentlich ist mit Ihrem hitzköpfigen Boss alles in Ordnung.«

Mit einer Bewegung des Handgelenks winkte sie dem Trooper, ganz zu ihr hochzukommen. Wogende grüne Hügel, Nebelschwaden und in der Ferne sogar ein Fetzen vom Ozean lagen ihr zu Füßen. Diese grandiose Aussicht durfte sie nicht für sich behalten.

»Machen Sie sich um Cutter mal keine Sorgen«, sagte sie. »Der lässt sich's bestimmt gut gehen.«

Hinter der *Tide Dancer* verborgen schwamm Cutter auf der Stelle, den Kopf nur bis zum Kinn aus dem Wasser gestreckt.

Er war noch einmal kurz untergetaucht, hatte die Luft angehalten und sich die Neoprenhaube vom Kopf gezogen, um besser verstehen zu können, was über ihm geschah. Noch schützte ihn der Adrenalinschub davor, die Kälte wahrzunehmen.

Anscheinend hatte January irgendeine Idee. Er konnte sich bloß keine vorstellen, die nicht darauf hinauslief, dass sie sich unterkühlte oder Schlimmeres. Wenn sie Glück hatte, hielt der Reißverschluss ihres Trockenanzugs für eine kurze Weile. Er konnte aber genauso gut sofort aufplatzen, wenn sie ins Wasser ging.

Cutter checkte seine Ausrüstung. Das war schnell getan. In der Flasche war noch genug Luft, und seine Taucherlampe funktionierte. Das kleine, nicht mal acht Zentimeter lange Messer am Gurt seiner Tarierweste taugte nur dazu, eine Leine durchzuschneiden. Sein Großvater hatte ihm beigebracht, unter Wasser gebe es keine gewalttätigen Auseinandersetzungen. *Da hast du dich getäuscht, Grumpy,* dachte Cutter.

»Kommen Sie raus zum Umziehen«, rief eine höhnische Stimme über ihm. »Es gefällt mir nicht, wenn ich nicht sehen kann, was Sie machen.«

Cutter hörte, wie die Kajütentür aufging, dann Januarys schlurfende Schritte auf dem Bootsdeck.

Wieder sprach derselbe Mann, mit starkem hispanischen Akzent, allerdings in ansonsten tadellosem Englisch. »Brauchen Sie Hilfe, meine Liebe? Sie wollen doch nicht etwa Ihre Kleider anbehalten in diesem Ding.«

»Nein, natürlich nicht«, sagte January.

Höhnisches Kichern, gefolgt vom Geräusch ihrer fallenden Jeans.

Die Männer klatschten und johlten, ermunterten sie zu einem Striptease. Als sie abrupt verstummten, ballte Cutter unter Wasser die Fäuste. Eine etwas höhere Stimme, auch etwas nasaler als die anderen: »Ay ay ay! Schaut euch die an. Die hat ja nur noch die Hälfte, *patrón*.«

Der Boss sprach ruhiger, doch seine Stimme war vom Bösen durchdrungen. »Ich habe mich immer gefragt, wie so eine Frau wohl in Wirklichkeit aussieht.«

»Die Gratisshow ist zu Ende, Jungs«, sagte January, relativ gefasst angesichts dessen, was sie gerade durchmachte. Cutter glaubte nicht, dass er selbst so höflich bleiben könnte.

Er hörte den defekten Reißverschluss, als sie ihn mit einem Grunzen zuzog. Schweren Schrittes stapfte sie übers Deck, offenbar schleppte sie ihre Ausrüstung mit sich.

»Nach was suchen wir?«, fragte sie. »Wie groß ist es? Und wo in der Lagune? Wissen Sie, in welcher Tiefe? Am Grund oder irgendwo im Wasser schwebend?« Es hörte sich völlig sachlich an, und sie bereitete währenddessen ihre Ausrüstung vor.

»Es ist genau hier«, sagte der Boss. »Ob schwebend oder auf dem Meeresgrund, wissen wir noch nicht. Das ist doch so, oder, Luis?«

Luis nickte voller Überzeugung, warf jedoch einen Seitenblick zu dem Traurigen hin, der leicht die Schultern hob.

»Meine Männer werden vorausschwimmen und das holen, was wir holen müssen. Ihre Aufgabe besteht darin, dafür zu sorgen, dass sie heil wieder auftauchen.« Der Geschniegelte legte seine Hand auf Cassandras Schulter, die sich Arm in Arm mit Carmen zusammengekauert hatte. Es war schwer zu entscheiden, wer dabei wen tröstete.

»Schnallen Sie sich nicht schon auf dem Boot die Flasche um?«, fragte eine weitere Stimme, älter, ernsthafter. »Ich hab die Taucherfilme mit Jacques Cousteau im Fernsehen gesehn. Der lässt sich immer rückwärts ins Wasser fallen, nachdem er die Flasche umgeschnallt hat.«

»So kann man's machen«, sagte January. »Aber ich finde es geschickter, wenn man's im Wasser macht.«

Ein Zischen verriet, dass sie ihre Tarierweste mit Luft füllte. Sie ließ ihre ganze Montur an der Schwimmleiter achtern ins Wasser fallen und kletterte dann hinterher.

»Denken Sie dran, meine Liebe«, sagte der, den sie *Patrón* nannten. »Sie wissen ja, was ich mit dem Mädchen anstelle, auch wenn sie selbst es nicht weiß.«

Dann sprach der Mann mit der nasalen Stimme. Schon allein bei ihrem Klang kniff Cutter unwillkürlich die Augen zusammen.

»Ich pass genau auf dich auf, Schlampe«, sagte die Stimme, offenbar nervös in Anbetracht des bevorstehenden Tauchgangs.

Cutter blies sich das Salzwasser von den Lippen und hörte, wie die Männer vom Schwimmbalkon des anderen Boots aus ins Wasser sprangen. Als sie die Kälte spürten, zuckten sie zusammen und fluchten. Cutter schob sich das Atemgerät in den Mund und ließ sich langsam sinken. Er gönnte sich ein seltenes Lächeln, denn es freute ihn, dass der Mann mit der nasalen Stimme nun bei ihm im Wasser war.

47

Cutter ließ sich bis auf drei Meter Tiefe hinabsinken und richtete sich dort, die Arme locker seitlich angelegt, bewegungslos waagerecht aus. Über ihm strampelten etwa sechs Meter versetzt hinter dem Rumpf der *Tide Dancer* drei Paar Beine an der Oberfläche. Im Moment waren die Männer verletzlich. Sie wären wahrscheinlich beide ertrunken, bevor sie auf die Idee kämen, ihre Tauchermasken aufzusetzen, wenn er sie jetzt unter Wasser zöge. Aber dann wären da oben immer noch die beiden anderen Männer übrig mit ihren Geiseln.

Vom Unwetter war das Wasser aufgewühlt, nahe der Oberfläche herrschte allerdings eine Sichtweite von fast zehn Metern. January hob sich gut von den andern beiden ab wegen ihres ausgebleichten grauen Trockenanzugs. Ihr Gesicht war den anderen zugewandt, und ihre Beine bewegten sich ruhig und gelassen. Ohne Zweifel erteilte sie ihnen Anweisungen für ihren wahrscheinlich allerersten Tauchgang – und ließ sich dabei Zeit, verschaffte Cutter die Gelegenheit, sich irgendwas Gescheites zu überlegen, bei dem sie nicht alle draufgingen.

Das Strampeln wurde heftiger, als würden sie gleich abtauchen, und Cutter zog sich hinter den Bug der *Tide*

Dancer zurück. Die Gedanken an scharfkantige Krustentiere verdrängte er und schmiegte sich flach an den Rumpf. Die *Tide Dancer* würde das Aufsteigen seiner Luftblasen verbergen.

Er hatte sich einen kurzen Blick auf den mit der nasalen Stimme gestattet. Er war der kleinere der beiden und schien der zögerlichere Taucher zu sein. January und der andere Mann stießen mit kräftigen Brustschwimmbewegungen in die Tiefe vor. Der Kleinere hampelte unbeholfen herum, die Beine von sich gestreckt wie ein auf dem Pier ausgelegter Seestern.

Cutter glitt mit ihnen tiefer, hielt sich zuerst weit zurück, näherte sich jedoch, als sein Tiefenmesser am Handgelenk zwölf Meter anzeigte. In dieser Tiefe verloren sich alle Farben, die Welt wurde grauschwarz. Noch mal neun Meter tiefer traf der kleinere Mann am Boden auf und erzeugte eine Schwemmsandwolke, die nur zu Cutters Tarnung beitrug. January bremste rechtzeitig ab, der größere Mann ebenso. Ein, zwei Meter weiter saß, als würde er sich 20 Meter unter der Oberfläche mal eben ausruhen, ein Mann. Seine Arme trieben vor ihm im Wasser, die Handflächen waren nach oben gekehrt, als wäre er gerade dabei, einem Publikum etwas zu erklären. Lange, seilartig gewundene Haare standen wie ein Algengarten nach oben von seinem vorgebeugten Kopf ab.

Krabben und Krebse hatten sich an die Arbeit gemacht, wie sie es mit allem Fleisch tun, das ins Meer geworfen wird. Trotz der trüben Sicht konnte Cutter unschwer erkennen, dass es auf ihm vor Meerestieren nur so wuselte.

Offenbar war dieser Körper das Ziel ihrer Schatzsuche. Beide Männer strebten sofort darauf zu, sobald sie ihn erblickten. January blieb absichtlich zurück, verharrte geübt auf derselben Stelle, die Hände vor ihrer Brust gefaltet und allein mit den Taucherflossen ihre Position haltend.

Vermutlich blieben Cutter eher Sekunden als Minuten, bis die beiden Männer das Gesuchte ausfindig gemacht hatten und wieder zur Oberfläche zurückschwammen. Leider blieben sie Seite an Seite zusammen; das erschwerte sein Vorhaben, entschied aber für ihn, wen er zuerst angreifen würde.

Eine Tauchermaske schränkt das Sichtfeld seitlich stark ein, und das würde Cutter voll ausnutzen. Mit seinem Bruder hatte er öfter eine Art Unterwasser-Verstecken gespielt. Ethans Spezialität bestand darin, hinter Cutter heranzuschwimmen und sich ungesehen an dessen Flasche festzuhalten. Das zusätzliche Gewicht fiel unter Wasser kaum auf, und immer wieder ließ sich Ethan unbemerkt mitschleppen, bis er manchmal zum Spaß Arliss' Luftzufuhr abdrehte. Natürlich nie in der Tiefe, und Grumpy sah es gar nicht gerne, aber die beiden Jungen lernten so spielerisch, was notfalls zu tun war, wenn plötzlich die Luft wegblieb.

Der größere Taucher schaute dem anderen mit der nasalen Stimme gewissermaßen über die Schulter. Von beiden Männern stiegen regelmäßige Wolken von Luftblasen auf. Wegen ihrer Nervosität verbrauchten sie eine Menge Luft. Cutter zückte das kleine Messer und schwamm vorsichtig von hinten an den größeren Taucher heran. Als er nur noch anderthalb Meter von ihm entfernt war, stieß er sich mit seinen Jet-Flossen hinab, hieb dem Mann die Messerklinge zwischen die Oberschenkel und zog sie mehrmals vor und zurück. Er spürte, wie sie den Anzugstoff durchdrang, und sah das Rot des Blutes ins

Wasser ausströmen, bevor der Mann überhaupt kapierte, wie ihm geschah. Endlich überwand er seine Verblüffung und drehte sich zu seinem Angreifer um, aber Cutters Flossen beförderten ihn schon nach oben, wobei er das Gesicht des anderen anrempelte und ihm die Tauchermaske vom Kopf riss. Schlimmer als 20 Meter unter Wasser plötzlich nichts mehr zu sehen ist nur, wenn man dabei auch noch blutet und einem die Luft wegbleibt. Cutter verhakte seine Klinge hinter dem Luftschlauch des Mannes und riss sie hoch. Dem gekappten Schlauch entströmte ein Schwall von Luftblasen. Das Beinarterienblut des Mannes verteilte sich zu einer dunklen Wolke um ihn. Cutter versetzte ihm mit dem Minimesser noch drei Stiche in die Brust, wie es bei Knastmorden üblich war, wobei ihm die Klinge zerbrach. Panisch und bereits vom Blutverlust geschwächt, machte sich der Taucher strampelnd auf den Weg nach oben.

Binnen vier Sekunden war der Angriff vorüber. Zeit genug allerdings für Nasalstimme, herumzuwirbeln. Und er war so weitsichtig gewesen, ein erheblich größeres Messer mitzunehmen.

Einerseits besser bewaffnet, andererseits zu Tode erschreckt, hier in der Tiefe einem unbekannten Taucher zu begegnen, hampelte Nasalstimme rückwärts davon, der Gefahr ausweichend. Dies trieb ihn in Greg Conners Arme, er landete direkt auf dessen Schoß. Seifige tote Arme legten sich um seine Brust. Nasalstimme schrie in seine Maske, strampelte heftig und verursachte einen Unterwasserwirbelwind aus Schwemmsand und winzigen Leichenteilen.

Unter Wasser war Cutter in seinem Element, doch vor dem großen Messer wich er respektvoll zurück. Instinktiv langte er nach einer Pistole, die nicht da war. Statt ihn anzugreifen, hielt der kleinere Taucher jedoch das Messer schützend vor sich, sah nach oben und beugte die Knie, bereit zum Absprung in Richtung Oberfläche.

Das musste Cutter verhindern.

Er schoss vorwärts, an dem Mann vorbei, und versuchte ihm mit einem raschen Griff die Maske abzureißen. Daneben. Fast hätte ihn die Messerklinge am Unterleib erwischt. Mit den Händen und seinen Jet-Flossen änderte Cutter jäh die Richtung, umschwamm den anderen in weitem Bogen, immer außerhalb der Reichweite des gefährlichen Messers.

Plötzlich tauchte January aus den Schatten hinter dem anderen Mann auf.

Entweder hatte Nasalstimme sie völlig vergessen, oder er unterschätzte January Cross gehörig. Sie hängte sich ihm auf den Rücken wie eine Haftmine. Die klobige Einheit aus Sauerstoffflasche und Tarierweste machte es ihm unmöglich, das Messer nach ihr zu schwingen, ohne eine eigene Verletzung oder eine Beschädigung seiner Ausrüstung zu riskieren.

Cutter packte die Gelegenheit beim Schopf, schwamm zu ihm hin und riss ihm die Maske vom Gesicht. Den Atemregler ließ er erst mal, wo er war, wich einem weiteren blinden Hieb der Messerhand aus, ging dann mit beiden Händen voran wieder an den Mann. Mit der linken Hand löste er den Notknopf am Bleigürtel des Mannes aus, während seine rechte das Brustventil des Trockenanzugs betätigte, das diesen prompt mit Luft füllte.

Augenblicklich fiel der schwere Gürtel von dem Mann ab – wie es eigentlich auch gedacht war – und Nasalstimme

schoss der Oberfläche entgegen, die Augen weit aufgerissen und nach Luft schnappend. Als unerfahrener
Taucher hielt er bestimmt die Luft an, und genau das
hoffte Cutter.

Über ihm stieg der größere Taucher rasch zum Licht
empor; aus seinem abgeschnittenen Schlauch strömte die
Luft aus. Im Nu würden die Männer an der Oberfläche
begreifen, dass etwas nicht stimmte.

Als Cutter sich zu January umdrehte, sah er sie in einer
Schwemmsandwolke am Meeresboden knien. Ihre Arme
umschlangen die geöffnete Vorderseite ihres mit Wasser
vollgelaufenen Trockenanzugs. Ihre Hand beförderte ein
paar der zusammengeknüllten Plastiktüten zutage, mit
denen sie die eine leere Brustausbuchtung ihres Tauchanzugs vollgestopft hatte. Cutter erhaschte einen Blick auf
die lange, waagerecht verlaufende Narbe unter dem offenen Reißverschluss. Er wollte sich schon wegdrehen, als
sie seinen Arm packte. Mit einem Kopfschütteln streckte
sie ihm die freie Hand hin. Die dünnen Plastiktütchen
trieben davon und gaben den Blick frei auf die Mini-
Glock, die er an Bord gelassen hatte.

Ihre Narbe zu entblößen, hatte die Männer davon
abgelenkt, dass sie beim Anziehen die kleine Waffe in
die Brustausbuchtung ihres Tauchanzugs gesteckt hatte.
Nun drückte sie ihm die Pistole in die Hand und zeigte
zur Oberfläche. Cutter formte mit Daumen und Zeigefinger einen Kreis. Sie erwiderte die Geste und tätschelte
seinen Arm, als wollte sie ihm bedeuten, dass sie schon
klarkäme. Arm in Arm machten sie sich mit Beinstößen
auf den Weg nach oben. Er achtete darauf, dass sie an
seiner Seite blieb, und vermied es tunlichst, schneller aufzusteigen als ihre eigenen Luftblasen.

Dank ihr besaß er nun eine Waffe. *Überraschung!*, dachte er und erlaubte sich ein grimmiges Lächeln.

48

Bei den ersten Planschgeräuschen brummte Chago unwirsch. Luis oder Fausto konnte noch gar nicht wieder zurück sein. Jetzt würde es Blutvergießen geben, und das hatte er alles so satt. Oder vielleicht schwamm auch bloß ein Wal in der Lagune umher. Chago hatte absolut keine Lust, sich ins dunkle Wasser hinunterzuwagen, aber eine Walsichtung würde er sich nicht entgehen lassen.

Der große Sicario brauchte mehrere Sekunden, bis er den Anblick verarbeitet hatte. Dies war kein Wal.

Wie ein Ölfleck trieb Fausto in Rückenlage und die Arme und Beine von sich gestreckt auf dem Wasser. Sein Mund ging auf und zu, doch statt Worten drang nur das unartikulierte Stöhnen eines sterbenden Mannes von seinen Lippen. Diese Töne waren Chago vertraut. Der Tauchanzug war an den Beinen aufgeschlitzt, der Körper pumpte Blut in das ihn umgebende Wasser. Irgend-etwas hatte ihn erwischt. Unmöglich, dass die Frau ihn so zugerichtet hatte. In Alaska gab es Haie. Hatte Bean erzählt, bei ihrer Ankunft. Was auch immer, es hatte den Atemschlauch des armen Fausto glatt durchgebissen; neben seinem Kopf spuckte und blubberte der Schlauch Luft ins Wasser.

Die Geräusche ließen Garza von seinem Deckstuhl aufspringen, wobei er das Mädchen von seinem Schoß schob, doch seine dicke Zigarre behielt er im Mund. Auf allen vieren krabbelte Cassandra davon, um ihm aus dem Weg zu gehen, als er an die Reling stürzte.

Ein tiefes Knurren entfuhr ihm. Auch dieses Geräusch war Chago vertraut. Dem waren noch niemals angenehme Dinge gefolgt.

»Miss Delgado!«, zischte Garza. »Was ist mit meinem Mann los?«

Vorsichtig trat Carmen an die Reling und sah hinab.

Bevor sie eine Antwort geben konnte, durchstieß Luis mit Wucht die Wasseroberfläche. Sein Trockenanzug war mit Luft vollgepumpt, wie ein Ballon drohte er zu platzen. Aus den Manschetten um seine Handgelenke blubberten Luftblasen. Zwischen seinen zusammengebissenen Zähnen perlte blutiger Schleim hervor.

Carmen klappte der Unterkiefer herunter, mit unsicherer Stimme sagte sie: »Ihren *Männern,* meinen Sie.«

Garza ließ einen Schrei los und warf seine Zigarre ins Wasser. »Dieses blöde Weib! Chago! Finde sie!«

»*Patrón*«, sagte der, »ich …«

Luis strampelte sich mit seinen aufgeblähten Anzugärmeln zum Boot und versuchte zu sprechen, bekam aber nur ein raues Krächzen zustande.

Garza umklammerte die Reling und schäumte vor Wut darüber, dass seine Männer starben, zu Hilfe kam er ihnen allerdings nicht.

Chago glotzte bloß. Tief im Wasser lebte der Teufel, hatte seine Großmutter ihn immer gewarnt. Angesichts des Blutes zwischen Luis' Zähnen war Chago nun geneigt, ihr zu glauben. Der Mann hauchte gerade voller Schmerzen sein Leben aus, aber hatten er und Luis nicht selbst dafür gesorgt, dass viele andere Menschen genauso ihr Leben verloren? Gemeinsam Leute umzubringen hatte sie keineswegs zu Freunden gemacht. Oder? Vielleicht waren sie beide nun dazu verdammt, ebenfalls auf schreckliche Weise zu sterben.

»Chaaagooo …!« Luis schnappte nach Luft. Streckte die Hände zum Boot aus. Aber Chago hatte im Moment nur Augen für Carmen und sinnierte, wie sehr sie doch seiner Schwester Lucia ähnelte.

Carmen packte das Mädchen an der Schulter und schubste es in Richtung des anderen Boots.

»Hau ab!«, flüsterte sie. Dann rannte sie zum Bug der *Pilar.*

»Erschieß sie!«, befahl Garza. Suchend schwenkte er seinen Pistolenlauf über der Wasseroberfläche hin und her. »Die im Wasser übernehme ich.«

Chago zog seine Waffe und sah der flüchtenden Frau hinterher.

»Carmen!«, rief er. Seine tiefe Stimme schien ihr übers Deck hinterherzurollen. Sie hielt inne, drehte sich zu ihm um. Er winkte zum Ufer hin. »Lauf!«, sagte er. »Nimm das Skiff, und nimm das Mädchen mit!«

Garza wirbelte herum. »Chago, du feiger Schweinehund!« Er jagte Carmen einen Schuss hinterher, doch sie war schon hinter dem Steuerhaus verschwunden. Voller Wut wandte er sich Chago zu.

Der große Sicario feuerte zuerst, aber daneben, die Kugel prallte als Querschläger an einer Metallstrebe ab. Garzas erste Patrone traf Chago im Magen. Er fühlte keinen Schmerz, nur einen kleinen Stoß, als hätte ein heftiger Luftzug seinen Bauch erwischt. War er tatsächlich getroffen worden? Die Pistole immer noch in der Hand, blinzelte der große Mann und sah dann an sich hinunter. Sah das Blut. Die zweite Patrone platzierte Garza einige

Zentimeter höher. Sie zerschmetterte Chagos Wirbelsäule. Seine Beine gaben unter ihm nach. Mit voller
Wucht fiel er aufs Deck, seine Pistole schlitterte davon
und durch ein Speigatt und plumpste ins Wasser.

»Meinst du etwa, du kannst sie retten?« Angewidert
schüttelte Garza den Kopf. Mit seinem Absatz trat er auf
Chagos ausgestreckte Hand, zermalmte die Finger, und
dann spuckte er ihm ins Gesicht. »*Pendejo!* Sie kann nirgends hin. Du stirbst nur mit ihr.«

Chago schluckte. Der Schmerz überschwemmte sein
Gehirn, gemeinsam mit Bildern von seiner Schwester.
»Lucia …«, flüsterte er.

Garza stand über ihm, zielte ihm ins Gesicht. »Was?«

»Im Wasser … ist der Teufel, *patrón*.« Nun kicherte
Chago, schmeckte Blut, hustete Blut. Dieser Durst! »Der
Teufel, er hat Fausto und Luis geholt … und jetzt holt er
dich …«

Garza schoss erneut, aber Chago empfand nichts mehr.
Schon seit Jahren konnte er nichts mehr empfinden.

Die Waffe noch erhoben, wirbelte Garza herum, voll
mörderischer Wut. Das Mädchen stand diesseits der
Reling und hielt sich an Delgado auf der anderen Seite
fest. Keine zwei Meter von ihm entfernt wollten sie sich
von Bord schleichen, während er sich um den Verräter
kümmerte. Nun erstarrten beide in ihrer Bewegung,
starrten ihn völlig verdattert mit großen Augen an. Wie
dumm! Warum war er bloß noch von lauter Dumm-
köpfen umgeben?

Dann schwang Carmen ein Bein über die Reling des
anderen Bootes, das Mädchen gab ihr Hilfestellung –
offenbar kapierte sie überhaupt nicht, dass er drauf und

dran war, ihr das Gehirn wegzublasen. Er musste nicht einmal zielen. Da fiel ihm plötzlich ein, dass alle seine Männer tot waren. Er war ganz auf sich allein gestellt. Eine Geisel könnte ihm nützlich sein. Zumal eine schwachsinnige Geisel, die hätte er auch mühelos im Griff.

Carmen war beinah ganz über die zweite Reling geklettert, Cassandra half ihr. Garza beugte sich vor, packte das Mädchen an den Haaren und zog es zu sich zurück auf die *Pilar*. Ein gutturaler Schrei entrang sich ihrer Kehle. Mit seiner Pistole verpasste er ihr einen brutalen Schlag seitlich an den Kopf, sodass sie quer übers Deck purzelte, bis zur Kajütenwand.

Vom anderen Deck her schrie Carmen ihn an, er solle aufhören, verfluchte ihn, schrie dann Cassandra an, sie solle weglaufen, ins Wasser springen, egal was, nur weg!

Garza lachte hysterisch, hob seine Pistole und zielte auf die wutschäumende Frau.

»Lass sie in Ruhe!«, schrie Carmen, hochrot im Gesicht, völlig außer sich. Sie wäre doch tatsächlich dumm genug, wieder zurück auf die *Pilar* zu klettern. »Wenn du ihr wehtust, kriegst du die andere Speicherkarte nie!«

»Hier geht es schon längst nicht mehr um irgendwelche Speicherkarten«, sagte Garza. Der Lauf seiner Pistole senkte sich und zeigte auf das Knie, das über die Reling gebeugt war.

Da hörte er eine Frauenstimme aus dem Wasser.

»Hey! Arschloch! Hier bin ich!«

Garza wirbelte herum. Griff sich die halb betäubte Cassandra, die sich ihm zu entwinden versuchte. Er schüttelte sie grob und brüllte sie an, sie solle mit ihren

Bewegungen aufhören. Um Carmen Delgado kümmerte er sich gar nicht mehr. Sie konnte sowieso nirgends hin.

Als er sich über die Reling beugte, sah er diese Frau, die es irgendwie geschafft hatte, sowohl Fausto als auch Luis zu töten, am Heck des anderen Bootes treiben. Nur ihr Gesicht ragte aus dem Wasser heraus, umrahmt von der dunklen Neoprenhaube. Ihr Gesicht war tief violett angelaufen, als würde ihr jemand die Luft abdrücken. Ihre Zähne klapperten unkontrolliert.

Auf Garzas Gesicht machte sich wieder ein verächtliches Grinsen breit. Er hob die Pistole und setzte gerade zum Sprechen an, als ein weiteres unerwartetes Geräusch ihn stoppte.

Keine Worte diesmal, eher ein bedrohliches Knurren, aus tiefer Kehle und aggressiv – und sich seiner Kraft bewusst.

In die seitliche Kajütenwand der *Pilar* schlugen Kugeln ein und zwangen Garza zum Rückzug, bevor er selbst einen Schuss abgeben konnte. Er zerrte das Mädchen mit sich und feuerte blindlings über die Reling zurück. Dann löste er die beiden Leinen, die die zwei Boote miteinander vertäuten, und rannte gebückt, gemeinsam mit dem Mädchen, zum Steuerhaus. Damit der Angreifer seinen Kopf unten behielt, schickte er eine weitere Salve in dessen ungefähre Richtung. Schießereien waren nichts Neues für ihn; inzwischen erledigten andere die Drecksarbeit für ihn, aber er selbst war immer noch ein erfahrener Killer.

Er ließ den Motor an und legte den Rückwärtsgang ein. Die *Pilar* vibrierte, bäumte sich auf, zerrte am Anker, kam aber nicht vom Fleck. Er schlug aufs Steuerrad.

»Schwachkopf!«, schalt er sich.

Auf dem anderen Boot bewegte sich etwas. Über ihre Schulter schauend, bückte sich Carmen Delgado zu der anderen Frau hinunter. Und sie sprach mit noch jemandem, den Garza nicht sehen konnte. Mit dem Mann, der auf ihn geschossen hatte. Wo war der bloß hergekommen?

Mit dem Lauf seiner Pistole tippte er sich gegen die Stirn und zermarterte sich den Kopf, was er als Nächstes tun sollte. Den Anker zu lichten, würde zu lange dauern. Wie einen Schutzschild hielt Garza das Mädchen vor sich und spähte durchs Steuerhausfenster. Carmen half der anderen Frau an Bord, unterstützt von dem unsichtbaren Mann, der noch im Wasser war. Chago hatte Carmen zugerufen, sie solle mit dem Mädchen das Skiff nehmen und abhauen; vielleicht war die Idee des Verräters gar nicht so schlecht.

Tief gebückt, zerrte Garza das Mädchen mit sich zur Steuerbordtür des Steuerhauses hinaus, nur weg von dem anderen Boot und dem bewaffneten Mann. Schon wollte das kleine Mädchen einen Schrei loslassen, aber er versetzte ihr einen Rückhandschlag, der sie halb betäubte. Achtern war das dreieinhalb Meter lange Aluminium-Beiboot der *Pilar* an der Reling vertäut, also gut verborgen hinter dem erhöhten Steuerhaus des großen Nordic-Schleppers. Garza schubste Cassandra ins Beiboot. Sie schlug sich den Kopf am Boden des Skiffs, was sie noch weiter betäubte; als Garza neben ihr ins Boot sprang, ließ sie einfach alles geschehen. Er löste die Leine am Bug und setzte sich im Heck ans Ruder, wo er etwas Benzin durch die Leitungen pumpte und dann kräftig an der Starterleine zog. Hustend erwachte der Motor zum Leben. In einem engen Bogen schwenkte er das Beiboot herum, immer im Schutz des Rumpfs der *Pilar*, und gab dann richtig Gas. Das Röhren des 24-PS-Motors durchschnitt die kühle Stille der Bucht, übertönte auch das Wimmern des Mädchens, und das Skiff raste davon.

49

Mit einer Hand hob Cutter Januarys Hintern aus dem Wasser, mit der anderen richtete er die Glock aufs zweite Boot. An Deck der *Tide Dancer* lag Carmen Delgado auf dem Bauch und hielt mit ausgestreckten Armen January fest.

Cutter sah zu Carmen hoch. »Wie viele von den Bösen sind noch dort auf dem Schiff?«

»Nur noch Garza«, sagte sie. »Ihr habt den Rest schon erledigt. Aber er hat Cassandra.«

January schlotterte so heftig, dass sich das Wasser um sie herum bewegte wie in einer Waschmaschine. Der größte Teil ihres Blutes hatte sich bereits in ihren Körperkern zurückgezogen, um lebenswichtige Organe warm zu halten. Daher ihre blauen Lippen, ihr verkrampftes Gesicht. Mit flachen Atemzügen presste sie die Worte hervor und klapperte dabei unaufhörlich mit den Zähnen.

»Wwarum hahat errr aufgegehörrrt … zu schiiießen?«

»Weiß nicht«, sagte Cutter. Er bekam ein schlechtes Gewissen, weil er schön warm in seinen Trockenanzug eingepackt war. »Vielleicht will er uns nur rauslocken.«

»Sssooo kaaalt«, sprach January vor sich hin.

»Hat keinen Sinn, dich hochzuhieven, nur damit er dich abknallt«, sagte Cutter. Ungesagt blieb, dass das

Gegenteil ebenso zutraf. Binnen Kurzem hätte das kalte Wasser die Sache für Garza erledigt.

Mit großen Augen schaute Carmen über den Bootsrand hinab. »Wer sind Sie?«

»US Marshals«, sagte er. »Ich habe ihr gerade etwas am Boot geholfen, als Sie angekommen sind.«

»Marshals …« Carmen schnappte nach Luft. »Gott sei Dank. Garza – der ist so eine Art Kartellboss.«

»Warum hat er Sie entführt?«, fragte Cutter.

Die junge Frau schluckte schwer, versuchte ruhiger zu atmen. Ihre Augen blickten ins Leere – typisch für ein Gewaltopfer. Schließlich brach es unter Tränen aus ihr heraus.

»Keine Ahnung«, sagte sie. »Hat was mit unserem Film zu tun. Seine Männer haben Greg erstochen und seine Leiche hier in der Bucht versenkt. Dann hat er seine eigene Freundin erschossen und an einem Anker festgebunden und ins Meer geworfen, nur um was zu demonstrieren. Da hat sie noch gelebt … Er will die Speicherkarten von unseren Kameras haben.«

»Ich habe gehört, dass sie eine zweite Speicherkarte erwähnt haben«, sagte Cutter.

»Cassandra …« Carmen hielt inne, rollte halb zur Seite herum und lauschte. »Was war denn das?«

Cutter versuchte, über Januarys klappernde Zähne hinweg etwas zu hören.

Ein Schlag gegen Metall, eine Reihe spanischer Flüche, dann das Geräusch eines angeworfenen Bootsmotors. Cutter steckte seine Pistole in eine Tasche seiner Tarierweste, voller Erleichterung, das typische Schaltgeräusch zu hören, mit dem bei einem Außenbordmotor der Rückwärtsgang eingelegt wird. Langsam wurde das Singen des Motors schwächer – das Skiff verließ die Bucht.

Jetzt bewegte sich Cutter schnell, wollte January mit einem Schubs aus dem Wasser helfen, doch sie besaß nicht mehr genügend Kraft in den Händen und Armen, um sich hochzuziehen. Auch Carmen versuchte zu helfen, doch der vollgelaufene Trockenanzug wirkte wie ein Anker, ballonartig aufgebläht von mindestens 50 Kilo Wasser an ihrer Hüfte und ihren Beinen, zusätzlich zum Körpergewicht.

Da er sein eigenes Messerchen im Kampf mit dem anderen Taucher verloren hatte, suchte Cutter nun Januarys Tarierweste nach ihrem Notfallmesser ab.

Als er es gefunden hatte, sah er zu Carmen hoch. »Halten Sie sie fest«, sagte er. »Nicht loslassen.« Und zu January: »Halt möglichst still. Ich muss Schlitze schneiden, sodass das Wasser aus dem Anzug laufen kann, wenn wir dich hochhieven.«

January antwortete mit einem schwachen Nicken.

Inzwischen schlotterte sie dermaßen, dass er Angst hatte, ihre Haut anstatt nur den Neoprenanzug aufzuschlitzen. Was ihn wertvolle Sekunden kostete beim vorsichtigen Aufschneiden ihrer Anzugbeine.

Momentan bestand keine Gefahr mehr, erschossen zu werden. Also warf Cutter seine Tauchermaske an Bord und zog January mit sich zu der kleinen Leiter achtern. Er wischte sich das Salzwasser aus den Augen und schaute zu Carmen hoch. »Knien Sie sich hin und greifen Sie Ihre Tarierweste, damit sie nicht davontreibt, während ich ins Boot klettere.«

Cutter befreite sich aus Weste und Taucherflossen und schmiss sie aufs Deck, hängte Atemausrüstung samt Flasche an eine Klampe, legte beide Hände flach auf die kleine Plattform am Ende der Leiter und wuchtete sich mit einem Klimmzug nach oben. Jede Sekunde zählte. Er kniete sich hin, verhakte beide Füße seitlich an der Reling, beugte sich zu January hinab und packte sie mit beiden Händen. Ließ sich zurückfallen in eine sitzende Position und zerrte sie so an Deck. Das Wasser plätscherte aus den Schlitzen ihres Anzugs, als sie auf ihm zu liegen kam, Bauch an Bauch.

Carmen rollte sie in eine sitzende Position herum und zog ihr die Neoprenkappe vom Kopf; Cutter holte derweil seine Pistole wieder aus der Tarierweste.

Das Skiff war schon beinahe am Ausgang der Bucht angelangt. Cutters Weg hatte über Land hierhergeführt; der Blick auf grüne Bäume jenseits des offenen Wassers verriet ihm nicht, ob es sich dort in der Ferne um eine kleinere Insel handelte oder um einen Teil von Prince of Wales Island. Jedenfalls war das Land gegenüber dicht bewaldet, sodass Garza mit Leichtigkeit dort verschwinden konnte, wenn Cutter ihm genug Vorsprung ließ.

Er berührte Carmens Arm, um ihre Aufmerksamkeit zu erregen. »Wissen Sie Bescheid, was bei Unterkühlung zu tun ist?«

Sie schüttelte den Kopf. »Nicht so richtig.«

Langsam, aber richtig ist am schnellsten, beruhigte sich Cutter mit einem Spruch aus seiner Schießausbildung. Er würde weder January noch Cassandra einen Gefallen tun, wenn er panisch und übereilt drauflosrannte, ohne gründlich nachzudenken.

»Okay.« Ganz bewusst holte er tief Luft. »Wir müssen sie wieder warm kriegen.« Er legte die Pistole aufs Deck und schälte Januarys totenbleiche Schultern, dann ihren ganzen Oberkörper bis zur Hüfte aus dem Trockenanzug.

Dank der Schlitze an den Beinen lief es mit dem Rest leichter, bis sie in nichts als ihrer Unterwäsche auf dem Deck lag. Völlig blutleer, hatte ihre Haut eine leichenhaft blaugraue Färbung angenommen.

Beim Anblick des Narbengewebes von der Brustamputation zuckte Carmen zurück.

Mit einer kurzen Kopfbewegung signalisierte Cutter ihr, sie solle sich zusammenreißen. Er zog January an sich, Brust an Brust, sodass ihr Kopf auf seiner Schulter zu liegen kam, ihre eiskalte Wange an seinem Hals. Kräftig rieb er ihre Schultern, um den Blutfluss zu fördern.

Er spürte, wie ihre Lippen an seiner Haut zitterten. »Ich … hab mir dddas … ggganz anders … vorgestellt«, sagte sie leicht hysterisch vor Unterkühlung.

»Wir schaffen dich rein und machen's dir warm«, sagte Cutter und bedeutete Carmen mit einem Nicken, voraus in die Kajüte zu gehen.

Vergeblich versuchte January, auf die Beine zu kommen; es war, als hätte sie keine Knochen mehr. Ohne Cutters Hilfe konnte sie sich nicht einmal aufrecht hinsetzen.

»Ca… Cassandra?«, sagte sie, offenbar geistesgegenwärtig genug, um zu bemerken, dass das Mädchen fehlte.

»Garza hat sie mitgenommen«, sagte Cutter.

»Sch… Scheiße!«, sagte sie. »Kkkümmer dich … nicht um … mich … ich sterbe … sowieso …«

Carmen drehte sich in der Kajütentür herum. »Sag so was nicht!«

»Du stirbst nicht, erst mal wirst du wieder warm, dann kannst du sterben«, sagte Cutter. Wie ein Kind hob er sie hoch. Ihre Arme hingen seitlich herab, so sehr hatte die Kälte sie geschwächt. Ihr Kopf rollte an seiner Brust hin und her.

Cutter ging Delgado hinterher in die Kajüte. An der erhabenen Türschwelle warf er einen Blick zurück über die Schulter – Garza näherte sich mit Cassandra dem Ausgang der Bucht. »Wo kommt man da hin?«, fragte er, halb um January am Reden zu halten, halb weil er es wirklich wissen wollte. Wo auch immer diese Fahrt übers Wasser hinführte, er würde es früh genug erfahren. Sie durchquerten den Salon und stiegen den Niedergang hinab in die v-förmige Koje.

»Inseln«, flüsterte January, als er sie sanft auf dem Bettbezug ablegte. »Lauter … kleine Inseln.«

Carmen sah Cutter an. »Nördlich von uns liegt Tuxekan«, sagte sie. »Und westlich Hecate Island. Auf Hecate haben wir ein paar Aufnahmen gemacht, wegen der Höhlen. Haufenweise Höhlen dort und Löcher im Boden, die man im Moos und Unterholz nicht sieht. Einer von uns hat sich da ganz schlimm das Bein gebrochen. Es gibt da auch eine Mine, da wird Gips abgebaut, und eine Landebahn.«

»Aha«, sagte Cutter. Er drehte den Wandthermostat auf und zeigte dann auf einen Stapel Betttücher in der Koje. »Sie müssen mit ihr da drunterschlüpfen«, sagte er. »Ihren Körper Haut an Haut mit Ihrem Körper aufwärmen.«

»Ich weiß«, sagte Carmen, die bereits ihr Hemd auszog.

January hob mit Mühe eine Hand und sagte zu Cutter: »Ca… Cassandra …«

»Ich bringe sie zurück«, sagte er. Dann beugte er sich zu Carmen hinab und sagte so leise, dass nur sie es hören konnte: »Es kann sein, dass sie sich wehrt, dass sie meint, es wird ihr wieder etwas wärmer. Das dürfen Sie ihr nicht glauben. Wenigstens zittert sie noch, das ist ein gutes Zeichen. Aber auf jeden Fall müssen Sie ihre Kerntemperatur wieder auf normale Höhe kriegen. Das kann sie nicht alleine schaffen.«

»Okay.« Carmen nickte. »Vielleicht tritt Garza ja in so ein Bodenloch und bricht sich das Bein. Dann können Sie ihn ganz einfach verhaften.«

»Ja, vielleicht«, sagte Cutter. Ohne sich noch einmal umzudrehen, ging er die Treppe hinauf. Er schälte sich aus dem Trockenanzug, schlüpfte in seine Jeans, zog sich ein T-Shirt über den Kopf und steckte sich die Glock ins Gürtelholster. Rasch stieg er in seine Xtratuf-Gummistiefel.

Als er zurück aufs Deck trat, war Garza nur noch als kleiner schwarzer Punkt am Ausgang der Bucht zu sehen. Cutter sprang ins Skiff der *Tide Dancer*.

Als Delgado sich ausgezogen hatte, um January zu wärmen, hatte er die üble Brandwunde auf ihrem Arm und die hässlichen Blutergüsse an ihrem sonstigen Körper gesehen. Kartell-Gangster taten nichts ohne den Segen ihres Bosses. Seine Gangster waren jetzt tot, und der Boss verschanzte sich hinter einem kleinen Mädchen.

Beim ersten Reißen der Starterleine sprang der Außenbordmotor an. Cutter gab Gas, steuerte das Beiboot so schnell wie möglich zum Ausgang der Bucht.

Auch Garza gab Vollgas. Er saß auf einem umgedrehten Eimer hinten im Skiff, eine Hand am Ruder, der Motor lief auf vollen Touren und das Leichtmetallboot schoss nur so dahin. Das Mädchen hatte sich mucksmäuschenstill am Boden zu einer Kugel zusammengerollt. Nach der Ausfahrt aus Kaguk Cove hielt er sich nördlich und stellte erleichtert fest, dass ihm niemand folgte. Wer auch immer da auf ihn geschossen hatte, war anscheinend zufrieden damit, seine eigene Haut zu retten und ihn mit dem Mädchen davonkommen zu lassen.

Eigentlich hatte er keinerlei Vorstellung, wohin er flüchten sollte. Nur weg hier. Für den gesamten Rückweg bis zur Mine und seinem Flugzeug reichte das Benzin des Skiffs nicht; so schlug er stattdessen erst einmal allgemein die Richtung zurück in die zivilisierte Welt ein. Dort würde er ein anderes Boot finden, ein größeres, das er übernehmen konnte für den Weg um die Südspitze der großen Insel. Bevor die Behörden auch nur Wind davon bekämen, würde er mit seinem Privatjet auf und davon sein. Wenn der Dummkopf Bean typisch für die Einwohner der Insel war, dann wäre es ein Leichtes, an ein größeres Boot zu gelangen, vor allem wenn die Leute sahen, dass das kleine Mädchen verletzt war. Zum Glück konnte das einfältige Kind nicht sprechen, das machte alles noch viel leichter.

Garza steuerte das Beiboot aus der Bucht hinaus, dann an einer kleineren Einbuchtung und einer größeren Landzunge vorbei, und schlug dann eine südliche Richtung ein. Somit verließ er den Schutz der östlichen Berge, und vor ihm glitzerte das Sonnenlicht nun auf der raueren Wasseroberfläche. Schützend hielt er sich eine Hand vor die Augen, suchte das Meer nach einem der vielen Fischerboote ab, die nach dem Unwetter ausschwärmen würden. Beim Herflug hatte er unten auf dem Wasser Dutzende davon gesehen.

Er betrachtete das Kind, das auf dem Bootsboden kauerte, und wünschte sich, es wäre wach und könnte ihm gebührend Bewunderung zollen für seine geniale Flucht. Möglicherweise schafften es die Leute, die er in Kaguk Cove zurückgelassen hatte, über Funk Hilfe zu rufen. Er schüttelte den Gedanken ab – auf der ganzen Insel befanden sich allerhöchstens zwei Polizisten, und die hatten zuvor bestimmt noch nie mit jemandem von seiner Durchsetzungskraft zu tun. Dennoch könnten sich da Probleme ergeben. Funkdurchsagen konnten von allen anderen Booten empfangen werden, sodass die Mannschaften auf ihn vorbereitet wären. Und hier in Alaska war jeder bewaffnet. Ein Fischerboot wäre vielleicht doch nicht die einfachste Lösung …

Da sah er ein Flugzeug, keine zwei Kilometer entfernt, tief im Landeanflug auf die Nordseite des bewaldeten Bergrückens westlich von ihm zuhalten. Fausto hatte so etwas erwähnt, eine andere Mine, die es da irgendwo gab, ganz in der Nähe.

Garza lächelte. Mit einem Flugzeug käme er hier viel leichter weg als mit dem Schiff. Und nur etwa drei Kilometer weiter übers Wasser, und das Flugzeug war hinter den Bergen verschwunden. Kein Problem, dafür reichte der Treibstoff des Skiffs.

Den süßen Vorgeschmack des Entkommens auf den Lippen, riss Garza das Ruder herum, wendete das Skiff in einem engen Bogen, raste wieder nach Norden, fast im eigenen Fahrwasser zurück. Das Lächeln verging ihm, als er einen Blick zur Mündung der Bucht warf, wo er hergekommen war, Kaguk Cove. Er packte den Gasgriff fester, als könnte er so mehr Tempo aus dem kleinen Motor herausholen.

Jenseits der Buchteinfahrt kam ein Skiff aus dem Schatten herausgeschossen, das direkt auf ihn zuhielt. Weil er umgekehrt war, betrug der Abstand jetzt keine 800 Meter mehr.

50

Cutter beherrschte das Boot auf dem offenen Meer besser als Garza: Er steuerte es eher an den Wellenkämmen entlang und hielt so das Skiff möglichst waagerecht und den Außenbordmotor ständig im Wasser. Der Gangsterboss raste kreuz und quer über die Wogen, was ihm eine höhere Geschwindigkeit vorgaukelte, ihn jedoch wertvolle Zeit kostete, die er zwischen zwei Wogen durch die Luft sausend verbrachte, bis er wieder ins Wasser klatschte. Über ihnen zog ein Flugzeug dahin, sein Ziel wahrscheinlich die Landebahn, zu der auch Garza unterwegs war.

Als Garza sein Skiff auf den Strand fuhr, war Cutter bereits bis auf 400 Meter an ihn herangekommen. Nahe genug, um das Knirschen des Kieses unter dem Aluminiumkiel zu hören und die Kavitationsgeräusche des Bootsmotors, der plötzlich aus dem seichten Wasser emporgehoben wurde. Cutter gab es einen Stich in den Magen, als er mit ansah, wie Garza das stumme Kind wie eine Lumpenpuppe aus dem Skiff zerrte und den Strand hoch hinter sich herschleppte, in Richtung des dunklen Waldes.

Seine Geschwindigkeit betrug knapp 15 Knoten, also würde er noch ungefähr zwei Minuten brauchen, rechnete sich Cutter aus. Zeit genug für Garza, sich im Dickicht des Waldrands in Stellung zu bringen und ihn beim Aussteigen aus dem Boot einfach abzuknallen. Andererseits war der Kartellboss wahrscheinlich sein ganzes Erwachsenenleben lang nur in Bars und Bordellen unterwegs gewesen. Cutter dagegen war am Wasser aufgewachsen, und so hatte er Garza etwas voraus, das dieser wahrscheinlich nicht wusste.

200 Meter vom Ufer riss Cutter die Ruderpinne hart zu sich her, sodass das Skiff in einer scharfen Rechtskurve herumschwenkte. Garza hatte sich in nördlicher Richtung bewegt, also vermutete Cutter, dass er weiterhin auf die Landebahn zuhalten würde – oder welches Ziel auch immer er anstrebte. Cutter fuhr mit dem Skiff noch ein Stück weiter am Ufer entlang. So würde er ihm den Weg abschneiden. 500 Meter nördlich voraus ragte eine felsige, mit Gestrüpp bewachsene Landspitze ins Meer. Als er sie umfahren hatte, drosselte Cutter die Geschwindigkeit etwas und stellte das Skiff kurz quer. Hier konnte ihn Garza nicht mehr sehen. Er schnappte sich die Ankerleine, wickelte sie straff um die Ruderpinne und um den runden Gasgriff und zurrte sie dann so dazwischen fest, dass es einen selbst gebastelten Tempomaten ergab – Fahrtrichtung und Geschwindigkeit wären fixiert, egal ob Cutter noch an Bord war oder nicht.

Er schaltete in den Leerlauf und ließ das Boot ins flachere Wasser gleiten, wo er abspringen konnte. Ausgestiegen ging ihm das Wasser immer noch bis zum Knie und dessen niedrige Temperatur nahm ihm kurz den Atem. Er stand am Heck, richtete das Skiff nordwärts aus und schaltete den Motor wieder in den Vorwärtsgang, sobald er sich vergewissert hatte, dass die Schiffsschraube nicht mehr im Uferkies stecken bleiben konnte. Er sah zu, wie sich das Beiboot entfernte. Der Außenborder röhrte laut. Mit etwas Glück würde Garza davon ausgehen, dass es weiter die Küste entlangfuhr.

Mit Alaska musste Cutter sich erst noch vertraut machen, doch überall auf der Welt, wo er bisher gewesen war, bewegten wilde Tiere sich möglichst im Schutz des Waldes. Außerdem schätzten sie Gewässer als Futterquelle, weshalb ihre Wege sie im Bereich des Waldrandes praktisch immer da entlangführten, wo es Wasser gab. Während seiner Militärzeit hatte sich Cutter diese natürlichen Hauptstraßen oft zunutze gemacht.

Die Glock noch sicher im Holster, stiefelte Cutter den Kiesstrand hoch. Richtung Süden Ausschau haltend, ließ er sich auf einem kürzlich umgestürzten Baumstamm nieder und schüttete das Wasser aus seinen Stiefeln. Was ihm das Gehen kaum erleichtern würde, aber die Quietschgeräusche bei jedem Schritt vermeiden half. Dann überprüfte er das Magazin seiner Waffe. Wie vermutet, hatte er sechs Patronen verschossen. Sein Reservemagazin war ihm irgendwann aus dem Gürtel gerutscht, wahrscheinlich beim Überstreifen des Trockenanzugs. Einschließlich der Patrone im Lauf blieben ihm also noch vier Schüsse. Er schob das Magazin wieder in den Griff und die Pistole wieder ins Holster und stellte sich Garza vor, wie er sich mit Cassandra im Schlepptau durch den Wald schlug.

Vier Kugeln mussten eben ausreichen.

Keine zwei Minuten nachdem er an Land gegangen war, war Cutter wieder auf den Beinen und bewegte sich beiderseits eines knöcheltiefen Baches aufwärts, sprang ein halbes Dutzend Mal hinüber und wieder herüber, bis er den Waldrand erreichte. Aus dem Bachlauf wehte ihm ein kühlerer Luftzug entgegen, der nach feuchter Erde und Bergwald roch. Seine komplette Kleidung war klatschnass, weil er so eilig aus dem Skiff ausgestiegen war. An jedem anderen Tag hätte Cutter gefröstelt, aber seine Wut im Bauch sorgte für genug innere Wärme.

Kurz vor dem Waldrand entdeckte er einen Flecken mit Stinkkohl. Bis auf wenige Zentimeter über Bodenhöhe waren die meisten seiner breiten, fleischigen Blätter abgeknabbert. Große Fußspuren in der feuchten Erde wiesen auf mehrere Bären hin. Eine Bärenmutter mit ihren zwei Jungen, den Spuren nach zu urteilen. Schwarzbären gab es auch in den Sümpfen Floridas. Zusammen mit Ethan und Grumpy hatte er oft ihre Spuren verfolgt. Sein Großvater hatte ihn gelehrt, den scheuen und versteckt lebenden Meister Petz niemals zu unterschätzen, aber doch viel eher auf der Hut zu sein vor den gefährlicheren Alligatoren.

Ein paar Schritte ins Innere des dichten Waldes, und Cutter hörte nichts mehr von den ans Ufer schwappenden Wellen. Die riesigen Sitka-Fichten ließen kaum Sonnenlicht durch, links und rechts des Wildpfades wucherten Moose und Farne in einem zeitlos, geradezu prähistorisch wirkenden Zwielicht. Über dem schattigen Waldboden hing wie in einer unsichtbaren Wolke der Duft von nasser Erde und faulendem Holz.

Der Wildwechsel war genau da, wo Cutter ihn erwartet hatte. Hinter dem Stinkkohl den felsigen Abhang hoch, ungefähr zehn Meter innerhalb des Waldes. Der Boden war noch nass vom vergangenen Unwetter, und die Spuren dreier Bären verliefen Richtung Süden – direkt auf Garza zu.

Garza hörte das Boot seines Verfolgers weiter nordwärts fahren, zweifellos um vor ihm zur Landebahn zu gelangen und ihn noch abzufangen. Bestimmt einer dieser Polizisten, die sich und ihre Rolle im Räderwerk von Recht und Gesetz zu wichtig nahmen. Typisch für die Amerikaner, dieser Irrglaube, dass Einzelne Entscheidendes bewirken könnten.

Das Motorgeräusch verklang und Garza kämpfte sich durchs Unterholz voran, das Mädchen hatte er am Arm gepackt und schleppte es mit sich, und er verfluchte Ernesto Camacho in seinem nassen Grab dafür, ihn überhaupt hierher nach Alaska gebracht zu haben. Ein anderer Mann als er hätte jetzt einen wilden Schrei losgelassen. Seine handgefertigten brasilianischen Halbschuhe waren nicht für Salzwasser und Matsch gedacht.

Auf dem Boot hatte sich das Mädchen völlig zahm verhalten, doch nun hatte er sie nur noch schwer unter Kontrolle. Zuvor hatte er es für unnötig erachtet, sie zu fesseln; nun hielt sie frech Abstand zu ihm und schritt munter voraus. Er musste seine Schritte beschleunigen, wodurch seine Füße nur noch mehr schmerzten, und sein Kopf fühlte sich an wie kurz vor dem Explodieren.

Er holte sie ein und schlug sie kurzerhand nieder. Ihr Ohr blutete. Aber anstatt zu weinen, starrte sie ihn bloß an, stieß kehlige Knurrlaute aus, fauchte wie ein waidwundes Tier, rappelte sich wieder auf und rannte weiter vor ihm den matschigen Wildpfad entlang. Am liebsten hätte er ihr eine Kugel in den Kopf gejagt, nur hätte der Schuss seine Position verraten. Also hob er einen zitronengroßen Stein auf, den er ihr hinterherschmiss; er traf sie hart zwischen den Schulterblättern, und sie fiel vornüber in den Morast. Mit matschverschmiertem Gesicht und Haar drehte sie sich zu ihm um. Hasserfüllte Augen wie von einem Höllendämon fixierten ihn; sie vergoss keine Träne.

Garza packte sie am Ellbogen und zerrte sie auf die Füße, ohne Rücksicht darauf, dass er ihr den schmalen

Arm aus dem Schultergelenk reißen könnte. »Lauf nicht so schnell!«, blaffte er sie an. »Geh langsam, oder ich breche dir den Fuß. Hast du verstanden?«

Sie starrte ihn unverwandt an, als spräche er eine völlig fremde Sprache.

Ein sanftes, lang gezogenes *Wuuf* lenkte seine Aufmerksamkeit zurück auf den Wildpfad. Ein Stück weit vor ihnen hockten zwei Bären auf ihren Hinterpfoten und glotzten ihn wie mit Schweinsäuglein an. Er hatte noch nie einen lebendigen Bären gesehen, noch nicht mal im Zoo. Ganz schön furchterregend, wie sie ihn so betrachteten, als wäre er ihr Frühstück. Allerdings hatte er sie sich größer vorgestellt. Die beiden hier wogen vielleicht jeder 100 Kilo, etwa so wie Wildschweine mit einem Pelz. Einer leckte sich mit einer langen Zunge über die Nase und spitzte dann das Maul, als wollte er den Menschengeruch in der Luft schmecken.

Garza richtete seine Pistole auf ihn und fragte sich zugleich, ob eine Neunmillimeterkugel diesem dicken Brummer überhaupt irgendetwas anhaben könnte. Für Bären mochten sie recht klein ausfallen, aber auf alle Fälle waren sie größer als er selbst – und besser bewaffnet.

»Haut ab!« Seine Stimme klang unsicherer, als ihm lieb war. Er schluckte, holte tief Luft und riss sich zusammen. »Ihr sollt abhauen, hab ich gesagt!«

Da drang aus den Farnen zu seiner Linken ein höllisches Knurren, tief und kehlig, als würde ein Raucher sich kräftig räuspern. Ein 200 Kilo schwerer Raucher, mit Raubtierzähnen und mit Klauen. Na klar, dachte Garza, die Kleineren waren bloß Jungtiere. Und nun brach ihre Mutter durchs Unterholz. Am Rand des Pfades verharrte sie. Sie schlug mit ihren Vorderpfoten auf die Erde vor sich und stieß ein Brüllen aus, das durch Mark und Bein ging. Ihr langes und dichtes Fell war so schwarz, dass es bläulich wirkte. Sie machte *Wuuf* und stellte sich auf die Hinterbeine. Plötzlich kam Garza die Pistole in seiner Hand lächerlich und überflüssig vor.

»Bitte hau ab!«, bat er die Bärin. Dann schnappte er sich das Mädchen und hielt es wie einen menschlichen Schutzschild vor sich.

Mama Bär bellte einen unmissverständlichen Befehl, und die jugendlichen Racker verzogen sich ohne Murren ins Dickicht am Wegrand hinter ihr. Erneut schlug sie mit ihren Vorderpfoten auf die Erde – ein dumpfes, hohles Geräusch wie aus einer anderen Welt.

Garza unterdrückte einen Schrei und schubste das Mädchen vorwärts. Bestimmt würde der Bär dieses Kind als Zwischenmahlzeit vorziehen.

Kopfüber stürzte Cassandra in den Schlamm. Sie stand wieder auf und bürstete sich mit den Händen Matsch und Holzstückchen von der Vorderseite ihrer Fleecejacke. Dann drehte sie sich um und stellte sich der großen Bärenmutter drei Meter weiter. Die Bärin ließ weiter ihr grollendes Brummen hören, schaukelte vor und zurück, *wuufte* und klopfte mit ihren Pranken auf den Waldboden. Garza rechnete fest damit, dass das schreckliche Untier jeden Moment lospreschen und das Mädchen zerfetzen würde. Sobald das geschah, würde er die Beine in die Hand nehmen und so schnell davonrennen, wie seine handgefertigten brasilianischen Halbschuhe es erlaubten.

Das Mädchen, jenseits aller Furcht angelangt, hob die Hände weit über den Kopf und klatschte dreimal. Die Bärenmutter verstummte und schnüffelte. Als versuchte sie sich zu konzentrieren, wiegte sie ihren enormen Kopf vor und zurück. Cassandra wölbte ihre flachen Hände zu Halbkugeln und klatschte erneut, lauter diesmal. Sie wich keinen Schritt zurück.

Die Bärin mit den Schweinsäuglein sah von Cassandra zu Garza und schien abzuwägen, wen sie zuerst fressen würde.

Da ertönte von weiter vorne auf dem Wildpfad eine tiefe Stimme. Garza sank fast das Herz in die Hose. Die drei Bären zeigten sich weniger beeindruckt.

Es handelte sich um dieselbe Stimme, die er zuvor schon auf dem Boot gehört hatte. Sie gehörte zu dem Mann, der vom Wasser aus auf ihn geschossen hatte.

»Hey, Bär!«

Wieder *wuufte* die Bärin als Antwort und stellte sich auf ihre Hinterbeine.

»Ich will dich nicht erschießen, Bär«, sprach die Stimme ungerührt. »Gegen dich hab ich nichts. Ich bin nur hinter dem Feigling her, der sich da hinter einem Kind verschanzt, um seine eigene Haut zu retten.«

Mit diesen Worten wollte er das große Raubtier sicher beruhigen, doch bei Garza bewirkten sie das genaue Gegenteil. Ihm wurde so mulmig, dass er ernsthaft befürchtete, jeden Moment in die Hose zu machen.

Das Muttertier ließ sich wieder auf alle viere hinab.

Cassandra klatschte derweil weiter über ihrem Kopf in die Hände.

»Braves Mädchen«, sprach die Stimme langsam und ruhig. »Geh deiner Wege und nimm deine Kinder mit dir.«

Mit einem letzten *Wuuf* wandte sich die Bärin um und verschwand nahezu geräuschlos mit ihren beiden Kleinen zwischen den Farnen.

Cutter lehnte sich mit einer Schulter an den massiven Baumstumpf einer Sitka-Fichte und verfolgte aufmerksam den Abgang der Bären.

Garza seinerseits tat einen Schritt auf Cassandra zu und zischte: »Komm her, Kindchen.«

Der Lauf von Cutters Glock richtete sich bereits auf die Brust des anderen Mannes. Aber neben dem Gangsterboss sah er nicht Cassandra, sondern ein gleichaltriges afghanisches Mädchen.

»Stehen bleiben!«, sagte er.

Garza hielt inne, hob beide Hände, behielt in einer jedoch seine Pistole.

»Wer sind Sie? Von irgendeiner Polizeibehörde?«

»Ja, das bin ich.«

»Geld spielt keine Rolle für mich«, sagte Garza. »Sie brauchen nur fünf Minuten lang in die andere Richtung zu schauen.«

Cutter würdigte ihn keiner Antwort. Er atmete tief durch, um seinen rasenden Puls zu beruhigen. Er hatte Garza genau im Blick, aber ganz egal wie oft er zwinkerte, Cassandra blieb ein afghanisches Kind, ein junges Mädchen, das er nicht hatte retten können.

»Lassen Sie die Waffe fallen«, sagte er.

Garza ließ sie ohne Weiteres auf den Waldboden fallen. »Ich ergebe mich.« Er ging einen weiteren Schritt auf Cassandra zu.

»Nicht!«, befahl Cutter.

Garza zeigte ihm die leeren Vorder- und Rückseiten seiner Hände; ohne seine Pistole schien er sich sogar wohler zu fühlen.

»Hören Sie mal her, Mister Polizist. Ich tue ja, was Sie sagen. Meine Waffe ist weg. Nun müssen Sie schon aus der Deckung kommen, wenn Sie mich verhaften wollen.«

Ganz langsam, beinahe unmerklich, ließ er eine Hand sinken. Sein Fuß rückte weiter in Cassandras Richtung vor.

Er konnte fast schon nach ihr greifen.

Cutter blinzelte, um endlich klare Sicht zu bekommen. Dieser Mensch würde dem Mädchen nicht noch einmal etwas antun.

»Also, was soll ich tun, Mister Polizist?«, fragte Garza. Seine Hand senkte sich weiter. »Soll ich Ihnen entgegenkommen?«

»Nicht!«, quetschte Cutter durch seine mahlenden Zähne, einen Atemzug bevor sein Gegenüber die Hand nach Cassandra ausstreckte.

Cutters erster Schuss zertrümmerte dem Kartellgangster das linke Schulterblatt. Der Pistolenabzug federte zurück, und im gleichen Moment sah Cutter plötzlich wieder gestochen scharf. Unmittelbar darauf hallte das Donnern eines zweiten und dritten Schusses durch den Wald.

Cassandra hielt sich mit beiden Händen die Ohren zu und starrte Cutter ausdruckslos an.

Wie in Zeitlupe hielt der Kartellboss sich noch einen Moment lang schwankend aufrecht und versuchte ungläubig blinzelnd zu verstehen, was soeben geschehen war.

Seine linke Schulter war zerschmettert, und so hob er seinen unversehrten rechten Arm, um seine Hand auf die beiden anderen Löcher mitten in seiner Brust zu legen.

Das Blut an seinen Fingern bestätigte ihm, dass es in Ordnung war, wenn er jetzt zusammenklappte.

Cutter kam hinter dem Fichtenstumpf hervor und hielt den Sterbenden mit seiner letzten Pistolenkugel in Schach.

Er trat Garzas Waffe beiseite und nahm Cassandra an die Hand.

»Tut mir leid, dass du das mit ansehen musstest, meine Liebe.«

Das Haida-Mädchen sah zu ihm auf und blinzelte einmal mit ihren großen braunen Augen. Dann schüttelte sie entschieden den Kopf.

»Sie haben *Nicht!* gerufen«, sagte sie.

Cutter fiel die Kinnlade herab. »Du kannst ja doch reden.«

Cassandra nickte, blieb ihm aber jede weitere Erklärung schuldig.

51

Cutter ließ Garza einfach liegen, wo er in sich zusammengefallen war, und fragte sich kurz, ob die Bären sich wohl um ihn kümmerten, bevor er mit einem Ermittlungsteam wiederkommen würde, um die Leiche zu bergen. Mit dem Skiff des Kartellbosses kehrte er zur *Tide Dancer* zurück, um nach January Cross zu sehen. Cassandra beließ es im Weiteren bei den vier von ihr gesprochenen Worten, setzte sich am Bug hin und schaute in die Ferne. Es war eine Menge geschehen, sogar für Cutters Verhältnisse. Wie musste es erst für ein zwölfjähriges Mädchen sein?

Als er bei seiner Rückkehr aufs Boot nur ein leeres Steuerhaus vorfand, befürchtete er das Schlimmste. Bis er January am Navigationstischchen ausfindig machte. Sie hatte sich in eine Decke gewickelt, hielt eine Tasse Kaffee in der einen und das Funkmikro in der anderen Hand. Bei seinem Anblick strahlte sie.

»Alles okay mit ihm«, sprach sie ins Mikro. »Und Cassandra hat er auch dabei.«

Lola Fontaines Stimme überschlug sich fast, als sie ihn dafür ausschimpfte, im Alleingang abgehauen zu sein. Sie und Trooper Benjamin waren bereits ganz in der Nähe. Offenbar hatte January sie ungefähr auf den neuesten Stand gebracht und dabei auch Garzas Namen genannt. Cutter teilte ihnen mit, dass die Situation bereinigt war, alles unter Kontrolle, und den Rest werde er ihnen nach ihrer Ankunft erzählen.

Immerhin hatte er in einem Schusswechsel seine Dienstwaffe abgefeuert. Die Einzelheiten wollte er lieber nicht über einen offenen Funkkanal in die Welt hinausposaunen.

January hängte das Funkmikro wieder ein und fixierte Cutter mit zusammengekniffenen Augen.

»Garza?«

Er schüttelte den Kopf.

»Gut«, sagte January.

Cassandra schnappte sich Havoc und ging mit ihm die Stufen zu der Schlafkoje im Rumpf hinab. Sie war immer noch mit Matsch und Moos verschmiert, aber niemand sprach sie darauf an.

Cutter zeigte mit dem Daumen auf das Mädchen und sah January an. »Hast du gewusst, dass sie sprechen kann?«, flüsterte er.

»Ja, kann sie.« January hob eine Schulter. »Nur spricht sie eben nicht.«

Dass January gar nicht wissen wollte, was genau Cassandra gesagt hatte, offenbarte ihm ein bisschen, wie sie innerlich tickte.

»Carmen schläft«, sagte January. »Die Arme hat die Hölle hinter sich.«

Cutter legte ihr die Rückseite seiner offenen Hand an die Stirn. »Und wie geht's dir?«

Sie lehnte sich in ihrem Stuhl zurück, rekelte sich ausgiebig wie eine Katze und grinste schief.

»Warm. Und tot«, brummte sie und schloss die Augen.

Am Ufer hupte ein Auto.

»Da kommen Sam Benjamin und meine Partnerin«, sagte Cutter.

Januarys Augenlider flatterten. »Nimmst du mein Skiff und holst sie ab?«

»Ja, mach ich.« Nun musste er ebenfalls schief grinsen. »Ach, übrigens, dein Skiff ...«

Innerhalb von zehn Minuten brachte Cutter den Trooper und Lola Fontaine an Bord der *Tide Dancer,* wo auch Carmen Delgado zu ihnen stieß.

»Ich komme ungern aufs Berufliche zu sprechen«, sagte Cutter und sah zu Carmen hoch, während er die Leine des Skiffs an einer Klampe verknotete. »Aber hat Garza irgendwann mal den Namen Millie Burkett erwähnt?«

Carmen machte große Augen. »Glauben Sie, er hat auch sie umgebracht?«

»Ich weiß nicht«, sagte Cutter. »Also, war je die Rede von ihr?«

Carmen schüttelte den Kopf. »Ich war so mit meiner eigenen Lage beschäftigt, dass ich gar nicht mehr an die arme Millie gedacht habe. Ich hab wohl stillschweigend angenommen, dass sie einfach wieder nach Hause kommt. Haben Sie sie immer noch nicht gefunden?«

»Doch, leider«, sagte der Trooper.

»Aha.« Es klang emotionslos. Carmen war einfach zu erschöpft, um Gefühle zu zeigen.

Fontaine lehnte sich mit dem Rücken an die Bordwand. »Hört sich ganz so an, als wäre dieser Garza noch gar nicht hier gewesen, als Millie entführt wurde.«

»Sie hat recht«, sagte Benjamin. »Ich hab die Leute im Büro die Flüge überprüfen lassen. Kurz nachdem Millie verschwunden ist, hat eine Gulfstream die Insel überflogen, mit dem Landeziel Triple C Mine. Jede Wette, dass da Garza und seine Männer drin waren. Recherche im NCIC hat nichts über ihn ergeben, aber Manuel Garza arbeitete für einen Kartellboss namens Ernesto Camacho. Der steht auf Ihrer Liste der 15 meistgesuchten Verbrecher.«

Lola wies mit einem Kopfnicken zu Carmen. »Haben Sie und Ihr Kameramann etwa diesen Camacho irgendwie gefilmt?«

Carmen verneinte mit einem Kopfschütteln. »Vielleicht. Wir haben das Boot aufgenommen, als es in die Bucht gefahren kam, aber da war es noch so weit weg, dass auf den Bildern nie und nimmer irgendjemand zu erkennen gewesen wäre. Und sowieso müssen wir die Gesichter unkenntlich machen, solange wir nicht das schriftliche Einverständnis der gefilmten Leute eingeholt haben.«

»Das konnte Garza aber nicht wissen«, sagte Cutter. »Und deshalb waren Sie beide einfach zur falschen Zeit am falschen Ort. Camacho wollte Sie für immer zum Schweigen bringen.«

»Aber Garza meinte, er habe seinen Boss getötet«, sagte Carmen.

Cutter nickte. »Filmaufnahmen von Camacho würden einen Zusammenhang zwischen dem Kartell und der Mine herstellen. Falls sie die zur Geldwäsche benutzen, wäre das Grund genug, etwaige Zeugen aus dem Weg zu räumen.«

»Aber das bedeutet doch, dass jemand anders Millie Burkett auf dem Gewissen hat«, sagte January. »Und ich war es ganz bestimmt nicht.«

Carmen sah sie fragend an.

»Tja«, sagte January. »Hat sich rausgestellt, dass ich eine Zeit lang unter Verdacht stand.«

»Wer war es dann?«, fragte Lola Fontaine. »Hayden Starnes?«

»Vielleicht«, sagte Cutter. »Aber das passt für mich nicht zusammen. Wer Millie umgebracht hat, kennt sich mit Knoten aus und ist wahrscheinlich linkshändig. Und verwendet ein ganz bestimmtes Werkzeug.«

»Im Ernst?« January hob eine Augenbraue. Nickte zögerlich. »Da kenn ich jemanden.«

»Ich auch«, sagte Cutter.

»Könnt ihr uns das bitte genauer erklären?«, fragte Lola Fontaine.

»Immer schön der Reihe nach«, sagte Cutter und sah zu Trooper Benjamin hin. »Sie möchten wahrscheinlich meine Dienstpistole haben, für die Untersuchung von Garzas Tod.«

»Ich hatte noch nie einen Fall von tödlichem Schusswaffengebrauch im Dienst«, sagte er. »Aber Sie haben wohl recht.«

»Also gut«, sagte Cutter. »Außerdem brauchen wir hier ein anderes Taucherteam, um Greg Conners Leichnam zu bergen. Aber als Allererstes muss ich selbst noch mal runter, um mir die Waffe meines Großvaters wiederzuholen.«

Der Colt Python lag auf einem flachen Stein in knapp 20 Metern Tiefe wie auf einem Präsentierteller, gerade so als hätte Grumpy ihn dort hingelegt. Das Anlegen des Tauchanzugs und der Ausrüstung dauerte länger als die Suche nach dem Revolver.

Dann kam Trooper Allen in einem Polizeiboot des Department of Public Safety um die Insel herumgeschippert, ankerte zur Absperrung des Tatortes in der Bucht und forderte Taucher aus Ketchikan an, vom Alaska Bureau of Investigation.

January und Cassandra fuhren mit Cutter zurück in die Stadt, Carmen Delgado mit Fontaine und dem Trooper. Anderthalb Stunden später hatte man die drei Zivilpersonen im Krankenhaus abgeliefert. Anschließend begaben sich die drei polizeilichen Ermittler zu einem ungestrichenen Holzhaus aus Sperrholzplatten am Ortsrand von Klawock, wo Officer Simeon bereits auf sie wartete, mit einem zusammengefalteten Formular in der Hand.

»Probleme mit dem Durchsuchungsbeschluss?«, fragte Benjamin seinen Kollegen.

Der Native schüttelte den Kopf. »Überraschenderweise nicht. Richter Faulkner meinte zwar, das Zeug mit den Knoten und einer linkshändigen flämischen Schleife sei ziemlich dünn, aber das letzte Indiz hat ihn dann überzeugt, seine Unterschrift drunterzusetzen.«

»Macht's Ihnen was aus, die Rückseite zu übernehmen?«, fragte Benjamin ihn.

»Verdammt, nein, macht mir gar nix aus«, sagte Simeon. »Sie rennen ja doch immer alle hinten raus.«

»So müssen Sie denken, dann können wir Sie bei den Marshals gebrauchen«, sagte Lola. »Ich begleite Sie.«

Der Mann, den die Leute auf Prince of Wales Island als Bean kannten, hieß mit richtigem Namen Bernard Everett Anthony Norton. Und anders als Officer Simeon gedacht hatte, rannte er nicht zur Hintertür raus, sondern öffnete nach Trooper Benjamins erstem Anklopfen die Vordertür.

Bean trug eine schlabberige graue Jogginghose und ein ärmelloses T-Shirt, das vorne mit Öl und Schmutz überzogen war.

Gerötetes Gesicht, dünne, verstrubbelte Haare. Sein Mund war rundherum rot verschmiert, als hätte er sich gerade noch schnell Lippenstift abgewischt.

Trooper Benjamin händigte ihm einen Ausdruck des Durchsuchungsbeschlusses aus und trat ins Haus, bevor der Mann auch nur ein Wort herausbrachte.

Es stank nach Ölsardinen und billigem Parfüm, weshalb Cutter die Tür hinter sich offen ließ.

»Sind Sie allein zu Hause?«, fragte Benjamin.

»Ganz allein«, sagte Bean. »Worum geht's denn?«

»Warum machen wir's uns nicht allen ein bisschen leichter?«, sagte Cutter und drehte Bean herum und legte ihm hinten Handschellen an. Dann platzierte er den Mann mitten im Wohnzimmer auf einen Holzstuhl; währenddessen gab der Trooper Simeon über Sprechfunk durch, dass sie die Wohnung gesichert hätten und er ins Haus kommen könne.

Cutter stülpte sich ein Paar Latexhandschuhe über und ging schnurstracks zur Werkbank in dem kleinen Zimmer neben der Küche. »Hab ich dich«, sagte er und hielt einen flachen Schraubenschlüssel hoch, der zum Zusammenbauen von halbautomatischen Gewehren des Typs AR-15 verwendet wurde. Er wies genau die richtigen Aussparungen für Schraubenköpfe auf, die zu Millie Burketts Kopfwunden passten. Cutter reichte das Ding an Lola Fontaine weiter, die ihm gefolgt war. Sie roch daran.

»Riecht nach Chlorbleiche«, sagte sie.

Mit unruhig im Raum umherwanderndem Blick verfolgte Bean die Durchsuchung. »Das wird dreckig«, sagte er. »Ich putze es hin und wieder.«

»Mit Bleichmittel?« Simeon rollte mit den Augen.

»Spielt keine Rolle«, sagte Cutter. »Wir haben das Werkzeug sichergestellt, das genau zu den Wunden im Schädel des Mordopfers passt.«

Benjamin tütete die Mordwaffe ein und las Bean seine Rechte vor, während die anderen ihre Suche fortsetzten.

Fontaine trat einen Schritt von einem Schubladenschränkchen zurück und hielt einen Satinslip hoch. Einen Damenslip. Sie sah zu Cutter hinüber und flüsterte: »Sieht das für dich genauso aus wie für mich?«

»Hey«, sagte Cutter. »Ich hab kein Problem damit, wenn einer Damenunterwäsche anzieht, aber es wurden schon Menschen wegen harmloserer Geheimnisse umgebracht.«

Aus dem Badezimmer ertönte Simeons Stimme. »Ich hab eine Videokamera gefunden!«

Die Beschriftung auf einem breiten Stückchen Klebeband an der Kamera verriet, dass es sich um Eigentum der Produktionsfirma von *FISHWIVES!* handelte, zeitweilig an Millie Burkett ausgeliehen. Und die darin gespeicherten Filmaufnahmen zeigten im Schnelldurchlauf einen kaum wiederzuerkennenden Bernard Everett Anthony Norton, wie er in einem Damennachthemd an Bord von Ernesto Camachos Boot umherstolzierte.

»Warum haben Sie die Kamera nicht einfach weggeschmissen?« Simeon schüttelte den Kopf.

»Weil ich's mir manchmal ansehe«, sagte Bean. Das Kinn sackte ihm auf die Brust.

Epilog

Gerechtfertigt oder nicht, Cutters Schusswaffengebrauch zog ein Untersuchungsverfahren nach sich – und mit so einer Untersuchung am Hals war man kaum besser dran als der Erschossene. Wegen ihrer fortgeschrittenen Schwangerschaft konnte Jill Phillips, Cutters Chief, nicht eingeflogen werden, also sandte sie zur bestmöglichen Wahrung der Interessen ihrer Deputys statt ihrer den nächsten Ranghöchsten, der für Prince of Wales Island zuständig war. Die Interne, das US Marshals Service General Council and Office of Professional Responsibility, bat die Alaska State Troopers um eine unabhängige Beurteilung der Umstände, die zum Tod von Manuel Alvarez-Garza, Luis Sandoval und Fausto Rodriguez geführt hatten. Untersuchungsbeamte aus Anchorage im Verbund mit einem aufgeblasenen Sergeant aus Ketchigan namens Yates forderten Cutter auf, den Ablauf der Ereignisse mit ihnen durchzugehen. Sie nahmen seine Schilderungen der einzelnen Vorgänge unter Wasser und später auf Heceta Island mit den Bären genauestens unter die Lupe.

Cassandra war seit ihrem Vier-Worte-Satz wieder völlig verstummt. Was Cutter zugutekam, denn so wirkte sie noch mehr wie ein rettungsbedürftiges Opfer. January und Carmen bestätigten Cutters Darlegung der zeitlichen Reihenfolge in jeder Einzelheit und fügten dem Ganzen noch eine gehörige Portion Dramatik hinzu.

Nach drei Tagen entließen die ABI-Ermittler Cutter mit einem festen Händedruck. Das Ergebnis ihrer internen Untersuchung teilten sie nicht mit ihm, doch offenbar würde ihr Bericht an die Staatsanwaltschaft zu seinen Gunsten ausfallen.

»KMO«, sagte Fontaine, als sie Cutter aus dem Gebäude der Trooper abholte. Es war fast sechs, die Abendsonne warf ihrer beider Schatten über den Parkplatz. Ihr langes schwarzes Haar hatte sich aus dem Kopfband der Polynesierin befreit und hing ihr in dichten Wellen über die Schultern. Irgendwo hatte sie sogar eine Blume aufgetrieben und sich hinters Ohr gesteckt.

»Wie bitte?«

»KMO«, sagte Fontaine. »Keine menschlichen Opfer. So ist alles viel leichter, wenn die Bösen ... eben durch und durch böse sind.«

»Etwas leichter, ja«, sagte Cutter. Sie hatte wohl recht, aber Cutter wünschte sich, es wäre anders. Jemanden zu töten sollte einem nicht zunehmend leichtfallen, doch so lief es.

Gerald Burkett wurde auf Kaution entlassen, nachdem er die Summe hinterlegt hatte. Kenny Douglas blieb in Haft. In Bundeshaft offiziell. Und Hayden Starnes würde morgen Vormittag mit dem Ranghöchsten und Fontaine zusammen nach Anchorage zurückfliegen; Fontaine hatte ja nicht direkt etwas mit den Schusswechseln zu tun gehabt.

Cutter sah auf die Armbanduhr. »Ich geh mal runter zum Hafen. Mich verabschieden. Wenn du willst, komm mit.«

Sam Benjamins Schicht wäre gleich vorüber, also ging er mit diesem halbherzigen Angebot kaum ein Risiko ein. Jetzt war ihm auch klar, weswegen es diese neue Frisur gab.

Fontaine schüttelte den Kopf. »Chief Phillips hat mich nur beauftragt, dafür zu sorgen, dass du niemandem an die Gurgel gehst, bis wir wieder zu Hause sind. Aber da unten im Hafen kommst du wohl ohne einen Anstandswauwau zurecht.«

Cutter wies mit einem Nicken zum Gebäude der Trooper und winkte dann Sam Benjamin.

»Vielleicht braucht mein Deputy Fontaine ja eher einen Anstandswauwau als ich«, sagte er.

»Deputy Teariki«, korrigierte sie ihn. »Ich werd wohl wieder meinen Mädchennamen annehmen, schon bevor die oberen Etagen mich irgendwo anders hin versetzen. Und mach dir um mich keine Sorgen, Boss. Bevor die christlichen Missionare bei uns auftauchten und uns beibrachten, dass wir halb nackte Heiden waren, haben wir unsere Feinde aufgegessen. Die haben uns also einen ganzen Haufen schlechtes Gewissen eingetrichtert.«

Er traf January im South Harbor an. Carmen Delgado war ihr gerade behilflich, Einkäufe und Vorräte an Bord der *Southern Cross* zu bringen, das Segelboot vom Typ Westsail 32, das January tags zuvor erworben hatte.

Vom Steg aus betrachtete Cutter den schnittigen kleinen Zweimaster. Schon etwas älter, Baujahr irgendwann in den 70ern, aber die eingerollten Segel glänzten frisch und weiß. Der Bugspriet aus Teakholz und die Fußreling funkelten frisch lackiert und poliert in der tiefen Abendsonne. Sie war für Segeltouren auf dem offenen Meer gebaut, mit kleiner Kajüte, also achtete Cutter darauf, dass er nicht im Weg war, und reichte den beiden Frauen die Leinentaschen voller Lebensmittel, die sie in einem Einkaufswagen vom Parkplatz hier heruntergerollt hatten.

Über die Rettungsleinen hinweg gab er einen flachen Karton mit Obstsalatdosen an Carmen Delgado weiter und fragte sie: »Fahren Sie mit ihr hinaus?«

»Ich wünschte, ich könnte«, sagte sie. »Ich bin lange nicht so mutig wie sie. Außerdem muss ich sowieso noch hierbleiben, bis der Sender jemanden herschickt, um mich abzulösen.«

»Ablösen?«, sagte Cutter. »Ich dachte, *FISHWIVES!* ist allein Ihr Baby.«

»Ist es auch«, sagte Carmen. »War es jedenfalls. Ich ertrag es einfach nicht mehr, zu was die Serie sich entwickelt hat. Fitz Jonas hat jetzt seine Frau rausgeschmissen, die bei einem meiner Kameramänner eingezogen ist. Der Sender ist begeistert: noch mehr Fernsehfutter, noch mehr Drama; ich find's aber eher traurig. Ich stehe mit ›Created by …‹ immer noch im Vorspann jeder Folge, verdiene also so lange daran mit, wie die Serie erfolgreich läuft, obwohl ich gar nicht mehr Executive Producer bin. Das gibt mir aber die Freiheit, andere Ideen zu entwickeln. Vielleicht ja was, wo's um die Brutalität der Drogenkartelle geht.« Ein Blick über die Schulter zu January hin. »Oder um knallharte Brustkrebs-Überlebende.«

Carmens Handy klingelte. Sie führte ein ganz kurzes Gespräch und ließ es dann wieder in der Tasche ihrer Fleecejacke verschwinden. »Tut mir leid«, sagte sie zu January. »Svetlana kriegt gerade die Krise wegen ihrer Garderobe. Bevor *FISHWIVES!* die Insel erobert hat, bestand die Garderobe dieser Leute schlicht aus dem, was sie jeden Morgen angezogen haben, und jetzt … Na, egal, ich muss los.«

Sie umarmte beide nacheinander kurz, sowohl January als auch Cutter, versprach, am nächsten Morgen wiederzukommen, und trottete dann den Schwimmsteg entlang zu ihrem Wagen.

»Also«, sagte Cutter, als er danach in der Kajüte von Januarys neuem Zuhause saß, ohne Schuhe an den Füßen. Er mochte ihr ja das Leben gerettet haben, doch niemals würde sie ihm erlauben, in schwarzen Gummistiefeln die Planken ihres Segelbootes zu betreten. »Machst du dich wirklich auf den Weg?«

Mit einem Stöhnen setzte January sich neben ihn. Ein langer Tag voller doppelter Checks sämtlicher Gerätschaften und Vorräte an Bord hatte sie erschöpft. Sie schloss die Augen, lehnte sich zurück, ließ sich die letzten Strahlen des Sonnenuntergangs jenseits der Hafenbucht ins Gesicht scheinen. »Du kennst mich jetzt wie lange? Die fünf Tage, die wir zusammen verbracht haben?«

»So kurz nur?« Cutter überlegte. »Fühlt sich länger an.«

»Lang genug, dass du gemerkt haben müsstest, dass mir der Umgang mit Menschen nicht liegt. Ich bin nicht nett, sondern barsch und unfreundlich, und wenn's nach den Filmleuten geht, raste ich schnell aus. Na ja, es gibt vielleicht fünf oder sechs Menschen auf der Welt, mit denen ich auskomme. Und selbst ihr hättet mein maulfaules und ungehobeltes Wesen nach spätestens einer Woche satt.«

»Danke, dass du mich in diesen Kreis aufnimmst«, sagte Cutter.

»Die zivilisierte Welt ist ohne mich besser dran, also verschwinde ich für 'ne Weile. Mir bleiben eigentlich nur zwei Möglichkeiten. Entweder ich spanne mir ein blaues Müllsackzelt neben Blind Bob auf, oder es heißt für mich ›Leinen los!‹ und ich kämpfe allein auf hoher See, wo ich mich am sichersten fühle, mit meinen komischen Dämonen. Mein Papa war ein Segler, er wäre sicher um einiges glücklicher, wenn er mich auf einem Boot wüsste anstatt in einem Landstreicherlager. Und auf diese Schöne hier hab ich damals gleich ein Auge geworfen, als ihr das ›Zu verkaufen‹-Schild aufgepappt wurde.«

»Steuerst du Hawaii an?«

Sie zuckte mit den Schultern. »Erst mal nach Süden, dann nach Westen. Weiter hab ich noch nicht geplant. Die Zeit der Wirbelstürme im Pazifik nähert sich ihrem Ende. Vielleicht hüpf ich von Insel zu Insel, bis ich irgendwo lande, wo sich's bis zum Ende der nächsten Sturmzeit aushalten lässt.«

Cutter stellte sich January ganz allein auf dem weiten Ozean vor. »Du nimmst ein Satellitentelefon mit, ja? Und rufst regelmäßig bei deinen Eltern an?«

»Ja, klar«, sagte sie.

»Und ich würd mich über eine E-Mail ab und zu freuen. Oder sogar 'ne Postkarte aus Bora Bora. Nur damit ich mir keine Sorgen mach.«

»Weißt du, was mir an dir aufgefallen ist?«

Er wappnete sich innerlich. »Was denn?«

»Du scheinst eine Schwäche für Vögelchen mit kaputten Flügeln zu haben.«

»Kann sein.«

»Ich bin jedenfalls kaputt«, sagte sie. »Das muss ich zugeben. Und ich frag mich, ob du auch was für mich übrighättest, wenn ich nur die ganz normale alte January wäre. Manchmal kümmern sich Leute, die es gut meinen, um Verletzte und wollen sie wieder heil machen. Mit zahmen Tierchen funktioniert das vielleicht. Aber bei wilden Tieren richtet man womöglich noch mehr Schaden an. Oft kriegen solche wilden Tiere dann Panik, vertragen die Aufmerksamkeit nicht und verletzen sich nur noch mehr, weil sie versuchen zu entkommen.«

»Ich bekenne mich schuldig«, sagte Cutter und blinzelte eine Träne weg. »Sie werden so schnell flügge.«

»Ich würde dir ja anbieten, bei mir auf dem Boot zu übernachten«, sagte sie. »Aber anscheinend hegst du unterdrückte Gefühle für deine Schwägerin.«

»So laut ausgesprochen hört es sich schlimm an.«

»Du streitest es also nicht ab?«

»Tja«, brummte er. »Sagen wir mal so, ich werde nicht bei dir übernachten.«

»Verdammt«, sagte sie.

»Aber ich würde dir gerne was kochen, in deiner neuen Kombüse.«

January sah ihm in die Augen, strahlend. »Irgendwas aus deinem supergeheimen Notizbuch?«

»Na klar«, sagte Cutter lächelnd.

January streckte ihm die offene Hand entgegen, als würde sie das Notizbuch von ihm verlangen. »Nur gut, dass du nicht die Nacht über hierbleibst. Sonst würde ich ablegen, sobald du eingeschlafen bist, und du würdest morgen früh in Tahiti wieder aufwachen.«

Im Morgengrauen ging Cutter wieder über die Pontons des Schwimmstegs.

Einen Gutteil der Nacht hatte er auf der Terrasse seines Apartments verbracht, keine 200 Meter von Januarys Segelboot entfernt, und hatte in den dunkel daliegenden Hafen hinabgeschaut. Was ihn betraf, so gab es fast nichts Schöneres, als im Hafen herumzulaufen und sich die Boote anzuschauen.

Die Möwen schrien und schnatterten, stritten sich um die winzigen Köderfische, die im stillen Gewässer von Shelter Cove an die Oberfläche schwammen. Weil Ebbe war, roch die Hafenluft ein wenig fischig. In der aufgehenden Sonne erglänzte der schneebedeckte Gipfel des Mount Sunny Hay in einem goldenen Orange.

Von den meisten Leuten hatte sich January gestern schon verabschiedet. Nur Linda, Carmen, Cassandra und Cutter kamen jetzt, um zuzusehen, wie sie in See stach. Wie versprochen hatte Carmen ihre Kamerateams zu Hause gelassen, und das, obwohl die Ausfahrt der Ehegattenverführerin sicher gute Bilder hergegeben hätte.

Segelboote sind an sich still, selbst motorgetriebene, und so glitt Januarys Westsail-Boot, nachdem sie die Leinen zum Steg eingeholt hatte, ziemlich leise davon; das Rumoren des kleinen Schiffsdiesels übertönte kaum das Möwengeschrei.

Cutters Handy klingelte in seiner Tasche. Unwillig ging er einige Schritte auf dem Steg zurück, um die Abschiedsstimmung nicht mit einem Telefongespräch zu verderben. Er runzelte die Stirn, fragte sich mürrisch, wer ihn um diese Uhrzeit anrufen würde – dann erkannte er, dass es Mim war.

»Hey«, sagte er, und sofort stieg in ihm jene vertraute Verlegenheit auf, die ihn immer überkam, wenn sie miteinander sprachen.

»Ich habe Frühschicht heute«, sagte Mim. »Wollte mich nur mal melden. Ich hab dich hoffentlich nicht geweckt?«

»Überhaupt nicht«, sagte Cutter. »Ich vertrete mir grade die Beine, unten im Hafen, und schau mir ein bisschen die Boote an.«

»Wirklich?« Nun klang Mim ein bisschen aufgeregt. »Ich kann mir kaum was Schöneres vorstellen, als im Hafen rumzulaufen und mir die Boote anzuschauen.«

DANKSAGUNG

Vor Jahren – fast 20 Jahre ist das inzwischen her – führte mich die Fahndung nach einem Mordverdächtigen, mit einem Team der Alaska Fugitive Task Force, nach Prince of Wales Island, wo der Gesuchte sich in den Wäldern versteckt hatte. Wir spürten ihn schließlich auf, und dabei verliebte ich mich in dieses Stück Land, trotz der widrigen Umstände (o Mann, sie waren geradezu widerlich). Jedenfalls reifte damals angesichts der uralten Wälder und der unglaublich interessanten Menschen dort in mir der Entschluss, irgendwann mal einen Roman da spielen zu lassen.

Und dies ist er nun. Und wie immer verdankt er sich der Hilfe vieler.

Meine Frau Victoria hört mir zu, liest alles, entwirft Handlungsstränge, und irgendwie kommt sie damit klar, mit einem Mann verheiratet zu sein, der über Mord und andere grauenvolle Sachen schreibt. Linda, meine Barbierin und inoffizielle PR-Agentin, überließ meiner Frau und mir ihr Ferienhaus in Florida, damit ich mir ein Bild von der Landschaft machen konnte, wo Arliss Cutter aufgewachsen ist. Mein guter Freund Steve Szymanski hat mich mit Ben Mank bekannt gemacht, der so nett war, meine Fragen in Bezug auf das Leben als Alaska State Trooper auf Prince of Wales Island zu beantworten.

Meine Freunde Molly Mayock, Rob Pollard, Chris Loft und Shannon Murphy verhalfen mir zu wertvollen Einblicken und Hintergrundwissen auf dem Gebiet der Reality-TV-Serien.

Meine Kumpels bei Northern Knives in Anchorage, Mike, Lori und Doug, heißen mich immer herzlich willkommen, um mit mir über Waffen und was sie Schreckliches anrichten zu plaudern – leider komme ich nur selten dazu.

Mehrmals verbrachten meine Frau und ich einige Zeit da oben in Alaska, in Craig und auf Prince of Wales Island; einen Großteil von *Die Gewalt der Waffen* schrieb ich dann aber auf den Cook Islands, auf Rarotonga – der ursprünglichen Heimat von Lola Teariki Fontaine. Die Liste der netten Leute da wäre zu lang, um sie alle aufzuzählen, aber ausdrücklich danken möchte ich doch meinen Freunden Bill, Mii, Tuakana, George und Karleen sowie ganz besonders Karla Eggelton und Halatoa Fua von *Cook Islands Tourism* und Jean Mason von *Cook Islands Library and Museum*.

In der Verlagswelt kann es ungemütlich zugehen, ich habe allerdings das Glück, seit 16 Jahren mit Robin Hue von der literarischen Agentur *Writers House* und mit Gary Goldstein und dem restlichen Team bei *Kensington Publishing* zusammenzuarbeiten.

Und natürlich gilt mein herzlicher Dank meinen Brüdern und Schwestern im Dienst des US Marshals Service, die aus mir Grünschnabel einen Mann gemacht haben – ihr seid, und ihr werdet es immer sein, meine Familie.

In Texas aufgewachsen, verbrachte Marc Cameron fast 30 Jahre für die US-Regierung als bewaffneter Beamter in der Strafverfolgung. Seine Aufträge führten ihn quer über den amerikanischen Kontinent, von Alaska nach Manhattan, von Kanada nach Mexiko. Er besitzt einen schwarzen Gürtel in Jiu-Jitsu, ist ausgebildeter Taucher und Fährtensucher.

Marc wohnt mit seiner Frau in Alaska. Immer dabei sind sein Australian Cattle Dog und sein geliebtes BMW-Motorrad, denn er ist ein begeisterter Biker, was seine Leser schnell bemerken werden.

Infos, Leseproben & eBooks:
www.Festa-Verlag.de

Die JERICHO QUINN-Serie

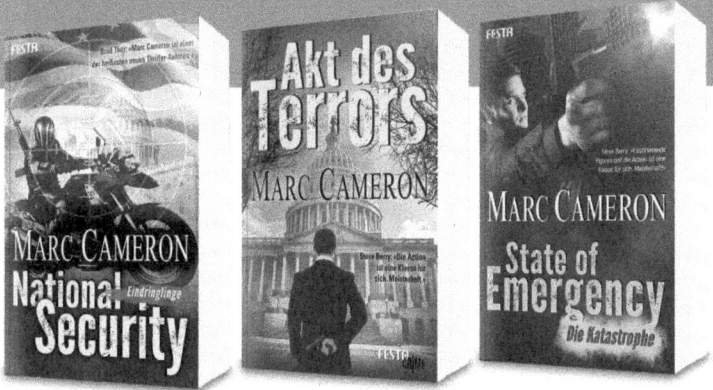

Brad Thor:
»Fesselnd, raffiniert und pausenlose Action. Cameron ist einer der heißesten neuen Thriller-Autoren ...«

Steve Berry:
»Faszinierende Figuren und die Action sind eine Klasse für sich. Meisterhaft.«

Infos, Leseproben & eBooks: www.Festa-Verlag.de

Die DEWEY ANDREAS-Thriller

Festa: *If you don't mind sex and violence and lots of action*

Niemand veröffentlicht härtere Thriller als Festa. Werke, die keine Chance haben, in großen Verlagen veröffentlicht zu werden, weil sie zu gewagt sind, zu neuartig, zu extrem.

Statt der üblichen Matt- oder Glanzfolie haben die Bücher von Festa eine raue, lederartige Kaschierung. Sie symbolisiert die Härte und sexuelle Gewagtheit unseres Programms. Diese »Bücher im Ledermantel« sind auch sehr widerstandsfähig – die Bücher wirken nach dem Lesen noch wie neu.

Unsere erfolgreichsten Buchreihen:

HORROR & THRILLER – Moderne Meister des Genres

FESTA ACTION – Blockbuster zum Lesen

DARK ROMANCE – *Erotik Romance*-Bestseller aus den USA

FESTA EXTREM – Wenn Lesen zur Mutprobe wird ...

Wegen der brutalen und pornografischen Inhalte erscheinen die Titel als Privatdrucke ohne ISBN und werden nur ab 18 Jahre verkauft. Sie können nur direkt beim Verlag bestellt werden.

Festa steht beim Thema harte Spannung für viele Jahre bewährte Qualität. Darauf geben wir sogar eine Zufriedenheitsgarantie. Dieser Service ist für einen Buchverlag einzigartig.

Warum tun wir das?

Frank Festa: »Wir wollen, dass die Leser unsere Bücher lieben. Das geht nur mit Qualität. Und als Spezialist für Horror und Thriller aus Amerika können wir in dem Bereich diese Qualität garantieren – so einfach ist das.«